AUTRE-MONDE

Maxime Chattam
AUTRE-MONDE

*

L'Alliance des Trois

ROMAN

ALBIN MICHEL

À Clémentine et Antoine.
Et à nos parents
qui ont pris la responsabilité de nous aimer.

Il existe des endroits sur Terre où le monde n'est plus celui que nous connaissons. Des endroits où tout devient possible. Même l'impensable.

Des boutiques obscures pleines de livres ou de bibelots étranges, comme celle qui ouvre cette histoire, des ruelles étroites où personne n'ose s'aventurer, parfois même dans une forêt, un lieu entre deux buissons. Il suffit de savoir regarder. Et de laisser agir la magie.

Car ce livre est un grimoire.

Mais prenez garde, si vous décidez de tourner la page, il vous faudra une baguette magique : votre âme de rêveur. Celle que bien des gens perdent en devenant adultes. La possédez-vous encore ?

Alors, ensemble, poussons la porte de ce monde... nouveau.

Maxime Chattam, Edgecombe, le 2 mai 2007.

PREMIÈRE PARTIE
La Tempête

1.

Premier signe

La première fois que Matt Carter fut confronté à une sensation « d'anormal », c'était juste avant les vacances de Noël. Ce jour-là, il aurait dû se douter que le monde ne tournait plus rond, qu'il allait se produire *quelque chose* de grave. Mais quand bien même il aurait pris ce phénomène au sérieux, qu'aurait-il pu faire ? Pouvait-il imaginer à quel point tout allait changer ? Aurait-il pu l'en empêcher ? Certainement pas. Il n'aurait rien pu faire, sauf prendre peur, ce qui aurait été pire.

C'était un jeudi après-midi, l'avant-dernière journée de cours. Matt accompagnait Tobias et Newton dans *La Tanière du dragon*, une boutique spécialisée en jeux de rôles, wargames et autres jeux de plateau. Ils étaient partis du collège et marchaient dans les longues rues de Manhattan, à New York.

Matt, quatorze ans bien que sa taille lui en fasse paraître deux de plus, adorait se promener dans cette ville, entre les canyons de buildings étincelants. Il avait toujours possédé une imagination débordante, et dans ses moments de rêve il se disait que Manhattan était une forteresse d'acier et de verre, les centaines de tours protégeant ses habitants d'un danger extérieur. Lui se sentait un chevalier parmi d'autres, attendant le jour où l'aventure ferait appel à ses talents, sans se douter un instant que celle-ci allait prendre un tour inattendu, tout aussi implacable qu'angoissant.

– Il ne fait pas froid pour le mois de décembre, vous avez remarqué ? demanda Tobias.

Tobias était un garçon noir, assez petit, toujours actif : s'il ne tapait pas du pied ou n'agitait pas les doigts alors il parlait. Le médecin lui avait dit un jour qu'il était un « grand angoissé » mais Tobias n'y croyait pas, il débordait seulement d'énergie, point. Il avait un an de moins que ses camarades, et un vrai don pour les études, au point d'avoir sauté une classe.

Et une fois de plus il avait raison : les blizzards habituels à cette période de l'année n'étaient pas apparus et la température refusait de descendre au-dessous de zéro.

– Avec les scouts, continua-t-il, on va même aller camper dans le comté de Rockland pendant les vacances. Camper en plein mois de décembre !

– Lâche-nous avec tes scouts, protesta Newton.

Newton, au contraire, était aussi grand et costaud pour son âge qu'il manquait de subtilité, essentiellement tourné vers sa petite personne. Néanmoins il était un compagnon de jeux de rôles inestimable pour son imagination et son implication.

– N'empêche, c'est vrai ! insista Tobias. Ça fait deux ans de suite qu'on n'a presque pas de neige, moi je vous le dis : c'est la pollution, ça dérègle toute la planète.

– Ouais, eh bien en attendant, vous allez avoir quoi pour Noël ? demanda Newton. Moi j'attends la nouvelle Xbox ! Avec Oblivion, j'adore ce jeu !

– Moi j'ai demandé une de ces tentes qui se déplie toute seule quand tu la sors de son sac, répliqua Tobias. Des jumelles pour l'observation des oiseaux et aussi un abonnement à *World of Warcraft* pour l'année prochaine.

Newton fit la moue, comme si une tente et des jumelles ne pouvaient être des cadeaux acceptables.

– Et toi, Matt ? interrogea Tobias.

Matt marchait les mains dans les poches de son manteau noir qui ondoyait dans le vent. Ses cheveux bruns mi-longs lui fouettaient le front et les joues. Il haussa les épaules :

– Je ne sais pas. Et je crois que cette année, je préfère l'ignorer. J'aime bien les surprises, c'est plus… magique, dit-il sur un ton qui manquait de conviction.

Tobias et Matt se connaissaient depuis l'école primaire, et Tobias comprit que ce Noël-ci aurait une saveur particulière pour son ami : ses parents venaient de lui annoncer qu'ils se séparaient. Au début, fin novembre, Matt avait pris la nouvelle avec philosophie, il n'y pouvait rien, c'était la décision de ses parents et bon nombre de ses copains vivaient ainsi, un coup chez leur père, la semaine suivante chez leur mère. Puis, au fil des semaines, Tobias l'avait vu s'étioler à mesure que les cartons s'entassaient dans l'entrée en vue du déménagement, prévu pour le début d'année. Il était moins concentré pendant leurs parties de jeux, et même pendant les cours, ses notes – déjà pas extraordinaires – s'étaient effondrées. La réalité du divorce le rattrapait.

Ne sachant que répondre, Tobias donna une petite tape amicale dans le dos de son camarade.

Ils descendaient Park Avenue, longeant le sillon du chemin de fer qui coupait l'artère en deux, et arrivèrent dans un quartier moins entretenu. Les trois garçons savaient que leurs parents n'aimaient pas qu'ils traînent dans ce coin. Des détritus jonchaient le trottoir et des tags s'étalaient sur les murs. Au croisement avec la 110e Rue, le trio tourna, presque rendu à *La Tanière du dragon*. Ici les immeubles étaient moins hauts, mais le soleil n'y descendait pas à cause de l'étroitesse de la voie. Les ombres des habitations rendaient l'endroit sinistre.

Newton désigna la devanture crasseuse d'une boutique dont la poussière opacifiait la vitrine. Seule restait lisible la pancarte flottant au-dessus de l'entrée : AU BAZAR DE BALTHAZAR.

– Alors les gars, vous êtes toujours des poules mouillées ?

Matt et Tobias échangèrent un bref regard. Le Bazar de Balthazar servait aux garçons du collège pour tester leur courage. Outre le lieu qui n'avait rien d'accueillant, c'était surtout son propriétaire qu'on craignait. Le vieux Balthazar détestait les enfants, à ce qu'on disait, et n'hésitait pas à les jeter dehors à grands coups de pied dans l'arrière-train. De là étaient nées nombre de légendes à son sujet et on ne tarda pas à entendre que le Bazar était hanté ! Personne n'y croyait, mais on prenait soin de ne pas s'en approcher. Pourtant, à la rentrée, Newton s'y était rendu, tout seul. Il en était ressorti après avoir passé les cinq minutes réglementaires pour réussir l'épreuve. C'était tout Newton ça : le besoin de prouver sa bravoure, quitte à faire des choses puériles.

– On n'a pas peur, fit Tobias. C'est juste que c'est débile cette histoire.

– C'est l'épreuve du courage ! rétorqua Newton. Sans ce genre de test, comment veux-tu prouver ta valeur ?

– On n'a pas besoin de ce genre de trucs idiots pour être courageux.

– Alors vas-y, prouve-moi que c'est idiot, qu'il n'y a rien à craindre et que tu es un homme, un vrai !

Tobias soupira.

– Il n'y a rien à prouver, c'est nul, c'est tout.

– Je savais que tu te dégonflerais, pouffa Newton.

Matt fit un pas en avant, vers la rue.

– OK, on va y aller, Tobias et moi.

L'intéressé ouvrit de grands yeux surpris.

– Qu'est-ce… qui te prend ? bafouilla Tobias.

– Puisque vous êtes deux, entama Newton, vous devez revenir avec quelque chose.

17

Tobias fronça les sourcils, tout ça prenait mauvaise tournure.

– Quoi ? Comment ça ? fit-il.

– Vous devez piquer un truc à Balthazar. N'importe quoi, mais revenez avec un objet. Et là, vous serez des braves, les mecs ! Vous aurez tout mon respect.

Tobias secoua la tête :

– C'est complètement idiot ce…

Matt l'attrapa par l'épaule et l'entraîna pour traverser avec lui la rue en direction de la vieille échoppe.

– Qu'est-ce que tu fais ? protesta Tobias. On ne doit pas y aller ! Newton est un crétin qui fait ça pour se foutre de nous !

– Peut-être, mais au moins il arrêtera avec ça. Viens, il n'y a rien à craindre.

Tobias marchait à ses côtés, profondément mal à l'aise à l'idée de faire quelque chose qu'il ne *sentait* pas. *Matt n'aurait jamais fait ça avant que ses parents divorcent*, songea-t-il. *Il n'est plus le même. C'est comme le climat, tout fout le camp !*

Matt marqua une pause devant la porte du bazar. Ce dernier semblait si vieux qu'il aurait pu être là à l'époque des Indiens. La peinture vert sombre de la façade s'écaillait, révélant un bois moisi. La croûte grise était si épaisse sur la vitrine qu'on ne pouvait même pas vérifier s'il y avait ou non de la lumière à l'intérieur.

– On dirait que c'est fermé, protesta Tobias avec une nuance d'espoir dans la voix.

Matt secoua la tête et posa la main sur la poignée.

La porte s'ouvrit en grinçant et ils entrèrent.

L'intérieur était pire que tout ce que l'on pouvait imaginer de l'extérieur. Des étagères en bois recouvraient les murs et encombraient la longue pièce dans tous les sens, la transformant en labyrinthe. Des centaines, des milliers d'objets s'entassaient pêle-mêle : bibelots, presse-papiers en forme de statuettes, bijoux aussi anciens que la boutique, livres à reliure de cuir craquelée, insectes séchés et punaisés dans des boîtes transparentes, tableaux noircis, meubles bancals, le tout recouvert d'une impressionnante couche de poussière, comme si personne n'y avait plus touché depuis des siècles. Mais au final, le plus surprenant était encore l'éclairage, réalisa Matt. Une seule ampoule nue, perdue au milieu de ce capharnaüm, et qui ne diffusait qu'une lueur chiche, abandonnant le reste de la pièce à sa pénombre mystérieuse.

– Oh, vraiment, je crois qu'on devrait sortir d'ici, chuchota Tobias en levant des yeux inquiets vers le plafond.

Sans un mot, Matt contourna la première série d'armoires ouvertes sur des collections de timbres, de papillons et de bocaux pleins de billes multicolores qui attirèrent tout à coup l'attention de Tobias.

Matt fouillait l'endroit du regard sans parvenir à détecter présence humaine. Le bazar semblait interminable et il crut percevoir un murmure provenant du fond.

Tobias lui saisit le bras :

— Viens, je crois qu'il vaut mieux sortir, je préfère que Newton me traite de poule mouillée que de voler un truc ici.

— On ne va rien voler, lui répondit Matt sans s'arrêter pour autant. Tu me connais, je ne suis pas comme ça.

— Alors qu'est-ce que tu fais là ? se désespéra Tobias.

Mais Matt ne répondit pas, occupé à marcher en direction des murmures.

Plus déstabilisant encore que le lieu qu'ils visitaient, le silence de Matt termina de paralyser Tobias. Il ne put rien ajouter, partagé entre une frousse tenace lui ordonnant de déguerpir, et une véritable fascination pour la multitude de billes qui brillaient doucement à travers leur récipient en verre. Combien y en avait-il ? Peut-être mille ou deux mille, impossible de savoir, certaines luisaient d'un éclat violet et orange ou noir et jaune, qui les faisait ressembler à des yeux monstrueux.

Tobias réalisa soudain que son camarade s'était enfoncé dans le magasin et, ne voulant pas rester seul, il s'élança dans ses pas.

Les billes pivotèrent pour le suivre du regard. Tobias se retint de hurler. Il se pencha vers elles. Rien. Toutes les billes étaient inertes, rien que des billes. Il avait rêvé. Oui, c'était ça : un effet d'optique ou tout simplement un tour de son cerveau à cause de l'angoisse. Il se redressa et retrouva des couleurs, rassuré. Il ne s'était rien passé. Tout allait bien, cet endroit n'était rien d'autre que le résultat du délire d'un vieil acariâtre. Oui, tout allait bien.

Tobias s'empressa de rejoindre son ami qui venait de disparaître derrière une pile de livres séculaires.

Matt avançait sur le plancher gondolé et le murmure devint plus audible. Une voix aux intonations contrôlées, semblable à celle des présentateurs de journaux télévisés.

À mesure qu'il s'en rapprochait, Matt prit conscience qu'il n'était pas là par hasard. En d'autres temps, jamais il n'aurait relevé le défi de Newton, il se serait contenté de l'ignorer, sans un mot. Matt avait toujours su se préserver de ce genre de bêtises, il avait le nez creux pour sentir ce qu'il fallait faire ou ce qu'il était préférable d'éviter. Et cette fois, précisément, il était en train de faire *ce qu'il était préférable d'éviter*. Pourquoi ? Parce qu'il était comme ça depuis plusieurs jours, plusieurs semaines en fait. Depuis que son père lui avait dit qu'il allait déménager du quartier, et qu'au début ils ne se verraient pas beaucoup. Ensuite, « lorsqu'il aurait tout arrangé », Matt viendrait vivre avec lui… si sa mère les laissait en paix. Matt n'avait pas aimé cette dernière remarque. Le lendemain, sa mère était venue lui faire un discours similaire : ils allaient vivre ensemble, même si son père disait le contraire. Ses parents avaient toujours été différents, elle plutôt campagne, lui très urbain, elle du matin, lui du soir, et ainsi de suite. Ce qu'ils appelaient auparavant leur « complémentarité » devenait tout à coup le symbole de leur déchirement : ils étaient le jour et la nuit. Bien sûr, il y avait Matt, leur soleil. Du haut de ses quatorze ans, le garçon avait su tout de suite vers quoi ils se dirigeaient : une guerre pour obtenir sa garde. Deux copains à lui avaient enduré cette épreuve. Un cauchemar.

Et qui dit que trop d'amour ne peut nuire ? avait ragé Matt. Ses parents allaient se déchirer pour lui. Depuis, il n'arrivait plus à être le même, ne parvenait plus à se concentrer, et ses propres réactions le surprenaient. Il n'agissait plus comme le Matt qu'il avait été.

Et il n'était pas ici par hasard. À chaque pas il distinguait un peu plus ses motivations réelles, celles qui le faisaient foncer vers *ce qu'il était préférable d'éviter*. Il voulait semer le chaos dans sa famille. Faire des choses idiotes pour que ça retombe sur ses parents et sur ses relations avec eux. Il voulait les faire souffrir comme ils le faisaient souffrir depuis un mois.

Matt s'étonna lui-même de cet éclair de lucidité.

Pourquoi je réagis comme ça ? C'est moi le crétin dans cette histoire ! Et pendant un instant, il fut tenté de faire demi-tour et de ressortir.

Il n'en eut pas le temps.

Il déboucha sur l'arrière-boutique où se trouvait un antique comptoir en merisier, un bois rouge recouvert d'une lourde desserte en marbre noir. Assis derrière, un vieil homme, au nez long et fin, presque chauve hormis deux touffes de cheveux blancs au-dessus de ses oreilles, écoutait une petite radio portative. Il se penchait en avant comme pour y coller le front, et ses minuscules lunettes rectangulaires semblaient sur le point de tomber de son nez. Sa tête pivota vers Matt sans que le reste du corps suive, et il toisa l'adolescent de haut en bas, l'air soupçonneux.

– Que fais-tu là ? dit-il d'une voix éraillée.

Ce type est tout droit sorti d'un film ! s'étonna Matt sans répondre à la question.

– Alors ? Je te parle ! insista le vieux Balthazar sans aucune gentillesse.

– Je… Je voudrais vous acheter quelque chose.

– M'acheter quoi ?

Matt palpa ses poches de jean à la recherche de son argent et sortit six billets de un dollar qu'il montra, toute sa fortune.

– Qu'est-ce que vous avez pour six dollars ?

Balthazar fronça les sourcils, et ses petits yeux noirs s'étrécirent encore. Il semblait sur le point d'exploser.

– Ici on vient quand on cherche quelque chose de *précis* ! tonna-t-il. Où te crois-tu donc ?

– Dans un… magasin, répondit Matt sans se démonter.

Cette fois Balthazar bondit de son siège. Il portait une grosse robe de chambre en laine grise par-dessus un costume poussiéreux comme son commerce. Il posa les mains sur le marbre du comptoir et se pencha pour fixer Matt droit dans les yeux :

– Espère d'insolent ! Je suis capable de trouver n'importe quoi pour peu qu'on y mette le prix, n'importe quoi tu m'entends ? Et toi tu me demandes ce que je peux te vendre pour six dollars ? Ça ne marche pas dans ce sens chez moi, je ne suis pas *ce genre* de magasin !

Matt commençait à se sentir moins vaillant, il n'avait plus du tout envie d'être ici et il allait décamper lorsqu'il remarqua un mouvement étrange sous la manche du vieil homme. Il n'eut que le temps d'apercevoir le bout d'une queue huileuse, marron et noire, qui frétillait, avant qu'elle ne remonte sous le tissu. Il resta bouche bée. Un serpent ? Ce cinglé avait-il un serpent enroulé autour du bras sous sa robe de chambre ? Cette fois il était grand temps de déguerpir.

Mais Tobias surgit dans son dos. Balthazar le vit et cette fois ses mâchoires roulèrent sous la fine peau de ses joues tant il fulminait.

– Et vous venez à plusieurs pour ça, morveux ? éructa-t-il.

Tobias ne put retenir un gémissement de peur lorsqu'il vit Balthazar se redresser et contourner son meuble pour venir vers eux. Matt fit deux pas en arrière lorsque Balthazar apparut tout entier. Ce qu'il vit lui glaça le sang : une autre queue de serpent dépassait de derrière la robe de chambre, cette fois beaucoup plus volumineuse, de la taille d'une grosse aubergine. Elle se tordit avant de remonter à toute vitesse comme si elle avait compris qu'on la voyait.

Matt entendit les pas de Tobias qui couraient vers la sortie.

– Vous allez me foutre le camp tout de suite !

Matt recula, de plus en plus vite, tandis que Balthazar fonçait sur lui. Puis il se mit à fuir, il slaloma entre les hautes étagères et vit enfin la porte qui se refermait sur le passage de Tobias. La lumière du jour qui filtrait par l'ouverture semblait lointaine, presque irréelle. Matt y parvint pourtant, tira sur la poignée et, sur le seuil, sans savoir vraiment pourquoi, il se tourna pour contempler l'antre de Balthazar.

Au bout de l'allée, dans la pénombre du bric-à-brac, le vieux bonhomme le scrutait également. Tandis que la porte se refermait doucement, Matt le vit sourire, content de lui. Et dans la dernière seconde, il vit distinctement une langue fourchue jaillir d'entre les lèvres de Balthazar, une langue tressautante de serpent.

2.

Magie

La seconde fois que Matt fut confronté à un phénomène fantastique fut la dernière, avant que la *Tempête* n'arrive.

Sa confrontation avec Balthazar l'avait passablement perturbé et lorsque, en échangeant quelques mots avec Tobias, il avait compris qu'il était le seul à avoir vu tout ça, il s'était tu. Était-ce à cause du divorce de ses parents ? Se pouvait-il qu'il fût à ce point blessé que lui venaient des visions ? Tout de même, il n'avait pas halluciné ! Balthazar avait bien un serpent autour du bras ainsi qu'une queue de serpent énorme dans son dos ! Et il lui avait tiré la langue, une langue fourchue ! *La pénombre, la peur*, s'était-il dit ensuite, sans vraiment y croire.

Le vendredi soir sonna le début des vacances pour tout le collège. Matt rentra directement chez lui, il n'avait pas le cœur à sortir avec ses amis. Il vivait dans un appartement au 23e étage d'une tour de Lexington Avenue. Sa chambre était décorée de posters de films, *Le Seigneur des anneaux* en tête. Des tablettes abritaient sa collection de figurines tirées du même film : Aragorn, Gandalf, et toute la communauté de l'anneau figuraient en bonne place, face à son lit.

Matt mit sa chaîne hi-fi en marche, System of a down cracha aussitôt ses premiers accords puissants et agressifs. Le jeune garçon se laissa tomber sur son lit et observa son environnement. Tout ça était nouveau pour lui, ce mélange entre le Matt qui aimait rêver à des mondes fantastiques et le Matt réaliste qui avait soudain émergé cet été pendant ses vacances dans le Vermont, avec son cousin Ted, plus âgé de deux ans. Cette facette de lui qu'il venait de découvrir était née au contact de Patty et Connie, deux filles de seize ans. Pour la première fois de sa vie, il s'était intéressé à son look, à ce qu'il disait aux autres et à ce qu'on pouvait penser de lui. Il voulait attirer l'attention des deux filles, se donner de l'importance. Ted l'avait pris en main, lui faisant écouter ses premiers disques de métal, lui offrant des conseils pour draguer les filles. À la rentrée, c'était un Matt métamorphosé qui avait rejoint ses camarades. Même physiquement, il avait perdu les petites rondeurs de l'enfance, ses traits s'étaient affinés, dessinant plus d'angles que de courbes. Il s'était choisi une parure qu'il adorait : chaussures de marche, jeans bleus, pulls ou tee-shirt foncés ainsi qu'un manteau noir à capuche qui lui descendait jusqu'aux genoux et qu'il adorait sentir flotter dans le vent. Matt avait laissé pousser ses cheveux qui commençaient à rebiquer sur ses oreilles et dans sa nuque comme autant de points d'interrogation.

Aujourd'hui ces deux mondes se mélangeaient, se heurtaient parfois. Celui des jeux, des figurines qu'il appréciait tant, et celui du jeune homme en devenir. Il s'interrogeait sur la conduite à tenir : devait-il sacrifier ses passions juvéniles au nom de l'âge mûr ? Newton était un peu comme ça. Tobias, lui, n'avait pas encore eu le *déclic*, il s'habillait n'importe comment et ne jurait que par les scouts et les jeux.

Le chanteur de System of a down beuglait ses mélopées et, lentement, Matt sombra dans le sommeil, un sommeil agité par les silhouettes de ses parents se disputant tout bas dans leur coin, fidèles à leur habitude, puis par les formes sensuelles de Patty et Connie, et enfin par un homme avec une langue et des yeux de serpent...

Noël arriva plus vite que Matt ne l'avait craint, les jours filèrent au rythme de ses parties de jeux de rôle avec Newton et Tobias. Ce dernier était finalement resté, les prévisions météo ayant contraint son groupe de scouts à annuler leurs sorties dans les bois. Au début des vacances, les parents de Matt durent s'absenter trois jours à cause de leur travail, il fallut que Matt insiste pour pouvoir rester seul à la maison. Ils voulaient appeler Maât, sa baby-sitter attitrée depuis des années. Maât était une résidente du même étage, d'origine égyptienne. Sa peau ensoleillée était à l'image de son caractère : chaleureux et souriant. C'était une très grosse femme, douce et généreuse, qui avait veillé le petit Matt pendant des années, le soir, quand les parents ne pouvaient rentrer tôt. Matt en gardait des souvenirs agréables mais il aspirait désormais à plus de liberté. Et s'il conservait pour Maât une certaine tendresse, il devait bien avouer que cette célibataire endurcie l'agaçait à présent avec toutes ses petites attentions. En définitive, il put profiter de ces trois jours en solitaire, Maât ne vint le visiter que le dernier soir.

Le jour de Noël, Matt constata avec plaisir que ses parents s'efforçaient d'être calmes et, pour un peu, il aurait pu croire qu'ils allaient se remettre ensemble. En voyant la pile de cadeaux qu'ils lui avaient offerts, le garçon fut d'abord submergé de joie avant de comprendre qu'ils le gâtaient parce que c'était leur dernier Noël tous les trois. Son sourire mourut sur ses lèvres, avant de revenir devant le dernier paquet, le plus grand. Dès qu'il en aperçut un bout, il sut ce que c'était et explosa de bonheur : l'épée d'Aragorn.

– C'est la vraie réplique ! précisa son père fièrement. Pas l'imitation remplie d'air. Celle-là, si tu l'aiguises, c'est une arme véritable ! Alors faudra faire attention, bonhomme.

Matt la sortit de son emballage et la brandit devant lui, surpris par son poids : elle était affreusement lourde ! La lame étincelait sous ses yeux, captant les lumières du plafonnier, comme des étoiles elfiques, songea-t-il. Elle était fournie avec un support mural et un étui en cuir et des sangles qui permettaient de la porter dans le dos, comme dans le film.

— Merci ! Je sais déjà où je vais la mettre ! fit Matt. J'ai hâte de voir la tête des copains quand je vais la leur montrer !

Le lendemain, Matt s'habilla en vitesse et passa dans le salon où son père regardait la chaîne d'information. Le présentateur commentait de terribles images de tempête :

« *C'est le troisième cyclone en deux mois dans cette région habituellement épargnée, et cela n'est pas sans rappeler la vague de tremblements de terre qui secoue l'Asie.* »

Une autre journaliste prit la relève :

« *Oui, Dan, c'est la question qui brûle toutes les lèvres désormais : avec ces saisons qui ne ressemblent plus à ce que nous connaissions et toutes ces catastrophes naturelles qui s'enchaînent depuis quelques années, on peut se demander si la planète n'est pas en train de changer bien plus rapidement que nous ne l'envisagions suite au réchauffement…* ».

Le père de Matt prit la télécommande et changea de chaîne. Cette fois ce furent des images de soldats patrouillant dans une ville lointaine accompagnées d'une voix monocorde, pas du tout préoccupée par ce qu'elle racontait : « *Les troupes armées quadrillent la ville tandis que les conflits continuent de secouer le pays. Rappelons que…* ». La chaîne fut remplacée par une autre. Bulletin météo.

« *Nous invitons les personnes souffrant d'insuffisance respiratoire ou d'asthme à ne pas faire d'efforts car la qualité de l'air sera de 6 aujourd'hui, une mauvaise nouvelle qui ne doit*

pas nous faire oublier que c'est bientôt le réveillon de la… ».
La télé s'éteignit et son père tourna la tête vers Matt.

– Tu sors, fiston ?

– Je vais voir Tobias et Newton, je vais leur montrer mon
épée !

– Négatif, tu ne sors pas avec ça, c'est une arme, je te le
rappelle, c'est interdit. Si tu veux qu'ils la voient, ils viennent
ici.

Matt soupira mais acquiesça.

– Okay, je la laisse là. Je vais chez Newton, on va essayer sa
nouvelle console de jeux.

Cinq minutes plus tard, Matt arpentait les rues de l'East Side,
engoncé dans son manteau mi-long, une écharpe enroulée
autour du cou. Le froid s'était abattu sur la ville sans prévenir,
brutalement, en une nuit, comme s'il avait voulu rattraper tout
le retard en quelques heures. Il n'était pas neuf heures du
matin et, dans les rues entièrement verglacées, les véhicules
roulaient au pas.

Matt bifurqua au niveau de la 96ᵉ Rue, une artère plus
calme où une poignée de passants, le nez rivé sur leurs pieds,
s'efforçaient de ne pas glisser.

Il approchait d'une impasse obscure lorsqu'une lumière
bleue en jaillit, avant de disparaître aussi brusquement. L'adolescent ralentit l'allure. Le flash bleu jaillit une fois encore et
illumina le trottoir.

Une enseigne lumineuse ? Dans cette ruelle ? Matt n'en avait pas le souvenir. Pourtant ça ressemblait à un puissant néon capricieux. Il s'arrêta sur le seuil de la voie sans issue. Étroite, emplie d'ombres. Une langue de béton s'engouffrant entre deux immeubles pour accéder aux containers des poubelles et aux escaliers de secours.

Matt s'avança, il avait du mal à distinguer le fond de l'impasse tant la pénombre était dense.

Le flash bleu surgit à nouveau et illumina l'arrière d'une benne jusqu'à frôler les fenêtres du premier étage. Matt sursauta. *Bon sang ! C'est quoi ça ?*

Une forme humaine bougea au même endroit mais, de là où il se tenait, Matt ne put en distinguer davantage.

À cet instant, un bourdonnement électrique monta dans l'air, avant de se taire.

Matt hésita. Devait-il s'assurer que le type n'était pas blessé ou partir en courant ?

L'éclair bleu réapparut, cette fois il balaya le sol sans s'élever, léchant le bitume et faisant fondre aussitôt le verglas. Il provenait de la terre, constata Matt, et se déplaçait à la manière d'un câble électrique tranché : des saccades vives. *Comme un serpent !* pensa-t-il avec un frisson désagréable. Cette fois, il ne s'éteignit pas aussi vite mais continua à se mouvoir en ondulant. L'éclair se terminait par de petites gerbes d'étincelles bleues ressemblant à des doigts qui effleurèrent des journaux abandonnés. Ces derniers s'enflammèrent immédiatement. Puis, comme s'il venait de trouver ce qu'il cherchait, l'éclair s'immobilisa face à deux containers.

Matt entendit alors un gémissement. Quelqu'un avait besoin d'aide. Sans plus réfléchir, il s'élança dans l'impasse.

À peine eut-il le temps d'apercevoir des baskets usées qui s'agitaient et un pantalon sale que l'éclair se jetait dessus. Puis, l'éclair disparut avec un claquement sec, laissant sur son passage une fumée épaisse et écœurante – relents d'expériences chimiques comme celles qu'ils pratiquaient en classe. Matt fit un bond en arrière et, le cœur battant, attendit un moment avant d'oser bouger. Lorsqu'il s'approcha enfin de l'endroit où il avait entrevu les jambes, il ne vit que des vêtements entassés. Comme si l'homme s'était volatilisé.

Impossible !

Pourtant les journaux terminaient de se consumer autour de lui en libérant de timides flammes bleues et jaunes. Tout s'était passé si vite. Se pouvait-il qu'il n'ait pas bien vu.. ?

Non ! Cette fois j'en suis sûr ! C'était bien réel. Un homme a été... englouti par un éclair sorti du sol !

Matt recula.

– Oh, la vache…, murmura-t-il.

Pince-toi, gifle-toi, mais fais quelque chose, se dit-il. *Faut pas rester là ! Ce truc pourrait revenir !* Mais aller où ? Rentrer prévenir ses parents ? La police ? Personne ne le croirait.

Les copains ! Au début, ils se ficheraient de lui mais il avait confiance, ils finiraient par le croire.

Matt entendit un bourdonnement électrique dans le fond de l'allée et il détala sans plus attendre.

À sa grande stupeur, ni Tobias ni Newton ne rirent de lui lorsqu'il leur raconta son aventure. Peut-être à cause de la peur qui se lisait encore sur son visage. Alors il ajouta l'histoire du serpent au Bazar de Balthazar et là Tobias explosa :

– Ah ! Je le savais ! Ces billes ! C'étaient des yeux ! Je savais que je n'avais pas rêvé !

Il fit à son tour le récit des billes en forme d'œil qui l'avaient suivi du regard. Alors Newton prit un air grave pour ajouter :

– Un gars au collège a raconté l'autre jour qu'il avait vu des lueurs bleues sortir des toilettes du sous-sol, et il était persuadé que ça n'était pas un problème électrique. Alors, dites-moi, les gars : c'est nous qui en faisons trop ou il se passe *vraiment* quelque chose ?

– Ça me fait flipper tout ça, avoua Tobias. Tu dis qu'il ne restait plus que les fringues ?

Matt hocha la tête.

– C'était sûrement un clochard, vu ce qu'il portait. Et sur le chemin j'ai subitement réalisé qu'on n'en voyait plus beaucoup ces derniers temps, vous avez remarqué ?

– C'est l'hiver, ils s'abritent, tenta de modérer Tobias pour se rassurer.

– Non, jusqu'à ce matin il ne faisait pas froid, contra Newton. T'as raison, Matt, il se passe un truc avec eux. On en voit de moins en moins, et le pire c'est que ce ne sont pas les gens qu'on va rechercher en premier, personne n'y prête attention. Ils peuvent disparaître complètement avant qu'on s'en rende compte, ces types-là n'existent pas tout à fait pour les passants.

– Oh là, là ! ça me fait penser à ces vêtements qu'on voit parfois dans la rue ou sur les bords d'autoroute, s'alarma Tobias. On se demande toujours comment quelqu'un a pu perdre une chaussure, un chemisier ou un caleçon comme ça ! Ça se trouve, c'est ce machin avec l'éclair, il emporte des gens depuis longtemps et personne ne s'en est encore rendu compte.

– Sauf que ça s'accélère, fit remarquer Matt.

Tobias grimaça, effrayé. Il demanda :

– Alors pourquoi les médias n'en parlent pas ?

– Trop occupés à parler des catastrophes et des guerres, hasarda Matt en se souvenant du journal du matin.

Newton fit signe qu'il n'était pas d'accord :

– Et si c'était parce qu'aucun adulte ne voit tout ça ? Tobias, puis toi, et ce mec au collège... que des ados, pas d'adultes comme témoins.

Tobias croisa les bras sur son torse.

– On est mal, dit-il.

Newton allait ouvrir la bouche lorsque sa mère entra dans la chambre :

– Les garçons, il faut que vous rentriez chez vous tout de suite. Ils viennent d'annoncer un énorme blizzard pour l'après-midi.

Les trois adolescents s'observèrent en silence.

– Bien, madame, remercia finalement Matt.

– Vous voulez que je vous ramène en voiture ?

– Non, ça ira, on n'habite pas loin, Tobias et moi on va rentrer ensemble.

– Dans ce cas ne tardez pas, d'ici deux ou trois heures le vent va se lever et les rues de New York vont se transformer en gigantesque soufflerie.

Elle sortit en refermant derrière elle. Newton désigna son ordinateur :

– On reste en contact via MSN, ça vous va ?

Les autres approuvèrent, et bientôt Matt marchait avec Tobias dans Lexington Avenue déjà balayée par un vent puissant.

– J'aime pas du tout cette histoire, gémit le petit duo. Je sens que ça va mal tourner, faudrait peut-être en parler aux parents, tu ne crois pas ?

– Pas aux miens en tout cas ! s'écria Matt pour se faire entendre. Ils n'en croiront pas un mot.

– Peut-être qu'ils auraient raison, non ? Je ne sais plus quoi penser. Et si on se faisait peur pour rien ? Des éclairs qui peuvent sortir du sol pour emporter les gens, ça se saurait, non ?

– Écoute, fais comme tu veux, moi j'en parle pas à mes parents, c'est tout.

Ils arrivèrent devant l'immeuble où vivait Tobias, Matt habitait un pâté de maisons plus loin.

– On se retrouve sur MSN dans une heure, confirma-t-il. Tu me diras ce que tes vieux ont dit.

Tobias eut l'air embarrassé, il finit par acquiescer. Avant de le quitter, Matt lui posa une main sur l'épaule :

– Mais je suis d'accord avec toi sur un point : j'ai l'impression que ça va mal tourner.

3.

La tempête

Matt monta dans sa chambre. Son père s'était installé dans le salon devant la télé, et sa mère dans le bureau était pendue au téléphone.

L'épée brillait sur son lit, il n'avait pas encore pris le temps de l'accrocher au mur. Il mit son ordinateur en marche et lança le programme de discussion à distance MSN. Newton était déjà connecté sous son pseudonyme : « Tortutoxic ». Matt lui envoya :

« [Grominable a écrit :] Je suis là. »

La conversation s'enclencha aussitôt :

« [Tortutoxic a écrit :] Fo ke tu chang 2 pseudo. La C débil.

[Grominable a écrit :] Et toi arrête d'écrire comme un kobold. J'aime bien mon pseudo, il est drôle. Et on ne se méfie pas de ce qu'on sous-estime. Pratique !

[Tortutoxic a écrit :] Grominable va. Ketufais ?

[Grominable a écrit :] Pour la dernière fois : écris normalement, à quoi ça sert d'avoir une langue si c'est pour la torturer ?

[Tortutoxic a écrit :] C 1 lang vivante non ? C fait pour vivre, pour évoluer.

[Grominable a écrit :] Oui, langue vivante, et toi tu la fais souffrir.

[Tortutoxic a écrit :] OK, c'est bon, je vais caresser la langue dans le sens du poil, lâche-moi, monsieur Pierce. »

Monsieur Pierce était leur professeur d'anglais. Matt se leva et alluma la petite télé qu'il avait dans sa chambre. Il tomba sur une édition spéciale du journal. Le présentateur incitait les gens à ne plus sortir de chez eux car un blizzard *colossal* – le mot fit tiquer Matt, *colossal* ne sortait pas de la bouche des présentateurs télé d'habitude, ce qui n'était pas bon signe du tout – se rapprochait de New York et on s'attendait à des rafales de vent dépassant les cent cinquante kilomètres-heure et des chutes de neige *colossales*. Cette fois, Matt se leva. Les présentateurs télé ne répétaient jamais le même mot dans une phrase, comme si un coiffeur voulait couper les cheveux avec un sécateur : on ne fait pas ce genre d'énormité quand on est adulte *et* professionnel. Alors répéter « colossal » trahissait le haut degré de panique qui touchait la rédaction. Matt se précipita sur son clavier :

« [Grominable a écrit :] T'as regardé la télé ? Je crois qu'ils sont affolés, même aux infos. Les choses ne tournent pas rond.

[Tortutoxic a écrit :] Ouaip. Bulletin d'alerte météo à tout-va. J'étais aussi sur MSN avec mon cousin à Boston et depuis cinq minutes : plus rien. Je viens d'essayer de l'appeler et la ligne est en dérangement. Sur les infos, ils disent que le blizzard est au-dessus de Boston en ce moment ! »

Tobias se connecta :

« [KastorMagic a écrit :] S'lut les gars. J'ai parlé à mes parents. Ils ne m'ont pas cru.

[Tortutoxic a écrit :] Sans blague ? Et tu t'attendais à quoi ? Qu'ils aillent chercher le numéro de SOS Fantômes dans le bottin pour nous sauver ?

[KastorMagic a écrit :] Je sais pas. Compter sur ses parents, c'est pas un truc qu'on t'a appris ? Pour le coup c'est raté. »

Matt allait se mêler à la conversation lorsque son attention fut captée par la télévision. L'image se voilait, des parasites firent tressauter le présentateur. *Ça c'est la transmission satellite, ça veut dire que la tempête approche.* Et comme pour le confirmer, une gigantesque ombre s'étendit sur l'avenue. Matt se précipita contre la fenêtre. Toute la rue était plongée dans un clair-obscur crépusculaire qui fit ressortir les centaines de lumières des immeubles. Matt eut l'impression qu'un gigantesque oiseau stagnait au-dessus des toits ; il inspecta les cieux : un nuage noir recouvrait toute la ville. Un nuage *colossal.*

Le vent s'engouffra dans l'avenue et frappa la fenêtre avec un sifflement strident.

La lucarne cathodique se brouilla, les couleurs s'évanouirent. Puis après un *pop* l'image disparut complètement. Écran noir, bientôt remplacé par la mire. Matt zappa et découvrit que la plupart des chaînes subissaient le même sort. Elles se coupaient toutes, les unes après les autres.

Le jeune garçon se cala devant son ordinateur :

« [Grominable a écrit :] Ça y est, le blizzard est sur nous, c'est arrivé plus vite qu'ils ne l'avaient annoncé ! Y a même plus de télé !

[Tortutoxic a écrit :] Tu m'étonnes, c'est la panique dans ma rue, les gens ont été pris de vitesse, ça klaxonne de partout ! J'ai les »

Newton n'acheva pas sa phrase. Matt patienta une minute mais rien ne vint. Soudain un message s'afficha : « Vous êtes déconnecté d'Internet. » Matt tenta de relancer l'opération, y compris en rebranchant le modem, sans succès.

– Qu'est-ce qui se passe…

Brusquement, l'éclairage de la chambre se coupa. Matt se retrouva dans une pièce sombre et silencieuse.

– Black-out ! s'écria son père du salon. Je vais chercher les bougies dans la cuisine, personne ne bouge.

Matt fit rouler son fauteuil jusqu'à la fenêtre, vit les lumières des immeubles s'éteindre les unes après les autres, façade après façade. L'obscurité coula sur la ville. Il n'était pas midi, pourtant on se serait cru dans les dernières secondes d'un coucher de soleil, lorsque la lumière prend cette teinte si particulière, *spectrale*. Et c'était exactement ça : la lumière des fantômes, celle qui ne perce pas les ténèbres, qui ne fait que souligner la vie, un bref instant.

Le père de Matt toqua à la porte et déposa sur le bureau une bougie allumée, dans un petit bougeoir.

— Te fais pas de bile, fiston, le courant va revenir.

— Tu as vu les infos, papa ? Le blizzard ne devait arriver que dans l'après-midi.

— Ils se sont encore plantés ! Je te le dis, moi : le gars qui fait les prédictions météo il devrait se faire virer ! C'est de moins en moins fiable !

Son père était enjoué, il prenait tout cela à la légère. *À moins que ça ne soit pour te rassurer !* songea Matt.

— Et ça peut durer longtemps un black-machin…

— Un black-out ? Ça dépend, deux minutes comme deux jours, en fonction des travaux à effectuer. T'en fais pas, à l'heure où nous parlons, des dizaines de techniciens s'acharnent déjà à faire revenir tout ça à la normale.

L'optimisme de son père le tuait. C'était souvent ça avec les adultes. Trop optimistes ou trop pessimistes. Matt voyait rarement des gens rester sereins, sans trop en faire. Et d'ailleurs les films le montraient bien : en cas de catastrophe une partie des gens criaient et entraînaient les autres vers le drame et l'autre partie qui se croyait invulnérable ne finissait guère mieux. Les héros étaient ceux qui savaient rester au milieu, prenant les choses sans trop d'émotion, avec juste le recul nécessaire. Était-ce vrai au quotidien ?

Les gens bien, les « héros » de ce monde, étaient-ils capables de se modérer en toute circonstance ?

– Allez, c'est le moment de ressortir les bons bouquins d'horreur, fit son père. Tu n'as pas un Stephen King à te mettre sous la dent ? Dans des conditions pareilles ce serait un moment de lecture inoubliable ! Sinon je dois avoir ça dans ma bibliothèque.

– J'ai ce qu'il faut, merci p'pa.

Son père le scruta un instant, sans trouver les mots, ceux qu'il aurait aimé faire entendre à son fils. Il lui fit un clin d'œil avant de sortir, et referma la porte.

La bougie brûlait en diffusant une clarté ambrée. Sûr que c'était idéal pour lire, mais Matt n'en avait aucune envie Il était trop inquiet par ce qui se passait dehors. Il pivota vers la fenêtre.

À présent de gros flocons de neige fusaient dans le vent, manœuvrant dans l'air avec la puissance et l'adresse d'avions de chasse. En quelques minutes l'avenue disparut derrière un épais rideau tourbillonnant. Matt n'y voyait plus rien, c'était fini. Il plaignit toutes les personnes encore dehors et qui cherchaient à rentrer chez elles avec si peu de visibilité. On ne devait pas même voir le bout de ses mains !

Les heures passant, Matt finit par s'ennuyer. Il attrapa une bande dessinée qu'il feuilleta nonchalamment. Dans l'après-midi il essaya de rallumer la télé puis la radio mais il ne se passait rien, l'électricité n'était pas revenue. La neige, elle, ne cessait de se déverser en paquets contre la fenêtre.

En fin de journée, sa mère alla frapper aux portes des voisins pour s'assurer que tout le monde allait bien et ils organisèrent, avec les six appartements de l'étage, un roulement pour cuire les dîners, car certains n'étaient équipés que de cuisinières électriques. Le gaz avait donc ses avantages, s'amusa-t-on à répéter dans le couloir, et une sorte de colocation bon enfant s'installa entre les appartements dont on laissa les portes grandes ouvertes.

Le soir, la famille Carter mangea en compagnie de Maât et des Gutierrez, un couple de retraités qui vivait juste à côté. Personne n'avait d'enfant de l'âge de Matt à cet étage, et son seul copain dans le building était en vacances en Californie.

Matt ne s'attarda pas à table et souhaita une bonne nuit à tout le monde. Maât le salua avec plus de tendresse que ses parents qui étaient en pleine discussion avec les Gutierrez. Il s'empara au passage d'un paquet de biscuits et s'enferma dans sa chambre. Provision en cas de petit creux nocturne, lampe-torche pour y voir clair en cas d'envie pipi, et une formidable tempête à l'extérieur pour égayer la nuit. À force de voir tout le monde plaisanter de la situation, Matt avait décidé lui aussi de prendre tout cela à la légère, en tout cas avec plus d'excitation et moins d'angoisse. Oui, le blizzard était énorme ; oui, il leur était tombé dessus plus tôt que prévu, mais cela n'en faisait pas pour autant la fin du monde. *Sauf qu'il y a tous ces signes étranges depuis quelques jours*. Le vieux vendeur à langue de serpent, les billes-yeux, les éclairs-avaleurs-de-gens, tout ça faisait beaucoup. En même temps, maintenant que les heures étaient passées sur ces souvenirs, Matt les estimait moins perturbants. Il devait bien y avoir une explication rationnelle à tout ça. Un truc d'adulte que Matt et ses amis ne pouvaient saisir. Oui, peut-être une drogue des terroristes dans l'eau potable de la ville et qui donnait des hallucinations ? Pourquoi pas ? On parlait sans arrêt des terroristes ! Quand il était enfant, son grand-père lui avait dit, alors qu'il pleurait parce qu'il avait peur des terroristes dont on craignait sans cesse l'attaque : « Dis-toi qu'avant les terroristes, on a eu les communistes, on a eu les nazis. Avant les nazis, on a eu les Anglais et avant les Anglais on a eu les Indiens. Bref, il a toujours fallu qu'on s'invente des ennemis dans ce pays. Et je vais te dire : certains sont devenus des amis, et les autres n'existent plus ou sont inoffensifs. Le monde est comme ça, fiston, si tu n'as pas d'ennemis, tu n'avances pas. Alors rassure-toi, et sers-t'en comme d'un moteur pour progresser dans la vie. Sois fort ! » Sur quoi sa mère lui avait dit que grand-père était un « péquenaud de républicain ». Mais ça Matt ne l'avait pas compris et ne le comprenait pas mieux aujourd'hui, d'ailleurs. Malgré tout, la menace terroriste était plausible pour expliquer ce qu'il avait vu.

Matt se coucha avec sa lampe et toute une pile de bandes dessinées qu'il avait ressorties de ses tiroirs. Le paquet de biscuits était lui aussi parmi les draps ainsi que son épée. Matt hésita, il ne pouvait pas dormir avec elle tout de même. Qu'auraient pensé de lui Connie et Patty si elles l'avaient vu dormir avec une épée ? Elles se seraient bien moquées de lui, assurément. À son âge... *Oui, mais elles ne sont pas là*, trancha Matt.

Le vent forcit encore, et cognait à la fenêtre devenue noire aux heures de la nuit. On ne percevait aucune lumière dans la rue, aucune lueur de bougies dans les immeubles en face. Rien que la nuit opaque et la tempête hurlante.

Matt finit par s'endormir. Il fut réveillé une première fois par les Gutierrez qui s'en allaient en criant trop fort leurs remerciements, et une seconde fois, beaucoup plus tard dans la nuit, par une détonation.

Matt sursauta. Ses paupières battaient la chamade au même rythme que son cœur. On venait de tirer quelque part – était-ce dans l'appartement ? Pas un bruit, pas une lumière dans les pièces voisines. C'est alors qu'il s'en rendit compte : la tempête avait cessé. Par réflexe il regarda son réveil dont l'écran était muet : l'électricité n'était pas revenue. Sa montre affichait 3 heures 30.

En tee-shirt et caleçon, Matt se leva et s'approcha de la fenêtre. L'avenue était toujours planquée dans l'obscurité. Une épaisse croûte de neige recouvrait les bords de fenêtres. Alors l'explosion percuta à nouveau le silence, loin dans la ville et pourtant considérable. Il recula d'un pas, instinctivement.

– Qu'est-ce que c'est que ce boucan ? murmura-t-il, convaincu cette fois que ce n'était pas un coup de feu.

Il revint se plaquer contre la vitre froide et scruta l'obscurité.

Un puissant flash bleu illumina l'horizon et durant une fraction de seconde les contours des buildings apparurent en ombres chinoises sur le ciel.

– Ouah ! fit-il en reculant à nouveau, cette fois sous l'effet de la surprise.

Trois éclairs simultanés déchirèrent la nuit, des éclairs *bleus*. Et aussitôt la ville au loin se mit à clignoter sous ces flashes. Matt compta une douzaine d'éclairs qui surgirent *sur* les immeubles, comme d'immenses mains qui s'y accrochaient. Puis deux fois plus, et en moins d'une minute Matt ne pouvait plus les compter. Ils ressemblaient à celui qui avait fait disparaître le clochard dans l'impasse, mais en version géante. Ils glissaient sur les murs à toute vitesse, et Matt eut l'impression qu'ils *touchaient* les parois comme on palpe un fruit pour savoir s'il est mûr avant de le manger. Pis encore : ils avançaient, ils venaient vers lui.

– Oh, non, pas ça, dit-il tout bas.

Il fallait sortir. *Et se retrouver dehors avec ces machins ? Non, pas une bonne idée.* Au contraire, il devait rester à l'abri et peut-être qu'ils passeraient au-dessus, ou à côté, sans faire de dégâts.

Matt guetta l'horizon : ils se rapprochaient très vite.

Le vent se réveilla et des volutes de neige se soulevèrent pour dessiner des tourbillons. Cette fois le vent soufflait dans *l'autre sens.* Que se passait-il ? Une autre tempête allant dans la direction opposée ?

Un coup de tonnerre fit résonner toute l'avenue lorsqu'un éclair gigantesque s'éleva du sol pour se jeter sur un immeuble de l'autre côté de la rue. Matt vit l'énorme arc électrique grimper de fenêtre en fenêtre et lancer ses tentacules crépitants pour les atteindre le plus vite possible. *C'est une grosse main ! C'est ça ! Une grosse main !* Et alors, tandis qu'il croyait avoir vu le plus terrifiant, Matt découvrit en plissant les yeux que les extrémités de l'éclair ne faisaient pas qu'escalader l'immeuble, elles entraient par les fenêtres qui explosaient et ressortaient aussitôt en laissant une fumée blanche dans leur sillage.

Ce truc est en train de volatiliser les gens ! Comme le clochard ce matin !

Ils allaient tous se faire absorber. Disparaître en une fraction de seconde. Matt bondit sur son pantalon qu'il enfila à la hâte et il enfonça ses pieds dans ses chaussures sans prendre le temps de mettre des chaussettes. Il ne savait pas où aller, mais il ne fallait pas rester là, peut-être que dans le couloir il serait protégé de ces infâmes…

Un autre claquement féroce le fit sursauter alors qu'un nouvel éclair venait d'apparaître sur la façade juste en face de la sienne.

Survivre n'était plus qu'une question de temps.

Prévenir ses parents.

Un flash bleu l'aveugla et le plancher se mit à trembler. Un grondement monta depuis les fondations de l'immeuble. Un éclair était sur eux, en train de grimper vers Matt, dévorant les gens d'étage en étage.

– Pas le temps ! dit-il tout haut en voyant son manteau dans un coin de la pièce.

Il se précipita dans le corridor, son père dormait sur le canapé du salon, sa mère dans leur chambre. *Vite !*

Les murs aussi se mirent à trembler, le grondement devint plus fort, assourdissant.

Et juste avant que Matt n'entre dans le salon, les fenêtres explosèrent.

L'éclair dévasta tout, accompagné par un vent phénoménal qui hurlait, traversa l'appartement de part en part.

Lorsqu'il arriva sur Matt, le garçon eut à peine le temps de mettre ses mains devant son visage pour se protéger qu'il le foudroya et repartit en laissant une épaisse fumée blanche derrière lui.

4.

Autre monde

Le froid le réveilla. Matt ouvrit difficilement les yeux, ses paupières étaient lourdes, son corps courbatu comme s'il avait couru un marathon la veille. Il prit conscience du froid qui l'enveloppait.

Où était-il ? Que s'était-il passé ?

Soudain, la confrontation implacable avec l'éclair lui revint en mémoire et Matt se redressa trop vite. Sa tête se mit à tourner, il posa une main sur le mur du couloir pour se retenir. Il faisait jour, une lumière de petit matin. Le parquet était glacé. Un courant d'air souleva des papiers devant lui, ils flottaient mollement dans l'appartement, à la manière de nuages égarés. Matt se leva et marcha vers le salon, un nœud dans l'estomac. Qu'était-il arrivé à ses parents ? Le salon était dans un tel état qu'un troupeau d'éléphants n'aurait pas fait plus de dégâts en le traversant. Tout était renversé, les livres éparpillés avec la vaisselle, les bibelots brisés au pied des meubles dont certains étaient tombés. Matt reconnut un caleçon et un vieux tee-shirt des Rangers qui traînaient sur le sofa : les affaires que son père portait souvent pour dormir. La grande baie vitrée n'existait plus, le vent de l'avenue s'engouffrait dans l'appartement, avec les flocons de neige. Matt avala sa salive. Il fit demi-tour et se rendit dans la chambre de ses parents. Vide également, et dévastée. Il visita toutes les pièces désertes. Pas une fenêtre n'était intacte et, bien, qu'anesthésié par l'émotion, Matt grelottait. Dans le lit où dormait sa mère il tira les draps : la chemise de nuit était à peine froissée, au milieu du matelas. *Comme avec le clochard dans la ruelle... il ne reste plus que les vêtements !* Matt secoua la tête, pour chasser les larmes. Il ne voulait pas y croire. *Non, ils sont quelque part, peut-être chez les Gutierrez ou chez Maât !* Tout ça ressemblait à un cauchemar. Il se précipita dans le couloir et sonna aux autres portes, puis comme il n'obtenait pas de réponse, il tambourina dessus.

Personne n'ouvrit.

Matt ne percevait pas le moindre son, pas une trace de vie. Se pouvait-il qu'il soit le seul rescapé ? *Pas ça, pitié, pas ça,* se dit-il sans adresser sa prière à quiconque.

Il retourna chez lui, prit le téléphone : aucune tonalité, et pas davantage avec le téléphone portable. La télé non plus ne fonctionnait pas, l'électricité n'était toujours pas revenue. Il se pencha par la baie désormais ouverte sur le vide. Vingt-trois étages plus bas, l'avenue semblait l'aspirer. Matt se retint au chambranle. La neige tapissait le paysage, plus aucune voiture n'était visible, rien d'autre qu'un épais molleton blanc. Toute la ville était-elle touchée ? Tout le pays ?

Qu'allait-il faire ? Son ventre se creusa et la panique remonta jusqu'à sa gorge, accompagnée d'un flot de larmes qui remplirent ses yeux. QU'ALLAIT-IL FAIRE ?

Matt sentit ses jambes perdre toute force, il se laissa glisser au sol. Ses joues étaient si froides qu'il ne sentit pas les larmes ruisseler. C'était la fin, la fin de toute chose sur Terre. Matt se recroquevilla et se mit à trembler.

Après un moment, les larmes s'étaient taries. Son corps voulait vivre, il luttait. Et soudain, le jeune garçon prit conscience de la vie qui brûlait encore en lui. La vie et l'espoir. Que savait-il de l'extérieur ? Que savait-il de ce que devenaient les gens dévorés par les éclairs ? Et s'ils vivaient encore, quelque part ? *Et s'ils n'avaient pas disparu, s'ils étaient tous en bas ou à l'abri dans un gymnase, quelque chose dans ce genre ?* Cela lui semblait peu probable, jamais ses parents ne l'auraient abandonné ici. *Il faut que j'aille voir. Il y a forcément du monde dans les rues.*

La température avait anesthésié la panique et la peur en lui. Matt essaya de bouger, il eut un mal fou à se relever. Se couvrir, se réchauffer, voilà quelles étaient ses priorités. À ce moment un cri monta de l'avenue, un cri d'enfant, un cri de terreur, qui disparut aussitôt qu'entendu. Matt se pencha à nouveau, parcouru d'un frisson, sans rien remarquer de particulier. Pourtant cet enfant avait vu ou subi quelque chose de terrible pour pousser un cri pareil.

Seule bonne nouvelle à en déduire : il n'était pas seul.

Matt retourna dans sa chambre, s'emmitoufla dans une couverture de laine pour retrouver de la chaleur et s'assit sur son lit pour réfléchir. D'abord il devait descendre, peut-être qu'il croiserait des résidents dans les étages – il emprunterait l'escalier de service, hors de question d'utiliser l'ascenseur, car même s'il fonctionnait encore, ce dont Matt doutait fort, le risque de se retrouver coincé pour le reste de ses jours ne le tentait pas. S'il ne croisait aucun de ses voisins, alors il patrouillerait à la recherche de survivants. *Pas ce mot, « survivant » voudrait dire que tous les autres étaient morts, et ça je n'en sais rien, peut-être qu'ils sont... ailleurs.* Le visage de ses parents revint titiller son chagrin, mais il le chassa, il lui fallait trouver la clef du mystère pour... les sauver ?

Matt voulut vérifier l'heure à sa montre et constata qu'elle ne fonctionnait plus. Il pesta et la défit de son poignet pour l'abandonner sur son bureau.

Il fallait s'équiper, ne rien oublier, car il ne regrimperait pas de sitôt les vingt-trois étages ! De quoi avait-il besoin ? Vêtements chauds, lampe-torche, un peu d'eau et de nourriture pour reprendre des forces dans la journée. *Des pansements !* songea-t-il. *Pour soigner d'éventuels blessés.* Oui mais que pourrait-il soigner avec de simples pansements ? *Et une arme !* Que pouvait-il rencontrer une fois en bas ? *C'est pas à New York qu'on risque de se faire attaquer par un ours !* Pourtant il en prendrait une. Il se tourna et caressa la lame de son épée. Elle ferait l'affaire.

Il attendit encore un quart d'heure, afin de bien se réchauffer, lorsqu'une vitrine éclata dans la rue. Il alla voir par sa fenêtre et resta une longue minute à scruter sans rien apercevoir.

Allez, il faut y aller. Il enfila un gros pull à col roulé noir, son manteau mi-long, pas assez chaud pour ce genre de climat mais qui avait l'avantage d'être sous la main, et prit ses gants. Il s'équipa de sa besace en tissu dans laquelle il enfourna le paquet de biscuits de la veille, une bouteille d'eau et les trois pommes qu'il dénicha dans le frigo. Lampe-torche et pansements terminèrent de la remplir.

Enfin, Matt saisit l'étui en cuir et les lanières qu'il avait prévu d'accrocher au mur et les sangla dans son dos pour y glisser l'épée. Il remua les épaules pour s'habituer à son poids. Il était fin prêt.

En moins d'une heure, il était passé du désespoir à la détermination. Sans se rendre compte que ses nerfs passaient d'une émotion à l'autre avec une facilité qui aurait dû l'alarmer. Un adulte aurait compris qu'il frôlait la crise de nerfs.

Matt sortit de l'appartement et se rendit sur le palier de Maât. Il frappa plusieurs fois et l'appela :

– Maât ! C'est moi, le petit Matt ! Allez, ouvre-moi !

Curieusement, alors qu'il attendait dans la pénombre, une salve de souvenirs agréables le toucha, concernant celle qui avait été sa baby-sitter, et parfois même sa nourrice. Elle lui répétait qu'ils étaient faits pour s'entendre. Seule Maât pouvait comprendre Matt. Ces derniers mois – depuis son retour de vacances avec le cousin Ted – il l'avait presque évitée, sa douceur et son attention le renvoyaient trop à l'enfant qu'il avait été, celui-là même qu'il tentait de fuir. Pourtant en cet instant il aurait donné n'importe quoi pour la voir surgir et pour qu'elle le prenne dans ses bras.

Matt insista encore, longtemps, avant de se résoudre à partir.

Il se tourna vers la porte des escaliers qu'il poussa. La cage était plongée dans une obscurité profonde. Aucune lumière, pas un bruit, sauf celui du vent qui ressemblait au hurlement d'un loup en passant sous les portes.

– C'est le moment de prouver ta valeur, s'encouragea Matt en allumant sa torche.

Il s'élança en tenant la rambarde d'une main. L'épée n'était pas pratique, elle trépidait à chaque marche et son poids semblait doubler à chaque soubresaut. Matt se mit à parler à voix haute pour se rassurer :

– Je vais commencer par aller chez Tobias. Ensuite chez Newton, et peut-être qu'en chemin je croiserai des gens.

La lampe découpait un cône blanc devant lui, et Matt ne tarda pas à découvrir ce qui le mettait mal à l'aise : *tout ce qu'il ne pouvait pas voir*. Or, dans une cage d'escalier comme celle-ci, il ne pouvait rien voir. Les paliers se succédaient au fil des gros chiffres rouges. 19… 18… 17…

Soudain, une porte grinça plusieurs niveaux en dessous et claqua.

Matt s'immobilisa.

– Il y a quelqu'un ? demanda-t-il sans y mettre beaucoup de cœur.

Pas de réponse, rien que le vent hurlant à la mort.

– Il y a quelqu'un ? répéta-t-il, plus fort cette fois. Je suis Matt Carter, de l'appartement 2306.

Sa voix résonna, se répercuta sur les trente étages de marches en béton, et il eut l'impression qu'une dizaine de garçons posaient la même question.

Toujours pas de réponse.

Matt finit par reprendre sa descente, intrigué. Était-ce le vent qui avait fait s'ouvrir une porte ? Probablement.

15… 14… 13…

Matt allait atteindre le palier suivant lorsqu'un grognement le fit stopper, le pied en arrêt. Il braqua sa lampe vers l'origine du bruit et un caniche blanc apparut.

– Qu'est-ce que tu fais là, toi ? T'es perdu, c'est ça ?

Le caniche était assis et le guettait de ses billes noires.

Matt s'approcha et, brutalement, les babines du chien se relevèrent sur des rangées de petites dents pointues.

– OK, je te laisse tranquille ! On se calme ! Gentil !

Mais le caniche se jeta sur le garçon. Matt bondit en arrière tandis que les mâchoires se refermaient sur son jean. Le chien était accroché à lui et grognait, un grondement guttural comme Matt n'en avait jamais entendu. C'était très surprenant pour un chien, surtout de cette taille.

Sous l'emprise de la peur, Matt lança sa jambe pour le faire lâcher. Le petit monstre retomba au sol et, sur un réflexe aussi salvateur que cruel, Matt shoota dedans, d'un coup de pied magistral qui propulsa le chien sous la rambarde, happé par douze étages de vide.

Matt porta la main à sa bouche et entendit un son horrible, un choc mou et liquide. Le chien n'avait même pas couiné.

– Qu'est-ce que j'ai fait ? s'affola-t-il.

Il venait de tuer un caniche. Il fut pris d'un tel sentiment de culpabilité qu'il faillit se mettre à pleurer, mais il revit le contexte. Le chien l'avait attaqué. Il s'était défendu. Oui, c'était ça, de la « légitime défense » comme on disait sur la chaîne diffusant des procès toute la journée. Matt se secoua, inspira un grand bol d'air et se remit en route.

Parvenu au rez-de-chaussée, il aurait tout donné pour ne pas avoir à contempler le cadavre sanglant du chien, juste sous ses yeux. Le jeune garçon détourna la tête et se précipita dans le hall.

Personne en vue. Les portes de l'immeuble étaient closes. Matt en tira une, aussitôt une vague de neige se déversa à ses pieds et le vent glacial le saisit. Sous ses yeux, une étendue vierge d'environ cinquante centimètres d'épaisseur. Marcher dans de telles conditions s'annonçait éprouvant.

– Ça commence bien, décidément, grinça-t-il.

Il parvint à sortir et chaque pas ne tarda pas à confirmer sa prédiction : c'était infernal. Il était obligé d'allonger sa foulée enfoncé jusqu'aux cuisses. Et puis deux éléments ne tardèrent pas à l'inquiéter : d'une part le ciel gris dont les nuages étaient si bas qu'ils faisaient disparaître le sommet des buildings les plus hauts, d'autre part l'improbable silence qui régnait sur la ville. Cette ville bruyante à toute heure du jour et de la nuit, et où il n'entendait rien d'autre que le hululement des rafales entre les profondes artères. Ce silence dans un paysage d'acier et de verre créait un paradoxe angoissant. Et puis autre chose aussi, qu'il n'arrivait pas à définir, ne parvenait pas à identifier, mais qui planait là autour de lui.

Devant le restaurant qui faisait l'angle de la rue, Matt poussa la porte du petit local toujours plein en temps normal. Des vêtements gisaient éparpillés sur le sol. Chaussures, chaussettes, sous-vêtements. Il ne manquait que les corps à l'intérieur.

Matt serra les dents ; malgré ça, les sanglots montèrent et il se mit à pleurer, appuyé contre le bar. Où étaient-ils tous ? Qu'étaient devenus ses parents ? Ses voisins ? Les millions d'habitants de cette ville ?

Lorsqu'il se fut délivré de son émotion, Matt sortit sans un regard derrière lui. Il avait encore l'espoir de croiser d'autres rescapés, tout ce qu'il demandait pour tenir le coup était de ne pas revoir des vêtements échoués partout, ça lui faisait penser à des fantômes et il ne le supportait pas.

Matt mit une demi-heure pour rejoindre la maison de Tobias, alors qu'il n'en fallait pas cinq en temps normal. Il allait entrer dans le bâtiment lorsqu'un bruissement dans la neige attira son attention : à une cinquantaine de mètres, des flocons s'envolaient et une forme essayait de s'extraire de la neige. *Un chien*, devina-t-il. De grande taille. *S'il est comme le caniche de tout à l'heure mieux vaut ne pas l'attendre.* Matt se hâta de se mettre à l'abri.

La cage d'escalier était comme chez lui : aussi sombre qu'un trou de taupe. *C'est reparti*, soupira-t-il. Il monta jusqu'à l'étage de Tobias et cette fois ne fut pas attaqué, bien qu'au sixième il entendit un chat s'énerver contre la porte avec une rage qui lui fit grimper les marches quatre à quatre. Si le monde était devenu fou en quelques heures, une chose demeurait la même : monter douze étages faisait toujours aussi mal aux cuisses et aux mollets !

Le couloir ne disposait d'aucune ouverture sur l'extérieur si bien qu'il dut garder sa torche allumée contre lui. S'il se passait quoi que ce soit, il ne pourrait pas saisir son épée *et* la lampe en même temps, l'arme était bien trop lourde pour être manipulée d'une seule main. *Aucune raison pour que ça se passe mal,* se rassura-t-il.

Il fila jusqu'à la porte de Tobias et sonna tout en frappant. Comme il n'obtenait aucune réponse, il cria :

– Tobias, c'est moi, Matt ! Ouvre ! Allez, s'te plaît, dépê-che-toi.

Mais rien ne vint, et Matt fut contraint de se rendre à l'évidence : Tobias également avait disparu.

– C'est pas vrai, dit-il en sentant sa gorge se serrer et les larmes remonter. Je ne veux pas rester tout seul.

Un grognement sourd surgit dans son dos, semblable à celui d'un ours ou d'un lion. En provenance de l'appartement d'en face.

Matt se raidit.

Puis la porte qui retenait la... *chose* résonna comme si on l'enfonçait de l'intérieur. Matt se résuma la situation : un animal sauvage allait surgir d'un moment à l'autre qui se trouverait entre lui et l'escalier de secours.

La porte trembla sur ses gonds, prête à s'effondrer.

Matt n'avait plus le temps de passer devant pour fuir. Il avisa l'autre côté : un mur, sans issue. Il secoua la tête. Il était pris au piège.

La porte vola en éclats et une ombre imposante sauta sur le seuil.

Ni tout à fait humaine, ni tout à fait animale.

5.
Des mutants

Matt sentit ses jambes se dérober sous lui et tomba à la renverse. Pendant une seconde il crut que c'était l'émotion qui l'avait privé de ses forces, avant de comprendre qu'il était tombé *dans* l'appartement de Tobias. La porte s'était ouverte tandis qu'il s'appuyait contre elle.

Tobias le dominait, le regardant avec une curiosité teintée d'incrédulité. La chose dans le couloir grogna à nouveau et Tobias releva la tête, épouvanté. Des pas lourds se rapprochaient. Matt roula sur la moquette malgré son équipement et Tobias put refermer en tirant tous les verrous.

– Ce truc vient de défoncer l'entrée d'un appart, faut filer ! s'écria Matt.

– Mes-parents-ont-remplacé-la-porte-après-notre-cambriolage-l'été-dernier, celle-ci-est-blindée, tu-crois-que-ça-suffira ? demanda Tobias à toute vitesse, sans même respirer.

Matt se releva.

– On va pas tarder à le savoir.

Et en effet, elle se mit à trembler tandis qu'on l'ébranlait à grands coups.

– C'est quoi, ce… ce… truc ? fit Matt. Ça ressemble à ces chiens tout froissés, ceux qui ont trop de peau, des…

– Sharpei, compléta Tobias, défiguré par la peur.

– C'est ça. On dirait un homme avec une peau de sharpei qui a chopé une maladie de crapaud. Il était couvert de pustules…

Tobias avait la bouche ouverte, les yeux exorbités, et ses mains tremblaient.

– Oh, Tobias, ça va ?

L'interpellé hocha la tête. Néanmoins Matt comprit qu'il était en état de choc.

– T'as vu dehors ? s'enquit le cadet.

– Ça oui, j'en viens.

– C'est… c'est la fin du monde ?

Matt déglutit. Que pouvait-il répondre ? Qu'en savait-il, lui, de ce que c'était ? Il hésita. Son ami n'allait pas bien. Moins bien que lui-même en tout cas. Il se devait de montrer l'exemple.

– Non, non, puisqu'on est encore là. Si c'était la fin du monde, on ne serait pas en train d'en parler, tu ne crois pas ?

Tobias approuva sans conviction. Il leva le bras et désigna la porte qui conduisait à la cuisine :

– Il y a un… *mutant* comme celui du couloir là-derrière. Quand je me suis réveillé ce matin, il était là. J'ai réussi à fermer avant qu'il sorte.

Ce fut au tour de Matt d'écarquiller les yeux.

– Quoi ? Tu veux dire qu'ils sont deux ?

– Celui de la cuisine est moins agressif, mais il a quand même essayé de me lancer un couteau. Je crois qu'ils sont… maladroits.

Maintenant que la tension était retombée d'un cran, Tobias articulait lentement.

– Écoute, Matt, j'ai un mauvais pressentiment. Tu vois, quand je l'ai vu là, ce matin, en train de se goinfrer, la tête dans le frigo, j'ai… j'ai eu l'impression que c'était mon père.

Ses yeux s'embuèrent de larmes.

Matt le regarda, sans un mot.

– Il avait les mêmes habits, précisa Tobias, sans retenir ses larmes. C'était… c'était un homme-sharpei noir, avec les fringues de mon père ! Tu vois…

Matt fit alors ce qu'il n'aurait jamais cru possible en d'autres circonstances : il prit son ami dans ses bras et lui tapota affectueusement le dos.

– Comme dirait mon grand-père : vas-y, pleure un bon coup, ça ira mieux après, c'est comme quand on pète.

Tobias fut secoué d'un fou rire nerveux, incontrôlable.

– En même temps, je sais pas si on peut croire un « péquenaud de républicain », ajouta Matt en le libérant.

Tobias pouffa encore avant d'avouer :

– Je sais pas ce que c'est qu'un « péquenaud de républicain ».

– À vrai dire : moi non plus.

Et ils rirent de nouveau, d'un rire qui leur faisait du bien et du mal, les nerfs à bout.

– Faut qu'on trouve un moyen de sortir d'ici, exposa Matt lorsqu'ils se furent calmés. On ne peut pas attendre que le… mutant comme tu dis, sorte, on serait coincés entre celui-là et l'autre.

– Et tu veux aller où ?

– Si toi et moi sommes encore là, peut-être que Newton aussi est passé au travers.

– Et après ?

– J'en sais rien, Tobias, on verra à ce moment-là, chaque chose en son temps. Déjà il faudrait pouvoir sortir. Les escaliers de secours, à l'extérieur, on peut y accéder ?

– Non, c'est par le local poubelle, dans le couloir. Faudrait passer devant le mutant. (Une petite étincelle se mit à briller dans son regard :) Attends ! Par la fenêtre des toilettes, on peut sauter sur la passerelle.

Matt remarqua tout à coup qu'aucune fenêtre n'était brisée.

– Il n'y a pas eu d'éclairs chez toi ?

– Cette nuit ? Plein tu veux dire ! Enfin, pas dans l'appartement, mais partout en ville, et sur l'immeuble, ça claquait de tous les côtés. À un moment il y a eu un énorme flash et j'ai perdu connaissance. Je me suis réveillé tout à l'heure. Plus rien ne marche, ni les téléphones, ni aucun appareil électrique.

Matt fit signe qu'il comprenait et préféra faire diversion en voyant les larmes embuer à nouveau les yeux de son camarade :

– Tu as des fringues chaudes ? demanda-t-il en avisant le pyjama de Tobias.

– Oui. J'y vais... Attends-moi là, lança-t-il en séchant ses yeux.

– Prends aussi une lampe si tu en as une.

Matt allait l'inciter à se munir de provisions mais se ravisa en songeant à ce qui se terrait dans la cuisine. *Il dit que c'est peut-être son père ! Il y aurait donc des gens disparus et d'autres qui se seraient... métamorphosés en hommes-sharpei-crapauds, en mutants.* Et Matt se demanda si les habitations qui n'avaient pas été transpercées par les éclairs étaient toutes peuplées de mutants, et si les autres s'étaient tous fait vaporiser ? Il songea, une fois encore, à ses parents, et la boule douloureuse resurgit dans sa gorge. Que leur était-il arrivé ? Il dut déglutir plusieurs fois pour chasser les sanglots qui couvaient.

Matt attendit cinq minutes durant lesquelles il entendit le mutant du couloir frapper les murs et grogner avant d'en déduire qu'il se cognait ! *Ce machin ne voit pas dans le noir !*

Tobias revint, engoncé dans un duffle-coat recouvert d'un ciré vert. Matt voulut objecter que c'était un peu trop mais préféra s'abstenir. Tobias devait faire à sa manière.

– J'ai mon matériel de scout là-dedans, révéla-t-il en tapotant son sac à dos.

– Parfait, on y va.

Ils firent selon leur plan, et tout se déroula pour le mieux, ce qui n'était pas pour déplaire à Matt. Il avait craint de devoir passer la nuit à surveiller la porte de la cuisine.

Dans la rue, de la neige au-dessus des genoux, ils marchèrent en direction de chez Newton. Après une heure d'efforts, ils avaient parcouru les trois quarts du chemin, en sueur, haletants.

Ce fut Tobias qui les repéra le premier :

– Là-bas ! s'écria-t-il. D'autres personnes !

– Ne crie pas, si c'est des mutants j'ai pas envie qu'ils nous repèrent.

Matt ne parvenait pas à les identifier. Tobias sortit une paire de jumelles flambant neuves de son sac et fit le point. Il n'arrivait pas à croire qu'ils erraient dans New York, avec tout ce silence, toute cette neige, et pas un être vivant en vue... jusqu'à cet instant.

– Et bah ça alors... ! s'exclama-t-il. Ce sont des enfants. Attends, il y a deux, non, trois adolescents avec eux. Ils sont au moins dix.

– Pas d'adultes ?

– Je n'en vois aucun.

Matt se mit alors à crier de toutes ses forces dans leur direction.

68

– Ils n'ont pas l'air d'entendre, remarqua Tobias, toujours rivé à ses jumelles.

– Normal, ils sont trop loin et le vent souffle contre nous.

– On essaye de les rejoindre ?

– Impossible. Ils ont bien trop d'avance, et avec toute cette neige on ne pourra jamais les rattraper. Restons-en à notre plan, conclut-il avec une pointe de regret dans la voix.

Tobias rangea ses jumelles et il reprit la cadence, en jetant de brefs regards vers les formes qui disparurent à l'angle d'une rue lointaine.

– Tu crois vraiment qu'il n'y a plus aucun adulte ? demanda Tobias après un temps.

– Je n'en sais rien. Je préfère ne pas y penser.

Ils arrivèrent devant chez Newton et montèrent avec prudence. Ils sillonnèrent tout l'étage sans rien trouver. Toutes les fenêtres étaient brisées. Dans son lit en désordre, un caleçon et un tee-shirt étaient abandonnés.

– Peut-être qu'il s'est caché quelque part ? hasarda Tobias.

– Je ne crois pas, fit sombrement Matt en considérant les vêtements sur le lit.

Leur ami avait été vaporisé, comme les autres, par ces éclairs étranges.

– On fait quoi maintenant ?

Matt haussa les épaules.

– On ferait mieux de sortir et de partir à la recherche d'autres personnes, plus on sera nombreux, mieux ce sera. Peut-être qu'en rassemblant un maximum de témoignages on parviendra à comprendre ce qui s'est passé.

– Tu crois que des gens ont échappé aux… trucs ?

– Oui, ce groupe qu'on a croisé en est la preuve. Toi et moi aussi.

Réalisant qu'il n'avait rien absorbé depuis la veille et que la faim commençait à le tenailler, Matt ajouta :

– Il ne doit pas être loin de midi, on va déjà manger un morceau.

– Je ne suis pas certain de pouvoir avaler…

– Force-toi, le coupa Matt. Avec les efforts qu'il faudra fournir dans la neige, tu auras besoin de tes forces.

Ils confectionnèrent des sandwiches avec ce qu'ils débusquèrent dans le frigo : jambon et fromage. Après quoi, Matt prit le temps de tartiner le pain de mie de beurre de cacahuètes.

– Ça au moins ça nous tiendra au ventre.

Et ils redescendirent dans la rue.

– Dans quelle direction ? demanda Tobias.

– Nous ne sommes pas loin de l'East River, on va y jeter un coup d'œil. Là-bas on pourra voir l'autre côté du fleuve, si les quartiers du Queens et de Brooklyn sont touchés.

Tobias approuva vivement. L'idée que tout puisse être comme avant dans le reste de la ville semblait lui plaire.

Ils avancèrent péniblement, levant haut les jambes.

Au bout d'un moment, Tobias fit remarquer :

– Tu as vu, on dirait que tout ce qui roule a disparu ?

Matt se frappa le front avec son gant. Voilà ce qui le dérangeait sans réussir à mettre des mots dessus. Les rues étaient totalement vides !

– Dire que je n'y avais même pas fait attention ! Où donc sont passées les voitures ?

– Et si les éclairs ne vaporisaient pas que les gens ?

Matt approuva. Oui, ça ne pouvait qu'être ça. *Les êtres vivants et les voitures*, se dit-il sans parvenir à y croire pleinement. *C'est complètement dingue cette histoire. Je dois être en train de dormir, je vais bientôt me réveiller et tout sera normal.* Aussitôt, la voix de la raison le remit en phase avec la réalité : *Non, non, non. Tout ça est bien réel. As-tu déjà eu si froid en dormant ? Et les rêves ne durent jamais très longtemps, là ça fait déjà plusieurs heures... tout est vrai !*

Le vent devint plus vif lorsqu'ils se rapprochèrent du fleuve, irritant les joues de sa langue glaciale. L'East River apparut entre deux immeubles : un large ruban d'eau sombre ; sur la rive opposée le quartier du Queens paraissait aussi tranquille que le leur.

– Ça n'a pas l'air plus vivant en face, fit remarquer Tobias sans masquer sa déception.

Matt se contenta de scruter les façades lointaines, à plusieurs centaines de mètres de distance.

– Tu peux me passer tes jumelles ? réclama-t-il soudain.

Tobias s'exécuta et Matt les orienta vers un petit parc, de l'autre côté du fleuve. Il avait vu juste : trois individus se cachaient derrière un arbre, accroupis. En sondant les environs, Matt ne tarda pas à repérer ce qu'ils craignaient : un mutant, penché en avant, marchait lentement, comme s'il cherchait quelqu'un. Impossible de les prévenir, ils étaient beaucoup trop loin.

– Qu'est-ce qu'il y a ? s'impatienta Tobias.

– Je vois trois personnes. Attends... elles se sont relevées. Ce sont des ados, non, avec un enfant, moins de dix ans. Ils se mettent à courir, un mutant aux baskets.

Tobias se redressa :

– Il va leur tomber dessus ?

Matt patienta quelques secondes avant de répondre :

– Non... ils sont rapides et pas lui. (Il rendit les jumelles à son camarade.) Bon, au moins on est fixés sur le reste de la ville, c'est partout pareil.

– Tu crois que *le monde entier* s'est transformé ?

Voulant éviter que Tobias sombre à nouveau dans les larmes – et pas sûr de tenir lui-même – Matt se voulut aussi optimiste que possible :

– Pour l'instant on n'en sait rien. Peut-être tout l'État, peut-être pas. Et même si tout le pays a disparu, on ne sait pas ce qu'il en est de l'Amérique du Sud, et même de l'Europe. Tôt ou tard, les secours arriveront.

Tobias fixait Matt, lèvres plissées, ne sachant s'il devait croire son ami ou non. Soudain son regard dévia et alla se poser au loin, sur l'immense pont qui reliait Manhattan au Queens. Il s'empressa de regarder dans ses jumelles. Sa bouche s'ouvrit toute grande.

– Oh, non, c'est pas vrai, furent ses premiers mots.

6.

Un château dans la ville

Le visage de Tobias avait beau être pâle depuis le début du cataclysme, cette fois Matt le vit devenir crayeux.

– Quoi ? jeta-t-il, oppressé.

– Le pont… il… il… il est infesté de mutants ! bafouilla Tobias sans lâcher ses jumelles. Au moins… cent ! Mais… ils sont cinglés ! Ils se tapent dessus… ça grouille !

– D'accord, au moins on le sait : ne pas s'approcher du pont, tenta de relativiser Matt.

– Et si c'était comme ça avec tous les autres ponts ? Manhattan est une île, non ? On va rester coincés ici jusqu'à ce qu'ils finissent par nous trouver ?

Matt leva les mains en signe d'apaisement :

– Tobias, il faut que tu te contrôles, c'est important. Si on panique, on ne s'en sortira pas. OK ?

Tobias rangea ses jumelles en hochant la tête.

– Oui, tu as raison. Je me contrôle. Je me contrôle.

Matt n'était pas sûr qu'il tienne longtemps en se le répétant mais si ça pouvait marcher au moins quelques heures c'était bon à prendre. Le temps de trouver un abri, et d'autres rescapés, espérait-il. *L'union fait la force, non ? Faut qu'on se regroupe, le plus possible.*

– Tu sais quoi ? dit-il. On va retourner au cœur de la ville et chercher un endroit où se cacher. Avec un peu de chance, sur le chemin, on croisera les autres…

Il s'interrompit en voyant le visage grimaçant de Tobias.

– Qu'est-ce qu'il y a ?

– Tu vois, je me contrôle, hein ? articula-t-il, crispé des pieds à la tête.

Tobias commençait à lui faire peur. Matt capta son regard, le suivit, et se retourna.

Au loin, vers le nord, tout l'horizon était noir. Non pas comme des nuages, mais à la manière d'un *mur* de ténèbres qui avançait.

– Oh ! la vache ! murmura Matt.

Des dizaines d'éclairs serpentaient à l'intérieur et, contrairement aux orages habituels, ils ne disparaissaient pas après une ou deux secondes, bien au contraire, ils continuaient de briller pendant qu'ils se déplaçaient sur le sol.

– On dirait… on dirait qu'ils *fouillent* les rues ! constata Matt.

– Et ils viennent par ici.

Le mur était encore loin et n'avançait pas vite. Matt estima qu'ils disposaient peut-être d'une heure avant qu'il ne soit sur eux.

– J'ai une idée ! s'exclama Tobias, on n'a qu'à aller à la banque où travaille mon père ! Il y a un énorme coffre-fort au sous-sol, je parie qu'avec tout ce qui s'est passé et l'absence d'électricité, finit ! plus d'alarme ni rien, on devrait pouvoir s'y abriter. Ces fichus éclairs ne pourront descendre aussi bas dans la terre et traverser la porte.

– Faut pas rêver, on ne pourra jamais entrer là-dedans, il doit être verrouillé ton coffre !

– Non, justement, mon père m'a raconté qu'en ce moment ils faisaient des travaux, plus d'argent, plus rien, il est grand ouvert !

Matt ne semblait pas convaincu mais le grondement qui cette fois roula jusqu'à eux lui rappela l'urgence de la situation.

– Ça marche, céda-t-il. Faut pas traîner, on y va à pleine vitesse.

– Si on veut prendre le chemin le plus rapide, faut traverser Central Park.

Matt se crispa. Sillonner l'immense parc qui découpait une bande de végétation dense au milieu de la ville ne l'enthousiasmait guère. En pleine journée, l'endroit pouvait parfois être angoissant avec ses labyrinthes de sentiers, son lac d'eau grise et ses rochers aiguisés, alors maintenant que tout était possible, il n'osait imaginer ce qu'ils pourraient croiser !

– On ne traînera pas, dit-il, c'est drôlement sauvage là-bas.

Ils échangèrent un regard entendu et se mirent aussitôt en route. La banque était à plusieurs kilomètres, il fallait se presser.

Chemin faisant, Tobias demanda :

– Nos parents, tu crois qu'ils sont...

– Toby, je préfère ne pas en parler. Pas maintenant.

– D'accord. Je comprends.

Leurs souffles cadencés exhalaient des bouffées de vapeur qui s'évaporaient, s'accélérant à mesure que leur vitesse augmentait. Ils débouchèrent dans la Cinquième Avenue qui bordait Central Park et Matt fut stupéfait de ne découvrir aucun véhicule sur cet axe qui perforait la ville de part en part. Rien qu'un goulet d'acier et de verre, avec son molleton de neige, et personne en vue.

Où sont donc passées toutes les voitures ? Quel genre de tempête *peut vaporiser les gens et tous les engins en laissant le reste ?* s'interrogea Matt.

En y regardant de plus près, il s'avéra que ce n'était pas tout à fait vrai : des formes humaines se déplaçaient très loin au sud. Les jumelles le confirmèrent : un groupe de personnes avançait lentement vers eux, à plusieurs kilomètres.

– De mieux en mieux, ironisa Matt. Ce sont des mutants, ils sont encore à bonne distance, mais il ne faut pas rester là sans quoi on sera pris en tenaille entre eux et la tempête.

La lisière du vaste bois était pleine d'ombres tremblantes. Matt savait que, même en le traversant dans sa largeur, il fallait couvrir un kilomètre, ce qu'il estimait très long pour un endroit aussi peu accueillant.

Lorsqu'ils s'engagèrent dans l'avenue, ils furent entraînés par un vent puissant qui leur plaqua les vêtements au corps. Ils passèrent de l'autre côté malgré tout, escaladèrent un petit muret pour déboucher dans le parc, et aussitôt le souffle rugissant s'estompa. Ici la neige avait été en grande partie repoussée par les frondaisons des arbres et elle ne montait pas plus haut que le mollet, ce qui soulagea les deux garçons aux jambes douloureuses.

– Je propose qu'on longe l'avenue vers le sud pour contourner le lac, ensuite on pivotera pour ne pas tomber sur les mutants et, au cœur du parc, on débouchera non loin de la banque, ça te va ? suggéra Matt.

Tobias s'en remettait totalement à son compagnon, il avait l'impression que son propre esprit ne discernait plus la réalité avec la même acuité que d'habitude. Était-ce cela « l'état de choc » ? Ou tout simplement la fatigue ?

Au grand soulagement de Matt, ils ne virent rien d'alarmant dans les profondeurs de Central Park. Ce qui était bien plus troublant en revanche, provenait du nord, sous la forme d'une montagne d'encre qui emplissait tout le ciel et se rapprochait, avec ses éclairs qui sondaient les rues.

— Faut presser le pas, ordonna-t-il.

Matt ne savait plus si le vent s'était réellement calmé ou s'ils étaient à l'abri de la végétation, néanmoins il appréciait ce répit, marcher contre les rafales glaciales les avait épuisés, sans parler du sifflement qui bourdonnait encore à leurs tympans.

Soudain la forêt s'illumina d'un flash bleu qui retomba aussitôt.

— Oh, non, gémit Tobias. Les éclairs ! Ils sont déjà là !

— Plus vite, Toby, plus vite.

Ils forcèrent sur leurs jambes lourdes, zigzaguant entre les troncs bruns. La lumière déclinait alors qu'il ne devait pas être plus de trois heures de l'après-midi. Le mur noir commençait à les surplomber. Matt les guidait depuis qu'ils avaient quitté le chemin, il s'en remettait à son sens de l'orientation, espérant ne pas se tromper. Ils évoluaient dans une véritable forêt, difficile de croire qu'ils étaient au cœur de New York, et en dehors de quelques rochers ou quelques arbres singulièrement élevés, il n'avait aucun repère.

Le tonnerre se mit à claquer derrière eux. *Ça y est, cette fichue tempête est sur nous*, songea Matt avec inquiétude. *On n'aura jamais le temps d'atteindre la banque !* Depuis le début il se doutait que ce n'était pas un bon plan. *Il nous faut une solution de repli.*

L'environnement était une friche de buissons et de branches basses, pas vraiment la cachette idéale pour essuyer une pareille tempête. Un flash bleu ouvrit le ciel dans leur dos. Nouveau coup de tonnerre. L'air devenait électrique, il sentait les poils de sa nuque se soulever. Elle était toute proche, ce n'était plus qu'une question de minutes tout au plus, avant qu'ils soient submergés. Une petite brise apparut, faisant clapoter la capuche de Tobias contre ses épaules, puis elle prit sa force, et soudain se mua en un souffle brutal qui manqua les renverser. De la neige s'arracha du sol et se mit à tournoyer autour d'eux, les arbres grincèrent et les branches s'agitèrent si violemment qu'elles devinrent autant de menaces.

Agrippés à leurs manteaux, ils pressèrent le pas en se donnant la main, front baissé.

Ils écartèrent un bosquet de hauts roseaux et un petit lac apparut. En face, construit sur un rocher rouge se trouvait un château, comme ceux des films de *Fantasy*. Un kiosque construit sur des colonnes de pierre en marquait l'entrée, suivi d'une cour et du bâtiment principal, flanqué d'un donjon lui-même surmonté d'une haute tour.

– Le château du Belvédère ! s'écria Tobias. On pourrait s'y abriter, je crois qu'on n'arrivera jamais jusqu'à la banque !

– C'est exactement ce que je pensais ! cria à son tour Matt par-dessus le vent.

Trois éclairs consécutifs venaient de fendre le ciel, il faisait nuit. La neige virevoltait, déversant des vagues blanches sur les deux garçons.

Ils contournèrent l'étang en se recroquevillant pour offrir le moins de prise possible à la tempête qui tentait de les balayer. Matt aperçut alors une meute de chiens qui couraient, les crocs à l'air, pour fuir la tempête. Il poussa son ami pour le faire accélérer. Tobias grimpa les marches et passa le premier sous le kiosque du château. Le vent hurlant s'engouffra dans l'édifice, un phénoménal coup de tonnerre fit trembler les murs et Matt, en haletant, referma la porte derrière lui.

Ils virent les fenêtres s'assombrir et en une seconde la chape de ténèbres recouvrit la ville.

Matt entendit la respiration saccadée de son ami, puis il reconnut le bruit d'un sac que l'on fouille. Tobias alluma la lampe qu'il venait d'extirper de ses affaires.

– J'a… J'arrive pas à le croire, souffla-t-il en éclairant devant lui. On a réussi.

Une bourrasque vint secouer la porte, faisant sursauter les deux adolescents.

– Et maintenant ? interrogea Tobias. Qu'est-ce qu'on fait ?

Matt ôta sa besace qui lui meurtrissait l'épaule et la hanche, défit les sangles de son épée et, à son grand soulagement, libéra son dos de leurs poids. La lame tinta en touchant le dallage.

– On n'a pas le choix, je crois. Faut attendre que ça passe, confia-t-il.

Mais il s'était raidi, l'oreille aux aguets.

Il se pencha pour ramasser son épée qu'il sortit du baudrier et la leva devant lui. Ses muscles se contractèrent, après tous les efforts qu'ils venaient de fournir, il ne pourrait pas la maintenir ainsi longtemps.

– Rien ne prouve que nous sommes seuls ici, chuchota-t-il tant bien que mal, dans le vacarme de la tempête. C'était ouvert.

Tobias sursauta comme s'il venait de recevoir un caillou sur la tête.

– Dis pas ça, je veux pas ressortir !

Matt explora la vaste salle, Tobias à ses côtés pour l'éclairer. Les murs étaient en pierre tandis que des meubles d'un vert pâle ou d'un orange brun exposaient des instruments d'observation : longue-vue, microscope et guides de la faune visible dans Central Park. À l'étage, ils inspectèrent une quinzaine d'oiseaux empaillés et montèrent par l'escalier en colimaçon jusqu'au sommet de la tour : une porte donnait sur une terrasse, mais ils se contentèrent de redescendre sans s'y rendre, n'ayant aucune envie de laisser entrer le froid et la neige. Rassuré, Matt déposa sa précieuse arme sur un buffet et vint se poster près d'une fenêtre en ogive.

– Je vois les éclairs qui *fouillent*, ils ne sont pas très loin, dit-il.

Matt se rendit compte que sa voix tremblait un peu. Il inspira profondément pour essayer de se calmer. *De toute manière, ça ne sert à rien de paniquer.* Pour l'heure, il fallait se réchauffer, leurs pantalons étaient trempés.

Tobias venait d'extraire trois bougies de son sac à dos. Il les alluma et les disposa dans la pièce.

– Je les ai prises avant de partir, réflexe de scout. Tu vois, c'est pas si mal les scouts !

– J'ai jamais pensé le contraire, répondit Matt doucement, sans le regarder. C'était juste un truc entre Newton et moi, pour te charrier.

– Ah.

Tobias parut blessé à l'idée que ses amis s'étaient alliés pour le taquiner.

– Tu crois qu'il est... je veux dire : Newton, tu penses qu'il est devenu un de ces mutants ?

Matt continuait de guetter la progression de la tempête.

– Non, je ne crois pas. J'ai l'impression que les mutants sont des adultes. Ils sont grands, assez costauds. La nuit dernière des gens se sont volatilisés et d'autres se sont transformés en ces créatures dégoûtantes. On dirait que les seuls rescapés pour l'instant ne soient... que des enfants, ou des ados.

Tobias se pencha pour fixer une flamme. Elle lui réchauffait le nez.

— Tu crois que le monde va rester ainsi ? marmonna-t-il d'une voie tremblante à son tour. Qu'on ne reverra plus jamais nos parents, nos copains ?

Matt ne répondit pas, la gorge nouée. Face à son silence, Tobias se tut à son tour et ils attendirent sans bouger, les jambes humides, pendant que la tempête frappait Manhattan, recouvrant l'île de son manteau obscur. Seuls les éclairs illuminaient les immenses façades mortes des buildings. Matt eut l'impression d'être au cœur d'une ville fantôme. Un cimetière architectural. Les éclairs jaillissaient du sol, se promenaient pour sonder les rues et l'intérieur de quelques bâtiments, comme au hasard, puis disparaissaient avant de se reformer plus loin.

— Ils se rapprochent, avertit Matt après deux heures de veille. L'espèce de gros nuage noir est arrivé en avance sur eux. Je me demande ce que ça peut être.

— Moi j'en m'en fiche, tout ce qui m'intéresse c'est de comprendre pourquoi tout le monde a disparu. Et où ils sont.

Deux éclairs se matérialisèrent dans la forêt de Central Park, mais Matt ne parvenait pas à les distinguer clairement.

— Je monte, de là-haut je les verrai mieux, prévint-il.

Il se posta au sommet de la tour, contre une fenêtre ronde, à côté de la porte conduisant sur la terrasse. De là, il vit l'un des deux éclairs qui avançait et peu à peu se rapprochait d'eux, son extrémité se divisant en cinq petites ramifications de foudres.

– Ce sont vraiment des mains, murmura-t-il pour lui-même.

Son estomac se vrilla lorsqu'il vit que l'éclair venait à présent droit sur eux en clignotant. Ils étaient sans défense, se cacher dans une armoire ne servirait à rien, ces *choses* glissaient sur le sol et s'insinuaient partout. La longue main bleue ne cessait de trembler, perdant de son intensité par à-coups. Elle se mit à ralentir, et Matt n'en crut pas ses yeux lorsqu'elle se recroquevilla sur elle-même avant de disparaître en laissant un petit sillon de fumée. L'autre éclair endura le même traitement au loin dans le parc. C'est alors qu'il en remarqua un troisième qui tentait d'entrer dans la forêt et qui subissait le même sort. *Ils ne supportent pas la forêt, on dirait !* triompha Matt. Un mouvement plus discret attira son attention au pied du château : un groupe de singes couraient et sautaient dans un arbre. Matt dévala les marches pour retrouver Tobias :

– Bonne nouvelle : j'ai l'impression que les éclairs ont du mal à progresser dans la végétation, mauvaise nouvelle : des babouins campent devant la porte.

– Des *babouins* ? répéta Tobias, incrédule.

– Je te le jure, je n'ai pas rêvé, des singes en plein hiver, à New York.

Tobias claqua des doigts.

– Bien sûr ! Ils viennent du zoo de Central Park !

– Ah ? Et il y a des animaux dangereux là-bas ? Parce qu'on dirait bien qu'ils se sont échappés.

– Déjà les babouins ne sont pas des singes très sympathiques, ils peuvent nous attaquer s'ils nous repèrent, je l'ai vu dans un reportage télé. Mais un danger, ça oui, et de taille : ils abritent des ours polaires dans ce zoo. Eux, s'ils ont faim, on est mal !

Matt soupira. Il ne manquait plus que ça.

– Alors qu'est-ce qu'on fait ? demanda Tobias.

– On attend que la tempête passe, proposa Matt. T'as une meilleure idée ?

Tobias secoua la tête.

– On va passer la nuit ici et on verra demain matin, approuva-t-il.

Sur quoi il se leva et tira un bureau devant la porte d'entrée.

– Voilà…, souffla-t-il après l'effort. Ça bloquera les indésirables le temps de nous organiser, au cas où…

Pendant que les éléments continuaient de se déchaîner audehors, les garçons mangèrent leurs sandwiches au beurre de cacahuètes, sans percevoir si la nuit était tombée ou non, la vraie, au-delà du nuage poisseux qui dominait leurs têtes. Les éclairs, eux, continuaient d'arpenter les avenues, de grimper à l'assaut des constructions avant d'en ressortir en laissant une fumée blanche de mauvais augure. Au bout d'un moment,

Matt sentit mordre le froid et il ouvrit tous les placards à la recherche de vêtements secs. Il trouva des vieilles couvertures dont ils s'emmitouflèrent après avoir retiré leurs pantalons qu'ils mirent à sécher devant les bougies, ce qui leur parut bien maigre mais mieux que rien.

Tobias s'endormit le premier, roulé en boule dans ses couvertures, sous la table. Matt quant à lui préféra rester près de la fenêtre. Il s'estimait chanceux que Tobias soit avec lui. Seul, il serait devenu fou. Avec Tobias, c'était différent. Il était comme son frère. Leur amitié remontait à l'école primaire. Un jour, Matt avait aperçu ce petit garçon frêle en train de pleurer. La mère d'une de leurs camarades venait d'interdire à sa fille de jouer avec lui sous prétexte qu'il était noir. Matt avait du même coup découvert le racisme. Et son meilleur ami. Il l'avait consolé et depuis ils ne s'étaient plus quittés.

Le visage de ses parents se dessina dans ses pensées. Les larmes montèrent en même temps. Que leur était-il arrivé ? Étaient-ils morts ? Et pour la première fois depuis le drame, de violents sanglots le secouèrent, jusqu'à l'épuisement.

Il veilla tard, jusqu'à ce que ses paupières se ferment d'un coup.

Il rouvrit les yeux en grelottant. Les bougies s'étaient toutes éteintes. Il faisait aussi sombre dans la pièce qu'à l'extérieur. Matt resserra la couverture autour de lui, il avait mal au dos à dormir ainsi sur ce plan de travail en bois. Il allait se tourner pour repartir dans son sommeil lorsqu'il capta une lueur du coin de l'œil.

Il redressa la tête et regarda par la fenêtre.

Des dizaines de lumières se promenaient en silence dans la nuit.

7.

Les échassiers

Les lumières se mouvaient par paires, des phares flottant à trois ou quatre mètres du sol. Matt colla son front à la vitre pour tenter de comprendre. Une quinzaine de lueurs avançaient dans la forêt, à peine plus vite qu'un homme.

Matt se dressa, empoigna son épée – il préférait l'avoir contre lui – et grimpa tout en haut de la tour d'observation.

D'autres phares progressaient également sur les avenues bordant le parc, et dans toutes les rues qu'il pouvait distinguer. Cinquante paires brillantes, peut-être plus. Soudain, un cône de lumière intense balaya la cour du château et Matt vit une silhouette haute de quatre mètres qui s'approchait. Elle était vêtue d'un long manteau dominé par une capuche d'où sortaient ces deux lueurs, des projecteurs au sommet d'un mirador ambulant, songea Matt. Deux tiges noires, des échasses, peut-être, émergeaient du manteau en guise de jambes. La forme, que Matt venait de baptiser « échassier », avançait sans un bruit dans la neige.

Elle cherche quelque chose. Ou quelqu'un ! La suite des éclairs, une créature traquant une dernière source de vie pour la vaporiser ?

Son cœur faillit exploser dans sa poitrine lorsque, en bas, la voix de Tobias déchira le silence de la nuit :

– Matt ? Matt ! T'es où ?

Matt bondit dans l'escalier en laissant son arme, il le dévala, faillit se tordre la cheville et se rattrapa in extremis à la rambarde, pour atterrir dans la salle principale devant Tobias.

– Tais-toi ! ordonna-t-il, impérieux. Des espèces d'échassiers rôdent dehors, l'un est juste là ! Tout près !

– Des quoi ?

– Des êtres immenses, avec des lampes à la place des yeux.

La neige craqua devant la porte d'entrée.

– Il arrive, prévint Matt en cherchant une cachette autour de lui. Viens, aide-moi, il faut retirer le bureau devant la porte.

– Au contraire ! Il ne faut pas qu'il puisse entrer !

– Crois-moi, ce n'est pas un bureau qui va l'en empê-cher ! En revanche ça le préviendrait d'une présence à l'intérieur ! Aide-moi, on n'a pas le temps de discuter !

Tobias prit un air désespéré, cependant il prêta main-forte à Matt. Ils levèrent le bureau en silence pour le remettre à sa place.

Pendant ce temps, l'échassier atteignait la porte. Il allait entrer d'une seconde à l'autre.

Matt ouvrit un placard sous la fenêtre et y poussa Tobias avant d'entrer à son tour et de refermer sur eux. Ils étaient écrasés l'un contre l'autre, complètement recroquevillés.

– J'ai peur, gémit Tobias.

Matt posa son index sur ses lèvres mais il faisait noir dans ce réduit. C'est alors qu'il repéra une minuscule fente dans le bois, suffisante pour scruter la pièce.

Le portail du château grinça en s'ouvrant et une lumière blanche illumina le hall. Tobias posa sa main sur le poignet de Matt et serra, terrorisé.

En rivant son œil au trou, Matt aperçut un échassier en train de se pencher pour entrer.

Non, il ne se penche pas, ce sont ses jambes... ses échasses, elles rentrent dans le manteau !

La créature en deux pas fut à l'intérieur, sans un bruit. Avec ses échasses ainsi réduites, elle ne mesurait « plus » que trois mètres. La capuche tournait sans qu'on puisse voir ce qu'elle abritait, hormis les deux puissants faisceaux qui en sortaient. C'étaient ses yeux...

L'échassier était en train d'examiner la pièce, promenant son regard aveuglant sur le sol, les meubles et les murs. La capuche se tourna face aux garçons et Matt dut fermer les paupières, le faisceau passa sur le buffet sans s'attarder. Matt retenait toujours son souffle, la main de Tobias agriffée à son poignet. Matt remarqua alors derrière la fenêtre opposée un autre échassier qui longeait le mur. Ses échasses étaient en train de s'étirer au contraire. *Pour regarder à l'étage par l'extérieur ! Ils sont en train de fouiller tout le château !*

Brusquement, l'échassier qui était dans la pièce émit un sifflement, presque un hululement. Il venait de poser ses lumières sur la besace de Matt et s'en rapprocha.

Le manteau s'ouvrit sur un bras blanchâtre, à la peau épaisse, une main aux doigts trois fois plus longs que la normale humaine. La main palpa la table, telle une araignée immonde, avant de toucher la besace. L'échassier se mit alors à renifler. Puis il se redressa et lança une succession de cris semblables à ceux des baleines : une alternance de plaintes et de couinements aigus, si forts que Matt serra les dents pour ne pas gémir. *Il va ameuter tout le quartier !* C'était justement ce que l'échassier faisait : il appelait des renforts. *On est fichus, ils nous ont repérés, c'est fini.* Et il avait laissé son épée en haut de la tour, impossible d'aller la chercher. Ils ne pouvaient que fuir, en espérant que l'échassier serait plus lent qu'eux, ce dont il doutait fortement. Collé contre Tobias, il réalisa qu'ils étaient à quatre pattes dans un placard, enroulés dans des couvertures, et sans même leurs pantalons. Aucune chance de s'en sortir.

Un second échassier entra à son tour. Les cris cessèrent

et, au grand étonnement de Matt, ils se mirent à parler. Une voix susurrante, presque inaudible. Un son de gorge.

– Sssssssch... il... était... là ! Sssssssssch.

En voyant que l'échassier disait cela en soulevant sa besace, Matt fut saisi d'un puissant frisson.

– Oui... sssssssssch. Là. Sssssssch... pas loin. Ssssssch. Encore... en ville... sssssssch, répondit l'autre.

– Vite... sssssssch. Le trouver. Sssssssch. Avant le sud... sssssssch.

– Oui... sssssssch. Avant le sud... Sssssssch. *Il* le veut. Sssssssch.

L'échassier qui tenait la besace dans ses horribles doigts la secoua.

– La prendre... sssssssssssch ?

– Oui... sssssssssch. Pour *Lui*. Sssssssch... *Il* voudra.. sssssssch... la voir. Sssssssssch.

La main se rétracta et enfouit la besace de Matt à l'intérieur du grand manteau. Les deux échassiers firent demi-tour et sortirent avant de retrouver leur taille normale et de s'éloigner sans un bruit.

– T'as entendu ça ? finit par lâcher Matt, dans un souffle.

– Oui. Ils parlaient de quoi ? Nos affaires ?

– Ma besace.

– Oh, c'est pas bon signe, ça. Qui c'est ce *il* dont ils ont causé ?

– Comment veux-tu que je le sache ? Ils obéissent à quelque chose et quand tu les vois, tu n'as pas envie de voir leur maître ! J'aime pas ça. C'est… c'est *moi* qu'ils cherchaient ! fit-il tout haut, secoué par la révolte. Oh, bon sang ! Je voudrais que tout s'arrête !

Matt ouvrit le placard sous le regard apeuré de Tobias et s'extirpa, en s'assurant que plus aucun échassier n'était dans la cour.

Matt se cacha la bouche derrière la main et alla s'asseoir sur le banc. Tobias le suivit, circonspect.

– Peut-être… risqua-t-il timidement, peut-être qu'ils se sont trompés. Qu'ils cherchent quelqu'un d'autre.

Matt demeura silencieux.

– Tu avais quoi dedans ? insista Tobias. Dans ta besace, qu'est-ce qu'ils t'ont pris ?

Matt réfléchissait à toute vitesse, mais pas à ce que Tobias lui demandait. Il analysait ce qu'il venait d'entendre et ce qu'il convenait de faire. Il y avait urgence, il le sentait. Ces créatures ne tarderaient pas à revenir, et s'ils n'agissaient pas, Tobias et lui seraient découverts. Matt n'avait aucune idée de ce qu'il se passait, ni pourquoi ni pour qui les échassiers le traquaient, mais il n'avait aucune envie de le savoir.

– On doit déguerpir, dit-il enfin. Partir vers le sud. C'est ce qu'ils craignaient : que je parvienne au sud avant qu'ils ne me trouvent. Je ne sais pas ce qu'il y a là-bas mais ça a l'air de les déranger.

— Et si le monde n'avait pas changé au sud ?

— Prends tes affaires, on quitte la ville.

8.

Des courses en pleine nuit

Les garçons enfilèrent leurs pantalons encore humides et Matt récupéra son épée qu'il sangla sur son dos.

– Comment va-t-on sortir de la ville ? interrogea Tobias. Si tous les ponts sont comme celui qu'on a vu ce midi, c'est mission impossible.

– On n'emprunte aucun pont. On descend vers le sud.

– Mais on ne peut pas, il n'y a pas de pont pour quitter Manhattan par le sud !

– C'est ce que je viens de te dire : on n'en prend pas. On passe par un tunnel. Le tunnel Lincoln, sous la rivière de l'autre côté de la ville.

– Et qu'est-ce qui te fait croire qu'il ne sera pas occupé par les... les mutants ?

– Ils ne voient pas dans le noir. Celui qui était dans ton couloir n'arrêtait pas de se cogner. Même s'ils semblent bêtes, je ne crois pas qu'ils aillent se piéger dans un endroit obscur. Parce que l'électricité du tunnel doit être coupée comme partout.

Tobias soupira.

– De toute façon on n'a pas le choix, pas vrai ?

Matt approcha de la sortie et, après s'être assuré que le champ était libre, il s'élança dans la neige, Tobias sur les talons.

Ils ne tardèrent pas à apercevoir les lumières blanches des échassiers qui patrouillaient dans les avenues, et Matt bifurqua vers la forêt en évitant ces guetteurs au regard perçant. Lorsqu'une branche craqua tout à coup près d'eux, Matt songea aussitôt aux ours polaires du zoo et s'apprêtait à courir de toutes ses forces. Au lieu de quoi ils virent un homme, ou plutôt un mutant, compte tenu de son visage plissé et des énormes pustules qui le recouvraient. Il se tenait assis et tapait une boîte de viande en conserve contre une pierre, sans les avoir détectés. Cette vision d'un adulte difforme au milieu de Central Park en pleine nuit, incapable d'ouvrir une boîte de conserve, fit autant de peine à Matt que de peur.

Le jeune garçon hésita à tirer son épée, mais préféra limiter les mouvements pour ne pas alerter le mutant. Ce dernier tapa violemment sa boîte et émit un grognement de colère en constatant qu'elle n'était pas brisée. Matt et Tobias parvinrent à s'éloigner sans être repérés.

Ils finirent par atteindre la limite du parc, et Matt se rendit compte qu'il éprouvait des regrets à sortir du couvert de la végétation alors qu'il l'avait tant craint dans la journée. Il fallait traverser la large avenue Broadway pour rejoindre des axes plus discrets, mais trois échassiers sillonnaient les environs.

– On va se dépêcher et pas un bruit ! prévint Matt. Si l'un de ces trucs nous voit, il va se mettre à crier comme tout à l'heure pour ameuter ses copains et on sera fichus.

– Avec toute cette neige au milieu de la rue, on ne pourra pas courir, constata Tobias. Regarde, tu crois pas qu'on pourrait passer par là ? (Il montra du doigt l'entrée du métro.) On descend, on longe les voies et on ressort pas très loin du tunnel Lincoln, exposa-t-il.

Matt allait approuver vivement lorsqu'ils virent un échassier sortir du métro.

– Mauvaise idée…, rectifia Tobias.

– On s'en tient au premier plan. Tu es prêt ? C'est parti !

Matt s'élança, penché en avant pour ne pas attirer l'attention, bientôt suivi par Tobias. Ils étaient contraints de lever les jambes très haut et s'enfonçaient jusqu'aux cuisses à chaque pas. Un échassier apparut au carrefour suivant, ses yeux sondant le sol devant lui. Matt pressa l'allure. L'échassier hésita, puis prit finalement leur direction, ses échasses laissant dans son sillage des trous profonds. Il marchait beaucoup plus facilement et donc plus vite qu'eux. Ses yeux balayaient toujours la neige deux mètres devant lui. S'il levait la tête, ou du moins cette capuche qui lui servait de tête, il ne pourrait manquer les deux garçons.

Matt jeta un coup d'œil à son compagnon qui suivait au même rythme.

Ils atteignirent le trottoir opposé avant que l'échassier ne soit sur eux et Tobias découvrit un renfoncement dans lequel il tira Matt. L'échassier passa devant eux, sans ralentir.

– C'était moins une, soupira Tobias quand la créature se fut éloignée.

La suite se déroula mieux. Ils trouvèrent leur rythme, progressant de recoin en recoin, attendant que les échassiers soient le plus loin possible pour traverser les rues. Ils longèrent ainsi vingt pâtés de maisons en une heure, et approchèrent enfin le tunnel Lincoln, épuisés par cette marche forcée dans la neige et l'éprouvante vigilance de tous les instants. Entre deux barres d'immeubles ils avaient vu un échassier repérer deux mutants qui titubaient et, après les avoir sondés minutieusement, l'échassier était reparti sous les regards ahuris des deux humanoïdes. Si on ne pouvait parler d'alliance, il existait du moins une « neutralité bienveillante » entre les deux espèces, nota Matt. *Neutralité bienveillante* était l'expression préférée de leur professeur d'histoire au collège. Y repenser lui arracha le cœur. Tout ce qui avait trait à leur quotidien d'avant la tempête lui déchirait la poitrine. Ne revivraient-ils jamais leur existence paisible ? Avaient-ils perdu leurs parents, leurs amis et le confort de la vie *normale* pour toujours ? Matt préféra ne plus y songer avant que sa gorge l'étouffe à nouveau et qu'il ne puisse plus contrôler ses émotions. Ce n'était pas le moment de craquer.

Tobias l'attrapa par la manche pour lui désigner un grand magasin de sports :

– Tu ne crois pas qu'on devrait faire une pause ravitaillement ? Après tout, le sud c'est vaste, ça peut nous prendre des jours. On pourrait s'équiper en conséquence.

– Excellente idée !

La porte était fermée, alors Matt tira son épée, s'assura qu'aucun échassier n'était en vue et frappa un grand coup dans la vitrine avec le pommeau. L'arme ricocha et le garçon faillit s'effondrer. Il mobilisa à nouveau ses forces, serra la poignée de l'arme dans ses deux mains et cette fois lança tout le poids de son corps dans le balancier de ses épaules. La vitre se transforma en une grosse toile d'araignée, le verre était fêlé, un trou marquait le point d'impact mais il tenait bon.

– La vache ! s'étonna Tobias. J'aurais jamais cru que c'était si difficile.

La troisième fois fut la bonne, toute la vitrine céda. Matt se jeta en arrière et elle dégringola, heureusement amortie par la neige qui empêcha le vacarme de résonner dans toute la rue.

– C'est l'heure des soldes, annonça Matt sans joie.

Ils allumèrent la lampe-torche de Tobias, Matt avait perdu la sienne avec sa besace, et ils parcoururent les allées en examinant les produits. Tobias s'arrêta devant les sacs de randonnée et en sélectionna un grand pour remplacer le sien. Le nouveau disposait de poches un peu partout et d'une bien meilleure contenance. Matt préféra un petit, pour ne pas entraver ses mouvements avec l'épée dans le dos, et à sa grande joie retrouva une besace comme la sienne. Ils passèrent ensuite au rayon des duvets et en choisirent deux, dernier cri : selon la notice, ils ne tenaient aucune place et offraient une chaleur sans égale.

– De toute façon, s'il s'agit de publicité mensongère je ne sais pas à qui on ira se plaindre, fit Tobias que les emplettes remettaient d'aplomb.

Tobias avait toujours été un garçon pragmatique. Partir pour la grande aventure ne le dérangeait pas en soi, à condition de disposer du matériel adéquat. Dans les linéaires suivants il s'empara de lampes-torches, de piles, de bâtons lumineux, de nourriture lyophilisée, d'un réchaud à gaz avec cartouche et d'un nécessaire de table. Les vêtements suivirent. Ils remplirent leurs sacs d'accessoires divers pour ne manquer de rien, et allaient faire demi-tour lorsque Tobias fut attiré par le comptoir des armes à feu.

– J'ai jamais aimé ça, avoua-t-il, mais je crois que les circonstances ont changé. Je serai pas contre un fusil à…

Il s'arrêta devant les râteliers et illumina la croûte de métal qui les recouvrait.

– Ça alors... On dirait que les armes ont fondu...

– Pas toutes, corrigea Matt en désignant l'autre allée.

Les arcs de compétition s'alignaient sur les présentoirs.

– Je te le dis : tout ce qui se passe depuis hier n'est *vraiment* pas normal, protesta Tobias. Le monde change ? Pourquoi pas... Les gens sont vaporisés ou sont transformés en mutants ? À la rigueur ! Mais que les véhicules disparaissent et que les armes fondent, c'est un truc que je ne saisis pas bien.

– C'est la Terre qui se rebelle contre l'homme, sa pollution et ses guerres, proposa Matt sans y croire.

Tobias se tourna vers lui, très sérieux :

– Tu crois ?

Matt haussa les épaules.

– Nan, enfin j'en sais rien. Viens, il faut pas traîner.

Tobias approuva vivement et examina les arcs. Il choisit un modèle de moyenne taille, et un carquois à couvercle qu'il déforma en tassant les flèches au maximum. Les deux garçons terminèrent leurs emplettes en s'équipant d'un gros couteau de chasse qu'ils accrochèrent l'un à sa ceinture, l'autre à sa cuisse.

Cinq minutes plus tard ils étaient dehors, et s'avançaient vers l'entrée du tunnel Lincoln.

Un léger clapotis les intrigua, Matt pressa le pas.

L'entrée du tunnel se dessina. Matt s'immobilisa d'un coup.

Leur fuite n allait pas être simple.

9.

Voyage dans les ténèbres

Le tunnel était inondé.

La rue descendait vers un large trou ténébreux où une eau noire s'agitait, emplissant le tiers du souterrain.

Ils restèrent à contempler l'accès impraticable pendant plusieurs secondes, abattus. Puis Tobias fit remarquer :

– Avec un bateau, c'est possible. Il y a au moins deux si c'est pas trois mètres d'air au-dessus du niveau d'eau, plus qu'il n'en faut.

Matt dévisagea son compagnon. C'était la première fois qu'il tenait le rôle de l'optimiste.

– Et on le trouve où le bateau ?

– On vient de vandaliser un magasin de sports je te rappelle !

Matt approuva, puis ajouta :

– Il faudra ramer, longtemps. Sous la terre et dans l'obscurité ! Tu te sens prêt ?

Tobias réfléchit avant d'opiner :

– Entre ça et rester en ville une nuit de plus, je pense que je préfère ramer.

– Alors c'est parti.

Ils retournaient sur leurs pas, quand Matt s'arrêta au niveau d'un porche en pierre. Des marches grimpaient vers une porte vitrée et il aperçut des vêtements bleu marine ainsi qu'un bijou brillant faiblement sous l'éclat de sa lampe-torche. C'était l'uniforme d'un policier dont le badge doré scintillait. Matt s'agenouilla. Un homme, un policier se tenait ici la veille, dont il ne restait plus que des lambeaux de tissu. L'arme dans le ceinturon avait fondu mais le manteau restait gonflé par le gilet pare-balles. Matt le sortit et l'enfila sous son pull.

– C'est du Kevlar, mieux qu'une armure ! s'enthousiasma-t-il.

Il capta le regard défait de Tobias qui ne parvenait pas à s'arracher du petit tas de vêtements. Matt posa une main sur l'épaule de son ami.

– Essaye de ne pas y penser, lui conseilla-t-il. Je sais que c'est dur mais il le faut, on ne s'en sortira pas sinon.

Tobias soupira longuement, puis ils se remirent en route. Dans le magasin de sports ils débusquèrent un canot à gonflage automatique et trois pagaies – Matt avait insisté pour en prendre une de plus au cas où.

De retour devant le tunnel, ils dénouèrent les sangles qui retenaient le canot et Tobias lut brièvement la notice avant de tirer sur un élastique pour libérer la goupille de la cartouche d'air. Le bateau se déplia en se gonflant tout seul. L'opération prit quinze secondes à peine.

– Comme les canots de sauvetage des avions, apprécia-t-il.

Ils embarquèrent les sacs avant de monter à bord et, sans un regard en arrière, poussèrent sur les rames pour entrer dans le tunnel. Matt eut un petit pincement au cœur, il quittait sa ville, son appartement. Ses parents. Qu'étaient-ils devenus ? Aucune certitude de connaître un jour la vérité, de les retrouver, voire de s'en sortir vivant. Ce que Tobias et lui vivaient en ce moment avait tout d'un cauchemar. Il avait beau conseiller à son ami de ne pas y penser, le désespoir et la peur rôdaient en eux, guettant la moindre faille pour s'y engouffrer.

Tobias le sortit de ses pensées en quittant son poste pour s'emparer d'une lampe-torche qu'il arrima avec du gros scotch gris sur la proue.

– Et dire que j'ai failli t'empêcher de prendre ce scotch, admit Matt.

Tobias pressa le bouton, et la lampe leur ouvrit la route. Il se remit à son poste, rame aux poings.

Ils estimèrent la profondeur de l'eau à environ deux mètres cinquante. Des gouttes tombaient du plafond du voûte, en ruisselaient carrément, provoquant l'inquiétude des deux adolescents.

Après une demi-heure d'efforts, ils étaient sous la rivière

Hudson, surveillant les infiltrations de plus en plus nombreuses. Le tunnel menaçait-il de s'effondrer ? Sans se concerter, les deux garçons ramèrent plus fort, les bras ankylosés, les épaules douloureuses.

Matt vit tout à coup des bulles crever la surface, d'abord minuscules, il n'y prêta pas attention, puis de la largeur d'une pizza, et il ne put les ignorer.

– Tu as vu ? demanda-t-il doucement.

– Oui. On dirait qu'elles nous suivent.

– Elles sont juste en dessous de nous et ne nous lâchent pas d'un mètre.

– Et moi je ne vais plus pouvoir ramer à cette vitesse, j'ai mal partout.

Les problèmes n'arrivant jamais seuls, leur lampe-phare émit des signes de faiblesse. Tobias délaissa sa rame pour aller la tapoter mais elle clignota de plus en plus, jusqu'à s'éteindre. Matt entendit Tobias qui la secouait après l'avoir déscotchée. Il enfonça le bouton de marche, plusieurs fois, vainement.

– Houston, on a un problème, fit Tobias sans rire, la peur filtrant dans sa voix.

Matt attrapa sa propre lampe et pressa l'interrupteur. Rien.

Des bulles nombreuses crevaient maintenant la surface en émettant des gargouillis. Matt tâtonna à la recherche de son sac à dos et trouva un tube lumineux. Il le craqua et une lueur verte illumina la petite embarcation qui dérivait vers une paroi humide.

Tobias soupira de soulagement en fixant la lumière.

– J'ai bien cru qu'on allait se transformer en fichues taupes sur ce coup, lâcha-t-il.

Matt se pencha pour suivre les émissions de bulles qui semblaient former un cercle autour d'eux.

– Ça nous tourne autour, dit-il.

Soudain, quelque chose souleva le fond de l'embarcation, renversant les sacs, avant de disparaître aussi brusquement. Les deux garçons se cramponnèrent aux rames. Ils se regardèrent dans la lueur spectrale et, sans un mot, se remirent à pagayer à toute vitesse. Le tunnel semblait infini tandis que leurs épaules et leurs bras s'enflammaient. L'eau clapotait de toute part, sans que Matt puisse discerner les remous qu'ils provoquaient de ceux de la *chose*, quelle qu'elle fut. Matt imaginait un énorme ver, il ne savait pourquoi, il *sentait* que c'était exactement ça. Une sorte d'anguille croisée avec un lombric, longue de plusieurs mètres, et tournant autour d'eux comme un prédateur affamé autour de sa proie.

Puis il y eut une altération dans les ténèbres lointaines, une pâle clarté se profila, à bonne distance.

– La... sortie ! haleta Tobias.

Ils transpiraient, à bout de souffle, les muscles brûlants.

Le ver-anguille les heurta à nouveau, plus fort cette fois, propulsant la nacelle vers un des murs qu'ils heurtèrent.

Tobias tomba à la renverse, heureusement à l'intérieur de l'esquif.

– Vite ! s'écria Matt en lui tendant la rame qu'il venait de ramasser. Ce truc devient agressif !

Ils redoublèrent d'énergie, visages crispés, articulations blanches tant ils serraient les manches… et la sortie se rapprocha. Autour d'eux, l'eau bouillonnait, le ver-anguille souleva à deux reprises le fond du bateau, comme pour le tâter. Matt craignait la morsure, il la sentait venir, une gueule pleine de dents acérées allait se refermer sur leurs pieds et les engloutir dans cette eau noire.

Le bout du tunnel se profila, en pente légère dans un virage, où de petites vaguelettes venaient s'écraser.

Encore une vingtaine de mètres.

Brusquement le canot fut chahuté une fois encore, un coup brutal qui faillit faire passer Matt par-dessus bord. Puis le ver-anguille passa sous eux et frappa. Un bord se souleva dans les airs et ils s'agrippèrent, tout près de chavirer. Pendant une seconde ils restèrent ainsi en un équilibre précaire ; puis Matt lâcha sa rame et roula vers l'autre bord, son corps faisant contrepoids. Le fond retomba en claquant sur l'eau et Matt se retrouva les bras en croix, le visage à dix centimètres des remous inquiétants. Il sentit une peau huileuse glisser sous ses doigts et frémit. Le ver-anguille frissonna lui aussi au contact du garçon et Matt devina qu'il

se retournait. *Pour me présenter sa gueule ! Il va mordre !*
Il contracta ses abdominaux et bondit en arrière au moment
où une masse froide frôlait ses mains.

Tobias ramait désespérément.

Ils y étaient presque.

Étrangement, l'eau redevenait calme. Plus de bulles, plus
de sillons menaçants autour d'eux. Le ver-anguille s'était
éloigné.

Ils abordèrent le rivage d'asphalte. Tobias sauta à terre en
soufflant. Il tendit la main à son compagnon pour le hisser et
tous deux s'empressèrent de récupérer leurs sacs pour s'éloigner à toutes jambes.

Ils remontèrent la double voie à la lumière du bâton
fluorescent. L'aube s'était éveillée pendant qu'ils étaient
sous terre. Et pourtant ils ne voyaient pas le soleil, rien
qu'une brume épaisse. Qui recouvrait tout. Ce qui
n'empêcha pas les deux garçons de percevoir le changement radical de l'environnement. Matt connaissait la
sortie du tunnel Lincoln, ses énormes échangeurs d'autoroutes, ses pancartes publicitaires gigantesques et quelques
bâtiments, mais dénuée de toute végétation. Or ils entendaient un bruissement continu, celui du vent dans les
feuillages touffus.

À peine jaillirent-ils du tunnel que leurs semelles crissèrent
sur les racines et les feuilles qui recouvraient la route. Dix pas

110

plus loin, l'asphalte avait disparu, enseveli sous un tapis de lianes et de lierres.

– Il s'est passé quelque chose ici aussi. Quelque chose d'autre, fit remarquer Matt, d'un ton lugubre. Je ne reconnais plus rien.

10.

De Charybde en Scylla

La lumière verte du tube ne suffisait plus à percer cette poisse et les deux garçons ne voyaient rien à deux mètres. Cependant ils constatèrent que tout ce qui les entourait était recouvert de branches, de lianes, de fougères et d'un lierre énorme, comme s'il poussait là depuis vingt ans.

– Pince-moi, demanda Matt à son ami. On dirait que la végétation a envahi le monde en deux nuits.

– Et même plus de neige ! fit Tobias en se penchant par-dessus le parapet de la route pour distinguer les alentours.

– De mieux en mieux. Est-ce que ta lampe marche ?

Tobias tenta de la rallumer, sans succès.

– Non, aucune en fait, avoua-t-il après en avoir essayé plusieurs. Qu'est-ce qu'on fait maintenant ? J'avais espéré trouver d'autres personnes…

– On s'en tient à notre plan : aller vers le sud.

– Là-dedans ? objecta Tobias en désignant la brume qui les entourait.

– Oui. Je ne vais pas rester ici, à attendre que les échassiers nous retrouvent. Ils craignent quelque chose au sud, je veux savoir quoi.

– Tu as conscience que le sud dont ils parlent c'est peut-être la Floride ? On va marcher pendant des milliers de kilomètres !

Matt rajusta son sac à dos, sa besace et son épée bien calée entre ses omoplates, avant de s'élancer en lâchant :

– Possible. En tout cas j'y vais.

Tobias marmonna d'obscures protestations en enfilant son gros sac et se dépêcha de rattraper son compagnon.

– Tu as remarqué que plus aucun appareil électrique ne fonctionne ? demanda-t-il. On n'a plus de montre, plus de lampe, plus rien. Ce soir, quand la nuit tombera, on sera coincés.

– Il nous reste plusieurs tubes lumineux et tu es scout, non ? Tu sais faire du feu ! On pourra se faire à manger et se réchauffer.

– N'empêche, ça craint. Quand on voit ce qui s'est passé à New York et quand on voit ici, j'ose pas imaginer ce qui nous attend encore !

– Tobias ?

– Quoi ?

– Imagine moins et marche plus.

Tobias fit la moue, néanmoins le message était reçu et il se tut.

Ils progressèrent en perçant le brouillard de leur halo vert. Il leur fallut marcher durant une heure avant que la route s'ouvre sur un début de ville. Pour ce qu'ils pouvaient en apercevoir, les rues étaient vides, pas une silhouette à l'horizon, pas un bruit. Des boutiques apparurent : coiffeur, marchand d'alcools, toiletteur pour chien, Poste… En passant devant l'église, Tobias proposa :

– On pourrait allumer un cierge, juste au cas où…

– Au cas où quoi ?

– Bah, tu sais… Dieu, tout ça.

– Tu y crois, toi ?

Tobias haussa les épaules.

– Mes parents y croient.

– Ça m'étonnerait que ça suffise. Et franchement, tu as vu l'état de la ville ? Tu crois vraiment que Dieu existe, quand on voit le monde ?

– C'est pas forcément lui qui décide du mal, c'est peut-être nous, lui il est spectateur et il nous laisse faire, un truc dans ce goût-là…

– Dans ce cas pas la peine de lui demander de l'aide, il est sûrement aussi paumé que nous.

Sur quoi Matt changea de chemin sans prévenir et fonça droit sur l'église.

– Je croyais que ça servait à rien ? s'étonna Tobias qui n'arrivait plus à comprendre.

Matt pénétra dans l'édifice, aussi désert que le reste de la ville, et s'empara d'un gros paquet de cierges qu'il fourra dans son sac.

– Au moins, si tu veux allumer un cierge, que ça guide *vraiment* nos pas, confia-t-il avant de ressortir.

Le centre-ville n'abritait aucun signe de vie. Ils s'arrêtèrent sur les marches de la mairie pour se désaltérer à leurs gourdes et soulager leur dos.

– Tu as remarqué qu'on n'entendait plus d'oiseaux ? Même le jour ! souligna Tobias.

Matt se redressa en hochant la tête.

– Exact. Pas un pépiement, pas un bruissement d'ailes.

Matt s'interrogea sur ce silence pesant. Les éclairs avaient-ils été particulièrement habiles ou existait-il une autre explication ? Matt n'était pas à l'aise, cette brume l'angoissait. En les privant de toute vision, elle les contraignait à choisir leur chemin sur quelques mètres, jamais plus, et il se sentait affreusement vulnérable avec leur tube lumineux qui brillait dans ce nuage sans fin. Il guetta autour de lui. Il ne pouvait même pas voir où s'arrêtait la végétation qui les entourait.

Soudain, Tobias agrippa violemment le bras de son compagnon.

– Aïe ! Qu'est-ce qui te prend ? protesta Matt sous la douleur.

Tobias restait bouche bée, l'index tendu vers la rue, juste devant eux.

Haut comme un chat et de la longueur d'un autobus, un mille-pattes noir avançait, surgi de la brume, la chenille de ses pattes ondulant comme une vague, ses fines antennes palpant le chemin devant lui.

Matt porta une main à son dos, pour saisir la poignée de son épée. L'insecte géant semblait ne pas les avoir repérés, il continua de glisser sans bruit et disparut aussi vite qu'il était arrivé.

– Je... Je veux que tout ça s'arrête, murmura Tobias, épuisé.

Matt relâcha son arme et se leva.

– Ne te laisse pas aller, répondit-il doucement. On doit tenir le coup. Allez, viens, il vaut mieux ne pas traîner ici.

– Et pour aller où ? s'écria Tobias.

Matt perçut un début de panique.

– Dans le Sud, on trouvera quelque chose qui nous aidera peut-être.

– Comment tu peux le savoir, hein ?

Matt haussa les épaules.

– Je te l'ai dit. Si les échassiers craignaient que je sois parti là-bas, c'est qu'il existe une raison. On doit y aller, je le *sens*.

– Ton fichu instinct, c'est ça ?

Matt fixa les yeux rougis de son ami.

– Oui, fit-il. On doit aller au sud, j'en suis persuadé. Souviens-toi la fois où on s'était perdus dans les Catskills, j'avais retrouvé le refuge du groupe. Et la fois où on jouait dans le parc à côté de Richmond Town, j'ai *senti* qu'il ne fallait pas y aller et ces trois grands crétins nous ont attaqués ! Chaque fois que je sens un truc, ça marche. Fais-moi confiance. On doit partir pour le Sud.

Tobias se leva péniblement.

— J'espère que tu ne te trompes pas, marmonna-t-il en ajustant son sac à dos et son arc.

Ils se remirent en route, longeant la rue principale qu'ils remontèrent jusqu'aux faubourgs. Là, Tobias s'écarta pour s'emparer d'une bouteille de lait sur le perron d'une petite maison en bois. Tout heureux de sa prise, il en oublia un moment la brume étouffante :

— C'est rare de voir des bouteilles en verre ! On ne voit plus les gens se faire livrer le lait le matin.

— C'est parce que tu es un gars de la ville, ironisa Matt sans joie.

La présence du lait devant la maison lui rappelait surtout la disparition de tous les habitants de la région, peut-être même du pays.

Après une heure de marche, la route se mit à tourner vers l'est, ce qui ne plut guère à Matt, bien qu'il n'osât la quitter. Il ne distinguait pas grand-chose des bas-côtés sinon les ombres d'une végétation dense et basse. Ici, aucun arbre, aucune luxuriance, rien que d'interminables tapis de lianes, de lierres et des mers de fougères. Ils croisèrent une voie de chemin de fer à peu près épargnée par la verdure, et qui partait dans la bonne direction, pourtant Matt ne s'y engagea pas. La route avait un côté rassurant, elle servait d'artère reliant les organes de ce qui avait été une civilisation : les villes. Il voulait les traverser, en dehors d'elles, moins de sécurité, moins de cachettes.

Un kilomètre plus loin, tandis que les panneaux indiquaient la proximité d'une ville, ils ralentirent en percevant des râles et des grondements dans la brume, droit devant eux. Le tube lumineux qui leur servait de lampe commençait à faiblir et Matt en profita pour le lancer au loin dans les champs sauvages qui bordaient le chemin.

Quelqu'un émit une salve de grognements, à moins de cent mètres sur la route. On lui répondit aussitôt, encore plus près. Puis d'autres au loin et ainsi de suite. Matt en compta neuf. Des pas lourds se mirent à résonner.

– Tu penses à la même chose que moi ? interrogea Tobias.

– Des mutants ?

– Ça y ressemble ! Les mêmes bruits dégoûtants. On peut les contourner en passant par les fougères.

Matt fit la moue. Il n'avait aucune envie de s'enfoncer dans cette étrange végétation.

– Tu as une autre idée ? chuchota Tobias. C'est le moment de la donner parce que le truc se rapproche !

– La voie de chemin de fer.

– Quoi ? Derrière nous ?

– Elle part vers le sud, ici on ne sait même pas où on va et ça grouille de mutants.

– M'est avis qu'on sera plus en sécurité dans les villes que dans la campagne.

– C'est ce que je pensais aussi mais... on dirait que les mutants sont... les adultes qui n'ont pas disparu. Et donc plus nombreux dans les villes et les villages.

Les bruits de pas étaient tout proches maintenant.

Tobias tourna la tête en direction de ce qui arrivait sur eux et capitula devant l'urgence :

– OK, on fait demi-tour. Vite.

Ils déguerpirent et Matt attendit d'avoir mis au moins trois cents mètres entre eux et les grognements avant de craquer un autre bâton lumineux qui propagea sa lumière verte autour d'eux. Ils retrouvèrent la voie de chemin de fer et s'engagèrent entre les rails, la peur au ventre.

– Comment tu peux être sûr qu'elle va vers le sud ? demanda Tobias après un long silence.

Matt extirpa un petit objet de sa poche de manteau et ouvrit la main sur une boussole.

– Je l'ai prise au magasin de sports.

– Au moins si les appareils électriques ne fonctionnent plus, le magnétisme lui, est toujours opérationnel !

– Je l'espère, avoua sombrement Matt.

Ils posaient les pieds sur les traverses, planche après planche, remarquant la présence de lianes enroulées autour des rails. Ils ne tardèrent pas à être hypnotisés par la cadence de leurs pas, parfaitement synchronisés. Le stress se dissipa, la fatigue remonta, avec la faim. Il n'était pas midi lorsqu'ils firent une pause en s'asseyant sur les rails. Ils burent presque toute la bouteille de lait en mangeant des barres énergétiques, sans un mot. La brume n'avait pas faibli, elle ne laissait filtrer du soleil qu'un vague halo blanc. Une lumière de crépuscule.

Quelques arbres dressaient de temps à autre leur ombre imposante. Pendant une seconde Matt fut pris d'un doute : et s'ils marchaient ainsi pour rien ? Vers une destination sans fin ? Et s'il n'y avait rien à trouver au sud ? Aussitôt, il cligna des paupières et chassa ces mauvaises pensées. Il ignorait quoi, mais *quelque chose* au sud dérangeait les échassiers. Aussi sûrement qu'ils le cherchaient pour le compte de leur... maître, ce fameux « Il ». Matt était convaincu qu'il devait filer au plus vite loin de New York.

Ils se remirent en route sans tarder, le manque de sommeil, l'inquiétude et la digestion composèrent un cocktail soporifique qui les fit vaciller en marchant. Lorsqu'il fut évident qu'ils n'en pouvaient plus, Matt leva le bras et proposa une halte. On sortit les duvets et Matt installa le sien entre les rails, sur les traverses.

– Tu vas dormir *là* ? s'étonna Tobias.

– Oui, qu'est-ce que tu crains ? Pas les trains, en tout cas.

– Moi, je ne pourrais pas. Je préfère encore les racines.

Malgré la tension et l'inconfort, ils sombrèrent aussitôt.

Un sommeil sans rêve. Un sommeil froid.

Et pendant qu'ils se reposaient, une ombre passa au-dessus d'eux, entre cette chape de brume et le soleil. Une ombre silencieuse qui tournoya une minute à l'aplomb de leur position, comme si elle pouvait les sentir, mais, prisonniers de leur sarcophage vaporeux, les deux garçons demeuraient invisibles. L'autre finit par reprendre de l'altitude et se dilua à l'horizon.

11.

Des escaliers dans les nuages

Lorsqu'il reprit conscience, Tobias s'alarma de ne rien voir, avant de constater que le tube lumineux était épuisé. Ils avaient dormi bien plus longtemps qu'ils ne l'avaient prévu. La nuit était tombée et la brume demeurait compacte.

Tobias voulut réveiller Matt, qu'il discernait à un mètre de lui, lorsqu'il sentit qu'on lui retenait les pieds. Un frisson glacial le transperça.

Une liane s'était enroulée autour de ses jambes, poussée en quelques heures. Tobias se dégagea vivement et secoua son compagnon.

– Matt… Matt… il fait nuit.

Le garçon ouvrit les yeux, puis se redressa.

– Je ne sais pas quelle heure il peut être mais c'est la nuit noire, lança Tobias. Et le tube est mort. Faut en craquer un autre.

Matt hocha la tête, le temps de reprendre ses esprits. Il ouvrit sa besace et compta six tubes.

– Je dois en avoir autant, ajouta Tobias. De quoi tenir une petite semaine. Qu'est-ce qu'on fait ? On se remet en route ?

Matt prit le temps de réfléchir avant d'approuver.

122

– Ne perdons pas de temps, on est réveillés, autant y aller. Mais avant j'aimerais manger quelque chose de consistant.

Tobias sortit les rations de nourriture lyophilisée et ils installèrent le petit réchaud à gaz sur une traverse de la voie ferrée. L'appareil émit une flamme dansante qui teinta leurs visages d'une lueur bleue. Un doux fumet ne tarda pas à se dégager de la casserole, le poulet-vermicelle prenait de la densité sous leurs yeux. Matt ne fut pas mécontent de couper le chuintement du réchaud lorsque ce fut prêt, il se sentait terriblement vulnérable près de cette lumière qu'il devinait visible de loin malgré la poisse environnante.

Ils mangèrent de bon cœur puis nettoyèrent les ustensiles.

– On va manquer d'eau, fit remarquer Tobias. À ce rythme-là il nous faudra repasser par une ville demain.

– On trouvera bien. Allez, viens.

Ils allumèrent un nouveau tube pour guider leurs pas et la marche reprit. De temps à autre, ils entendaient des bruissements dans les buissons ou entre les arbres, sans pour autant distinguer une forme.

Matt ouvrait la route, progressant entre les rails. Après environ trois heures de marche, – ils n'avaient aucun moyen de connaître l'heure exacte – ils marquèrent une pause pour se désaltérer et masser leurs pieds. Avant de repartir à l'assaut des kilomètres.

Plus tard dans la nuit, Matt devina un changement dans la luminosité, l'aube n'allait plus tarder. Une de plus. Ils progressaient mécaniquement, allongeant un pied devant l'autre, par pur réflexe, après une nuit entière de ce balancement lancinant. Matt ne prêtait plus d'attention aux bruits environnants, il avançait, les épaules douloureuses à cause des sangles de ses sacs.

Soudain il réalisa qu'un muret jalonnait le talus sur lequel ils se trouvaient. Il se tourna vers Tobias :

– Je crois qu'on approche de quelque chose.

Tobias, tout aussi bercé par la cadence, ouvrit de grands yeux, comme s'il s'éveillait.

– Ah ? Je commence à fatiguer.

– Continuons un peu, on trouvera peut-être un endroit sec pour s'arrêter.

Le muret s'élevait, et Matt finit par s'en approcher et se pencher par-dessus. Mais il ne distingua rien d'autre que la brume. Pas de végétation, pas de construction, juste le vent sifflant en contrebas.

Il se saisit d'une pierre du ballast qu'il lâcha dans le vide. Elle chuta et disparut dans le cocon vaporeux, sans un son.

– Ouah ! s'écria-t-il. Je crois qu'on est sur un pont !

Immédiatement, Tobias vérifia l'espace entre les deux parapets. C'était étroit. Si un train venait à surgir, ils n'auraient pas de quoi se ranger. *Aucune raison pour qu'un train circule, plus maintenant...*, songea-t-il, sans savoir si cela devait le réconforter ou le déprimer. Il tira Matt par la manche :

Viens, ne traînons pas, dit-il en accélérant.

Il avait hâte d'en finir avec ce pont. Mais après une cinquantaine de mètres, la voie ne semblait toujours pas recoller à la terre ferme. Le vent soufflait plus fort, loin sous leurs pieds, tandis qu'à leur hauteur, il ne sentait pas la moindre brise.

– Cet endroit est curieux, je n'aime pas ça, avoua-t-il.

Tout à coup, un claquement sec retentit au-dessus de leurs têtes : comme un pan d'étoffe dont s'empare le vent. Matt fit un pas de côté, trébucha dans le ballast et Tobias s'accroupit en se protégeant le visage. Le claquement résonna une seconde fois, plus haut, en s'éloignant.

– C'était... un sacrément gros oiseau, murmura Tobias.

Matt se redressa, le cœur battant à tout rompre.

– Ça nous a frôlés, je l'ai senti sur ma nuque. Il est passé tout près.

Sans un mot de plus, ils se remirent en route, à vive allure, scrutant la masse impénétrable qui les surplombait tout en sachant que si cette créature plongeait à nouveau sur eux ils ne la verraient qu'au tout dernier moment. Mais il n'y eut plus de survol, plus de battement d'ailes gigantesques.

En revanche, deux lumières blanches apparurent dans leur dos, à l'entrée du pont. Deux phares puissants, côte à côte, qui se rapprochaient assez vite.

– Oh ! bon sang ! s'écria Tobias. Tu vois... tu vois qu'il peut y avoir des trains !

Matt secoua la tête, livide.

– C'est pas un train. C'est un échassier. Et je crois qu'il nous a repérés.

Matt en eut la confirmation lorsque les cris de baleine retentirent dans leur dos. Plaintes et couinements stridents brisèrent la ouate brumeuse.

– Cours ! hurla Matt. Cours !

Il fonça tête baissée et tira son ami.

Aussitôt, des pierres roulèrent derrière eux, l'échassier venait de s'élancer sur leurs traces.

Avaient-ils une chance de semer un échassier ? Matt en doutait. Devait-il garder son énergie pour un éventuel affrontement ou faire face et brandir son épée ? Ses jambes engloutissaient les mètres comme si elles refusaient cette dernière éventualité. Il entendait les tiges du monstre s'enfoncer dans le ballast avec la régularité d'une machine. La longueur de ses cannes suffisait à lui donner l'avantage. Il n'allait plus tarder à les rattraper. Matt avait déjà le souffle court, son équipement le handicapait considérablement. Il faillit s'en débarrasser. Tout jeter, même son arme, pour s'échapper.

Une forme aux contours géométriques se profila devant eux. Des angles percèrent la brume. Une rampe, un toit... un quai. Une gare se dressait sur le pont. Tobias et Matt l'atteignirent en haletant, ils grimpèrent sur un quai sale et abandonné. De grosses auréoles de rouille tachaient les murs, de larges fissures s'ouvraient comme du pain entaillé avant la cuisson. Les néons étaient crottés, des toiles d'araignées occupaient tous les coins.

Les deux garçons couraient pour remonter le quai tandis que l'échassier se hissait déjà sur la marche de béton. Un escalier creusait une sortie et Matt saisit la rambarde pour y bondir, suivi de Tobias. La structure métallique s'enfonçait sous la gare. Un carrefour apparut : d'un côté une ligne droite qui fusait sous le pont, de l'autre la descente d'un escalier aussi raide qu'étroit. Matt opta pour la seconde voie. Il sautait plus qu'il ne dévalait les marches, Tobias sur ses talons. L'escalier présentait soudain un palier avant de tourner dans l'autre sens, dessinant de gigantesques Z. La structure suspendue par des filins et des poutrelles aux rivets apparents prenait des airs de tour Eiffel. À bout de souffle, Matt et Tobias s'immobilisèrent, ils n'entendaient plus l'échassier. Matt osa un coup d'œil au-dessus d'eux. Leur poursuivant s'était figé devant l'entrée des marches. Même avec ses échasses rentrées il était trop grand pour passer. Matt le vit hésiter et se pencher en avant pour tenter de se glisser dans la cage. Il n'était à pas à son aise, ses longs doigts laiteux s'agrippaient aux mailles des parois. Matt, les poumons en feu, le vit reculer pour ressortir, lever la tête et lancer ses couinements lancinants pour appeler de l'aide.

Tobias, plié en deux, épuisé, appuya ses mains sur ses genoux.

– Je crois… que… mon asthme… revient !

– T'as jamais… eu… d'asthme !

– Mes poumons… sifflent… parfois.

– Arrête, trancha Matt. Mieux vaut filer… tant que ce truc… peut pas nous suivre.

Ils continuèrent, plus lentement, se demandant jusqu'où ils allaient descendre. La brume se clairsemait maintenant, et ondoyait de plus en plus. Le vent s'invita, caressant les cheveux. Une dizaine de mètres plus bas, il se mit à siffler et à fouetter les joues. La brume avait disparu, remplacée par un tourbillon de nuages qui se délitait peu à peu, laissant entrevoir la cime d'une forêt en contrebas. De quelle hauteur étaient-ils descendus ? Cent mètres ? Peut-être le double, estima Matt avant d'atteindre les dernières marches, entre de hauts pins. Les deux garçons s'effondrèrent dans la mousse, les jambes tétanisées par l'effort.

À peine avaient-ils retrouvé leur souffle qu'ils réalisèrent que l'endroit était éclairé. Des champignons hauts comme des roues de camion irradiaient une lueur blanche.

– Alors ça… ! gloussa Tobias. On dirait des lampadaires ! Regarde ! Il y en a partout ! On va pouvoir économiser nos tubes.

Matt était déjà en train de parcourir les environs, un sentier perçait la forêt de part en part. Il s'empressa de revenir vers Tobias.

– On est sur la bonne route ! s'écria-t-il.

– Comment tu peux le savoir ?

Matt se contenta de le pousser jusqu'à une vieille remise dissimulée sous des bouquets de fougères et de buissons de ronces, au croisement d'un sentier et du chemin qui venait des escaliers. Là, posée contre un tronc d'arbre, une grande planche brillait dans la lumière tiède des champignons. À bien y regarder, Tobias comprit que ce n'était pas la planche qui brillait mais de la peinture.

On s'en était servi pour écrire un message.

12.

Rencontre nocturne

« *N'allez pas au nord. Les adultes ont disparu. Des monstres les remplacent. Nous sommes neuf. Nous allons au sud.*

Il faut suivre les scarabées. »

Tobias retrouva un peu d'espoir.

– Tu avais raison, le Sud c'est l'avenir, lança-t-il. Mais c'est quoi cette histoire de scarabées ?

Matt fit la moue.

– Aucune idée. Viens, je ne sais pas combien de temps les échassiers resteront coincés, mais je n'ai pas envie d'être là quand ils descendront.

L'aube dressait timidement sa douce frange à l'horizon, cependant l'épaisseur des frondaisons était telle qu'il aurait fait totalement nuit s'il n'y avait eu les champignons lumineux.

– Tu crois que si j'en coupe un bout il continuera de nous éclairer ? demanda Tobias en marchant.

– Tu n'as qu'à essayer.

Tobias s'empressa de brandir son couteau de chasse et découpa avec soin un long copeau de chair blanche.

– Ça marche ! s'écria-t-il, on n'aura plus besoin de bougies !

Il glissa délicatement son trophée dans sa poche, sans que la lueur baisse d'intensité. Après quoi ils suivirent le sentier sur plusieurs kilomètres, tandis que le soleil se levait. Lorsqu'il fit tout à fait jour, l'éclat des champignons s'atténua, jusqu'à s'éteindre.

Ils marchèrent ainsi toute la journée, dans une forêt dense, ne prenant du repos que pour se sustenter et délasser leurs membres douloureux. En fin d'après-midi, ils n'étaient plus en état de poursuivre. Ils s'écartèrent du sentier pour se mettre à l'abri dans la végétation. Matt s'assit sur une souche, ôta chaussures et chaussettes, et découvrit cinq énormes ampoules.

– Tu as remarqué que la neige a disparu de ce côté du tunnel ? demanda Tobias.

– Et le climat est plus doux, il ne fait plus froid du tout, souffla Matt en grimaçant à la vue d'une sixième cloque.

Tobias se pencha sur les pieds de son ami et prit un air dégoûté :

– Je suis sûr d'avoir les mêmes ! Je ne veux pas les voir ! Mes pieds me font un mal de chien.

Sur quoi il prépara le réchaud à gaz et ils dînèrent en silence, trop exténués pour faire la conversation. Alors qu'ils commençaient à somnoler, Tobias émit l'idée de se relayer pour monter la garde.

– On ne tiendra pas, nos paupières se ferment toutes seules, on a besoin de tout le sommeil possible. Je ne crois pas que monter la garde servirait à grand-chose.

Tobias finit par délasser ses chaussures pour aérer ses pieds. Il se massa les chevilles.

– Tu penses qu'on va marcher longtemps comme ça ? demanda-t-il sur un ton grave.

Matt décela plus qu'une inquiétude dans sa voix, une résignation, un abattement soudain. Pouvait-il l'en blâmer ? Et que pouvait-il leur arriver de pire ? Ils marchaient, seuls, en ignorant ce qu'ils cherchaient, sans promesse de répit, rien que sur une intuition.

Mais je sens qu'il faut aller au sud ! tenta de se rassurer Matt. *Les échassiers avaient peur que j'y sois déjà. Quelque chose là-bas nous aidera. D'autres rescapés le savent !* se répéta-t-il en se remémorant les mots sur la planche : « *Il faut suivre les scarabées.* »

– Je ne sais pas, avoua enfin Matt. On marchera le temps qu'il faudra. Mieux vaut ne pas y penser, le manque de certitude angoisse, et on n'a pas besoin de ça.

Tobias émit un ricanement :

– Tu parles comme un prof !

Matt fronça les sourcils avant de réaliser que Tobias avait raison. Depuis qu'ils étaient partis, il s'était bâti un comportement de meneur, jusque dans l'attitude : autorité et force apparente, ce qui n'était qu'une illusion. Tobias avait émis des signes de faiblesse qu'il avait fallu compenser, Matt l'avait tiré en avant et depuis il n'était plus redevenu l'adolescent terrifié qu'il était en réalité. *Tout ça c'est du flan ! J'ai la pétoche ! J'ai envie de chialer comme un môme !* Mais en même temps, il devinait que ça n'arriverait pas, pas maintenant. Il se devait d'être fort. De les guider, Tobias et lui, vers le sud, vers l'espoir.

Malgré tout, une question le taraudait au point de fissurer sa détermination. Pourquoi lui ? Pourquoi les échassiers le pourchassaient-ils lui en particulier ? Pourquoi pas Tobias ? Et qui était ce « Il » pour lequel ils le traquaient ?

J'ai intérêt à me poser moins de questions et à dormir, se raisonna-t-il pour fuir ses doutes. Au fond de lui, il avait le sentiment que tôt ou tard il entendrait parler de ce « Il », les échassiers n'allaient pas l'oublier. *À moins d'atteindre le Sud avant qu'ils ne nous retrouvent...* Le flou vient très vite brouiller ses idées, tout s'emmêlait dans son cerveau, il avait besoin de fuir la réalité, pour un temps, de dormir, et c'est ce qu'ils firent, après s'être assurés qu'ils étaient bien cachés dans les fougères.

Avec un bel ensemble, tous deux rêvèrent. D'un monde normal. Avec des journées de cours, des professeurs qu'ils détestaient, d'autres qu'ils adoraient. Des repas en famille...

Matt ouvrit les paupières.

Il n'était pas chez lui, pas dans son lit sécurisant.

Il faisait encore nuit, une nuit opaque, obscurcie encore par la cime des arbres. Il avait froid, l'humidité s'était glissée dans son duvet, il avait mal au dos, et des courbatures sur tout le corps. Cette aventure-là avait un goût bien amer en comparaison de celles qu'il avait rêvées dans ses jeux de rôles.

Autour d'eux, des insectes stridulaient. Deux hiboux échangeaient leurs impressions à grand renfort de *hou-hou* sibyllins. Les champignons lumineux n'habitaient pas cette région, au grand regret de l'adolescent. Et soudain, jaillit dans la nuit un cri aigu, comme Matt n'en avait jamais entendu. Le cri grimpa et flotta dans l'air plusieurs secondes avant de cesser. Cela ressemblait à une plainte qui virait au rire obscène et saccadé d'une hyène. Une énorme hyène dégénérée.

Tobias s'était redressé d'un bond.

– Qu'est-ce… que c'est ? bégaya-t-il.

– Ce qui m'a réveillé, je crois.

Matt avait déjà saisi son épée sans pour autant la sortir du baudrier.

Un arbre se mit à grincer, tout proche. Puis la végétation fut violemment secouée.

– Là ! s'écria Tobias en désignant une lourde branche qui tremblait encore. La vache ! Ce truc doit être énorme !

Il se jeta sur son arc et tâtonna à la recherche de ses flèches avant d'en encocher une et de se relever pour scruter les alentours.

Matt laissa échapper un gémissement et s'approcha lentement pour lui murmurer :

– Je le vois ! Il est là-haut… Accroupi à l'endroit où le tronc se sépare en deux.

Tobias leva les yeux, et se raidit. Une forme étrange, aussi haute qu'un homme, guettait. Matt insista :

– Tu l'as repéré ?

– Ou… Ouais. Je… J'ai… la pétoche, Matt.

Matt demeura impassible. Lui aussi était terrorisé. Il distinguait de longues griffes à la place des mains et des pieds. Et brusquement, la créature se pencha pour mieux voir les deux garçons.

Un frisson secoua Matt.

La tête du monstre ressemblait à un crâne recouvert d'une peau blanche, sans chair ; la mâchoire proéminente retroussait les lèvres sur des dents acérées et anormalement longues. Une immense bouche pleine de crocs qui ne cessait de répandre une bave épaisse. Ses yeux luisaient, attentifs.

Une abomination taillée pour découper, arracher. Un prédateur.

Soudain, Matt comprit qu'elle allait bondir.

Il tira la poignée de sa lourde épée et la lame apparut devant lui. Ses deux mains se joignirent sous le pommeau et il ne cilla pas, en se demandant s'il tiendrait longtemps. Il luttait pour ne pas s'effondrer et hurler de peur.

Du coin de l'œil, il distingua la pointe d'une flèche. Tobias venait de mettre en joue la bête. Le triangle de métal tremblait tellement que Matt douta qu'il puisse toucher sa cible, même immobile.

Brusquement, la créature tourna la tête et huma l'air. Elle semblait hésiter, reporta son attention sur les deux garçons, renifla à nouveau en direction du sentier et lâcha un cri rageur en direction de ses proies.

Avant que Tobias puisse décocher sa flèche, elle avait disparu, bondissant d'arbre en arbre pour se fondre dans la nuit.

Tobias soupira et se laissa choir sur son duvet.

– Quelque chose approche par le sentier, chuchota Matt. Quelque chose qui a fait fuir ce... cette bestiole.

Au moment où il prononçait ces mots, une forme animale se profila dans les ombres du chemin. Les garçons réintégrèrent vivement le couvert des fougères.

– Tu as vu ce que c'était ? s'enquit Tobias.

– Non, c'est gros, avec des poils, on aurait dit une panthère ou un ours, mais c'est allé trop vite.

Le pas lourd de la bête écrasait les branchages, puis il ralentit. Ils perçurent de petits sifflements : elle reniflait le sol.

– Elle nous sent, articula Matt sans voir.

Tobias hocha la tête, gagné à nouveau par une angoisse sourde. Quel genre de monstre pouvait faire fuir un prédateur comme celui qui les avait repérés plus tôt ?

C'est alors que la bête fendit les broussailles et marcha vers eux.

Matt se redressa, l'épée devant lui, prêt à frapper malgré la terreur qui le privait de toute force. Tobias en fit autant, avec l'énergie du désespoir il banda son arc.

Un énorme chien apparut.

Les babines flottantes, le regard doux, on eût dit une sorte de croisement entre un Saint-Bernard et une Terre-Neuve. Tobias sentit la corde de son arc glisser sur ses phalanges moites.

– Qu'est-ce qu'on fait ? bredouilla-t-il.

Le chien parut surpris par l'accueil, il ouvrit la gueule, et sortit sa grosse langue rose en haletant, comme s'il était content de lui. Il ressemblait à un gros nounours.

– Range ton arc, conseilla Matt. Il n'est pas méchant.

Une fois les gardes baissées, le chien s'approcha et vint se frotter contre Matt qu'il gratifia d'une léchouille satisfaite.

– Qu'est-ce que tu fais là, toi ? C'est pas un endroit pour les chiens.

– Il a un collier ?

– Non. Rien du tout.

– C'est curieux, jusqu'à présent les seuls chiens que j'ai aperçus étaient redevenus sauvages.

L'animal se mit à errer dans leur bivouac de fortune, reniflant les sacs et les places où ils avaient dormi.

— Peut-être qu'il nous piste pour le compte des échassiers, hasarda Tobias.

— Non. Il n'a rien d'agressif, c'est une bonne pâte.

— Alors il est sûrement à quelqu'un ! Qui ne doit pas être loin derrière !

— Non, répéta Matt. Il a le poil plein de nœuds, il n'a pas été brossé depuis un moment. Détends-toi, Toby. Ce chien est… un ami.

— Un ami ? s'indigna Tobias. Un truc énorme débarque en pleine nuit et aussitôt tu l'adoptes !

— Il faut lui trouver un nom, proposa Matt.

— Un nom ? Tu… veux *vraiment* le prendre avec nous ?

Le chien tourna brutalement la tête vers Tobias et le fixa. Tobias resta bouche bée.

— Il… il a compris ce que je viens de dire ?

— En temps normal je te dirais que c'est impossible mais là…

Tobias leva les paumes devant l'animal :

— J'ai rien contre toi, c'est juste que…

— Plume ! Il va s'appeler Plume ! Ça lui va bien !

Matt se mit à rire. Il lui sembla qu'il ne l'avait plus fait depuis une éternité. Le chien planta ses prunelles brunes dans les siennes.

— Ça te plaît ?

La longue queue battit la mesure. En d'autres circonstances,

Matt n'y aurait pas prêté attention, mais le monde avait changé. Leurs repères avaient changé. Bien différents de leur ancienne vie. *Ancienne vie.* Ces deux mots faisaient mal.

– Écoute, dit Matt à Tobias, il n'a pas l'air affamé, il doit se débrouiller pour manger, il peut marcher en silence et…

Une idée lui vint. Il ramassa son sac à dos et s'approcha de Plume.

– Tu pourrais prendre ça sur ton dos ?

Tobias ricana.

– Tu crois qu'il va te répondre ?

Plume se tourna vers lui une fois encore et le fixa comme s'il était stupide. Matt posa le sac sur le dos du chien qui ne broncha pas.

– Bien sûr, il faudra bricoler un système de harnais quand on croisera une ville, mais ça peut se faire.

Tobias haussa les sourcils.

– Voilà qu'on va faire équipe avec un chien, maintenant. Un chien savant en plus !

Réveillés pour réveillés, ils décidèrent de ranger leurs affaires et de se remettre en route. Matt s'apprêtait à craquer un tube lumineux mais Tobias sortit le fragment de champignon de sa poche. Il brillait encore, aussi intensément qu'une petite lampe, irradiant une clarté d'une blancheur parfaite. Tobias ramassa un long bout de bois qui pouvait lui servir de bâton de marche et embrocha le fragment lumineux.

– J'ouvrirai la voie, lança-t-il.

L'épisode du chien les avait apaisés. Plume n'était qu'un gros compagnon plein de poils, sans comparaison avec la créature qu'ils avaient aperçue, néanmoins il les rassurait.

Ils marchèrent toute la nuit, Plume gambadant à leur côté. Tobias ne pouvait s'empêcher de le surveiller, il ne partageait pas le même enthousiasme que son ami à l'égard du chien. Il soupçonnait un piège, tout cela était surréaliste. Que faisait dans les parages un chien comme celui-là ? Pourquoi les suivait-il ? Simplement parce qu'ils étaient l'unique forme de vie amicale qu'il avait croisée ? Parce qu'ils étaient les derniers représentants de la race humaine, ses anciens maîtres, qu'il avait sentis ? Quelques heures plus tard, face à l'apparente placidité du chien, la méfiance retomba et Tobias finit par se résigner. Après tout, Plume était aussi content que Matt d'avoir retrouvé des êtres sympathiques dans cette étrange forêt, ce qui pouvait expliquer son enthousiasme à les accompagner. Quant à son intelligence... Plus rien n'était comme avant, il fallait l'accepter.

Durant leur longue marche, Plume s'arrêta de temps à autre pour fixer les ténèbres de la forêt, ce qui ne manqua pas d'alarmer les garçons. Cependant, rien ne vint troubler leur progression, ils purent poursuivre jusqu'en fin de matinée où, lors d'une pause, Tobias désigna Plume qui urinait sur des pissenlits.

– Euh… je crois que c'est une fille.

Matt fit signe que ça lui était égal. Seule la présence du chien lui importait.

Ils marchèrent toute la journée, se reposant pendant deux heures pour manger, et à leur grand étonnement ils trouvèrent la force de suivre le sentier jusqu'à la tombée de la nuit. Là, la forêt se clairsema enfin.

Et avant que leurs dernières forces ne les abandonnent et qu'ils s'effondrent dans le sommeil, ils virent les scarabées.

Des millions de scarabées rouges et bleus.

13.

Première violence

Lorsqu'ils arrivèrent au sommet de la butte, ils en eurent le souffle coupé.

Matt pensa d'abord contempler deux rivières de lumière qui glissaient paisiblement l'une contre l'autre, la première rouge comme une coulée de lave, la seconde bleue comme un glacier illuminé de l'intérieur, coulant à la vitesse d'un homme en marche.

Puis le trio s'aventura plus près de ce spectacle fascinant.

Au pied de la colline, une vieille autoroute ensevelie sous les lianes serpentait sur plusieurs kilomètres avant de disparaître dans un virage au loin. La route était recouverte par des millions, peut-être des milliards de scarabées qui marchaient côte à côte, tous dans le même sens. Parfaitement ordonnés, ils ne se heurtaient pas, ne se montaient pas dessus. Ils avançaient en une parfaite suite de petites processions dont le cliquetis des pattes martelait le chant. Il s'en dégageait un grouillement solennel et hypnotique.

Les deux voies étaient remplies, celle de gauche par des scarabées dont une lumière rouge jaillissait du ventre, celle de droite par des scarabées au ventre bleu.

Tous marchaient vers le sud.

Tobias s'approcha, il montra du doigt une petite colonne bleue qui n'était pas du bon côté et qui serpentait dans les broussailles. Il défit son sac à dos et trouva la bouteille de lait dont il but les dernières gouttes avant de se pencher pour saisir plusieurs scarabées qu'il enfourna dans la bouteille avant de refermer le bouchon.

– On aura de la lumière !

– Fais pas ça, c'est cruel, le réprimanda Matt.

– C'est la loi de la jungle maintenant, le plus fort gagne et fait ce qu'il veut.

Matt secoua la tête, déçu par l'attitude de son ami d'habitude si respectueux de la nature. Il était en train de changer avec le monde. *Non, c'est juste le traumatisme de tout ce qui nous arrive, il va redevenir lui-même*, voulut se convaincre Matt. Le pire qui pouvait lui arriver désormais serait de perdre son ami, le seul repère qui lui restait de cette réalité qui avait été autrefois la leur.

Tobias avait levé la bouteille à hauteur de son visage. Sa peau d'ébène était bleutée par les insectes s'agitant dans leur prison.

Son rictus s'affaissa brutalement. Il murmura quelque chose que Matt ne put entendre et s'empressa de libérer tous les scarabées.

– Allez, filez les gars, dit-il tout bas, dépêchez-vous. Excusez-moi pour ça, je sais pas ce qui m'a pris.

Il revint vers Matt et Plume qui l'observaient avec la même fierté dans le regard.

– Je sais, je sais, lâcha Tobias, j'ai été stupide. Allez, on remonte, on va se poser dans un coin pour dormir.

Sans un mot de plus ils se remirent en chemin, et trouvèrent une anfractuosité dans la colline, entre deux rochers, où ils purent passer la nuit. Plume vint se blottir entre les deux garçons, offrant sa présence rassurante. Son apparition était inespérée, Matt n'en revenait toujours pas. D'où venait-elle ? Pourquoi les accompagnait-elle comme si elle les avait cherchés eux, et personne d'autre ? Matt douta qu'il puisse un jour trouver des réponses, existaient-elles seulement ? Plume pouvait-elle n'être qu'un chien errant qui avait échappé à la transformation en bête sauvage, comme lui et Tobias avaient survécu aux éclairs ? Il s'endormit en posant une main sur la grosse patte poilue et sombra aussitôt dans un sommeil profond.

Cette nuit-là fut paisible, sans cauchemars.

Au petit matin, ils partagèrent avec Plume le fond d'eau de leurs gourdes. Il était temps de s'arrêter dans une ville. Le ciel était couvert de nuages bas mais il ne faisait pas froid.

Pendant toute la matinée ils longèrent l'autoroute lumineuse depuis le sommet de la colline puis bifurquèrent à l'approche d'une ville, du moins de ce qu'il en restait. La végétation avait tout recouvert, grimpant sur les immeubles, s'entortillant autour des fils électriques pour prendre et transformer ce qui avait été une agglomération en véritable jungle. Là ils purent s'équiper de bouteilles d'eau et en profitèrent pour dévaliser une épicerie car leurs provisions commençaient à manquer. Plume s'éloigna sous le regard attentif de Matt : partait-elle se ravitailler elle aussi ? Tobias, au fond du magasin, inspectait les étalages de friandises pendant que Matt feuilletait une bande dessinée avec un pincement au cœur. Au rythme où la nature recouvrait la civilisation, bientôt il ne pourrait plus en trouver. Et plus jamais de nouveauté, de même qu'il n'irait plus jamais au cinéma voir un film avec ses copains.

Lorsque la porte du fond s'ouvrit, Matt n'y prêta pas attention, absorbé qu'il était par ses réflexions nostalgiques. Mais quand la voix caverneuse d'un homme trancha le silence, il sursauta et se laissa tomber sur le carrelage couvert d'une épaisse mousse verte.

– Ne bouge pas !

Tobias laissa échapper un cri et voulut s'enfuir mais la main de l'homme se déplia et le saisit par les cheveux :

– Reste donc ici !

Matt releva la tête et constata que l'homme ne l'avait pas vu, il s'en prenait à Tobias. Il était assez petit mais trapu, une couronne de cheveux bruns cerclait son crâne et une barbe fournie lui mangeait le visage.

— Faut pas t'en aller comme ça, je t'ai fait peur ?

— Lâchez-moi, gronda Tobias.

— Si je le fais tu vas te barrer. Je le vois dans ton regard.

— Vous me faites mal !

L'homme pivota pour coincer Tobias dans un coin et lâcha ses cheveux.

— Ça va mieux, là ? s'enquit-il sans gentillesse.

Il lui tendit la main.

— Je m'appelle Johnny.

Tobias ne répondit pas.

— T'es pas très poli comme garçon. Bon, on dirait que tu as de la chance de m'avoir trouvé. C'est devenu sacrément dangereux là-dehors.

Tobias se décrispa un peu.

— Laissez-moi passer, s'il vous plaît.

Mais Johnny ne bougea pas.

— Tu veux aller où comme ça ? interrogea-t-il. Y a plus rien dehors, tu as dû t'en rendre compte. Allez, viens donc avec moi derrière. Je vais te faire visiter. Toi et moi on va se serrer les coudes, pas vrai ? On va s'entraider.

Tobias voulut forcer le passage mais Johnny lui saisit le bras.

– Lâchez-moi ! hurla Tobias. Lâchez-moi !

– Tais-toi un peu ! (Le ton devint agressif :) T'es pas content de voir un être vivant ? Tu devrais t'estimer heureux de tomber sur moi et pas sur une de ces meutes de chiens ! Eux te mettraient en pièces en un rien de temps.

Tobias voulut se dégager mais l'homme lui lança une gifle avec une telle violence que Tobias devint tout pâle.

– Arrête ! ordonna l'homme. Tu vois bien que le monde est différent maintenant. Ne sois pas idiot, tout seul t'as aucune chance dehors. Je te protégerai. (Il ajouta d'un air vicieux :) On se rendra des services tous les deux. Tu vois ce que je veux dire, pas vrai ? Ça va te plaire, fais-moi confiance.

Comme Tobias ne bronchait pas, l'homme inclina la tête.

– À moins que tu ne fasses partie du groupe d'hier soir, c'est ça, hein ? Tu t'es perdu ou tes copains sont encore dans le secteur ? Allez, parle !

L'homme saisit Tobias par le col et le souleva.

– Me mets pas en colère, je t'assure que tu n'as pas envie que je sois en pétard contre toi.

Matt ne savait pas comment réagir. Ce Johnny n'était pas normal. Il en était sûr. Il ressemblait à l'un de ces pervers que sa mère craignait tout le temps. Pourtant il devait agir, ne pas laisser Tobias entre ses pattes. *Comment faire. Mon épée…*

L'homme hurla encore sur Tobias.

Matt saisit la poignée de son arme, sortit la lame du baudrier et, sans bruit, s'approcha pour surprendre l'agresseur par-derrière.

Mais au moment de frapper il hésita. Il n'osa ni planter son épée dans le dos de Johnny, ni l'entailler de son tranchant. Matt réalisa en une seconde combien la violence d'une arme n'était pas simple à appréhender. Il avait répété cette scène des centaines de fois dans ses jeux de rôles : « Je plante ma lame dans ce troll ! », s'écriait-il avec joie ; mais tenir plusieurs kilos d'acier trempé à deux mains, lever les bras et les abattre de toutes ses forces dans le dos d'un homme, pour le blesser, peut-être le tuer, était un acte dont il se sentit soudain incapable. Même s'il agressait son meilleur ami, Matt ne parvenait pas à frapper cette chair, cette vie. *Introduire cette lame dans un corps humain !* entendit-il résonner dans son cerveau. *Et lui sectionner les muscles, les veines, les os ! Lui crever les poumons, transpercer son cœur ! Non, je ne peux pas !*

Johnny perçut une présence derrière lui et tourna la tête.

– Qu'est-ce…, commença-t-il.

Pris de panique, Matt ferma les yeux et hurla. *Maintenant ou jamais.*

Il fit un bond en avant, la pointe de son arme tendue devant lui. Ses bras durent vaincre une résistance, puis la lame glissa dans quelque chose.

Johnny lâcha un gémissement suivi d'un juron et s'abattit contre les étagères d'où dégringolèrent des dizaines de boîtes de gâteaux à apéritif.

Matt rouvrit les yeux.

Il avait embroché l'homme jusqu'à la moitié de sa lame. Alors il tira en arrière et l'épée ressortit en faisant un bruit atroce qu'il ne pourrait plus jamais oublier. Matt tomba à la renverse et lâcha son arme.

Johnny tituba vers lui. Du sang jaillissait de sa blessure et se répandait à une vitesse effrayante sur ses vêtements. Il s'effondra sur Matt, et l'écrasa de tout son poids.

– Sale petit…, gémit-il. Je vais… t'arracher… la tête.

Et ses deux mains enserrèrent le cou de Matt. Ce dernier tenta de se défendre, horrifié par la tiédeur poisseuse qui trempait son jean. L'homme se vidait de son sang sur lui.

Johnny le secoua, lui tapa la tête contre la mousse du sol. De plus en plus fort. Un flash crépita sous les yeux du garçon, suivi d'un voile noir. Il perdit ses repères, et la force le quitta brutalement. Un autre coup, nouveau flash. L'air lui manquait déjà. Johnny beuglait au-dessus de lui, une écume rouge à la bouche.

Matt avait mal à la gorge, il ne respirait plus. Il parvint à attraper les poignets de son agresseur…

Son crâne heurta à nouveau le sol.

Un éclair l'aveugla. La pièce disparut d'un coup.

Le poids de Johnny se dissipa.

Matt eut conscience de trembler, puis son corps s'affaissa.

Et il n'y eut plus que le noir de l'oubli.

14.

Le murmure des ténèbres

Dans l'absolu de sa mort, car Matt sut aussitôt qu'il était mort, l'adolescent perçut la notion de froid abyssal. Il la perçut plus qu'il ne la sentit car il n'avait pas froid lui-même, en réalité il ne ressentait aucune sensation, mais le froid était là, tout autour de son âme, dansant comme un vent puissant, prêt à le saisir. Un froid venant du néant, loin, très loin de lui, et qui le tenait suspendu au-dessus d'un abîme fait de ténèbres.

Matt attendit, longtemps. Très longtemps. Le temps ne s'écoulait pas de la même manière ici, il n'y avait pas la trotteuse de son souffle pour lui rappeler qu'il était vivant, ni la cadence de son cœur pour marteler le temps qui passait, non, rien qu'une infinie patience tandis qu'il ne se passait rien. Absolument rien.

Et pourtant, Matt était bien là, pas physiquement, mais en pensée. Pas complète car il ne pouvait se souvenir. Il lui était impossible de repenser à quelque chose de précis, les concepts mêmes de famille, d'amis avaient disparu. À vrai dire, il ne restait que l'essence de son être, et Matt sut que mourir c'était ne garder que le substrat de sa conscience et le laisser flotter à jamais dans le vide. Matt était Matt, et c'était tout.

À vrai dire, c'était trop. Il aurait préféré ne rien savoir, n'être plus rien, car cette attente sans jouir de sa conscience et sans la promesse d'une échéance le faisait souffrir. Une démangeaison. Voilà ce qu'était l'attente ici. Une démangeaison qu'on ne parvient pas à localiser et que, de toute façon, on sait ne pouvoir soulager.

Puis lui parvinrent les voix.

Ou plutôt les murmures.

Lointains et proches à la fois. Lointains parce qu'ils semblaient provenir des confins de ce vide, et proches parce que Matt les entendait résonner à l'intérieur de son âme.

Ils disaient tous la même chose. Répétant la phrase comme une multitude d'échos, créant un gigantesque brouhaha. Pourtant Matt comprit clairement les mots qui lui parvenaient :

« Viens à moi. »

Les voix changèrent d'intonation, devinrent plus mielleuses :

« Ensemble, nous pouvons tout. Ensemble, le monde est à nous. »

« Viens à moi. »

Matt sentit une présence dans les ténèbres. Un être imposant, tout près. Et plus il se rapprochait, plus Matt sentait la démangeaison en lui se faire virulente, son âme se mit à vaciller. Ses perceptions s'altérèrent, son âme *tremblait*. La présence fut sur lui. Étouffante. Matt sut qu'il ne pouvait rien faire. Il s'en dégageait un tel charisme oppressant que Matt aurait pu croire qu'il s'agissait du Diable en personne. Pourtant il n'en était rien, il le devinait. Ce n'était pas le Diable, c'était quelque chose de plus viscéral, de plus ancien encore.

De plus effrayant.

Et tout d'à coup, la puissance d'une seule voix :

« Je suis le Raupéroden, Matt. Viens à moi. »

DEUXIÈME PARTIE
L'île des Pans

15.
Un étrange coma

Matt eut d'abord mal au ventre. Puis à la gorge et à la tête. D'affreux maux de tête, le tout entrecoupé de sommeils profonds, peuplés de présences inquiétantes. Ensuite Matt eut froid. Puis chaud. Très chaud. Jusqu'à délirer. Il eut de brefs moments de conscience, assez peu lucides, il entrevit la lumière du soleil. Puis il sentit la pluie. Et la nuit.

Des loups – à moins que ce ne soit des chiens sauvages – hurlèrent au loin.

Matt décodait un message complexe, compte tenu de son état. Son corps... son corps était douloureux. Alors les voix revinrent, différentes. En fait, Matt comprit que ce n'étaient pas les mêmes. Cette fois, les voix étaient dans la lumière. Plus accueillantes, plus rassurantes.

On parla de lui.

Il dormit à nouveau.

Longtemps.

Parfois il croyait avoir rouvert les yeux, mais il n'en gardait qu'un souvenir évanescent. Celui d'une clarté chaude, d'un repos confortable, moelleux. De soif et de faim également.

Il dormit beaucoup.

La force le quitta peu à peu. Ses muscles se ramollirent, commencèrent à fondre avec le temps.

Le soleil alternait avec la lune. Au début, il lui sembla que chaque fois qu'il ouvrait les paupières l'un remplaçait l'autre. Les jours et les nuits s'enchaînaient comme des secondes. Puis comme des minutes.

Bientôt il ne traversa plus qu'un enchaînement de souvenirs : une lueur agréable, de l'eau qui coule en lui, de la nourriture aussi. Parfois une démarche de somnambule pour le conduire dans une pièce toute proche, avec un puits sans fond dans lequel il avait l'impression de se perdre. Ses gestes étaient ceux d'un automate, il ne les contrôlait pas. Puis le retour à cette pièce blanche, réconfortante... un lit ! Matt vivait à présent dans un grand lit doux. Avec le temps, il plaça deux larges fenêtres dans sa vision de la pièce. La lumière du soleil traversait des rideaux en organdi couleur pêche. Il ne tarda pas à voir des murs jaune clair.

Les jours et les nuits se succédaient.

Matt peupla alors ses souvenirs d'êtres vivants. Des voix fluettes. Des silhouettes penchées au-dessus de lui. Elles lui parlaient sans qu'il parvienne à les comprendre.

Son corps était de plus en plus mou. Chaque effort lui demandait une énergie qui l'épuisait et ne tardait pas à le replonger dans une longue et profonde léthargie.

Simple spectateur de ce manège, Matt se laissait porter par

le ressac des éveils et les vagues du sommeil, comme un radeau vivant au large du temps, loin de toute civilisation, de tout échange. Il s'était habitué à cette succession d'états, et cela aurait pu durer longtemps, si, un matin, un ange ne lui était apparu.

Ce jour-là, Matt entrouvrit les paupières et, dans cette vision floue qui était la sienne, distingua une silhouette aux longs cheveux blonds tirant sur le roux. Ses yeux, vivement, firent alors le point et chassèrent les brumes de son regard.

Il la vit, à côté de lui.

Une jeune fille, quinze ans peut-être, aux pommettes hautes, aux lèvres roses sous un nez fin, et qui se tenait parfaitement droite sur une chaise. Belle comme une fleur aux premiers jours du printemps, fière de ses pétales aux couleurs vives, soyeuse et volontaire. Et sa voix douce le berça pour adoucir son réveil :

– Alors ce n'est pas vrai ce qu'on dit de toi ?

Il sembla à Matt qu'elle chantait plus qu'elle ne parlait, tant ses intonations étaient apaisantes.

– Tu n'es pas dans le coma, n'est-ce pas ?

Un sourire illumina son visage, ses taches de rousseur s'allongèrent. Matt voulut faire de cette fille son ciel, de ces taches ses étoiles, et de ces yeux deux astres verts qu'il pourrait contempler à chaque instant.

Que lui arrivait-il ? Pourquoi parlait-elle de coma ? Où était-il ? Dans une maison…

– Je le vois bien, tu m'entends ! s'amusa-t-elle.

Le soleil brillait derrière les deux grandes fenêtres aux rideaux transparents. Le plafond était immensément haut. Une moquette immaculée et épaisse recouvrait le sol, et des meubles en bois ouvragé d'un blanc pur décoraient cette chambre que les rayons du soleil illuminaient, au point de la rendre magique, comme dans *Le Seigneur des Anneaux* qu'il aimait tant. Il était à Fondcombe.

– Je… suis…, articula-t-il.

Mais sa voix était éraillée, sa gorge sèche. La fille se pencha pour lui tendre un verre d'eau qu'il but d'une traite.

– Tu es sur l'île Carmichael, du moins ce qu'il en reste. Je suis Ambre.

Ambre… même son nom avait des sonorités magiques. Matt voulut se redresser mais l'effort le terrassa et il s'effondra dans ses oreillers. La vague de fatigue s'enroula autour de lui et tout ce qu'il eut le temps de dire avant de disparaître dans l'écume du sommeil fut :

– Ambre… sois mon ciel…

Quand il rouvrit les yeux, il fut surpris de retrouver la pièce autour de lui. Tout ceci n'était donc pas un rêve.

Et Ambre ? Existe-t-elle ? Aussitôt, il se souvint de ce qu'il lui avait dit et la honte grimpa à ses joues. Il avait déliré ! Ça ne pouvait être que le délire !

Une porte s'ouvrit dans le fond de la chambre et deux adolescents s'approchèrent, deux garçons. Matt leur donna treize et seize ans. Le premier était petit, blond, vêtu d'une chemise blanche et propre et, tout aussi étonnant : il était coiffé d'un haut-de-forme, ces chapeaux que Matt n'avait vus que dans les mains de magiciens qui en faisaient surgir lapins et colombes. L'autre était sa copie conforme, son grand frère assurément, sauf qu'il était habillé plus simplement.

– Elle avait raison, il n'est pas comme d'habitude, fit le petit.

– Exact, ses yeux ont l'air moins… embués. On dirait qu'il nous comprend cette fois.

Matt avala sa salive et articula lentement :

– Bien sûr… que je vous… comprends ! J'ai… soif.

Le plus grand attrapa la carafe d'eau posée sur la table de chevet et lui emplit un verre que Matt vida sans s'arrêter pour respirer.

– Formidable ! Tu as survécu ! s'exclama le petit.

– À quoi ? J'ai… survécu à quoi ?

– Au délire ! À ton coma ! T'es resté comme ça si longtemps qu'on a cru que tu n'en sortirais jamais.

– Combien de temps ? demanda Matt, soudain inquiet.

Le petit ouvrit la bouche, mais son frère le devança :

– Vaut mieux te reposer, on va y aller doucement, d'accord ? Je vais prévenir ton ami.

– Tobias ? Il va bien ?

– Oui. Ne t'en fais pas.

– Mais je suis resté combien de temps ainsi ? Et le monde..
il est revenu à la normale ?

Les deux frères s'observèrent, une pointe d'angoisse dans le
regard.

– Non. Mais les choses ont évolué, on en sait un peu plus
désormais. On s'est organisés. Je vais chercher Tobias, essaye
de ne pas bouger, tu es faible.

Avant que Matt puisse insister, les deux étranges compè-
res avaient disparu. Matt en profita pour tenter de se redresser, mais cette fois avec précaution. Il put s'asseoir dans son
lit. Il était vêtu d'un pyjama gris qui bien entendu n'était pas
à lui. Il réalisa qu'il était affamé. Tobias entra et courut vers
lui.

Matt eut un choc en le voyant.

Tobias avait maigri, son visage était plus marqué, moins
poupon. Il avait perdu ses joues d'enfant.

Tobias serra son ami dans ses bras.

– Ce que je suis content de te revoir !

– Moi aussi Toby… Moi aussi… Mais… Qu'est-ce qui
m'est arrivé ?

Tobias haussa les sourcils et tira une chaise à son chevet.

– Il s'en est passé des choses ! commença-t-il. Tout
d'abord, comment te sens-tu ?

162

– Ramolli, les jambes en coton, j'ai l'impression d'avoir passé six mois au lit !

Tobias ne partagea pas son rire.

– Quoi ? s'inquiéta Matt. Je n'ai pas passé six mois ici ! Rassure-moi !

Tobias soupira, et se lança :

– Cinq. Ça fait cinq mois que tu es comme ça.

– Cinq mois ? répéta Matt, incrédule. Comment… comment c'est possible ?

– Ce type qui m'a agressé dans l'épicerie, tu te souviens ? Il t'est tombé dessus, il t'a étranglé et te tapait la tête par terre. Je lui ai écrasé une bouteille sur le crâne et il est devenu tout raide. Mais tu étais inconscient. J'ai essayé de te réveiller sans réussir. Alors je t'ai porté à l'extérieur. Plume est arrivée en courant…

– Elle va bien ? le coupa Matt.

– Mieux que jamais, elle venait dormir ici jusqu'à ce que Doug la fasse sortir, il dit que ce n'est pas bon de dormir avec un chien. Je trouve ça idiot mais c'est lui le doc.

– Parce qu'il y a un médecin ici ?

– Oui, tu l'as vu tout à l'heure…

– Le grand blond ?

– Oui, et son petit frère, ils sont deux. C'étaient les fils du propriétaire, un grand docteur, connu dans le monde entier avant que la Tempête ne change tout.

Matt avait mille questions en tête, aussi préféra-t-il se concentrer pour ne pas se disperser.

– Revenons à nous. Plume est arrivée en courant, tu disais…

– Oui, je crois qu'elle avait entendu le grabuge. J'ai réussi à te mettre sur son dos et la pauvre bête t'a porté tout le chemin, sans jamais ralentir.

– Je savais que c'était un chien extraordinaire.

– Tu lui dois la vie, sans elle je n'aurais jamais pu retrouver les autres.

– Qui ça ?

– Ceux qui avaient écrit la pancarte dans la forêt. Ils n'étaient plus que huit, un… Glouton en a tué un.

– Un Glouton ?

– Oui, c'est comme ça qu'on appelle les mutants maintenant. Bref, on a réussi à te faire boire et manger de la bouillie pendant les huit jours de marche. Jusqu'à ce qu'on arrive ici. Depuis, tu étais dans un coma étrange, tu en sortais de plus en plus souvent mais sans parvenir à nous parler. Tu mangeais ce qu'on te mettait dans la bouche, tu buvais, parfois même tu arrivais à te lever pour aller aux toilettes et pourtant on voyait bien que tu avais en permanence le regard dans le vague. Jusqu'à ce matin.

– C'est de la folie !

Doug, l'aîné des frères blonds, entra avec un plateau qu'il déposa sur les jambes de Matt avant de repartir. L'assiette contenait une omelette fumante que Matt s'empressa de dévorer tant il avait faim.

– Tu te souviens de quelque chose ? interrogea Tobias. Tu as pas mal cauchemardé, tu murmurais que tu étais poursuivi, tu parlais d'une grande forme noire derrière toi...

Matt cessa de mâcher et serra sa couverture dans son poing. Le *Raupéroden*, se souvint-il avec un frisson. *Quel étrange nom...* Et quel charisme terrifiant !

Voulant changer de sujet, il demanda :

– Où sommes-nous ? Cette... chambre, on dirait que tout est normal ici, pas de végétation, rien d'étrange.

– C'est l'île Carmichael. Notre sanctuaire ! À l'origine, c'est un milliardaire qui l'a achetée, elle est au milieu du fleuve Susquehanna, du moins ce qui était le fleuve Susquehanna...

– Attends une seconde, tu veux dire qu'on a marché jusqu'à... Philadelphie ! Plus de cent cinquante kilomètres !

– Exact.

– Et comment avez-vous trouvé l'île ? Au hasard ? s'enthousiasma Matt en avalant un énorme morceau d'omelette.

– Non, afin d'attirer tous les survivants de la Tempête, les gens de l'île avaient décidé de faire un grand feu, qu'ils alimentaient en permanence, pour faire un immense panache de fumée visible de très loin. Nous l'avons remarqué et nous sommes venus voir.

— Vous êtes nombreux ? fit le jeune convalescent, la bouche pleine.

— Assez, oui…

Matt ajouta précipitamment :

— Et les parents ? On sait ce qu'ils sont devenus ? Une trace d'eux quelque part ?

Tobias soupira, le regard triste.

— Pas vraiment…

Mais dans cette réponse laconique, Matt décela autant de doute que de souffrance. Il enchaîna :

— Et c'est quoi cette île ?

Tobias se fendit d'un rictus qui signifiait : « Tu ne vas pas le croire. » Au lieu de répondre il se contenta d'un énigmatique :

— Il vaut mieux que tu voies par toi-même, mais pour l'instant tu as besoin de repos.

Matt secoua la tête :

— Je viens de passer cinq mois dans mon lit, j'en ai eu du repos ! Je veux voir…

Tobias le repoussa sans difficulté lorsqu'il tenta de se lever.

— Tu es faible, Doug a affirmé que tu devrais te ménager les premiers jours, pour que ton corps se réhabitue à l'effort. Tes muscles sont « atrophiés ». Sois patient.

Matt soupira. À contre-cœur, il accepta de s'étendre.

Il inspira un grand coup et contempla sa chambre. Tout y

était impeccable, impossible de croire que derrière ces murs le reste de la civilisation avait disparu. Soudain, Matt se demanda pourquoi la végétation ne recouvrait pas cette maison ? Il voulut questionner Tobias cependant la fatigue l'enveloppa d'un coup, aussi brutalement qu'une rafale de vent. Ses paupières clignèrent.

Tobias récupéra l'assiette vide.

– Je vais te laisser te reposer, tu en as besoin, murmura-t-il. Je reviendrai demain, peut-être qu'on pourra faire un tour dehors, tu verras, tu n'en croiras pas tes yeux !

Matt se sentit sombrer dans le sommeil. Incapable de lutter. Comme victime d'un sortilège surpuissant. Pourtant il aurait voulu questionner Tobias pendant des heures, Doug et son frère avaient dit qu'ils en savaient un peu plus sur le monde...

La dernière chose dont il eut conscience fut d'entendre Tobias chuchoter :

– C'est bon de te revoir parmi nous.

16.

Hanté !

Matt ouvrit les yeux en pleine nuit, emmitouflé dans ses couvertures, seul son visage dépassait les draps. Il faisait frais dans la pièce. Il cilla, aveuglé par ce qu'il crut être le clair de lune. Elle brillait si fort que c'était elle qui l'avait sorti de son sommeil.

C'est alors que la lune bougea.

Elle pivota sur son axe pour illuminer l'intérieur de la chambre, à la manière d'un projecteur. Soudain, une seconde lune, copie conforme de la première, apparut juste à côté. Et Matt comprit.

Ce n'étaient pas des lunes.

Mais les yeux des échassiers. Un échassier se tenait juste derrière la fenêtre et scrutait l'intérieur de la chambre. Le double faisceau passa sur le lit et s'arrêta sur le visage de Matt avant qu'il ait pu se dissimuler. La terreur s'empara du garçon qui voulut sauter hors du lit. Il n'en eut pas la force, ses jambes ne les portaient pas.

Une main blanche surgit de la longue cape de l'échassier et elle déplia ses doigts immenses pour pousser sur le montant de la fenêtre. Le verre se fissura en une toile d'araignée fragile, puis se brisa.

Le vent froid pénétra dans la pièce et se mit à tournoyer, soulevant les draps d'un coup. Le bras laiteux s'allongea en direction de Matt qui se mit à hurler.

Une voix gutturale sortit de sous la capuche de l'échassier :

– Viens... Ssssssssch... Le Raupéroden t'attend... Ssssssssch... Viens. Il va être content.

Matt hurla encore plus fort lorsque les longs doigts mous s'enroulèrent autour de sa cheville et commencèrent à le tirer.

Puis il sentit quelque chose de moite sur son front.

Les deux lunes disparurent et la main le lâcha.

Les couvertures réapparurent sur lui.

Et la nuit glissa dans ses cauchemars lorsqu'il ouvrit les yeux pour de bon.

– Calme-toi, lui souffla-t-on, c'est un mauvais rêve. C'est tout.

Matt se tut. Il reprit son souffle. La tête blonde de Doug l'observait au-dessus de lui.

– Regie, apporte-nous le plateau, fit l'adolescent à son petit frère toujours coiffé de son chapeau haut de forme.

Doug retira le linge humide qu'il avait posé sur le front de Matt et lui sourit.

– Tu as faim ? lui demanda-t-il. On a fait du pain frais ce matin.

– Du pain ? répéta Matt. Vous savez faire du pain ?

Il avait toujours la voix un peu enrouée.

– Il a bien fallu apprendre ! Les réserves de pain de mie dans les supermarchés ont vite moisi ! Ça fait un peu plus de cinq mois que la Tempête a tout changé. On sait faire plein de choses maintenant. Heureusement que les livres de recettes n'ont pas pourri ! dit-il en riant.

Matt se redressa pour s'asseoir.

– Je vais pouvoir me lever aujourd'hui ?

– Quelques minutes, pas plus. J'ai bien peur qu'il faille plusieurs semaines avant que tu retrouves l'usage de tes muscles, surtout pour marcher.

– Tu... tu es médecin ? s'étonna Matt, Doug était si jeune.

– Notre père l'était.

Matt capta le voile de tristesse dans son regard.

– Et j'ai toujours été passionné par ce qu'il faisait. Il m'a appris plein de choses.

Matt hocha la tête, admiratif.

– C'était le plus grand docteur du monde ! ajouta le petit Regie qui entrait, chargé d'un plateau. Il s'appelait Christian...

– C'est quoi cette île ?

Doug répondit en posant devant lui le plateau garni de pain et d'un bol de lait.

— Notre père l'a fondée il y a une vingtaine d'années. Il n'a autorisé que ses amis fortunés à venir s'y installer, à condition de respecter l'architecture gothique de son manoir. Aujourd'hui il y a sept manoirs.

— Six, corrigea Regie d'un ton tranchant.

Doug parut agacé mais approuva :

— Oui, six, pardon.

Matt but un peu de lait : du lait en poudre mélangé à de l'eau. Il n'avait ni la même texture ni la même saveur que le vrai.

— Elle est grande cette île ? s'enquit Matt.

— Oui, assez, tu la verras bientôt. Nous sommes soixante-sept à y vivre. De dix ans... Quel âge a Paco ?

— Je crois qu'il a eu neuf ans, précisa Regie, mais c'est vraiment le plus jeune.

— De neuf à dix-sept ans donc.

— Aucun enfant de moins de neuf ans n'a survécu ? s'alarma Matt.

— Aucun n'est arrivé ici en tout cas, mais il semblerait qu'il y en ait ailleurs, et même des bébés.

— Et vous êtes les seuls rescapés ?

Doug fit oui de la tête, l'air sombre.

— Mon frère et moi. Les soixante-cinq autres sont arrivés

au fur et à mesure au cours des deux premiers mois. Comme toi et Tobias.

Doug mit une petite tape sur sa cuisse, geste que Matt trouva très paternel, et se leva en disant :

– Allez, mange, ensuite on verra si tu peux marcher un peu. Ne t'en fais pas pour les vêtements, on en a à ta taille.

Moins d'une demi-heure plus tard, Matt s'était habillé et marchait avec peine, appuyé sur Doug, dans un long couloir en bois brun encadré par des tapisseries ternes.

– Je n'ai pas vraiment mal aux jambes, confia-t-il. C'est plutôt comme si j'avais des courbatures.

Doug semblait étonné par la vigueur de son patient.

Ils arrivèrent à un balcon surplombant une vaste salle dominée par trois gigantesques lustres. Une cheminée géante trônait sur une estrade en pierre. On pourrait y cuire un éléphant, constata Matt. Les murs étaient comme partout dans la maison : en bois ouvragé, bien que couverts ici d'une centaine de têtes d'animaux empaillés. Matt en fut écœuré. Il détestait la seule idée de la chasse, quant à exposer ses trophées… Au sol, un carrelage en damier noir et blanc. La lumière du jour entrait par les hautes fenêtres en ogives qui ouvraient la partie supérieure des murs, à plus de neuf mètres de hauteur, à l'instar d'une nef d'église.

Doug désigna les six larges tables et les chaises tapissées de velours :

— C'est notre salle de réunion, quand il faut prendre des décisions collectives. C'est la plus grande pièce de toute l'île.

Perchés comme ils l'étaient, sa voix résonna.

— Nous sommes nombreux à dormir ici ? interrogea Matt.

— Mon frère et moi bien entendu. Tobias et toi. Ainsi que cinq autres garçons que je te présenterai bientôt.

— Et... Ambre ? osa timidement Matt.

— Elle dort dans le manoir de l'autre côté du parc, exposa Doug comme s'il s'agissait d'une évidence. Les filles ne dorment pas dans les mêmes bâtiments que les garçons !

Ils descendirent le grand escalier, traversèrent le réfectoire ainsi qu'une série d'autres pièces immenses pour enfin atteindre le hall et sa sculpture terrifiante. Une pieuvre de cinq mètres sur trois déroulait ses tentacules de bronze face à l'entrée. Elle avait une tête horrible, des yeux menaçants, et ouvrait une gueule prolongée d'un bec tranchant, qui avait dû causer bien des cauchemars aux enfants des environs, devina Matt.

— C'est de là que le manoir porte son nom : manoir du Kraken. Mon père était un passionné de légendes animales. Celle du poulpe géant était sa préférée. C'est pour ça que chaque manoir ici porte le nom d'un animal mythologique.

Cependant, le plus surprenant était à l'extérieur.

À peine sous le porche, Matt fut saisi par l'épaisseur de

173

la végétation qui dressait de véritables murs verts de part et d'autre d'un étroit chemin. Il eut le sentiment que le manoir était perdu au centre d'un labyrinthe de fougères, ronces, buissons et arbres à lianes.

– On se relaie tous les jours pour couper les plantes qui grimpent sur les maisons, expliqua Doug. Nous avons des corvées et tout le monde participe. Le fauchage, la cuisine, la lessive, monter la garde…

– Vous montez la garde ? s'étonna Matt.

– Oui. Sur le pont qui relie la terre ferme à l'île.

– Il y a eu des intrusions ?

– Non, heureusement. Parfois des meutes de chiens sauvages s'approchent, mais ils ne peuvent entrer. Pendant la Tempête, un éclair est tombé sur le début du pont, et a brisé la première arche. Depuis on a bricolé une sorte de pont-levis avec des plaques de tôle. Ça empêche les indésirables d'entrer. Mais la garde c'est surtout pour le cas où des Cyniks ou des Gloutons voudraient nous attaquer.

– Des Cyniks ? Qu'est-ce que c'est ?

Doug ouvrit la bouche pour répondre puis fit la moue.

– Je crois qu'on a tout notre temps pour aborder les mauvaises nouvelles, on verra ça plus tard. Viens, je vais te faire faire le tour du manoir.

Il entraîna Matt par un petit sentier où un garçon brun, quatorze ans environ, les cheveux en bataille, s'affairait à couper des tiges et des feuilles à l'aide d'un gros sécateur. Ils le saluèrent.

– Je te présente Billy, dit Doug. Il habite le manoir avec nous.

Le garçon parut très surpris de voir Matt debout.

Doug et Matt poursuivirent leur promenade, lentement, et grimpèrent une série de marches en pierre recouvertes de minuscules racines pour atteindre la terrasse, elle aussi couverte d'un tapis de végétation. De là ils dominaient de cinq bons mètres ce qui avait autrefois été le parc. Il n'en restait qu'une jungle inextricable, si épaisse qu'on ne pouvait distinguer le sol. Au loin, Doug désigna les façades gothiques des autres manoirs. Fenêtres hautes en ogives, arches en pierre, pignons et cheminées élancés, toits pentus et tours... le Moyen Âge flottant sur une mer verte. Juste en face, à cent mètres, un manoir flanqué de tourelles leur renvoyait la lumière du soleil de sa pierre blanche.

– Comment s'appelle-t-il, celui-là ?

– L'Hydre, exposa Doug. C'est un manoir de filles. C'est là que Ambre habite.

– C'est quoi un Hydre ?

– *Une* Hydre. C'est une légende de la mythologie, un serpent à sept têtes qui repoussent dès que tu lui en coupes une. C'est aussi le nom d'une constellation d'étoiles, je crois.

Matt hocha la tête, songeur. Plus que l'explication, c'était Ambre qui l'intriguait. Cette fille lui avait fait une sacrée impression. Était-ce parce qu'il était dans un état de semi-conscience ?

Il pivota et découvrit un autre bâtiment plus proche encore sur la gauche, tout en hauteur, avec peu de fenêtres et de nombreux niveaux. De son bouquet de tours, l'une dominait, du haut de ses soixante mètres, au moins, estima Matt, la plus élevée de l'île, assurément. Elle était coiffée d'un dôme gris.

– Et celui-là ? Quel est son nom ?

– Oh, celui-là ?

Doug parut ennuyé. Il se gratta la nuque.

– C'était le manoir du Minotaure. Mais... on ne l'appelle plus comme ça depuis la Tempête.

– Pourquoi ?

Doug prit une grande inspiration avant de lancer :

– Il est hanté.

– Hanté ? Par quoi ?

– On ne sait pas, de la fumée verte s'en dégage parfois et... la nuit on peut voir une créature étrange qui rôde à l'intérieur.

Matt s'arrêta, captivé. Décidément, le monde était de plus en plus surprenant.

– Et quel est son nom désormais ?

176

Doug l'examina, guetta un court instant l'édifice qui ressemblait à un phare, puis :

– Il n'en a plus. On n'en parle plus, c'est tout, lâcha-t-il.

Matt comprit pourquoi il avait d'abord mentionné la présence de sept manoirs avant que son frère le corrige. Il contempla l'impressionnante forteresse. De grosses tours carrées, sans fenêtres, et un corps principal sans fioriture, percé de rares ouvertures obscures. Il devait faire sacrément sombre à l'intérieur, même en pleine journée. Curieuse idée que de vouloir ériger pareille bâtisse.

– Allez viens, tu as assez marché pour ton premier jour, et Tobias doit avoir fini son tour de nettoyage, il meurt d'envie de passer du temps avec toi.

Doug descendit les marches, et Matt s'apprêtait à le suivre lorsqu'il jeta un dernier coup d'œil au manoir hanté. Et lui vint l'étrange sentiment que, dès le départ, on l'avait bâti pour abriter quelque chose. Car c'était bien ce qui se dégageait de son architecture massive : on avait construit là un donjon, bien plus qu'une habitation. Et si le but était d'*empêcher quelque chose de sortir ? Non, c'est idiot, personne ne ferait ça...*

Et comme pour souligner qu'il avait tort d'être sceptique, une ombre glissa derrière l'une des fenêtres.

Matt se figea, soudain convaincu : quoi qui puisse se ter-

177

rer à l'intérieur de ce lieu sordide, on était en train de l'observer.

Mais avant qu'il puisse ouvrir la bouche, la forme avait disparu.

17.

Panorama de l'île

Matt retrouva Tobias dans une salle du premier étage, un petit salon coquet, tout en bois verni et en velours rouge. Il était accompagné de Plume. Matt la serra dans ses bras et le chien le salua de généreux coups de langue. Elle était encore plus grande que dans son souvenir.

Il s'assit pour reposer son corps fatigué et laissa exploser son ébahissement concernant l'île, l'organisation apparente et i'ingéniosité de la communauté.

– Doug et son frère m'ont dit qu'on en savait plus sur le nouveau monde maintenant ? dit-il. Tu peux me raconter ?

Le visage de Tobias s'assombrit, comme si un nuage passait soudain.

– Eh bien... on sait que trois camps sont distincts, c'est désormais une certitude, exposa Tobias doucement. Trois sortes de... survivants à la Tempête. Nous, les enfants et les adolescents, les adultes et...

– D'autres adultes ont survécu ? Le type de l'épicerie n'était pas le seul, alors ! C'est génial ! Des enfants ont pu retrouver leurs parents ?

Tobias fit « non » de la tête, plusieurs fois.

– Ce n'est pas génial du tout en fait. Depuis la Tempête, les adultes sont… violents. On n'en sait pas plus pour l'instant. Ils semblent s'être organisés, comme nous, mais on n'en voit plus, on ne sait pas où ils sont allés et ce qu'ils font, sauf que chaque fois qu'un adolescent a croisé leur route, ça s'est soldé par une attaque. On ne peut plus leur faire confiance.

– Tu veux dire que… ils ne sont plus comme avant ? Vous êtes sûrs de ça ?

– Oui, Matt. Il n'y a plus un seul adulte en qui on puisse avoir confiance. Ils sont tous très différents. Violents et perfides.

– Mais comment c'est possible ? Et sait-on qui ils sont ? Et nos parents ?

– Je n'en sais rien. Personne ne le sait. Certains adultes ont survécu à la Tempête et depuis ne sont plus du tout les mêmes, c'est tout ce qu'on peut dire. On dirait des sauvages. Et… c'est comme s'ils nous détestaient, nous les enfants et les ados.

Matt s'effondra, le dos rond, le regard perdu. Tobias lui tapota l'épaule, amicalement.

– Je croyais que… qu'on pourrait revoir nos parents un jour, avoua Matt.

– Je suis désolé.

– Vous devez vous sentir sacrément seuls ?

Tobias dodelina de la tête :

— Non, pas vraiment. On s'est construit notre communauté ici. On s'entend bien, et il y a tellement de choses à faire qu'on n'a pas le temps de déprimer.

Matt inspira longuement, pour chasser la peine qui habitait son corps, pour l'éloigner de sa gorge et de ses yeux, pour qu'elle se dilue en lui.

— Et quelle est la troisième faction ? demanda-t-il. Tu m'as parlé de trois camps.

— Les Gloutons. Ils se sont rassemblés en petites tribus, et on a remarqué qu'ils ont gagné en astuce et en habileté. Ils ne dorment plus n'importe où, ils se sont fabriqué des armes.

— Agressifs ?

Tobias hocha la tête :

— Oh oui ! Plus que les hommes ! Quand ils croisent la route d'un ado ou d'un enfant, ils cherchent à le tuer. Les adultes eux, sont plus vicieux. Ils enlèvent les enfants, on ne sait pas pourquoi, mais ils les emmènent et on n'a plus de nouvelles.

— Ils nous enlèvent ?

— Oui, des enlèvements massifs, les adultes débarquent et cherchent à faire un maximum de prisonniers. Ceux qui sont capturés ne reviennent jamais, c'est tout ce qu'on sait pour l'instant.

— Et ça arrive souvent ? s'étonna Matt.

— Plus maintenant. En tout cas dans cette région, c'est un peu plus calme, enfin… côté adultes. Parce que la forêt grouille de choses dangereuses.

Matt écarquilla les yeux. Il n'en revenait pas. Plus rien n'était semblable à autrefois. À vrai dire, s'il n'avait pas lui-même vécu la Tempête et la fuite de New York dans une ville ravagée, il n'aurait pas cru un seul mot de tout cela.

Tobias, sans entrer dans les détails, lui confirma l'existence de créatures étranges, effrayantes, qui rôdaient la nuit dans les bois alentour. Puis il expliqua à Matt que la Tempête avait épargné beaucoup d'enfants. De tous les âges, quelques-uns très jeunes d'après les témoignages, et jusqu'à dix-sept, parfois dix-huit ans. Ceux qui avaient survécu aux premiers jours s'étaient rassemblés en clans, à travers tout le pays. Des équipes de dix, parfois cinquante personnes. Une rumeur affirmait qu'il existait même des villages de plus de cent adolescents !

– Comment ça une rumeur ? interrogea Matt. Comment est-ce possible, sans téléphone, sans radio, sans rien pour communiquer !

– Grâce aux Longs Marcheurs ! Ça a commencé avec un type à l'ouest, dans un rassemblement assez important. Il a voulu aller voir ailleurs, à la recherche d'autres survivants et il s'est mis à marcher dans tout l'État jusqu'à trouver d'autres groupes. Il s'est proclamé Long Marcheur – colporteur de nouvelles et d'espoir ! – et un autre garçon a embrayé, partant dans une autre direction. Depuis, des dizaines d'autres ont suivi. Ils sillonnent le pays, à la recherche des rassemblements comme le nôtre, pour transmettre les nouvelles du monde.

— Ils sont… fous ! Avec tous les dangers à l'extérieur !

Tobias haussa les épaules.

— C'est pour ça qu'on a tous instauré une règle : l'hospitalité pour les Longs Marcheurs. On les nourrit et les loge sans rien demander en échange et eux nous transmettent ce qu'ils entendent. Aux dernières nouvelles, il existerait une quarantaine de sites panesques.

— Panesques ? répéta Matt.

— Ah, oui ! C'est notre nom maintenant. Les enfants et les ados qui vivent ensemble forment la communauté panesque. On ne savait pas comment s'appeler… tous âges confondus, et personne n'était d'accord. Et puis un jour un Long Marcheur est venu nous informer qu'à l'ouest, ils avaient adopté ce terme, en hommage à Peter Pan.

— L'enfant qui ne veut pas grandir, compléta Matt.

— Exactement. Les adultes croisés jusqu'à présent sont tous méchants, aucun n'a jamais voulu nous aider, ils ne cherchent qu'à nous neutraliser pour nous emmener avec eux. Les adultes sont froids et cruels. Du coup, on les appelle les Cyniks. Voilà, tu sais l'essentiel.

— Pourquoi est-ce que les ados… les Pans ne se rassemblent pas pour former une énorme ville ? On serait encore plus forts.

— C'est le début, tu sais. Les Longs Marcheurs n'existent que depuis deux mois. Et même eux se perdent tout le temps, la plupart n'arrivent pas à retrouver leur site de départ. C'est compliqué, plus rien ne ressemble au passé. Et beaucoup de Longs Marcheurs périssent en route. Le danger est partout. Je crois que, pour l'instant, chaque clan essaye de s'organiser pour survivre, se nourrir, se défendre. Il a fallu trouver des lieux et les rendre vivables. Personne n'a envie d'abandonner son repère ! Comme nous cette île ; qui voudrait en partir ? On y est en sécurité, c'est confortable, on a des réserves de nourriture, et on a même trouvé des poules pour avoir des œufs frais !

Matt engrangeait les informations, tissant un portrait de ce nouveau monde de plus en plus exaltant mais tellement angoissant. Les Cyniks... Les Gloutons... les Pans. Que s'était-il passé la fameuse nuit où la Tempête avait frappé le monde, de quelle nature étaient ces éclairs vaporisant les gens tout autour de lui ? Comment en étaient-ils arrivés là ?

Tobias bondit d'un coup et lui fit signe de le suivre. Ils zigzaguèrent entre les couloirs en lambris, les escaliers et les salles pleines de tableaux, de livres et de sculptures, avant de gravir les marches en spirale d'une tour étroite. Matt commençait à se sentir vraiment fatigué, ses jambes flageolaient, sa tête tournait.

Tobias souleva une trappe et ils émergèrent au point culminant du manoir. De là, toute l'île était visible.

Matt en eut le souffle coupé. Une terre de deux kilomètres de long sur un kilomètre de large, au jugé, et coupant le fleuve en deux rubans gris et mouvants. Un molleton de verdure l'emmitouflait à l'exception des sept manoirs dont les pointes, les tours, les dômes et les arrondis de pierre jaillissaient tels des sommets rocailleux crevant une mer de nuages. Matt remarqua également un ensemble confus de petites constructions, à l'écart.

– Qu'est-ce que c'est là-bas ?

Le vent vint soulever ses cheveux trop longs. Les collines qui encadraient l'île et son fleuve se perdaient dans un horizon de forêt.

– C'est le cimetière. Ici, trois endroits sont à éviter. Ça, fit Tobias en désignant le manoir du Minotaure et sa gigantesque tour ; le cimetière et les abords du fleuve, surtout les quais qui se trouvent à l'extrémité sud de l'île.

– Pourquoi ?

– Parce qu'ils sont dangereux. Le fleuve, par exemple, est plein de choses étranges, on ne les voit jamais entièrement, mais il suffit d'apercevoir les formes noires qui nagent pour comprendre. On est obligés d'y pêcher pour diversifier notre alimentation, mais la pêche est une activité à risques ici ! La semaine dernière, Steve, qui tenait la canne, a failli partir avec et on a vu surgir une nageoire de la taille d'un panier de basket. Pour le cimetière et le manoir, crois-moi, mieux vaut ne pas s'en approcher.

Matt était aussi surpris par l'attitude de son ami que par ce qu'il apprenait. Tobias avait beaucoup changé en cinq mois, en dehors même de son physique. Il s'exprimait mieux, plus posément, trahissant une maturité, une assurance nouvelles. En revanche, il semblait toujours aussi électrique, incapable de rester plus de quelques secondes au même endroit sans bouger, un hyperactif toujours en mouvement !

Un gros corbeau vint se poser sur un créneau, juste à côté d'eux. Il les fixa de ses billes noires.

– Au moins les oiseaux existent encore, ironisa Matt.

– Oui. En fait, on découvre les conséquences de la Tempête chaque mois. Par le biais des Longs Marcheurs, quand il en passe, ce qui est rare, ou lorsqu'on sort.

– Vous explorez les environs ?

– Non, ça non ! Trop d'accidents chaque fois, alors on limite au maximum les sorties.

À l'air sombre que prit Tobias, Matt imagina des tragédies, et il ne posa pas la question.

– La plupart de nos problèmes surviennent lorsqu'on part en forêt cueillir des fruits. Mais on ne peut pas s'en passer. Doug dit qu'il est nécessaire de manger des fruits frais si on ne veut pas tomber malade. Et régulièrement, nous manquons de vivres. Alors nous partons vers les ruines d'une ville, à quelques kilomètres d'ici, pour faire le plein. Eau potable, farine et boîtes de conserve le plus souvent.

– Les provisions ne manquent pas en ville ?

– Au contraire ! On n'a pas le temps de tout manger avant

que les dates de consommation soient dépassées. On se débrouille. Mais tôt ou tard, il faudra qu'on chasse, nous ne mangeons plus de viande depuis longtemps, et si on ne se met pas à l'agriculture d'ici peu, viendra un jour où nous manquerons de farine pour faire le pain.

Tobias admirait l'étendue de la forêt qui les encerclait, elle semblait infinie.

– Tout est à faire, ajouta-t-il doucement.

– Doug semble très... présent dans tout ce qui se fait ici, n'est-ce pas ?

Tobias approuva.

– C'est un des plus vieux, il connaît bien l'île puisqu'il y vivait avant, et il est très intelligent. Il sait énormément de choses. Et ce qu'il ignore un jour, il le sait le lendemain. Je pense qu'il passe du temps dans les bibliothèques du manoir, tu as dû les voir ! Elles sont partout ! Son père était un intellectuel, collectionneur d'art et de connaissances. Tel père tel fils, non ?

Matt eut un pincement au cœur en songeant au sien. Il n'était plus question de divorce désormais. Plus de séparation, plus de choix à faire entre lui et sa mère. Il se mit à regretter ce cruel dilemme. Puis la tête tourna à nouveau, plus fort. Il se sentait épuisé, il avait trop tiré sur ses muscles, son corps n'en pouvait plus, l'enthousiasme qui l'avait porté jusqu'ici s'était étiolé.

Tobias dut l'aider à rejoindre sa chambre, où il s'endormit aussitôt.

Il se réveilla pour le dîner, et malgré les protestations de Doug, descendit pour manger avec les autres garçons du manoir. Tous étaient présents, les tours de garde seraient assurés par d'autres, ce soir. Outre les deux frères blonds, Tobias, Billy et ses cheveux en bataille, Matt put rencontrer Calvin, un jeune garçon noir souriant à pleines dents, et son contraire : Arthur, un petit brun peu aimable qui toisa Matt de haut en bas lorsqu'il descendit le grand escalier. Plume était absente, et Tobias lui expliqua qu'elle préférait vivre dehors. Elle s'enfonçait dans l'épaisseur des taillis et ne réapparaissait que de temps à autre, quand bon lui semblait. Elle se nourrissait seule, et tout ce qu'il fallait faire pour elle c'était la brosser de temps à autre.

On offrit une place à Matt en bout de table, tandis que Travis – qui semblait tout droit sorti de la forêt, avec sa salopette tachée de terre et des fragments d'herbes dans sa chevelure rousse – leur servait une soupe de légumes. Owen, le benjamin du groupe, onze ans tout juste, une frimousse pétillante et un regard espiègle, fit une boulette avec de la mie de pain et la lança dans les cheveux du rouquin. Doug le réprimanda aussitôt d'un ton sévère :

– On ne gâche pas la nourriture, Owen ! C'est ce qui est le plus important désormais.

Regie approuva vivement. Il avait déposé son chapeau à ses côtés.

– Je croyais qu'il ne pourrait pas marcher avant plusieurs jours, s'étonna Arthur en désignant Matt.

Doug haussa les épaules.

– Moi aussi. Cinq mois au lit, ses muscles ont fondu, et quand on le regarde, on n'a pas l'impression qu'il soit chétif. J'avoue que… Matt est plutôt vigoureux.

Tout dans son attitude montrait qu'il n'y comprenait rien.

Les neuf occupants du manoir du Kraken mangèrent de bon appétit avant de monter se coucher. Ils avaient eu une rude journée et personne n'aspirait à veiller tard. Matt déclina la proposition de Doug de le raccompagner à sa chambre, il commençait à s'y retrouver dans ce dédale de couloirs et de salles.

Pourtant, à un moment, il avait dû manquer un tournant car il n'était plus dans la bonne direction. Il se retrouva au milieu d'un petit escalier en bois, face à une fenêtre étroite et haute. Dehors, le manoir hanté se détachait dans la nuit. Matt eut envie de le guetter pour voir de ses propres yeux ces manifestations étranges, lorsqu'il perçut une conversation dans un corridor tout proche.

– On se retrouve à une heure du matin, d'accord ? dit la première voix.

– Ça marche. N'oublie pas les couvertures, il fait froid dehors, répondit la seconde.

Matt supposa qu'ils parlaient de monter la garde. Ce qui lui parut surprenant, puisque Doug lui avait expliqué le contraire pendant le dîner : personne au manoir du Kraken n'était de garde cette nuit.

– Et ne fais pas de bruit ! reprit la première voix. Pas comme l'autre jour, j'ai pas envie que Tobias ou le nouveau nous tombe dessus !

Cette fois, Matt tiqua. Il se tramait quelque chose. Pourtant, lorsqu'il redescendit les marches, en prenant grand soin de ne pas les faire grincer, il n'y avait plus personne dans le couloir. Ils étaient repartis.

Matt retrouva enfin sa chambre et se coucha en laissant sa bougie allumée. Il observait le plafond. Tant de curiosités et de mystères enveloppaient cette île ! Puis, les paupières lourdes, Matt souffla la flamme et se retourna pour dormir, trop épuisé pour envisager de surveiller le manoir à une heure du matin.

Les mystères devraient attendre un peu.

18.

Cérémonie

Les trois jours suivants, Matt se contenta de rester dans le manoir, ou juste autour, pour aider à la coupe des racines et des lianes. Il fallait s'en occuper chaque jour si on ne voulait pas voir disparaître les rares sentiers déjà étroits. La végétation poussait à une vitesse démentielle.

Il ne mentionna à personne la petite conversation qu'il avait surprise dans le couloir, gardant ce secret pour lui en attendant d'en savoir davantage sur chacun. Il effectuait de courtes tâches, pour ne pas fatiguer son corps trop vite. Plume l'accompagnait le plus souvent, et on lui répéta qu'il était rare de la voir si souvent dans le manoir. Matt en fut ému, Plume était son chien, il n'en pouvait plus douter. Plus étrange encore : elle avait beaucoup grandi pendant son coma. Elle lui arrivait à présent à l'épaule, ce qui faisait d'elle le plus grand chien qu'il ait vu de sa vie.

Doug, quant à lui, n'en revenait pas de la résistance de son patient. Il lui semblait inconcevable qu'on puisse tenir aussi longtemps debout après être resté alité pendant cinq mois. Matt supposa que c'était parce qu'il se levait pour aller aux toilettes durant son coma, même s'il le faisait comme un somnambule, ce qui ne semblait pas convaincre Doug.

Il fit la connaissance des autres Pans qui vivaient sur l'île : Mitch et ses grandes lunettes, l'artiste de la bande, capable de dessiner n'importe quoi en quelques minutes du haut de ses treize ans seulement ; Sergio, musclé et au tempérament de feu ; la douce Lucy et ses immenses yeux bleus qui déclenchaient des gloussements chez les garçons plus âgés. Mais il ne revit pas Ambre, à son grand regret. Il notait l'existence de clans au sein de l'île, les plus jeunes traînaient ensemble, et un peu à l'écart, il vit trois costauds discuter comme s'ils formaient un groupe distinct et soudé.

Le soir du cinquième jour après son réveil, une réunion fut organisée dans la grande salle du Kraken – Matt avait découvert que les Pans de l'île disaient rarement « manoir », mais le nom de l'animal mythologique qui le caractérisait.

Matt suivit l'arrivée de chacun depuis le haut balcon. La salle se remplit peu à peu, tous allaient se chercher un verre avant d'occuper une des nombreuses chaises installées le long des tables en bois massif. Matt se demanda s'il devait les rejoindre, mais préféra rester sur son perchoir d'où il avait une vue d'ensemble.

Après un moment de confusion, Doug monta sur l'estrade de la cheminée – il paraissait tout petit à côté, et pendant une seconde Matt eut la désagréable impression que c'était une gigantesque bouche noire prête à l'engloutir.

– S'il vous plaît ! fit Doug en levant les bras.

La clameur retomba et les têtes pivotèrent dans sa direction.

– Qui est de garde sur le pont ? demanda-t-il.

Un garçon noir assez costaud se pencha pour répondre :

– C'est Roy. C'est le seul dehors, tous les autres sont là.

Doug approuva.

– Bien, dit-il. Silence, s'il vous plaît ! Nous allons commencer. Nous avons plusieurs points à aborder, mais d'abord, je voudrais vous présenter notre nouveau venu. Enfin, il est parmi nous depuis cinq mois mais…

À cet instant Matt se redressa. Il ne s'était pas attendu à cela.

– … Il s'appelle Matt, je vous demande de bien vouloir l'accueillir comme il se doit.

Sur quoi, les soixante-quatre personnes assises en bas se mirent à frapper en cadence le fond de leur verre sur la table. Un puissant martèlement envahit la grande salle et Matt se sentit minuscule. Il dévala les marches en saluant brièvement l'assemblée, et Doug lui fit signe d'aller s'asseoir.

Les joues en feu, Matt repéra une place à côté de Tobias et s'y installa, tête basse.

– Quelle entrée fracassante ! lui murmura Tobias.

– La honte. Tu sais ce qu'on fait ici ?

– Comme d'habitude : on s'organise pour les prochains jours. On va définir les tours de garde, les corvées, etc.

Doug abordait un problème de fuite dans un toit, et demandait des volontaires pour réparer. Les plus vieux répondaient. Les tâches s'organisaient, Matt s'aperçut que les plus jeunes effectuaient l'élagage, tandis qu'on réservait la garde et la pêche aux Pans les plus âgés. Les filles étaient traitées à l'égal des garçons, ce que Matt ne manqua pas de souligner. Tobias lui répondit en chuchotant :

– Au début, c'est vrai qu'on donnait toujours la cuisine ou le linge, ce genre de trucs, aux filles. Mais un groupe d'entre elles s'est révolté et a demandé à faire comme les garçons. Bien sûr, tout le monde n'était pas d'accord, Doug le premier. Alors on les a mises à l'essai et… elles font au moins aussi bien que nous, alors on ne fait plus de différence. Ça nous a servi de leçon.

Doug distribua les autres missions et termina par une remarque singulière :

– Vous êtes plusieurs à venir me voir depuis un mois déjà, pour me parler de problèmes de fièvres, de troubles de la vision. Je voudrais rassurer tout le monde. Il ne s'agit pas de maladie, celles et ceux qui sont concernés vont mieux… et… euh, la situation est sous contrôle.

Matt n'eut aucune difficulté à percevoir le trouble de Doug. Il n'avait pas encore entendu parler de cette histoire mais elle semblait mettre le jeune blond dans une position inconfortable.

– Bref, je laisse la parole à Ambre qui voudrait vous en toucher deux mots.

Le battement des verres sur les tables servait d'approbation générale, Matt le comprit en voyant chacun s'y adonner en hochant la tête.

Doug céda la place à la jolie blonde aux reflets roux. Matt put enfin la contempler tout son saoul. Elle était aussi jolie que dans son souvenir vaporeux. Grande et fière, elle s'adressa en balayant tout l'auditoire d'un regard :

– En effet, nous sommes de plus en plus nombreux à manifester des changements ces derniers temps. Ne me demandez pas de vous l'expliquer, mais j'ai de bonnes raisons de croire que c'est en relation avec la Tempête. Je pense que nos organismes doivent s'adapter à ce nouveau monde. Nous avons eu la chance de ne pas être transformés, comme certains adultes, en Gloutons, mais il est probable qu'une force dans l'air est responsable des modifications des molécules de la végétation, ce qui explique tous ces changements. Nous y sommes peut-être sensibles.

– Une scientifique cachée dans le corps d'une ado ? plaisanta Matt.

– Elle aussi c'est une futée ! affirma Tobias.

– Elle est sympa ? demanda Matt qui ne parvenait pas à décrocher son regard de la jeune fille.

– Je sais pas trop. Elle ne cause pas d'elle. Je dirais même qu'elle est… plutôt froide.

Matt fut déçu, ce n'était pas l'impression qu'il en avait eue *Tu étais dans un état comateux !* s'entendit-il penser.

– Quoi qu'il en soit, je vous demande de ne pas hésiter a venir me voir si vous percevez des altérations en vous. Doug a déjà beaucoup de choses à gérer, alors nous nous sommes mis d'accord pour que ce soit moi qui vous entende à ce sujet. Vous savez où me trouver.

À nouveau les verres se mirent à tonner sur les tables. Tandis que tout le monde se levait pour sortir dans un brouhaha général, plusieurs garçons et filles vinrent saluer Matt pour lui souhaiter la bienvenue. Matt les remercia tous, jusqu'à ce que Ambre surgisse devant lui. Elle était à peine plus petite que lui, ce qui n'était pas peu dire puisqu'il mesurait un mètre soixante-dix à seulement quatorze ans.

– Heureuse de te voir enfin sur pied, fit-elle en guise de salut.

L'unique sujet de conversation qui vint à l'esprit de Matt fut de s'intéresser à ce qu'elle avait été avant la Tempête :

– Merci. Tu viens d'où ? Ta ville d'origine, je veux dire.

Ambre fronça les sourcils. Elle toisa Tobias comme s'il était responsable et lança à Matt :

– On ne parle plus de ces choses-là. C'est devenu impoli, on ne te l'a pas dit ?

– Ah, non. Désolé. (Il s'empressa d'ajouter avant qu'elle ne décide de partir :) Merci d'avoir veillé sur moi pendant mon coma.

– Ce n'était pas un coma ordinaire, nous avons tous eu peur que tu n'en sortes jamais.

– Tu as l'air drôlement calée en sciences.

Elle prit le temps d'y réfléchir en plissant les lèvres.

– Je suis cartésienne, je crois. J'aime apprendre comment marchent les choses, c'est tout. Appelle ça de la curiosité. D'ailleurs, tu n'aurais pas des connaissances particulières toi aussi ? En physique ou en biologie…

– C'est au sujet de ces maladies dont Doug et toi parliez tout à l'heure ?

– Il ne s'agit pas de maladies. Je cherche à comprendre, c'est tout ; et en l'occurrence j'aurais besoin d'informations sur la physique.

– Dans les bibliothèques du Kraken, tu pourrais trouver ton bonheur. Et ça tombe bien, Tobias et moi avions prévu de nous y promener ce soir, on pourrait t'aider.

Tobias dévisagea son ami qui improvisait.

Le visage d'Ambre s'illumina :

– Excellente idée ! Retrouvons-nous ici dans une heure, je dois repasser à l'Hydre.

Lorsqu'elle se fut éloignée, Tobias guetta Matt.

– Elle te plaît, c'est ça ? devina-t-il.

– Mais non, ne dis pas n'importe quoi. Je me suis dit que c'était l'occasion de mieux la cerner.

Très peu convaincu, Tobias grogna.

– Je me demande ce qu'on va faire à cette heure-là dans une bibliothèque ! Des fois tu as de ces idées, je te jure !

– Tu avais entendu parler de cette histoire de maladies ?

– Vaguement. Certains en ont peur, surtout que le dernier Long Marcheur nous a informés que c'était pareil dans le site qu'il venait de visiter. Des maux de tête, des fièvres, ça finit par passer mais ça fout les jetons. Du coup une rumeur est née : et si les Pans étaient à leur tour en train de changer ? Des hommes sont devenus des Gloutons alors pourquoi pas nous ?

– Quelle horreur ! grimaça Matt. Tu en as, toi, des maux de tête… ?

– Non, et je croise les doigts pour que ça n'arrive pas !

Ils marchèrent en direction des chambres, le temps d'attendre Ambre. En chemin, Matt leva l'index :

– Dis, je voulais te demander : comment fait-on pour avoir l'heure, maintenant ?

Tobias désigna une vieille horloge en bois dans un angle de la salle.

– Les mécanismes à aiguilles qu'il faut remonter marchent encore ! Ce sont les systèmes électriques ou à piles qui sont détruits.

– Et les voitures ?

– Plus aucune trace. Elles ont fondu jusqu'à se dissoudre dans des mares pleines de reflets métalliques. Maintenant tout est recouvert de végétation. Même les villes sont méconnaissables, on dirait des ruines vieilles de mille ans !

Et pendant qu'ils bavardaient, ils ne remarquèrent pas un adolescent qui les guettait avec intérêt depuis un renfoncement de la grande salle. Il les épia jusqu'à ce qu'ils disparaissent à l'étage, puis il s'enveloppa dans une cape grise et sortit dans la nuit.

19.

L'Alliance des Trois

Ils retrouvèrent Ambre à l'heure dite et grimpèrent dans les étages, guidés par Tobias.

Chacun tenait une lampe à huile, unique source d'éclairage avec les bougies qui jalonnaient les corridors, plantées dans ce qui avait été autrefois des porte-torches décoratifs. Ils durent examiner les tranches des livres de deux bibliothèques avant d'en trouver une qui comportait des ouvrages scientifiques. C'était une petite salle à l'écart, au dernier étage. Les murs disparaissaient sous des étagères colossales, au point d'y avoir construit une corniche qui faisait le tour de la pièce, à quatre mètres de hauteur, et à laquelle on accédait par un escabeau grinçant.

Les ouvrages tapissaient le décor d'une mosaïque polychrome, adoucie par le faible éclat de la lune au travers des fenêtres. Une table bordée de bancs tapissés de vert trônait au centre.

– Qu'est-ce qu'on cherche ? demanda Matt.

– Tous les ouvrages qui traitent d'électricité et de l'énergie des déplacements.

Les deux garçons se regardèrent, surpris. Tobias protesta :

– Tu es sûre que ça va nous servir à..

Ambre le coupa :

– Vous voulez m'aider oui ou non ?

Ils hochèrent la tête et se partagèrent les rayonnages. Il n'était pas simple de lire les titres sous le seul éclairage des lampes à huile et, très souvent, ils devaient ouvrir le livre pour inspecter son index. Après une heure de fouille ils n'en avaient mis de côté qu'un seul. Ambre, qui avait le secteur du haut, se pencha sur la rambarde pour s'adresser aux garçons :

– Je ne trouve rien. À tout hasard : dans ce que vous avez trié, il y aurait un ouvrage sur la télékinésie ou l'électricité statique ?

Matt fit une grimace d'incompréhension.

– C'est quoi la téléki…

– C'est le déplacement des objets à distance. Être capable de faire bouger une fourchette sans la toucher, par exemple.

– C'est des livres de magie qu'il te faut ! s'esclaffa Tobias.

Mais voyant le regard sévère de la jeune fille, il se reprit aussitôt.

– Non, je n'ai pas vu ça, déclara-t-il.

– Pourquoi t'intéresses-tu à ces sujets ? demanda Matt.

– Parce qu'ils ont peut-être un lien avec ce qui est arrivé au monde pendant la Tempête.

– On ne saura jamais ce qui s'est passé !

– Détrompe-toi. La réponse est sûrement en nous.

– En nous ? Comment ça ?

Ambre hésita à poursuivre la conversation, puis descendit rejoindre les garçons. Tous trois s'assirent autour de la table.

– Je suis certaine qu'aucune maladie ne nous affecte, ce n'est qu'une perturbation naturelle, les conséquences de la Tempête sur nos organismes.

– Tu déduis ça toute seule ? s'émerveilla Matt.

– À vrai dire, c'est Doug qui m'a donné cette idée. Figure-toi qu'il pense que c'est la Terre qui se venge. Les hommes l'ont trop maltraitée pendant longtemps, ils l'ont polluée jusqu'à la rendre invivable. Alors avant qu'on ne détruise tout, elle s'est retournée contre nous. Les scientifiques ignoraient tant de choses sur le monde, sur l'énergie, sur l'étincelle de vie : cette électricité essentielle à l'apparition de la vie sur terre, celle-là même qui anime nos cellules. Et si cette étincelle de vie c'était tout simplement le battement de cœur de la Terre ? Sauf qu'à un moment elle a décidé de tout changer avant qu'il soit trop tard.

Les flammes illuminaient le visage d'Ambre, soulignant la douceur de ses traits.

– Tu parles de la Terre comme d'une... forme de vie.

– C'est exactement ce qu'elle est. Doug dit qu'elle aurait une forme de conscience qui nous échappe, qui se transmet dans l'essence de toute chose, au cœur des végétaux, des minéraux et de l'homme forcément. Et pour se défendre des hommes elle aurait activé cette intelligence pour l'altérer. Pour modifier les cellules des végétaux afin qu'ils poussent plus vite pour reprendre le contrôle de la planète. Et avant ça, en jouant avec ses humeurs : le climat. Les éclairs qu'on a tous vus ont servi à déséquilibrer le patrimoine génétique des hommes qu'ils frappaient. La plupart ont disparu, vaporisés, probablement que leur organisme n'a pas supporté la décharge, d'autres ont muté pour devenir les Gloutons. Quelques-uns n'ont pas été foudroyés et forment aujourd'hui les Cyniks. Et enfin, il y a nous : les Pans. Comme si la Terre gardait espoir en nous. Elle n'a pas totalement détruit l'humanité, elle a épargné ses enfants pour qu'ils refassent le monde de demain, en étant plus respectueux.

– Pourquoi les adultes sont-ils agressifs avec nous alors ? questionna Tobias.

– Parce que la Tempête les a privés de leur mémoire, de ce qu'ils sont. Tout ce qui leur reste c'est la conscience que seuls les enfants ont été volontairement épargnés.

– Ils seraient… jaloux de nous ?

Ambre haussa les épaules :

– Je ne sais pas, tout ça c'est des suppositions. Mais ça tient debout quand on regarde autour de nous. On en saura plus lorsqu'on découvrira pourquoi les Cyniks enlèvent les Pans.

– Quel rapport avec la télé… la télékinésie ? insista Matt.

– Eh bien… (Ambre jaugea ses deux interlocuteurs un court

instant avant de se lancer :) De plus en plus de Pans se plaignent de choses bizarres. Une fille de mon manoir n'arrête pas de se prendre des petits coups d'électricité statique dès qu'elle touche un objet. L'autre jour elle s'est mise en colère, elle n'en pouvait plus. Une dizaine de minuscules éclairs sont apparus au sol, pas plus hauts qu'un grain de riz, mais il y en avait beaucoup et c'était le soir, alors on ne pouvait pas les manquer !

– Tu veux dire que c'est elle qui les a fait apparaître ? s'étonna Tobias.

– Oui, j'en suis sûre. Elle s'est calmée aussitôt en découvrant ce spectacle hallucinant et ils ont disparu. Depuis elle ne prend plus de coups de jus toutes les cinq minutes, mais ses cheveux se soulèvent sur son crâne dès qu'elle dort, comme si elle était traversée par du courant ! Je ne lui ai rien dit pour ne pas lui faire peur mais il se passe quelque chose.

– C'est complètement dingue ce truc ! fit Tobias.

– Et elle n'est pas la seule. Dans le manoir de Pégase un garçon allume un feu en une seconde. Il frotte deux silex et une flamme énorme jaillit. Tout le monde a essayé de faire comme lui et personne n'y arrive. Et qu'on ne me dise pas qu'il a le coup de main, on n'allume pas un feu avec des silex en un seul geste !

– Tu crois qu'on est en train de... muter, nous aussi ? s'inquiéta Matt.

Ambre eut une moue indécise.

– Je crois surtout que nous sommes victimes de la même « impulsion » comme dirait Doug, générée par la Tempête. Cette impulsion qui a transformé le monde a fini par nous modifier à sa manière, en s'intégrant dans notre génétique.

– C'est quoi déjà la génétique ? intervint Tobias.

– C'est ce qui concerne nos gènes, tout ce qui fait que tu es un être humain, Noir, Blanc ou autre, aux cheveux de telle ou telle couleur, de petite ou grande taille, bref, c'est la combinaison biologique de ce que tes parents et tes ancêtres te transmettent et qui fait que tu es comme tu es.

– C'est un truc de dingue ! répéta Tobias, fasciné.

– Notre chance est de ne pas nous changer en Gloutons, mais quelques-uns d'entre nous développent des liens avec certains aspects de la nature. L'étincelle pour le feu, l'électricité et...

– La télékinésie ?

Ambre fixa Matt.

– Oui.

Face au silence et à l'attitude gênée de la jeune fille, Matt hésita à poursuivre. Soudain, il comprit ce qui n'allait pas .

– C'est toi, n'est-ce pas ? Tu es victime de cette... transformation.

– Je préfère dire : altération. Je suis toujours la même sauf qu'un... changement subtil s'opère en moi, je le sens.

Tobias ouvrait les yeux comme s'il pleuvait des barres de chocolat.

– Tu es capable de déplacer des objets sans les toucher ! s'exclama-t-il.

– Chuuuuuuuuut ! s'énerva Ambre. Ne le crie pas ! Je n'ai pas envie qu'on me regarde comme un monstre de foire. C'est pour ça que je voudrais trouver des livres sur la physique, comprendre quelles sont les forces en présence.

– Tu peux réellement déplacer des objets ? insista Tobias.

– Non, pas tout à fait. D'habitude je suis plutôt maladroite. Dans ma vie j'ai renversé un nombre incroyable de verres, tasses, stylos et ainsi de suite qui tombent ou roulent au moment où je vais les saisir. Quand j'étais petite, je croyais que j'avais la poisse, ce qui est stupide je le reconnais. C'est juste que je ne suis pas attentive, je pense toujours à plusieurs choses en même temps et du coup je suis distraite. La semaine dernière, j'ai mis un coup de coude dans une lampe sans le faire exprès, je me suis précipitée pour la rattraper avant qu'elle ne s'écrase, je le fais toujours même si ça ne sert à rien parce qu'il est impossible d'être aussi rapide, c'est un réflexe ! Il était tard et je ne voulais pas réveiller les autres filles, alors j'ai voulu de tout mon cœur que la lampe s'immobilise et je peux vous jurer que sa chute s'est… ralentie. J'ai eu le temps de la saisir juste avant qu'elle ne touche le sol.

– Non ? répliqua Tobias, incrédule. Tu plaisantes ?

Matt, lui, ne remettait pas la parole de la jeune fille en doute une seule seconde. Tellement de phénomènes incroyables avaient eu lieu depuis la Tempête qu'il ne trouva pas celui-ci plus surprenant.

– Tu peux contrôler ce pouvoir ? demanda-t-il.

– Non, cependant il est en moi.

– Tu en as parlé aux autres ?

Tobias suivait l'échange, son scepticisme se transforma en curiosité.

– Non, vous êtes les premiers. À l'Hydre, des filles se doutent que quelque chose cloche sans deviner quoi.

Elle considéra les deux garçons qui la regardaient sérieusement, avant de soupirer.

– Si vous saviez comme ça fait du bien de partager ce poids ! murmura-t-elle, subitement fragile.

Elle ne cessait de surprendre Matt. Tour à tour vive et presque adulte dans son vocabulaire ou sa pertinence, puis soudain enfantine lorsque le masque de la jolie fille sûre d'elle s'effaçait. Elle se ressaisit aussitôt :

– Dites, vous ne voudriez pas m'aider dans mes recherches, pas seulement ce soir mais les autres jours ? Je pense que les Pans de l'île qui souffriront de maux particuliers viendront me voir et ensemble nous pourrons tenter de percer les mystères de cette altération.

– Aucun mystère là-dedans, rétorqua Tobias avec sa simplicité coutumière. Si ce que tu racontes est vrai, alors les Pans sont en train d'avoir des pouvoirs !

Ambre secoua vivement la tête.

– Ce ne sont pas des pouvoirs ! Le mot contient une connotation magique, surnaturelle. Et franchement : je n'y crois pas une seconde ! Là il s'agit de facultés en rapport avec la nature, j'en suis certaine ! Sergio avait de la fièvre, il était brûlant comme les braises avant de soudain être capable d'allumer un feu juste en frottant deux silex. Gwen n'arrêtait pas de prendre des minuscules décharges avant de faire apparaître des éclairs. Il existe un lien entre la nature et ces facultés qui nous tombent dessus. Elles apparaissent progressivement avec des symptômes qui peuvent nous mettre la puce à l'oreille. Il faut collecter les troubles des autres Pans pour saisir l'altération qui va s'opérer en eux.

– Ne pourrait-on pas en parler avec Doug, il connaît tellement de choses ? proposa Tobias.

– Hors de question ! s'opposa Ambre. Je… Je le trouve étrange.

– Il sait tout ! Il saura quoi faire ! insista Tobias.

– Justement ! Il en sait trop. C'est louche. Je sens qu'il ne nous dit pas tout. J'ai eu des conversations avec lui au sujet de la Tempête, et ses déductions que je vous ai exposées sont formidables de logique. Comment peut-on penser à ça tout seul à seulement seize ans ?

– De la même façon que tu le fais ! contra Tobias.

– Je me contente de développer ce que lui a trouvé !

– Alors c'est un génie, c'est tout.

Ambre n'était pas convaincue.

– Je n'y crois pas. Mais c'est peut-être moi qui suis para-noïaque, je ne sais pas…

– Non, je suis d'accord avec toi, intervint Matt. Il ne se conduit pas comme les autres. Je ne l'aime pas, je crois. Il est autoritaire et…

– Ça, au moins, on doit l'en féliciter ! objecta Tobias. Sans lui et son autorité, cette île ne serait qu'un champ de bataille. Au début, les Pans les plus vieux et les plus costauds ont voulu tout commander, c'était la loi du plus fort. Doug a su les reca-drer immédiatement, et il a fait preuve d'intelligence et de fer-meté pour prendre le contrôle de l'île et la tenir. Sans cette autorité, ce serait le chaos. Je crois que c'est… naturel chez l'homme, et même chez l'ado : les plus puissants cherchent à s'imposer et ils font la loi si un plus malin n'est pas là pour tout organiser et installer un équilibre pour tous.

– D'accord, c'est un bon meneur, concéda Matt. Cela dit Doug cache quelque chose. (Il baissa la voix :) Et ce n'est pas tout.

Il leur raconta la conversation qu'il avait surprise trois nuits plus tôt.

– Je n'ai pu reconnaître les voix, ce n'était ni Doug ni

Regie, ça j'en suis sûr. Ce qui signifie qu'on fait des cachotteries au Kraken et qu'on ferait mieux d'être discrets.

Ambre approuva.

– Je vous propose qu'on forme une alliance, tous les trois. Nous allons avoir l'œil sur tous les comportements bizarres des autres Pans. Et on se retrouvera ici régulièrement pour faire le point. (Se tournant vers Tobias elle demanda :) Doug vient souvent dans cette bibliothèque ?

– Non, je crois qu'il traîne plutôt aux étages inférieurs. Ici c'est désert.

– Parfait ! Et avec tous ces couloirs et ces portes, je pourrai vous rejoindre sans éveiller l'attention.

Elle tendit la main au-dessus de la table et les deux garçons y posèrent la leur, en un geste solennel.

– Nous allons enquêter ensemble, annonça-t-elle. Pour la vérité et le bien-être des Pans.

Sous la clarté chaleureuse des lampes à huile, ils partagèrent un regard excité par cette promesse de secret.

– Pour la vérité et le bien-être des Pans, répétèrent-ils d'une seule voix.

L'Alliance des Trois était née.

20.

Des traîtres !

Matt continua de se reposer les jours suivants, tout en participant à son rythme aux différentes corvées. Bien qu'il fût attentif, il ne remarqua rien d'anormal chez ses compagnons. Ni conciliabule suspect, ni manifestation de l'altération.

Il ne savait s'il s'habituait à l'idée de ne plus jamais revoir sa famille, cependant il vivait de mieux en mieux sa tristesse. Elle restait présente, surtout au moment de s'endormir. Là, il lui arrivait de pleurer, des larmes qu'il s'empressait de cacher. Est-ce que les autres Pans étaient passés par là eux aussi ? Probablement. Matt avait de la peine pour les plus jeunes, les petits devaient souffrir de ce manque d'affection. Cet abandon. Raison pour laquelle, sans doute, ils demeuraient ensemble. Matt avait bien remarqué ces grappes de cinq ou six gamins, qui marchaient, parlaient, mangeaient et dormaient en bande. Doug et les autres Pans plus âgés les laissaient faire, estimant qu'ils en avaient besoin, la dynamique du groupe recréait d'une certaine manière un cocon protecteur, une chaleur humaine, le sentiment de ne pas être seuls.

Un après-midi, il était en train de bêcher un lopin de terre qu'ils étaient parvenus à dégager pour y planter des graines de salades, lorsqu'une trompette se mit à sonner par deux fois.

– Qu'est-ce que c'est ? s'inquiéta-t-il en voyant tout le monde se redresser brusquement.

– C'est le veilleur du pont, expliqua Calvin. Deux coups ça veut dire : Long Marcheur !

Ils lâchèrent leurs outils pour se précipiter vers le sentier. Bien qu'il fût sur pied depuis une semaine, Matt ne s'était encore jamais aventuré loin du Kraken, Doug le lui avait vivement déconseillé tant qu'il ne serait pas en pleine forme. Il hésita puis estima qu'il se sentait bien et emboîta le pas aux garçons, nettement plus lent.

Ils se faufilèrent entre les murs de buissons et d'arbres, rejoignirent un autre chemin qui serpentait entre ronces et fougères et gravirent une petite butte pour découvrir le pont en contrebas. Son extrémité brisée – de gros blocs blancs dépassaient du fleuve – était peu à peu remplacée par une lourde plaque de tôle que six garçons s'affairaient à faire glisser sur des rondins, afin qu'elle recouvre le trou.

Sur l'autre rive, émergeant de la forêt, un adolescent enveloppé dans une cape vert foncé attendait sur son cheval. La plaque mise en place, il traversa, puis on répéta la manœuvre en sens inverse avant de tirer les rondins. En une minute, il ne restait plus qu'un trou béant de cinq mètres de diamètre.

Les Pans accouraient des quatre coins de l'île pour saluer le Long Marcheur. Lorsque le cheval fut à sa hauteur, Matt s'aperçut que le cavalier avait au moins seize, peut-être dix-sept ans. Ses traits étaient creusés par la fatigue, il était sale, deux croûtes de sang séché ornaient sa pommette et son front, tandis qu'un énorme bleu couvrait le dessus de sa main droite, celle qui tenait les rênes. Les chevaux étaient un bien précieux, Matt l'avait appris, il en restait peu qui ne soient pas redevenus sauvages.

On conduisit le Long Marcheur jusqu'au Kraken afin qu'il s'y repose. Tout le monde était impatient d'entendre les nouvelles qu'il apportait, mais la tradition voulait qu'il puisse d'abord se sustenter et dormir. Le Long Marcheur, qui répondait au nom de Ben, se rinça le visage, avala un bol de soupe et dévora toute une miche de pain avant de demander :

– Qui est en charge ici ?

Doug s'avança.

– On peut dire que c'est moi, je m'appelle Doug. Tu as l'air épuisé, on va te conduire à un lit propre, et ce soir, si tu te sens mieux, on t'écoutera dans la grande salle.

– Non, réunis les Pans de ton île tout de suite, dit-il en posant ses sacoches. Je dois vous parler sans attendre.

Les quelques adolescents présents dans la cuisine s'observèrent, inquiets. Matt vit parmi les sacoches une hache à la lame émoussée et au manche taché de brun.

– Fais-le maintenant, Doug, insista le Long Marcheur. Je veux vous apprendre les nouvelles du monde sans plus attendre. Car elles ne sont pas bonnes.

L'agitation qui secouait les rangs de la grande salle trahissait une angoisse profonde. Il n'était pas normal de se réunir en plein après-midi, et le visage fermé du Long Marcheur ne rassurait guère.

Il monta sur l'estrade de pierre après s'être débarrassé de sa cape crottée, et demanda le silence d'un geste.

Matt remarqua qu'il ne s'était pas séparé de sa ceinture à laquelle pendait un énorme couteau de chasse.

– Écoutez-moi, s'il vous plaît. Faites silence, témoignez votre respect pour les nouvelles du monde. Car cette fois, j'en ai peur, elles seront sinistres.

Une clameur se répandit dans la salle avant que le Long Marcheur ne lève à nouveau le bras.

– Il semblerait qu'on ait repéré les Cyniks, exposa-t-il. Ils sont au sud. Loin d'ici, rassurez-vous. Mais ils sont nombreux. Très nombreux au dire de quelques témoins.

– Au-delà de la Forêt Aveugle ? demanda un jeune Pan avec des lunettes et une large cicatrice sur la joue.

214

– Oui, bien plus bas.

Matt se pencha vers Tobias pour lui chuchoter :

– C'est quoi cette Forêt Aveugle ?

– Loin au sud, une forêt est si grande qu'on n'en connaît pas les limites. Ses arbres sont hauts comme des buildings et elle est si dense que la lumière du jour ne filtre pas. Personne n'a jamais osé s'y enfoncer.

Une fille avec une queue-de-cheval interrogea Ben à son tour :

– Comment l'a-t-on appris ? Des Longs Marcheurs ont traversé la Forêt Aveugle ?

– Non, fit Ben. En réalité, cette forêt court sur des centaines de kilomètres, mais très loin à l'ouest, il existe des trouées, des passages sinueux que les Cyniks empruntent. Plusieurs Pans les ont vus. Les Cyniks ont colonisé tous les territoires du sud, sur des milliers de kilomètres, dit-on. C'est à vérifier, bien sûr, mais affirmé par deux sources différentes. On ne sait rien de leur organisation, juste qu'ils sont là-bas. Ils ont lancé quelques incursions au nord, vous le savez. Les rumeurs d'enlèvements de Pans sont fondées. On ne parvient pas à tenir des chiffres précis mais il semblerait que plusieurs dizaines de Pans aient été kidnappés un peu partout. Et ça ne s'arrête pas.

– Sait-on ce qu'ils deviennent ? demanda Doug.

– Non. On ne les revoit plus, c'est tout. Les Cyniks les emmènent avec eux au sud, c'est en suivant l'une de ces expé-

215

ditions que des Pans ont découvert ces immenses colonies. Pour l'heure il est impossible de s'enfoncer loin dans leurs terres. Il semblerait qu'ils obéissent à une hiérarchie, mais on n'en sait pas plus.

Un murmure s'éleva.

– Ce n'est pas tout, reprit le Long Marcheur. J'ai… une autre mauvaise nouvelle. Tout porte à croire qu'une large partie de ces enlèvements ait bénéficié d'une aide des… Pans. Des traîtres.

Le murmure se transforma en exclamations de colère.

– C'est confirmé dans deux sites, insista Ben en haussant la voix pour se faire entendre. Néanmoins il est probable que des traîtres agissent ailleurs aussi. Tous les Longs Marcheurs transmettent à présent cette information : faites attention. Soyez vigilants. Certes, il ne faut pas entrer dans la paranoïa non plus, ce qui risquerait de semer la discorde chez nous, mais un peu de vigilance et une dose de bon sens peuvent nous sauver la mise.

Autour de Matt, chacun y alla de son commentaire.

« Tu vois qui pourrait être un traître ici ? »

« Non, on est tous solidaires ! Quoique… Roy est bizarre des fois… » Un autre intervenait aussitôt : « Non, pas Roy, je le connais bien, c'est un chic gars ! Par contre Tony il est.   »

« Tony est réglo, c'est mon pote, je peux te l'assurer ! » Et un autre d'ajouter : « Et Sergio ? Il est flippant des fois. »

« Impossible, c'est une tête de mule pourtant y a pas plus droit comme mec ! »

Dès qu'on suspectait quelqu'un, un Pan se dressait pour le défendre. Matt réalisa que c'était peut-être là une différence majeure entre les enfants et les adultes : cette capacité à se faire confiance, à rester solidaires.

– Votre île est isolée des autres communautés de Pans, ajouta Ben. Aussi prenez garde, vous êtes une proie tentante. Ce sont là les deux grandes nouvelles du monde. Ce soir, je vous conterai la vie des autres sites, les découvertes et les idées qui circulent ailleurs.

Il descendit de l'estrade et Doug le rejoignit pour le questionner en le conduisant vers une chambre propre.

Matt croisa le regard de Ambre assise un peu plus loin, sur un banc. Ils hochèrent la tête doucement. Ils devaient se parler.

Un peu plus tard, Matt et Tobias marchaient sur un sentier derrière le manoir du Kraken.

– Au fait, ce groupe de huit Pans que tu as rejoint quand j'étais inconscient, avant de trouver cette île, ils sont toujours là ?

– Pour sept d'entre eux, oui.

– Qu'est-il arrivé au huitième ?

– Elle. C'était une fille. Elle s'est fait attaquer au cours d'une cueillette de fruits dans la forêt. On n'a jamais su ce que c'était exactement, une meute de chiens sauvages ou un Glouton peut-être. On a seulement retrouvé son corps, du moins ce qu'il en restait, c'était atroce.

– Ah, fit Matt, confus. Peut-être un monstre comme celui qui a failli nous sauter dessus avant que Plume ne le fasse fuir.

– Non. Depuis j'ai appris que des Longs Marcheurs en avaient croisés. Ils appellent ça des Rôdeurs nocturnes, on ne les voit que la nuit. Il paraît que c'est la créature la plus redoutable !

– Rien que d'y repenser j'ai la chair de poule. Et les autres, les sept qui t'accompagnaient, ils sont encore présents ?

– Oui. Il s'agit de Calvin, que tu connais, et d'autres que tu n'as pas encore eu l'occasion de rencontrer. Comme Svetlana, une fille très solitaire du Capricorne, ou Joe du Centaure. Depuis qu'on est sur l'île on est tous très occupés.

– T'ont-ils dit pourquoi ils suivaient les scarabées ? Tu te rappelles ? C'était ce qu'ils avaient écrit sur la planche dans la forêt !

– Ah oui ! C'était une idée de Calvin, il avait déjà aperçu des scarabées au nord et comme ils allaient tous vers le sud, il en avait conclu qu'il fallait faire confiance à l'instinct des insectes. Il disait que des milliards de bestioles ne pouvaient se tromper en allant vers le sud.

– C'est pas bête.

Ambre vint à leur rencontre et entra directement dans le vif du sujet :

– Intéressant ce que Ben nous a dit. Cette histoire de traître ça ne vous rappelle rien ?

– La discussion que j'ai surprise l'autre nuit ? proposa Matt.

– Peut-être bien, en effet. On se fait sûrement des idées, cela dit, mieux vaut être prudents. Je vous propose qu'on monte la garde cette nuit et les suivantes. Il faut avoir une vue sur le Kraken, c'est là que ça bouge. Au moins on en aura le cœur net.

Les deux garçons acquiescèrent.

– Mais où se poster ? demanda Tobias. Il faut un endroit stratégique.

Ambre eut une moue d'ignorance.

– C'est trop grand à l'intérieur pour qu'on puisse tout surveiller, pesta-t-elle. Et dehors... c'est pas terrible, et on manquera de hauteur pour guetter les issues.

Matt recula d'un pas et tendit lentement la main.

– Le lieu stratégique, c'est celui-là. De là on ne pourra rien rater, exposa-t-il.

Les deux autres suivirent le geste du regard.

Il désignait le manoir hanté qui apparaissait au-dessus des arbres.

– Euh... non, là c'est sans moi, protesta Tobias.

– Matt n'a pas tort, contra Ambre. Après tout, on dit qu'il est... Mais qu'est-ce qu'on en sait vraiment ?

– Non, non, non ! s'emballa Tobias. Vous n'avez jamais vu

la fumée verte qui s'en dégage ? Et le monstre qui rôde derrière les fenêtres ? Impossible, on ne met pas les pieds là-dedans !

— Bon, on verra bien, on en discutera tout à l'heure, trancha Ambre.

— Tu ne te feras pas remarquer si tu n'es pas dans ta chambre cette nuit ? s'étonna Matt.

— Non, personne ne viendra voir. Ne t'en fais pas. Lorsque les premiers Pans sont arrivés sur l'île, Doug a décrété que les filles et les garçons ne dormiraient pas dans les mêmes manoirs, mais il n'a jamais interdit de passer la nuit ensemble tant qu'on ne dort pas ! assura-t-elle en riant. Et puis j'en ai marre de son autorité. Ce soir, quand le Long Marcheur aura fini, on se retrouve sous le grand escalier. Là, une porte mène à un couloir de service, en face d'un placard. À cet endroit, on sera sûrs que personne ne viendra.

Elle tendit la main et ils posèrent la leur.

— L'alliance des Trois, dirent-ils en chœur.

La haute tour du manoir hanté les dominait, insensible au vent glacé qui soufflait du nord, encerclée de corbeaux qui tournoyaient comme des sorcières autour d'un feu de joie.

21.

Surveillance

Le Long Marcheur leur raconta les sites de l'ouest. Les trouvailles des uns, les découvertes des autres, comment chaque village s'organisait, et il rapporta quelques dissensions, essentiellement à cause de l'autorité qui ne faisait pas toujours l'unanimité. Certains sites procédaient à des élections pour élire un Grand Pan, dans d'autres cela se faisait naturellement, comme sur cette île. Cependant, Matt apprit que cette relative harmonie – qu'il sentait fragile – était parfois née dans la violence. Au début des regroupements, les adolescents les plus vieux, souvent les plus agressifs, s'étaient imposés. En l'absence d'adultes et avec le règne de la peur, la loi du plus fort s'était imposée en premier lieu, avant que la raison et le nombre ne reprennent le contrôle. Néanmoins il demeurait quelques sites où l'autorité était exercée par des brutes qui réduisaient leurs camarades en esclavage. Pour l'heure, personne n'osait s'en mêler, mais des voix de plus en plus puissantes s'élevaient pour les dénoncer.

Maintenant que le Long Marcheur était reposé et lavé, Matt remarqua combien ses blessures étaient nombreuses et impressionnantes : plusieurs estafilades sur le cou, une demi-douzaine d'ecchymoses sur ses avant-bras, quant au dessus de sa main droite, il était enflé et virait au vert zébré de bleu. Les Longs Marcheurs prenaient des risques énormes pour relier les sites panesques, se dit Matt. Pour donner de l'espoir, transmettre les nouvelles et redonner un peu de force aux adolescents et aux enfants en les reliant entre eux. Il comprit alors le respect et la gratitude dont tous faisaient preuve à leur égard.

Ben défroissa une feuille de papier noircie de notes et s'en servit pour dresser la liste :

– Voici les différents savoirs ou techniques qui ont été démontrés. Plusieurs Pans qui vivaient à la campagne, pour certains des fils de fermiers, nous ont donné les procédures à suivre pour choisir sa terre, y planter des graines et tout ce qu'il faut pour démarrer une agriculture. On commence à rassembler de précieuses connaissances en matière médicale, notamment sur des méthodes de soins : bras ou jambes cassés. Une nouvelle liste de baies à ne surtout pas consommer, elles ont entraîné des empoisonnements dont trois mortels. Selon la procédure, je communiquerai tous les détails à votre Grand Pan tout à l'heure tandis qu'il me fournira l'avancée de votre site, pour qu'ensemble, nous apprenions.

Après plus d'une heure et demie de discours, le Long Marcheur remercia l'assemblée qui le félicita en frappant les verres sur les tables, puis tout le monde sortit, dans l'excitation des dernières nouvelles.

Matt s'éclipsa le plus discrètement possible par la porte sous le grand escalier et trouva sans peine le placard. Tobias y était déjà, dans l'obscurité.

– J'te jure, quelle idée elle a eue de nous donner rendez-vous ici ! murmura Tobias. Vous êtes faits pour vous entendre tous les deux !

– Tu n'as pas de lampe ? demanda Matt dans l'obscurité.

– Attends.

Soudain une lueur d'une blancheur pure apparut dans les mains de Tobias.

– Tu te rappelles mon morceau de champignon lumineux ? Il brille encore ! Et toujours aussi fort.

La porte s'ouvrit sur Ambre qui s'empressa de les rejoindre.

– C'est génial ce truc ! s'enthousiasma-t-elle en découvrant le végétal.

– Nous l'avons trouvé sur notre longue route jusqu'ici. Bon, on fait quoi ?

Leurs trois visages, éclairés par en dessous de cette lumière pâle, prenaient des allures spectrales.

– Moi je dis qu'il faut aller au manoir du Minotaure, fit la jeune fille.

– Le manoir hanté ? s'alarma Tobias.

– Matt a raison, de là, on pourra surveiller le Kraken et toutes ses allées et venues. Rien ne nous échappera.

Tobias ne dissimulait pas sa peur. Il esquissa une grimace dégoûtée :

– J'aime pas cette idée.

– Je vais monter dans ma chambre chercher des couvertu-res, exposa Matt, je vous les lancerai par la fenêtre. Pendant ce temps, Tobias, tu passes par les cuisines pour prendre quel-ques fruits, il faudra qu'on tienne le coup toute la nuit.

Ils firent ce qu'ils avaient prévu et se retrouvèrent tous les trois à arpenter un sentier mal entretenu, une couverture sur les épaules et Ambre ouvrant le chemin avec une lampe à huile.

Malgré la flamme ondoyante, la végétation restait d'un gris fuligineux à cause de la nuit. Les ronces s'emmêlaient en nœuds complexes qu'il fallait enjamber, le visage fouetté par les branches basses des arbres.

– Personne ne vient plus tailler ce chemin, grogna Ambre qui, en tête, balayait le plus gros des obstacles.

Une faune d'insectes nocturnes grouillait autour d'eux, fai-sant bruisser les feuilles.

Puis le perron du manoir hanté apparut au détour d'une haie d'épineux. Un court escalier conduisait au portail encadré de colonnes de pierre et surmonté d'une rosace en vitrail. Un colossal mur blafard formait un bloc fermé, coiffé de tours carrées et trapues.

– Inutile d'aller jusqu'à la tour la plus haute, annonça Ambre. Elle se trouve de l'autre côté du manoir, je pense qu'il suffit de se hisser dans l'une de celles-ci, on y dominera le Kraken.

Matt s'avança le premier sur les marches et actionna la poignée du lourd portail. Il poussa le vantail en s'aidant de l'épaule, et il s'ouvrit avec un grincement lugubre.

Sur ses talons, Ambre leva la lampe pour éclairer l'intérieur : un hall froid, le plus long tapis que Matt ait vu de sa vie, plusieurs portes, et un escalier en colimaçon dans une tourelle.

Ils prirent cette direction, Tobias guettant le moindre signe suspect.

Ils grimpèrent plusieurs étages, avant de traverser une salle poussiéreuse, meublée d'un billard et d'un bar sur lequel reposaient encore des carafes d'alcool. Ils se retrouvèrent ensuite dans un couloir, menant à un carrefour.

– Par où ? demanda Matt en chuchotant.

Ambre soupira :

– Comment veux-tu que je le sache ? Je ne suis jamais venue ici !

Ils prirent au hasard et traversèrent deux autres salles, l'une pleine d'armures inquiétantes qui tenaient des épées et des masses d'armes, la seconde décorée par des trophées de safaris : lions, tigres, rhinocéros empaillés, et une dizaine de têtes d'antilopes jaillissant des murs. Plusieurs crochets inutilisés témoignaient d'une collection plus importante. Aucun signe d'une présence quelconque. S'il était hanté, alors ce manoir prenait son temps pour dévoiler ses spectrales entrailles. *C'est pour mieux nous piéger !* songea Matt. *Une fois qu'on sera bien perdus, alors il sera temps de nous attaquer !*

À nouveau : couloirs, bifurcations, portes, et enfin escalier. Après quelques minutes ils purent déboucher au sommet d'une tour, sur le flanc sud, d'où ils avaient une vue parfaite sur le Kraken.

— On sera bien ici, approuva Ambre en contemplant les environs.

Leur poste de gué était entouré de créneaux surmontés d'un toit pointu en ardoises grises. Aucune fenêtre pour empêcher le vent de siffler à leurs oreilles, mais un panorama garanti à 360 degrés. Ils dominaient les toits, et seules deux autres tours, dont la plus haute coiffée d'un dôme, les dépassaient.

Ils s'emmitouflèrent dans leurs couvertures et se relayèrent pour veiller. Deux restaient assis à l'abri des courants d'air, tandis qu'un troisième se positionnait entre deux créneaux pour surveiller le Kraken en contrebas.

Matt prit le premier tour de garde. Il vit les lumières dansantes des bougies s'éteindre derrière les fenêtres, au fur et à mesure que l'heure se faisait tardive. Bientôt, il n'en resta que deux.

— Je crois que c'est la chambre de Doug qui est allumée, précisa-t-il à ses compagnons. L'autre… je ne sais pas.

Après un long moment, durant lequel son nez devint glaçon, la chambre de Doug s'éteignit, mais pas l'autre. Un raclement métallique descendit de la haute tour. Tobias sursauta :

– C'était quoi ça ?

– Relax, probablement la structure qui bouge avec le vent, avança Matt.

Tobias le regarda, pas rassuré pour autant.

Ambre prit la suite plus tard, lorsque Matt sentit ses jambes faiblir.

Il vint discuter avec Tobias, pour lutter contre la fatigue, puis ils croquèrent une pomme pour s'occuper.

Le temps, au sommet d'une tour parcourue par le vent froid de la nuit, prit consistance : une chape molle, lourde sur les épaules, écrasante sur les paupières, capable de faire taire les plus bavards, de bercer les esprits les plus alertes.

Tobias et Matt somnolèrent.

Ils furent à peine réveillés quand Ambre chuchota :

– La dernière lumière vient de s'éteindre.

Puis plus rien pendant presque une heure.

Une main s'approcha de l'épaule de chaque garçon. Elle les étreignit et les secoua doucement :

– Il faut que vous voyez ça, murmura Ambre.

Déboussolés par le sommeil, ils se redressèrent péniblement.

– Quoi donc ? Ça a bougé en bas ? demanda Matt.

– Non, mais là, si !

Elle pointa son index vers la tour d'en face, celle du Minotaure. Une lumière verte illumina une meurtrière des escaliers.

Puis, à peine disparaissait-elle qu'une autre, plus haut, s'allumait. Quelqu'un montait vers le sommet de la tour. *Ou quelque chose !* corrigea aussi vite Matt qui recouvrait d'un coup ses esprits.

– Mince…, laissa échapper Tobias. Je le savais. Cet endroit est maudit !

– Dis pas ça… c'est peut-être…

Mais les mots d'Ambre s'étranglèrent dans sa gorge. Une fumée verte, luminescente, grimpait du sommet de la tour. Elle montait en ondulant avant d'être soufflée par le vent… dans leur direction.

– C'est l'émanation d'un esprit ! tonna Tobias en se dirigeant vers la trappe.

Matt le saisit par l'épaule :

– Où vas-tu ?

– Je file ! Qu'est-ce que tu crois ? L'esprit vient droit sur nous !

– C'est juste une fumée.

– Elle est verte ! Et elle brille dans la nuit !

Ambre se précipita sur la trappe, sous le regard déstabilisé de Matt.

– Toi aussi, tu t'enfuis… Je croyais qu'on…

– Non ! le coupa-t-elle. Je vais voir ce que c'est !

Tobias se prit la tête à deux mains et laissa échapper un gémissement.

– C'est une grave erreur ! Je vous le dis, insista-t-il. C'est une très mauvaise idée.

Mais Matt avait déjà sauté dans la trappe pour suivre leur amie.

22.

Un secret inavouable

Ambre fonçait dans les couloirs obscurs du manoir, la lampe dressée devant elle pour projeter un cône tremblant de lumière orangée.

Matt courait juste derrière elle et Tobias suivait, craignant de se retrouver seul dans ce lieu lugubre. Ambre s'orientait au jugé, poussant des portes et sautant des paliers pour ne pas perdre de temps.

Soudain, ils se retrouvèrent bloqués par une lourde porte en bois : deux battants de quatre mètres de haut, fermés par une impressionnante chaîne en fer et un cadenas rouillé. À cela s'ajoutaient des dizaines de verrous en acier ainsi qu'une lourde barre. Des plaques de métal soudées renforçaient encore la structure.

– Il faut vite trouver un autre accès, lança Ambre en reprenant son souffle.

– Ce sera partout pareil ! contra Matt. Tu as vu cette porte ? Personne ne se serait donné autant de mal s'il existait un autre passage accessible.

Ambre acquiesça, c'était d'une logique imparable.

Tobias montra un étrange dessin gravé dans le bois des battants.

– Regardez, on dirait un symbole démoniaque !

– C'est un pentacle, confirma Ambre en s'approchant.

Une étoile à cinq branches dans un cercle, entouré de lettres cabalistiques.

– Vous croyez que ça date d'avant la Tempête ? fit Tobias. Que cette maison était habitée par un type voué au diable ?

Matt secoua la tête.

– Ça m'étonnerait, avoua-t-il en inspectant le cadenas. En même temps, le type qui a conçu l'architecture de cet endroit n'était pas net. C'est sinistre à souhait !

Ambre ouvrait la bouche pour répondre quand on râcla violemment le bas de la porte. Les trois adolescents sursautèrent en criant. Un souffle puissant surgit par en dessous et balaya toute la poussière.

– Il nous sent ! s'écria Tobias. Il nous sent !

Et comme pour lui répondre, une masse considérable se jeta sur les panneaux et fit trembler la barre et les chaînes.

– On se tire, lança Matt.

Ambre en tête, ils détalèrent tous trois à pleine vitesse. Ils se perdirent longtemps dans le dédale des salles avant de surgir enfin à l'air libre, haletants, les joues en feu, mais vivants.

Matt dut s'adosser à l'entrée pour retrouver une respiration normale. La lumière que Ambre tenait encore à la main avait faibli, la flamme avait elle aussi lutté pour survivre à cette agitation, et elle retrouvait vigueur en même temps que le trio.

– On garde ça pour nous, souffla Ambre. Tant qu'on n'en sait pas plus, c'est notre secret.

– Tu veux enquêter là-dessus aussi ? questionna Matt.

– Un peu que je veux ! Il faut interroger Doug, l'air de rien, toi tu es nouveau, il trouvera ça normal si tu lui demandes.

Matt approuva.

– Moi j'y remets plus jamais les pieds ! s'écria Tobias.

– Écoute, fit Ambre, tu as vu la taille de cette porte et tout ce qui l'empêche de s'ouvrir. Je crois qu'on ne risque rien.

L'air hagard, il rétorqua :

– Ouais… ! C'est ce que disaient les passagers du *Titanic*.

Ils furent d'accord pour dire qu'ils n'apprendraient rien de plus cette nuit et chacun retourna à sa chambre en regardant par-dessus son épaule à travers les couloirs.

Cette nuit-là, pour le peu de temps qu'il restait à dormir, ils firent des cauchemars inoubliables.

Deux jours plus tard Matt cherchait Doug sur la terrasse derrière le Kraken ; on lui conseilla d'aller voir au Centaure.

Matt prit le sentier qui courait au pied de la terrasse, et s'enfonça dans la luxuriante végétation qui couvrait l'île. Il longea l'Hydre ; par les fenêtres ouvertes, il perçut les éclats de rires des filles, et rejoignit un autre sentier, celui qu'ils nommaient le Circulaire parce qu'il faisait le tour de l'île.

Matt n'avait jamais quitté le Kraken, sauf pour accompagner Tobias ou Calvin, avec qui il s'entendait de mieux en mieux, mais jamais il n'était allé aussi loin. Cependant il avait appris à reconnaître les silhouettes des différents manoirs et pouvait les localiser de tête. Il croisa une Pan d'à peine dix ans sur le sentier, elle marchait avec une autre du même âge que Matt et ils se saluèrent. Les deux filles tenaient un panier plein de ces fleurs mauves qu'il avait aperçues plusieurs fois dans sa soupe du soir.

Un quart d'heure plus tard, il remarqua que les arbustes et les buissons à sa droite n'étaient plus du même vert qu'ailleurs. Ici ils tiraient sur le noir, à tel point qu'il s'arrêta pour caresser une feuille et l'inspecter de près. Elles étaient bien noires. Toutes. Matt n'en revenait pas. Il sortit du sentier pour vérifier si le phénomène persistait, et constata bien vite que même les fougères prenaient cette surprenante teinte morbide.

Un bosquet s'agita. Matt pensa aussitôt à un lièvre ou un renard, mais il n'eut que le temps d'apercevoir une longue patte noire, une patte… luisante, semblable à du cuir.

Jamais vu un petit mammifère comme ça !

Plus loin, il écarta les taillis pour se frayer un chemin et découvrit un voile blanc qui courait de tronc en tronc sur une douzaine de mètres. Lorsqu'il vit ce dont il s'agissait, le choc fut tel qu'il se figea.

– C'est pas possible…, murmura-t-il pour lui-même.

C'était une toile d'araignée.

Matt vit un oiseau desséché capturé dans un cocon. Plus loin, un écureuil pendait dans la gangue filandreuse. Des dizaines de proies vidées, prisonnières de cette fleur mortelle s'entassaient sur toute sa longueur. Matt fut pris d'un haut-le-cœur. Et par-delà cette zone funèbre il distingua un mausolée de pierre, et plusieurs stèles grises. Le cimetière que Tobias lui avait déconseillé d'approcher.

– Qu'est-ce que je fais là ? balbutia-t-il.

Lorsqu'il voulut se retourner, il ne reconnut plus le paysage. Par où était-il arrivé ? Tout était sombre et identique, un chaos de plantes indiscernables les unes des autres. Matt se précipita droit devant, repoussa les lianes et les branches basses, tandis que des troncs craquaient dans son dos. Et soudain la lumière blanche du sentier se profila. Matt le rejoignit à toutes jambes en fixant la zone noire à sa droite.

Il atteignit le manoir du Centaure en s'interrogeant encore sur ce qui avait pu contaminer la végétation à ce point autour du cimetière, et surtout en craignant de deviner ce que pouvait être la bête dont il avait vu la patte velue. Il détestait l'idée même d'une araignée, mais large comme une roue de voiture : *Non, c'est impossible… j'ai dû rêver ! Oui, c'est ça, j'ai mal vu. C'est impossible*, se répéta-t-il.

Doug se trouvait dans la volière derrière le manoir. C'était

une construction assez volumineuse, toute en poutrelles métalliques et en verre, pleine de plantes aux fleurs multicolores.
Une centaine d'oiseaux y vivaient, sur des perchoirs en bois
ou dans de véritables nids entre les branches des arbres. Il en
émanait une cacophonie ponctuée de bruissements d'ailes qui
obligeait à parler fort.

– Ta condition physique ne cesse de m'impressionner,
avoua Doug en le voyant. N'importe qui aurait mis un bon
mois avant de pouvoir faire une longue promenade comme
celle-ci, et toi en moins de dix jours tu vagabondes sans
peine !

– Je tiens ça de… mon père, répondit-il avec un pincement
au cœur.

– Tu connais Colin ?

Doug recula pour présenter un grand garçon aux longs cheveux châtains, les joues ponctuées de quelques boutons
d'acné. Matt le salua.

– C'est le doyen ! Dix-sept ans. Il s'occupe des oiseaux.

Le visage de Colin s'illumina.

– Oui, c'est ma passion. Je les adore.

– Bonjour. Moi c'est Matt.

– Salut, Matt.

– Tu voulais quelque chose ? demanda Doug.

Matt enfonça ses mains dans ses poches de jean et demanda
à Doug, d'un air innocent :

– Dis, ce fameux manoir hanté, tu crois vraiment qu'il est dangereux ? Parce que je me disais qu'on pourrait peut-être le nettoyer et en faire des chambres supplémentaires, surtout si d'autres Pans viennent vivre sur l'île un jour.

Doug rétorqua aussi sec :

– Ne t'en approche pas. Ce n'est pas une histoire de grand-mère, je te jure que cet endroit est diabolique ! Plusieurs Pans ont vu la tête d'un monstre apparaître la nuit, derrière les fenêtres des tours. Et puis on a bien assez de place comme ça. Il doit y avoir de quoi faire encore une vingtaine de chambres, donc pas d'urgence.

– Toi qui étais là avant la Tempête, tu pourrais me dire qui y vivait ?

Doug parut troublé.

– Il est impoli d'évoquer la vie d'avant la Tempête, sauf si la personne décide de t'en parler elle-même.

– Oui, mais je me disais que toi tu es au courant de ce qu'il y avait là-dedans, après tout c'est ton père qui choisissait ses voisins, n'est-ce pas ?

Doug haussa les épaules.

– Un vieux monsieur l'a fait construire au tout début. Il est mort quand j'avais huit ou neuf ans, et depuis il est resté abandonné.

– Il n'était pas hanté avant la Tempête ?

– Je ne sais pas. Non, je suppose que non. Mais c'était un

lieu qu'on n'approchait pas avec Regie. On le trouvait effrayant.

– Et ce vieux monsieur, il faisait quoi ?

Doug planta ses prunelles dans celles de Matt. *Il me trouve trop curieux*, devina ce dernier.

– C'était un vieux monsieur, c'est tout. Comme je te l'ai dit j'étais assez jeune quand il est mort alors je ne m'en souviens plus.

Matt sentait qu'on ne lui disait pas tout. Doug cachait quelque chose. *Comme s'il avait peur ! C'est ça, il y a quelque chose qui lui fait réellement peur là-dedans !* Que pouvait-il savoir de si effrayant qu'il ne pouvait même pas répéter aux autres Pans de l'île ?

Matt le remercia et allait s'éloigner lorsque le grand Colin l'interpella :

– Hey, si tu aimes les oiseaux, tu peux venir quand tu veux. En plus, un coup de main ne sera pas de refus.

Il souriait et cette expression lui donnait un air bête, le regard vide et les dents un peu jaunes.

Matt considéra ce grand benêt aux joues déformées par les boutons avant d'acquiescer. Colin n'était apparemment pas le plus futé des Pans.

Il rentra au Kraken dans l'intention de partager son sentiment avec ses deux amis lorsqu'il aperçut Ambre dans la grande salle, en pleine discussion avec Ben le Long Marcheur.

Elle était enthousiaste, riait à ses remarques et lui posait plein de questions. Matt devina plus que de la curiosité dans l'attitude de la jeune fille.

Elle était séduite par le charisme et le physique d'aventurier de Ben.

Matt devait admettre que c'était un sacré bonhomme. Presque un mètre quatre-vingts, le menton carré, le nez fin et des yeux verts qui contrastaient avec sa chevelure noire. Il avait un physique d'acteur.

Un acteur abîmé par la route ! Oui mais ça lui donne de la... virilité. Je suis sûr que les filles adorent ses blessures, elles trouvent ça « craquant » !

Il pesta dans son coin et préféra faire le tour par l'arrière pour ne pas passer devant eux.

La tendresse que Ambre mettait dans ses sourires pour Ben lui déchirait le cœur.

23.

L'Altération

Le lendemain, il fut annoncé qu'une cueillette de fruits devait être organisée dans la forêt, à l'extérieur de l'île. Matt se souvint des explications de Tobias, c'étaient les expéditions les plus dangereuses, là où il se produisait le plus d'accidents, voire de tragédies.

Doug annonça pendant la réunion dans la grande salle que, comme d'habitude, ils effectueraient un tirage au sort pour désigner les cueilleurs. Dans une grande marmite on avait réuni tous les rectangles de bois gravés au nom de chaque Pan de plus de douze ans – il fallait avoir dépassé cet âge pour y participer, à cause des risques et des efforts physiques nécessaires – mais celui de Matt ne fut pas ajouté à la liste, Doug estimant qu'il n'était pas encore prêt physiquement. Conscient des risques, Matt ne protesta pas, bien qu'il se sente en forme. Il préférait attendre la prochaine cueillette.

Dix noms des douze participants nécessaires étaient déjà tombés lorsque Doug lut un autre rectangle de bois tiré au hasard par son frère Regie :

– La onzième sera Ambre Caldero.

Matt sursauta. Pas Ambre. Maintenant qu'on lui avait

dépeint ces sorties dangereuses il ne voulait pas que ses amis prennent autant de risques. *Mais c'est la règle ici. Je ne peux rien y changer. Mais je peux m'assurer qu'elle est en sécurité !*

Aussitôt la réunion achevée, Matt alla voir Doug pour l'informer qu'il accompagnerait Ambre dans sa mission.

– C'est bien que pour ma première sortie je ne sois pas seul, expliqua-t-il, nous serons deux et je t'assure que je ne ferai pas d'efforts superflus.

Doug protesta mais, face à la détermination de Matt, il comprit qu'il ne servait à rien d'insister.

– Fais comme tu veux, abdiqua-t-il, je ne peux pas t'ordonner de rester. Mais c'est une idée stupide, je te l'aurai dit. Et tu ferais mieux de rester avec quelqu'un comme Sergio, il est costaud, s'il y a un problème il pourra te protéger.

Matt se garda bien de préciser qu'il y allait justement pour protéger Ambre. Et il fila auprès de la jeune fille. Il apprenait à la connaître et sut d'emblée qu'il ne fallait surtout pas lui présenter sa présence telle qu'il la voyait : Ambre en vulnérable et lui en protecteur risquait de la mettre en colère. Elle détestait qu'on la dise faible ou fragile.

– J'ai parlé à Doug, je viens avec toi, lui dit-il. Ça va me familiariser un peu avec l'extérieur et, pour ma première sortie, c'est bien que je sois avec quelqu'un de confiance.

Le lendemain matin, ils étaient treize sur le pont, à regarder leurs camarades actionner les rondins puis la plaque de tôle pour leur permettre de quitter l'île. C'était le petit matin, des volutes de brume flottaient au-dessus du bras du fleuve, comme autant de danseurs éthérés. Matt avait revêtu son pull, il faisait frais, et remis son manteau mi-long noir, l'épée chargée sur le dos. Plume l'observait avec un regard triste. Il avait décidé de ne pas l'emmener, il ne souhaitait pas lui faire courir le moindre risque. Autour de lui, chaque cueilleur portait un large panier en osier.

Une fois de l'autre côté, Matt découvrit un sentier à peine visible tant la végétation le recouvrait. Ils marchèrent vingt minutes durant à travers une forêt extrêmement dense avant de se scinder en deux groupes, l'un au nord, l'autre au sud. Lorsque apparurent les premiers arbres fruitiers, chacun partit dans sa direction, Matt suivit Ambre et, très vite, constata qu'il avait perdu de vue les autres.

– Pourquoi ne faites-vous pas des groupes ? demanda-t-il à Ambre.

– C'est ce qu'on faisait au début, mais on s'est aperçus que ça attire les prédateurs. Et quand on s'enfuyait, dans la panique certains se perdaient et devenaient des proies faciles. Maintenant on se sépare pour aller plus vite et limiter les risques.

La forêt était plus aérée ici, le soleil maussade du matin parvenait à poser un voile tiède sur les branches, et même sur l'herbe. Matt aida Ambre à remplir son panier de prunes et de baies violettes qu'il ne connaissait pas. Ils le rapportèrent sur le sentier où d'autres paniers, certains pleins, d'autres vides, attendaient. Lucy, la fille aux immenses yeux bleus, arriva de l'île avec un panier vide, le remplaça par un plein, et s'en retourna. Ambre troqua le sien, plein à ras bord, contre un vide. Ainsi fonctionnait la mécanique de la cueillette. En moins d'une matinée, ils parvenaient à récolter de quoi nourrir les Pans de l'île pendant plus d'une semaine.

– Tu t'entends bien avec les autres filles de ton manoir ? questionna Matt en marchant.

– Ça va. On trouve un peu tous les comportements, c'est normal. Gwen, la fille qui a une altération avec l'électricité, est vraiment une chouette copine. Je n'arrive pourtant pas à lui avouer que tous les poils de son corps se hérissent la nuit, elle se croit… guérie, comme si c'était une maladie. Lucy, qui était dans le sentier tout à l'heure, est sympa. Et puis, on a les pestes, Deborah et Lindsey. La vie en communauté quoi !

– Tu… tu n'as jamais peur ?

– Peur ? Peur de quoi ?

Matt désigna le paysage sauvage qui les entourait :

– De tout ça, de l'avenir dans ce nouveau monde.

Ambre prit le temps de réfléchir avant de répondre :

– Franchement ? Je crois que je le préfère à l'ancien.

– Ah bon ?

Le regard de la jeune fille lissa le sol, elle avançait en contemplant ses pieds.

– Mon beau-père était un gros con, dit-elle soudain. (Et son ton de colère froide ainsi que sa grossièreté figèrent Matt.) Ma mère n'a rien trouvé de mieux que de tomber amoureuse du champion de bowling de notre ville, tout un programme ! Sauf qu'il ne descendait pas que des quilles, comme disait ma tante. Il buvait et devenait agressif.

– Il te battait ? osa demander Matt avec le plus de douceur possible.

– Ça non ! Mais il cognait sur ma mère. (Ambre se tourna pour observer son compagnon) Ne fais pas cette tête, si elle avait voulu, elle aurait pu le quitter, mais elle l'aimait tellement qu'elle lui pardonnait tout, même l'impardonnable.

Ils partagèrent un long silence, seulement habité par le pépiement des oiseaux.

– Tu comprends pourquoi je n'ai pas de regrets sur ce…

Matt, du coin de l'œil, la vit qui séchait rapidement une larme. Et sans réfléchir il posa la main sur l'épaule de son amie.

– Ça va, ça va, répéta-t-elle. Tu sais, je crois que dans ce monde qui s'offre à nous, tout est à faire, il y a de la place pour tout le monde, tous les caractères, toutes les ambitions, il suffit de trouver le rôle que l'on veut jouer.

– Tu as trouvé le tien ?

– Oui. J'attends d'avoir seize ans, c'est l'âge minimum pour devenir Long Marcheur.

– Tu veux sillonner le pays comme eux ?

– Oui. Apporter les nouvelles, guetter les changements de la nature, espionner les déplacements de nos ennemis, et raconter de site en site toutes nos découvertes.

– C'est dangereux.

– Je sais, c'est pour ça que les Pans ont décrété qu'il fallait au moins seize ans, pour avoir une chance de survivre. Chaque mois, des Longs Marcheurs disparaissent, on ne les revoit plus, et chaque mois de nouveaux ados se portent volontaires. Je trouve ça génial.

Matt ne sut que répondre. Il était inquiet. Allait-il perdre son amie ? Il se rendit compte que l'imaginer quittant l'île Carmichael un jour lui crevait le cœur. Était-ce Ben qui lui avait farci le crâne avec ces idées ? Où était-ce par... amour pour lui qu'elle voulait marcher dans ses pas ? Matt aurait voulu lui en parler, aborder le sujet, mais, n'osant pas, il demeura silencieux le reste de leur marche.

Au bout de deux heures, Ambre et Matt avaient dû s'enfoncer assez loin dans un verger naturel pour débusquer des pommes mûres, et la jeune fille sifflotait en remplissant son panier. Matt, quant à lui, était grimpé dans un arbre pour ne pas laisser les fruits les plus hauts se perdre. Il les lançait un par un dans le cercle d'osier sous ses pieds, à côté de son épée qu'il avait laissée au sol pour pouvoir escalader. Il se sentait plein de mélancolie, ses parents lui manquaient. Et puis il ressassait ce que Ambre lui avait dit, son désir de partir, Matt songeait à Ben avec jalousie. Pourquoi ne parvenait-il pas à aborder le sujet avec elle ? Il était si simple de lui dire : « Hey, en fait je me demandais : c'est Ben qui t'a donné cette idée folle de devenir Long Marcheur ? » Pourtant rien ne sortait de ses lèvres. Il brûlait d'envie de la questionner, savoir ce qu'elle lui trouvait, si elle l'aimait bien... *Bien sûr qu'elle l'aime bien ! J'ai bien vu comment elle le regardait ! Elle buvait ses paroles !* Matt secoua la tête. Il était ridicule. *Je me fais honte. Tout ça pour... une fille.*

Après tout, cela ne le regardait pas.

Une nuée d'oiseaux s'élancèrent des arbres alentour, s'envolant brusquement pour d'autres horizons.

Si j'étais l'un d'eux, tout serait plus facile ! Voler... décoller dès que je ne suis pas satisfait pour me chercher un endroit plus confortable. La vraie liberté !

La fuite, réalisa-t-il. Ce dont il rêvait c'était de pouvoir fuir sans cesse. Ce n'était pas une solution.

Une grosse branche craqua quelque part au sol. Tout près.

Matt fouilla la forêt du regard... Et se figea. Le sang glacé.

Une forme trapue, de la hauteur d'un homme mais dégageant la puissance d'un taureau, s'approchait d'Ambre, par-derrière. Le visage plissé, les joues tombantes, les yeux réduits

245

à deux minuscules fentes sous les couches de peau pendante... c'était un Glouton !

Il portait un gros sac de toile sur l'épaule et un gourdin taillé dans une bûche dans l'autre main. Matt le vit baver en levant le bras, prêt à frapper Ambre. Il semblait si costaud qu'un seul coup allait lui fendre la tête, lui ouvrir le cerveau.

Matt sauta sur la branche du dessous, puis sur la suivante et en moins de deux secondes il était à terre, tenant une pomme entre les doigts. Il hurla :

– Dégage ! Pourriture !

Le Glouton pivota et les plis de son visage s'étirèrent sous l'effet de la surprise. Matt lança sa pomme de toutes ses forces, si fort en fait qu'elle ne put rebondir sur lui mais *éclata* complètement en heurtant le nez monstrueux. Ambre s'était jetée dans les fougères.

Le Glouton, aussi étonné que sonné, ne vit pas Matt qui venait de ramasser son épée et la sortait du baudrier en se ruant sur lui.

La lame fendit l'air. La pointe s'enfonça dans le ventre du Glouton qui se mit aussitôt à beugler en lâchant ses affaires. Il saisit Matt à la gorge et serra, beuglant toujours.

Non ! Pas ça ! Pas encore ! paniqua Matt. Et il repoussa l'avant-bras couvert de verrues d'un puissant coup de coude. Dans la foulée, il dégagea la lame des chairs ouvertes. Du sang se mit à ruisseler sur les loques du Glouton qui continuait de hurler autant de douleur que de rage. Matt opéra un moulinet avec son épée qui dans le feu de l'action lui semblait beaucoup plus légère. Elle trancha net le poignet du Glouton.

Les hurlements redoublèrent.

Le sang jaillit en un épouvantable geyser.

Horrifié, Matt recula, trébucha, et s'effondra dans les hautes herbes.

Alors surgit un autre Glouton, grondant et poussant un cri de guerre. Il brandit une lourde massue au-dessus de Matt et le garçon paniqué n'eut que le temps de voir la créature colossale tirer sur ses bras pour abattre la pointe en silex sur lui.

Il ne parvint même pas à fermer les yeux, il sut seulement avant que la pierre ne s'encastre dans son crâne, que le choc allait être terrible. Mortel.

Il entendit alors Ambre s'époumoner :

– Nooooooooooooon !

Une branche fouetta l'air, frappa le Glouton au visage et le renversa avant qu'il puisse toucher Matt. Un bruit d'os cassé et le son mat d'un corps qui s'effondre.

Matt cligna des paupières.

Il était en vie. Sain et sauf.

Il se redressa, chercha autour de lui la présence du secours providentiel. À ses pieds, le premier Glouton gémissait en se vidant de son sang, les entrailles glissant peu à peu en dehors de son ventre blessé. Matt réprima un haut-le-cœur et s'écarta.

– C'était quoi ? Qu'est-ce…, commença-t-il avant de voir le visage stupéfait d'Ambre. Hey, ça va ?

– Je… c'est… moi…

Elle semblait en état de choc, la bouche ouverte, le regard papillonnant.

– Calme-toi, il faut filer. Ces deux machins n'étaient peut-être pas tout seuls, allez viens.

Il ramassa son épée et le baudrier, saisit Ambre par la main et la tira pour s'éloigner le plus vite possible.

Une fois sur le sentier, Ambre parvint à dire :

– C'est moi qui ai lancé la branche.

– Et je te dois une sacrée chandelle !

– Sans la toucher, ajouta-t-elle.

Cette fois, Matt s'arrêta.

– Quoi ? Tu es en train de me dire que..

Elle hocha la tête, vivement.

– Oui, j'ai crié, j'ai voulu faire quelque chose, et j'ai pensé de toutes mes forces à lui balancer l'énorme branche qui était par terre. Et ça s'est produit exactement comme ça, sans même que je me lève.

Avec le recul, Matt revit la scène. En effet, ce qui avait frappé le Glouton était massif, trop lourd pour être soulevé et projeté aussi violemment à la seule force de ses bras.

– Alors ça ! souffla-t-il. Écoute, pour l'instant n'en dis rien à personne, c'est notre secret, d'accord ? Mais il faut tout de même sonner l'alarme, que tout le monde regagne l'île en vitesse.

Ils coururent en ameutant tout le monde. Les cueilleurs se rassemblèrent et regagnèrent le pont qu'on s'empressa de fermer, doublant la garde dès leur arrivée.

La nouvelle ne tarda pas à faire le tour de l'île et on vint les voir, s'assurer qu'ils allaient bien. Et lorsque Matt annonça qu'ils avaient tué deux Gloutons, les regards s'illuminèrent. Matt raconta l'affrontement, ajoutant que Ambre avait eu le sang-froid de ramasser une branche pointue et de l'enfoncer dans l'œil du second Glouton, jusqu'au cerveau. Les acclamations fusèrent, on les félicita longuement, avant qu'ils puissent à nouveau être seuls.

C'est seulement à ce moment que Matt se sentit vraiment mal. Il se rejoua la scène en mémoire, les cris du Glouton auquel il avait sectionné la main, et tout ce sang, cette souffrance se mirent à tournoyer dans son esprit. Heureusement, il n'avait pas croisé le regard du monstre, *heureusement*, se répétait-il.

Lorsqu'il voulut avaler quelques pâtes, dans l'après-midi, le sang et les cris n'avaient pas cessé de le hanter et il se leva pour aller vomir aux toilettes.

Plus tard, Tobias le trouva assis sur le muret de la terrasse, derrière le manoir, à contempler le soleil de fin de journée, le visage fermé. Plume était couchée à ses côtés, la tête sur les cuisses de son jeune maître. Matt la caressait doucement.

– Comment tu te sens ?

Matt fit la moue et réfléchit avant de dire :

– Vidé.

– Ça a été dur, pas vrai ?

Matt hocha lentement la tête.

– La… violence, c'est pas comme dans les films, Toby. Je déteste ça. (Il leva ses paumes devant lui et les contempla.) J'ai l'impression de sentir encore les vibrations de ma lame qui s'enfonce dans ses organes.

Tobias, ne sachant que répondre, s'assit près de lui, et ensemble ils guettèrent le soleil qui déclinait, colorant leurs visages de voiles orangés.

Une haute fenêtre de l'Hydre s'ouvrit, et les deux garçons reconnurent la chevelure flamboyante d'Ambre qui se penchait pour les observer. Elle leur fit de grands signes pour qu'ils la rejoignent, et ils se levèrent sans se faire prier. Plume les suivit jusqu'à l'entrée de l'Hydre, puis les quitta pour repartir vers la forêt.

La chambre de la jeune fille était spacieuse, tout en bois, décorée de rideaux blancs et de tentures vertes qui créaient des séparations entre le lit, les canapés et un vaste coin-bureau. Ambre avait suspendu des lanternes à bougies un peu partout pour diffuser une ambiance chaleureuse. Elle s'était changée, à présent emmitouflée dans une robe de chambre en satin. Ses cheveux emmêlés donnèrent à penser à Matt qu'elle avait passé une partie de l'après-midi allongée. Elle aussi ne devait pas se sentir bien. Elle les entraîna vers les gros canapés confortables.

– Je voulais vous parler, déclara-t-elle en s'asseyant et en ramassant ses jambes sous elle. J'ai beaucoup réfléchi à ce qui s'est produit ce matin. Je crois que l'altération – c'est le nom que je vais définitivement donner à ce phénomène – touche tout le monde.

– Qu'est-ce qui te fait dire ça ? demanda Tobias.

– Beaucoup de Pans, à tour de rôle, se sont plaints de ne pas être bien, et ça continue.

Elle fixa Matt.

– Ce matin, cette pomme que tu as lancée, je n'ai eu que le temps de me retourner pour la voir exploser à la face du Glouton.

Matt haussa les épaules, comme si c'était normal.

– Matt, insista-t-elle, la pomme a *explosé* ! C'est impossible. Tu as presque sonné le monstre tellement tu l'as lancée fort. Personne ne peut faire exploser une pomme en la jetant au visage de quelqu'un !

– Tu es en train de dire quoi ? Que je suis moi aussi en pleine transformation ?

– Non, je te l'ai déjà dit : il ne s'agit pas d'une transformation, juste d'une modification de tes capacités. La Terre a altéré les fonctionnements des organismes de cette planète, et les Pans n'y échappent pas, sauf que chez nous, cette altération prend la forme d'aptitude particulière à chacun.

Tobias désigna son ami :

– Il a développé sa force, c'est ça ?

Ambre acquiesça.

– Et je vais aller plus loin : je me demande si la faculté que nous développons ne serait pas liée à un besoin. Tu avais besoin de force pour récupérer de ton coma, c'est une force surhumaine que tu es en train d'obtenir. Moi j'étais... perturbée par autant de changements et depuis cinq mois je n'ai pas arrêté d'avoir la tête ailleurs, je devenais encore plus maladroite qu'avant, et pour prévenir cette maladresse, je développe une disposition à la télékinésie. J'ai demandé tout à l'heure si Sergio avait eu des corvées récurrentes et vous savez ce qu'on m'a répondu ?

– Il devait allumer les bougies ? proposa Matt sans conviction.

– Bingo ! Comme il est grand, on lui a demandé de faire du feu, et d'entretenir les lanternes. Depuis cinq mois il n'arrête pas d'allumer et d'éteindre des mèches, du coup il parvient à faire émerger des flammes en une seconde, et je parie que d'ici quelques semaines il n'aura plus besoin de frotter deux silex !

– Tu crois qu'on peut acquérir plusieurs compétences particulières ? s'enthousiasma Tobias.

– J'en serais étonnée. Tout ce changement doit chambouler une large partie de notre être, de notre cerveau, je doute qu'on puisse s'enrichir ainsi à l'infini, question de place là-dedans (elle tapota sa tempe) et d'encaissement, mais on verra bien.

– Et moi alors ? Je vais développer quelle faculté ? s'inquiéta Tobias.

Ambre et Matt le dévisagèrent.

– Je ne sais pas, avoua-t-elle. Et je ne pense pas qu'on puisse contrôler cette altération. On le saura lorsqu'elle se manifestera. Elle semble prendre du temps chez certains.

– Si j'ai vraiment cette force, il faut que j'apprenne à la maîtriser.

– Avec ce que j'ai vu ce matin, je peux te garantir que tu l'as *vraiment* ! Et ça expliquerait que tu aies été si rapide à te remettre de cinq mois de lit. Il faut qu'on fasse des exercices, je vais y réfléchir, afin de solliciter notre altération et d'apprendre à s'en servir.

– Il y en a pour des mois ! se désespéra Tobias.

– Peut-être, mais si on doit vivre avec, toute notre vie, ça en vaut la peine !

Une trompette se mit à rugir au loin. Deux notes répétées, une grave suivie d'une aiguë.

– L'alerte, gémit Tobias.

– Ça correspond à quoi ? s'affola Matt.

Ambre répondit la première, en se levant :

– Que le guetteur du pont a aperçu quelque chose à la lisière de la forêt. Une note grave et une note aiguë. Quelque chose d'inamical.

– Il faut y aller, lança Matt en se redressant à son tour.

– Attendez. N'oubliez pas que pour l'instant tout ce que nous déduisons sur l'altération doit rester entre nous, d'accord ?

Ils approuvèrent et filèrent à toute vitesse vers le pont.

24.

Trois capuchons et douze armures

Les guetteurs du pont avaient remarqué un groupe d'une demi-douzaine de Gloutons rôdant aux abords du sentier, cherchant manifestement un passage pour aborder l'île. Ils étaient restés jusqu'à la tombée de la nuit avant de partir en gloussant. Les Gloutons devenaient de plus en plus téméraires, on avait rapporté que leur tribu la plus proche se trouvait à plus de vingt kilomètres. Ils avaient donc parcouru un long chemin pour venir, et cela ne plut guère aux Pans de l'île. Les Gloutons ainsi que l'exploit du jour animèrent l'essentiel des conversations.

Matt mit deux jours avant d'oser reprendre son épée pour la nettoyer. Des croûtes brunes maculaient la lame. L'arme enfin propre, il descendit au sous-sol, dans l'atelier où il avait entendu parler d'une pierre à aiguiser dont se servait les Longs Marcheurs. Il frotta sa lame en l'humidifiant. Mais à chaque raclement de la pierre sur le métal, il revoyait le sang jaillir du ventre du Glouton ou sa main tranchée rouler au sol dans une pluie écarlate. Son cœur se révulsa dans sa poitrine. Chassant ces images sordides de son esprit, il continua jusqu'à ce que le fil de sa lame ait l'affût d'un rasoir.

Ambre avait-elle raison ? Développait-il une force hors du commun ? Cela expliquerait qu'il ait pu manier son épée aussi vite, sans efforts… Le sang et la culpabilité revinrent l'aveugler et lui tordre les tripes.

Dans la journée, il entendit Ben annoncer qu'il repartait dès le lendemain, il se sentait reposé et souhaitait rallier un site plus au nord. Matt se demanda si Ambre serait différente dans les jours à venir, nostalgique. Tandis qu'il déambulait dans les couloirs du manoir pour apporter des bûches aux différentes cheminées des étages, il perçut les regards admiratifs des adolescents qu'il croisait. Personne sur l'île n'avait encore osé affronter un Glouton, encore moins l'embrocher et lui couper la main. Matt apprenait à connaître les Pans les plus jeunes qui restaient souvent ensemble, filles et garçons de neuf ou dix ans. Paco, le benjamin, Laurie, la petite blondinette aux couettes, Fergie, Anton, Jude, Johnny, Rory et Jodie qui formaient le gros de leur troupe. Ceux-là le suivirent dans sa tâche, lui proposant une aide qu'il refusa poliment. Matt passait pour un héros. C'était un sentiment paradoxal, un mélange de satisfaction, de fierté même, teinté d'amertume, de dégoût. Quand il repensait à ses gestes, il sentait une vague de nausée bouillonner en lui, prête à le noyer. Être ce type de héros ne lui plaisait pas. Pas comme ça. Pas avec ces souvenirs-là d'une gloire qu'il jugeait tragique. Car ce Glouton avait été un homme autrefois. Et Matt ne parvenait pas à oublier qu'il avait tué un homme. Même si cette dépouille était monstrueuse, agressive et relativement idiote, il n'en demeurait pas moins qu'il était un être vivant.

Une fois sa tâche accomplie, Matt s'éloigna du manoir pour s'isoler dans la forêt. Là il débusqua un rocher qu'il estima très lourd, et se concentra. Il respirait lentement, les paupières closes. Puis il s'agenouilla et tenta de le soulever.

La roche pesait au moins quatre-vingts kilos.

Il serra les dents pour forcer, lorsqu'il constata qu'elle ne bougeait pas d'un cheveu. Matt devint écarlate.

Il relâcha la pression et se frotta les doigts contre son jean en soupirant. *Impossible ! Elle n'a pas décollé d'un millimètre !* Et si Ambre avait tort ? S'il n'avait aucune altération en définitive ?

La pomme... Ambre a raison, jamais une pomme n'aurait dû exploser comme elle l'a fait en s'écrasant sur le Glouton. Il s'est passé un truc, c'est sûr. Et l'explication d'une altération de sa force semblait la plus logique.

Alors pourquoi est-ce que je n'arrive pas à bouger ce fichu caillou ? Matt formula la réponse aussitôt : parce qu'il ne maîtrisait pas encore cette faculté. Tel un nouveau-né, il devait apprendre à coordonner chaque partie de son corps avec certaines zones de son cerveau. *Oui, c'est ça ! Je n'en suis qu'à découvrir cette force, il faut apprendre à s'en servir, la localiser et la gérer !*

Il passa alors une bonne heure à s'entraîner, se concentrant pour sentir la pierre sous sa peau, écouter les battements de son cœur, jusqu'à la chaleur de son sang. Mobilisant toute sa volonté il essaya de la soulever plusieurs fois, sans jamais obtenir plus de réussite.

Le soir, il mangea avec Tobias dans la grande salle, lui confia son petit entraînement, et alla se coucher relativement tôt.

Emmitouflé dans ses couvertures, il vit qu'il avait oublié de tirer ses rideaux. La lumière de la lune entrait par les fenêtres après avoir silhouetté les hautes frondaisons de l'île. De son lit, Matt pouvait distinguer l'Hydre et ses quelques lampes encore allumées. Il repéra la chambre d'Ambre et s'aperçut que dansaient encore les lueurs de ses lanternes à bougies. Il n'eut aucune peine à l'imaginer concentrée à son bureau, fixant un crayon qu'elle tentait de faire bouger. Têtue comme elle l'était, ça pouvait durer toute la nuit.

Il s'endormit en surveillant la façade du manoir.

Et se réveilla dans une clairière.

Il faisait toujours nuit, la lune s'était déplacée sur son orbite, il s'était écoulé au moins deux heures. Matt se frotta les paupières, tout ensuqué. Que faisait-il là ? *Je rêve ! Ce n'est rien, juste un rêve, c'est tout...* Pourtant, il se sentait beaucoup plus maître de lui-même que dans un songe. Il était actif. *Le propre des rêves est de ressentir une certaine passivité, non ?* Et Matt était interpellé par le simple fait qu'il puisse dire qu'il rêvait. Il percevait l'air frais de la nuit, la terre sèche sous ses pieds nus et la caresse des hautes herbes contre ses chevilles – il était toujours vêtu de son pyjama en coton. Il se pinça et ressentit la douleur qui termina de le réveiller.

Cette fois aucun doute, je ne rêve pas ! Alors comment était-il arrivé ici ? Était-il somnambule ? Il fit un tour sur lui-même pour scruter les alentours. Au milieu d'une forêt la petite clairière semblait noyée par les herbes et des fleurs qui, sous la pâleur de la lune, paraissaient grises ou noires.

Qu'est-ce que je fais là ?

Le ciel étincela brièvement, sans un bruit. Un éclair dans le lointain. Puis trois autres, très rapprochés. Un vent froid souffla soudainement, mordit les joues de Matt d'un coup, lui glaçant les oreilles. Et cette fois, ce fut la forêt qui s'éclaira plusieurs fois, comme sous le coup d'un flash surpuissant. Un tapis de brume apparut, glissant hors du bois, telle la mousse d'un bain qui déborde.

Je n'aime pas ça. Il se passe quelque chose.

Dans la série d'illuminations suivantes, Matt remarqua une ombre informe qui circulait entre les arbres, longue et mouvante : une bâche noire lâchée dans le vent. Au cours d'une nouvelle salve lumineuse, Matt la vit gifler les troncs et changer brusquement de direction pour venir vers lui. Elle flottait à environ deux mètres de hauteur, serpentant entre les feuilles. Puis elle apparut dans la clairière et confirma son impression :

elle ressemblait à un lourd drap noir ondulant, avec, par inter-mittence, les formes de membres humains se dessinant au tra-vers. Il vit tout d'abord un bras et une main avant qu'ils ne disparaissent et soient remplacés par une jambe chaussant une botte. Pourtant Matt pouvait le vérifier : il n'y avait rien der-rière le grand drap. Un véritable tour de magie.

La chose se rapprocha en claquant dans le vent froid.

Matt fut pris d'une angoisse sourde, son cœur s'emballa et il dut ouvrir la bouche pour respirer. L'étrange créature n'était plus qu'à quelques mètres lorsqu'un visage émergea. Matt ne pouvait en préciser les traits mais remarqua un front anormale-ment haut, des arcades sourcilières très prononcées, l'absence de nez et de lèvres et une mâchoire très carrée. *On dirait une longue tête de mort !* fut sa première réaction.

Elle ouvrit la bouche et une voix susurrante s'en échappa :

– Viens, Matt. Approche-toi.

Matt était en alerte, tous les sens aux aguets. La brume com-mençait à s'enrouler autour de ses chevilles, et le vent tournait toujours autour de lui, ébouriffant ses cheveux. Le visage s'avança encore un peu plus dans la toile. Cette fois il ressem-blait vraiment à une tête de mort difforme.

– Tends la main, lui dit-il. Et joins-toi à moi.

Cette présence étouffante, ce sifflement dans la voix, cette aura angoissante, tout s'assembla d'un coup et Matt sut qui il avait en face de lui.

– Le Raupéroden, dit-il tout bas.

La chose parut contente, elle ouvrit grand la bouche :

– Oui, c'est moi. Viens, Matt. Viens, j'ai besoin de toi.

Voyant que la brume continuait de monter autour de ses jambes et constatant que le Raupéroden se rapprochait lentement de lui, Matt sut qu'il était en danger. Il recula de quelques pas.

– Non, attends, fit le Raupéroden. Tu dois venir *en* moi. Voyage à l'intérieur, viens !

Matt se mit à courir. Il voulait s'enfuir le plus vite et le plus loin possible de cette horreur. La voix changea dans son dos, elle prit des intonations gutturales, caverneuses :

– Arrête ! Je te l'ordonne !

Mais Matt filait à toute vitesse, il sauta dans la forêt, les joues et les épaules balayées par les feuillages.

– Je te veux ! hurla le Raupéroden. Tu ne pourras pas me fuir éternellement, je te sens, tu m'entends ?

Matt avait le souffle court, il s'enfuyait sous la lune qui crevait de ses rayons argentés la surface des arbres pour ouvrir des cônes pâles tout autour de lui.

– Je te sens et je remonte ta piste. Bientôt... Bientôt je te retrouverai, Matt.

Matt soufflait comme une forge lorsqu'il rouvrit les yeux dans son lit. Il était en sueur.

Étrangement, la lune était exactement à la même place du ciel que dans son cauchemar. Il se leva, la gorge sèche. Ne trouvant pas d'eau, il s'enveloppa dans une robe de chambre et sortit dans les couloirs. Il faisait sombre, avec des zones sans fenêtres absolument ténébreuses. Matt prit sa petite lanterne, alluma la bougie à l'aide d'allumettes et s'aventura dans le dédale de salles et corridors froids. Son corps était encore engourdi par le sommeil, mais son cerveau tournait à plein régime pour tenter de ne pas paniquer. Quelque chose le glaçait dans ce mauvais rêve.

Son réalisme, songea Matt. *J'avais* vraiment *l'impression d'y être.* Et pour un peu, il n'aurait pas été surpris de découvrir de la boue sur ses pieds !

Matt descendait un escalier en vis pour rejoindre les cuisines lorsqu'il devina les échos d'une conversation. *À cette heure ?* Matt ralentit. Il devait être au moins une heure du matin sinon plus ! Pris d'une intuition, il souffla la flamme de sa bougie pour entrer dans l'ombre et rejoignit le rez-de-chaussée. Il débaucha dans une longue pièce meublée de confortables canapés en cuir foncé, et des étagères vitrées abritaient une importante collection de whiskies ainsi qu'une cave à cigares non moins fournie. Au fond, trois silhouettes encapuchonnées et enveloppées dans des manteaux discutaient à voix basse.

– Ça devient trop risqué ! On ne peut pas continuer, il faut trouver une solution. La porte ne tiendra plus longtemps.

– Elle tiendra.

– Moi je dis qu'il faut agir maintenant, l'ouvrir nous-mêmes avant que quelqu'un découvre le pot aux roses.

– Pas encore, c'est trop tôt. Je veux que tout soit favorable à notre plan. Je ne prendrai pas le risque d'échouer. Soit l'île entière est conquise, soit c'est la catastrophe.

Matt n'en était pas certain mais il lui semblait que cette dernière voix était celle de Doug. En revanche il ne parvenait pas à identifier l'autre.

– Alors qu'est-ce qu'on fait ? demanda la troisième silhouette qui n'avait pas encore pris la parole.

Matt la soupçonna aussitôt d'être une fille.

– Je ne vois pas d'autre solution : il faut monter la garde en permanence, par roulement, fit la voix qui ressemblait à Doug. On surveille discrètement les abords du Minotaure. Au moins si un Pan a l'audace d'y entrer on le saura et on pourra agir pour le faire sortir de là avant qu'il soit trop tard.

La phrase suivante fit trembler Matt :

– Et soyez particulièrement attentifs à Matt. Je m'en méfie, c'est un fouineur !

La fille tenta de modérer les ardeurs de ses deux compagnons :

– Avec ce que le Long Marcheur a dit à propos des traîtres, on ferait mieux d'être discrets !

– Ne t'occupe pas de ça, trancha Doug. Faisons ce que nous

avons à faire, personne ne nous soupçonnera de quoi que ce soit si on continue d'être prudents. Allez, venez, je voudrais qu'on installe la cage en vitesse, qu'on puisse dormir un peu.

– T'es sûr qu'à cette heure-ci on ne va pas *le* déranger ? fit la voix de fille sans dissimuler sa peur.

– Arrête de t'inquiéter, depuis le temps je commence à connaître ses cycles. Je l'ai nourri tout à l'heure, il dort maintenant.

– Faut que tout ça se termine, je n'en peux plus.

– Bientôt, oui. Encore un peu de patience, quand tous les Pans de l'île seront ramollis par la routine, qu'ils ne seront plus aptes à prendre les armes et à se battre, alors on le libérera.

Les trois conspirateurs attrapèrent de grandes grilles d'une cage à assembler et disparurent dans le coude du couloir opposé à Matt. Ce dernier se faufila sur les tapis persans pour les suivre, en prenant soin de leur laisser un peu d'avance afin de ne pas se faire repérer. Le couloir s'ouvrait sur huit marches en pierre et traînait sa longueur, sans portes, bordé d'alcôves habitées par des armures inquiétantes. Et personne en vue. Chargés comme ils l'étaient, ils ne pouvaient avoir couru jusqu'au bout du couloir, or ils avaient disparu.

Où étaient-ils passés ? Se pouvait-il qu'ils l'aient entendu et qu'ils se soient dissimulés derrière des armures ?

Pas avec leur cage, je verrais ces grosses grilles contre les murs !

Alors où étaient-ils ?

Matt fonça jusqu'au bout du couloir pour s'assurer que personne n'était caché, puis il revint sur ses pas pour sonder les recoins. Il compta dix renfoncements de chaque côté dont six occupés par une forme en métal, soit douze armures au total. Rien d'autre. Il soupira. Il ne pouvait inspecter chaque détail de la pierre maintenant, mais il se tramait assurément quelque chose.

Il préviendrait Ambre et Tobias dès le réveil, et ensemble ils trouveraient quoi faire. L'Alliance des Trois devait apprendre ce qu'il avait entendu cette nuit. Doug, car il était désormais sûr que c'était lui, cachait la présence d'un monstre aux autres Pans. Une créature si effrayante qu'il était préférable d'en ignorer l'existence.

Matt devinait autre chose. Un secret inavouable que Doug cherchait à tout prix à taire.

Pour la sécurité de tous, Matt décida que l'Alliance des Trois allait percer ce secret. Ils allaient enquêter.

Car des traîtres existaient bel et bien sur l'île.

25.

Toiles d'araignées et poils de Minotaure

Au dernier étage du Kraken, dans la bibliothèque poussiéreuse, le soleil matinal filtrait au travers des hautes fenêtres. Ambre, Tobias et Matt discutaient avec passion :

– Pour disparaître comme par enchantement, résuma Ambre, une seule explication !

Tobias, toujours prompt à imaginer le pire, anticipa :

– C'est leur altération à eux ! Elle les rend invisibles !

– Non ! contra la jeune fille. J'espère pas ! C'est plutôt un passage dérobé !

– C'est ce que je me suis dit, avoua Matt. On ne pourra pas inspecter le couloir en plein jour, trop de circulation. Il faut attendre cette nuit. En revanche, on pourrait se relayer tous les trois pour surveiller Doug aujourd'hui.

Ambre parut embarrassée.

– Pour moi ça va être difficile…, Ben part aujourd'hui et j'aimerais lui dire au revoir. Ensuite j'ai promis à Tiffany du manoir de la Licorne de venir la voir, elle… elle croit qu'elle a ce qu'ils appellent la maladie. Je vais vérifier si ce n'est pas plutôt une manifestation de l'altération.

Matt tourna la tête, déçu.

– Dans ce cas, à deux, ça risque d'être difficile, on va paraître suspects. Tant pis. On laisse tomber pour aujourd'hui et on se voit ce soir.

Ils se retrouvèrent tard le soir, dans le fumoir, une lampe à la main, aussi angoissés qu'excités par leur aventure nocturne. Le manoir n'était que profond silence, tous dormaient depuis un moment. Matt conduisit ses amis dans le long couloir et ils entreprirent d'examiner chaque alcôve, chaque armure, à la recherche d'un bouton, d'un loquet, ou même d'une simple éraflure sur le sol qui trahirait la présence d'une porte cachée. Dans cette lumière tamisée et mouvante, les ombres des soldats de métal dansaient lentement, les armes serrées dans leurs gants de fer, le visage pointu, agressif.

– Rien ici, murmura Tobias après avoir inspecté plusieurs renfoncements.

Matt terminait de son côté, il secoua la tête :

– Moi non plus.

Ambre les rejoignit en se mordant l'intérieur des joues :

– Pas trouvé, pesta-t-elle.

– Pourtant ils ne peuvent pas avoir couru aussi vite, chargés comme ils l'étaient. Je les aurais vus ! Il doit y avoir un passage secret, c'est obligé !

Ambre alla s'asseoir sur les marches qui ouvraient le couloir.

– Réfléchissons, dit-elle. Combien de temps entre le moment où ils sortent de ton champ de vision et celui où tu arrives ici ?

– J'ai pris le temps d'être discret, alors… je dirais dix secondes, pas plus !

Elle observa le corridor et soupira.

– Impossible de l'avoir traversé en si peu de temps.

Tobias, debout face à Ambre, fronça les sourcils en scrutant les jambes nues de son amie. Exceptionnellement elle portait une jupe, courte et à frange – Matt en avait eu un pincement au cœur dans la journée, en se disant que c'était pour Ben. Captant le regard sans gêne de Tobias, la jeune fille s'empressa de mettre les mains entre ses cuisses pour s'assurer que sa culotte n'était pas visible :

– Tobias ! s'indigna-t-elle. Qu'est-ce qui te prend ?

Comprenant soudain la raison de sa colère, Tobias vira au rouge cramoisi.

– Non ! Non, non ! C'est pas du tout ce que tu crois, c'est ta lampe ! Là, regardez !

Ambre avait posé sa lanterne entre ses pieds. La flamme de la bougie ne cessait de trembler, caressant d'ombre et de lumière la peau des jambes de la jeune fille.

– Eh bien quoi ? demanda Ambre. C'est un courant d'air, c'est normal dans les manoirs.

– On pourrait s'en servir pour inspecter les murs ! s'excita Tobias.

Ambre fit la moue.

– Ça ne marchera pas, on ne verra pas la différence entre celui d'un passage secret et ceux qui sillonnent cet endroit.

Tobias se tourna vers son allié de toujours :

– Et toi, qu'est-ce que tu en penses ?

Matt baladait ses pupilles sur le carrelage. Brusquement il fonça dans la grande salle toute proche et revint avec une carafe de whisky qu'il commença à verser sur le sol.

– Qu'est-ce que tu fais ? protesta Ambre.

– Je m'assure qu'aucun passage n'existe *sous* nos pieds.

Matt se penchait pour observer la réaction du liquide ambré : il stagnait. Il poursuivit son opération sur trois mètres avant d'atteindre les marches.

À cet endroit, le whisky s'infiltra dans les rainures de la pierre. Matt s'agenouilla et colla son oreille.

– Ça coule !

– Je le savais ! C'était pas le courant d'air du couloir, triompha Tobias, il y a un passage là-dessous !

Tous à quatre pattes, ils entreprirent de palper le moindre joint de pierre, et ce fut Ambre qui trouva un minuscule rectangle en forme de bouton dans une plinthe. Elle y enfonça son doigt.

Un très léger roulement mécanique gronda sous leurs pieds et les huit marches disparurent sur un trou béant. Les huit rectangles avaient basculé en sens inverse, la plus basse devenant la plus haute d'un escalier qui plongeait dans l'obscurité.

– Bingo ! fit Ambre.

– Tu aimes bien cette expression, toi, fit remarquer Tobias.

Elle ne releva pas et s'engagea la première dans le nouveau passage, la lanterne levée devant elle. Les murs étaient taillés dans la roche, couverts de toiles d'araignées qu'un vent indiscernable agitait comme une peau frissonnante.

– C'est lugubre ! fit-elle. Voilà ce qui se passe quand on ne fait pas le ménage pendant vingt ans !

– Je comprends ma mère maintenant, quand elle me disait de nettoyer ma chambre, railla Matt en regrettant aussitôt d'avoir fait allusion au passé.

Ils s'enfonçaient dans les entrailles du Kraken, selon une pente douce, effectuant plusieurs virages.

– C'est interminable ! constata Tobias avec une pointe d'angoisse. Où est-ce que ça va finir, en Enfer ?

À cette évocation, Matt repensa au Raupéroden et sa présence écrasante, son aura diabolique. *C'est pas le moment !*

Après une nouvelle série de coudes, Ambre confia :

– Je crois qu'on n'est plus sous le Kraken, c'est trop long.

– J'ai une petite idée de notre destination, avoua Matt. Le manoir hanté, à tous les coups. Les trois cachottiers en parlaient comme s'ils avaient l'habitude de s'y rendre.

Tout d'un coup, Ambre se prit les pieds dans un fil tendu en travers du chemin et piqua du nez tandis qu'un lourd déclic résonnait au-dessus de leurs têtes.

N'écoutant que son instinct, Matt se jeta en avant, saisit Ambre par la taille et la poussa pour qu'ils roulent ensemble à plusieurs mètres de là. Au même instant, quelque chose d'énorme s'écrasait dans leur dos en soulevant un nuage de poussière.

Avachi sur Ambre, Matt fut curieusement plus fasciné par le parfum de sa peau – il avait le nez contre sa nuque d'où se dégageait une odeur vanillée – qu'alarmé par la situation. Il cilla avant de se relever et d'aider la jeune fille à en faire autant.

Une cage en fer barrait le passage sur trois mètres de hauteur. Tobias se trouvait de l'autre côté.

– C'est eux qui l'ont installée ! déclara Matt. C'est celle qu'ils portaient la nuit dernière !

– Ils ne veulent vraiment pas qu'on approche du manoir hanté, souffla Ambre, encore désorientée par ce qui venait de se produire. Merci Matt…

– Et moi ? gémit Tobias. Je fais quoi maintenant ? Comment je passe ? J'arriverai jamais à escalader cette cage tout seul, c'est un coup à se casser une jambe !

– Tu fais demi-tour, et tu nous attends dans le fumoir, si on n'est pas de retour à l'aube, tu préviens tout le monde.

Tobias se retourna et scruta l'obscurité que sa lanterne perçait à peine.

– Pffff… J'aime pas ça, dit-il. Dans quoi est-ce qu'on s'est encore fourrés ?

– Tobias ! insista Matt. Retourne au fumoir. Allez. Tu ne risques rien !

– D'accord…, fit-il tout bas.

Il contempla ses amis une dernière fois et fit demi-tour, d'un pas lent et craintif.

N'ayant d'autre solution que d'avancer vers l'inconnu, Ambre et Matt se remirent en route, plus vigilants que jamais à ne pas poser les pieds n'importe où, surveillant d'éventuels pièges.

– Qu'est-ce qui peut y avoir d'aussi important pour qu'on veuille à tout prix nous empêcher de l'atteindre ? s'étonna Ambre.

– J'avais plutôt l'impression qu'ils cherchaient à empêcher quiconque d'approcher pour nous protéger. Comme si la chose qui se trouve au bout de ce couloir était à ce point dangereuse qu'une fois libérée plus rien ne pourrait l'arrêter. Heureusement, rien de tel n'existe.

– Et pourquoi pas ? Tu ne crois pas en Dieu, au diable ? Aux démons ?

– Bien sûr que non.

– Pourquoi « bien sûr » ? Ça n'a rien d'une évidence pour des millions de gens !

– Parce que le journal télé n'existait pas à l'époque où on a inventé la religion ; si ça avait été le cas, personne n'aurait jamais cru en l'existence d'un Dieu si bon dans un monde pareil !

Ambre haussa les épaules et continua de marcher en silence.

– Je t'ai vexée ? demanda Matt.

– Non, tu ne m'as pas vexée du tout.

– Tu es croyante, c'est ça ?

– Je ne sais pas. Mon cœur me dit que le divin peut exister, mon expérience me dicte le contraire. En tout cas, depuis la Tempête, on peut se poser des questions.

– C'est exactement là que je voulais en venir !

– N'empêche que tu ne devrais pas être si… catégorique. Tout le monde a le droit de penser ou de croire en ce qu'il veut. Tu devrais être plus tolérant.

Ils arrivèrent devant un escalier aux marches irrégulières qu'ils survolèrent pour pousser une porte en bois aux charnières rouillées. Ils atterrirent dans une buanderie aux étagères couvertes de magazines soigneusement empilés. Matt jeta un œil sur les titres.

– Rien que des revues sur l'astronomie.

– Alors plus de doute, on est bien dans le manoir hanté. Au sommet de la tour il y a un dôme. Un jour, Doug nous a confié que c'était un observatoire astronomique.

Matt contempla les centaines, les milliers de pages qui s'entassaient là.

— Et si le vieux bonhomme qui a fait construire ça avait un jour découvert ou traficoté un truc dans les étoiles, déclenchant l'apparition d'une créature inconnue, et que les autres milliardaires l'avaient enfermée ici sans rien dire à personne, de crainte d'être obligés de quitter leur île ?

— Tu as trop d'imagination, répliqua Ambre en s'approchant d'une porte qu'elle entrouvrit pour scruter l'extérieur. C'est bon, on peut y aller.

Ils parcoururent une longue cuisine abandonnée, une salle à manger et un vaste salon aux rares fenêtres, toujours étroites, qui ne laissaient filtrer qu'un mince rai de lune. Sur tous les murs de pierre étaient sculptées des étoiles reliées entre elles par des lignes droites, annotées de noms latins.

— C'est très obscur ! Même en plein jour les lieux doivent être dans l'ombre. Quel genre de riche bonhomme a pu faire construire une tombe pareille ? demanda Ambre.

— Un vampire ? proposa Matt mi-figue, mi-raisin.

Ne sachant où aller, ils montèrent à l'étage, surplombant le salon depuis une mezzanine entrecoupée de colonnades. C'est en passant dans le hall suivant que Matt arrêta Ambre en lui posant la main sur l'épaule :

— Regarde.

La lourde porte à double-battant fermait l'un des murs.

— On est de l'autre côté, pensa-t-elle tout haut.

Matt s'approcha et souligna du doigt les nombreuses éraflures dans le bois.

– On dirait que quelque chose s'est énervé contre la porte. (Il se pencha et saisit une touffe de poils incrustés dans une strie.) Bruns, commenta-t-il. Raides, courts et rêches, ce ne sont pas des cheveux humains, ça j'en suis sûr.

Ambre avait déjà pénétré dans une autre pièce. Matt se releva brusquement et la rejoignit. C'était un bureau qui sentait assez fort l'humidité. Outre des piles de revues astronomiques et quelques instruments aux chromes éteints par la saleté, plusieurs cadres en verre contenant des journaux d'époque étaient suspendus sur le papier peint. L'un datait du 13 avril 1961, et la Une clamait : « L'homme est dans l'espace. » Un autre, du 21 juillet 1969, affichait une tribune du même acabit : « On a marché sur la Lune ! » Suivaient l'installation du télescope Hubble et les premières photos de Mars.

Ambre grimpa sur un secrétaire pour attraper l'un des cadres et le retourna pour l'ouvrir.

– Que fais-tu ? questionna Matt.

– Je voudrais en savoir plus sur cette maison !

Et elle sortit une page de journal avec une photo du manoir hanté. L'article titrait : « Un télescope privé sur l'île des milliardaires ! »

Soudain, une porte claqua quelque part, non loin d'eux.

Matt sentit son cœur tripler de vitesse. Ambre plia la feuille, la fourra dans son chemisier et ils se précipitèrent dans le couloir pour longer la mezzanine. La lumière tremblante d'une flamme apparut dans un escalier conduisant à l'étage supérieur. Les deux adolescents s'immobilisèrent. Des raclements de pas se rapprochaient. Puis, lentement, l'ombre d'un être de grande taille se profila sur les marches.

Une ombre humaine.

Avec une énorme tête de taureau.

26.
Mensonges

L'ombre était immense, le minotaure mesurait au moins deux mètres. Il gronda, un souffle sec, énervé. Puis il se mit à bouger, ses cornes s'agitèrent et ses sabots claquèrent tandis qu'il descendait les marches.

Matt n'eut pas envie de le voir, il prit la main d'Ambre et la tira pour courir jusqu'au rez-de-chaussée. Derrière, les pas du minotaure étaient si lourds qu'ils faisaient vibrer la pierre.

– Où vas-tu ? s'écria Ambre.

– On file, je préfère me casser la cheville dans les souterrains que de rester en face de cette horreur !

Le souffle saccadé et magistral du monstre descendait de l'étage et semblait se rapprocher. Matt entraîna son amie vers la cuisine puis la buanderie où ils retrouvèrent la porte en bois et l'accès au passage secret. Leurs lampes se dandinaient au bout de leur bras, faisant tanguer l'obscurité aux formes sinistres, si bien que les deux adolescents couraient sans vraiment savoir où ils posaient les pieds.

La cage se profila, barrant le chemin. Matt se retourna et fit la courte échelle à Ambre pour qu'elle se hisse. Ce faisant, elle trouva tout de même utile de préciser :

– C'est la dernière fois que je mets une jupe ! Regarde par terre s'il te plaît pendant que je monte.

Une fois sur le toit du cube en métal, elle tendit les mains vers Matt qui recula pour prendre son élan, et il sauta le plus haut possible pour attraper les barreaux. Ses paumes se refermèrent et il poussa de toutes ses forces sur ses cuisses. Il gagna un bon mètre et put saisir la main de son amie tout en agrippant le sommet. En une seconde il était avec elle, haletant.

– Tu es un champion, l'encouragea-t-elle en se tournant pour bondir de l'autre côté.

En sueur, écarlates, ils surgirent dans le fumoir où Tobias attendait, recroquevillé sur un canapé en cuir.

– Oh, bah mince alors ! Qu'est-ce qui vous est arrivé ? s'ébahit-il.

– On l'a vu ! siffla Matt en reprenant son souffle. Le minotaure.

– C'était lui ? Vous êtes sûrs ?

– Certains !

Ambre paraissait embarrassée. Elle nuança :

– Oui, enfin, ça ressemblait…

Matt la dévisagea :

– Qu'est-ce que tu crois que c'était ? Plus haut qu'un homme, avec une tête de taureau !

– Oui, mais ça pourrait être un costume !

278

– Et le souffle qu'il faisait ? C'était un costume ça aussi ? Et le bruit de ses pas, tu l'as entendu, avoue qu'aucun être humain ne porte des sabots et personne ici n'a un pas aussi lourd, il faudrait peser plus de cent kilos !

Cette fois Ambre dut acquiescer, elle ne pouvait plus nier l'évidence, même si elle heurtait son esprit cartésien.

– C'est vrai, admit-elle. C'était impressionnant, personne ne marche comme ça.

Se souvenant tout à coup de sa trouvaille, elle extirpa la page de journal de son chemisier et la déplia pour la poser sur la table basse devant eux. Matt rapprocha sa lanterne pour éclairer l'article.

– Vas-y, lis, demanda Matt.

Ambre se pencha et s'exécuta à voix basse :

« *Michael Ryan Carmichael fait construire une nouvelle tour à son manoir sur l'île du même nom, que nous connaissons mieux en tant que l'"île des milliardaires". En effet, le vénérable héritier de l'empire industriel que l'on sait, passionné d'astronomie au point d'y avoir consacré l'essentiel de ces dernières années, a décidé que l'heure était venue pour lui d'avoir la tête dans les étoiles. Il a confié à notre journal sa fierté d'enfin bâtir ce qui sera "l'observatoire privé le plus haut de la côte Est". Déjà célèbre pour avoir quitté la vie professionnelle il y a trente ans au profit de son ivresse céleste, il semblerait que nous le verrons et l'entendrons encore moins maintenant qu'il dispose de son propre télescope. "L'espace est si vaste et si riche qu'il surpasse n'importe quelle personnalité, aussi cultivée et drôle soit-elle ! Puisque j'y trouve tout mon bonheur pourquoi m'en priverais-je ?", se plaît-il à déclarer. Devenu aussi misanthrope que solitaire, Michael R. Carmichael est assurément l'incarnation même de cette croyance populaire qui tend à affirmer que les plus riches personnes sont souvent excentriques ! Quoi qu'il en soit, nous souhaitons à M. Carmichael de belles heures d'observation et une météo clémente au-dessus de son île ! »*

Tobias s'avança pour scruter la photo d'un vieux monsieur au visage mangé par les rides et aux sourcils blancs et broussailleux qui figurait en médaillon.

– C'est un journal local, je crois, précisa Ambre. L'article date de huit ans.

– Juste avant la mort du vieux monsieur, précisa Matt. Doug m'a confié qu'il était mort quand lui-même avait huit ou neuf ans. Et il en a seize, je le lui ai demandé.

– Ça veut dire que ce bonhomme n'a presque pas profité de son observatoire, remarqua Tobias avec une pointe de tristesse. C'est peut-être son fantôme qui hante le manoir.

Ambre soupira.

– J'ai peine à le croire, avoua-t-elle.

– Doug m'a menti, rapporta Matt sombrement. Ça confirme qu'il prépare quelque chose. Il m'a dit que son père avait fondé l'île, mais elle s'appelle Carmichael, comme ce vieillard, je crois que c'est ce dernier qui en est le pionnier.

– Et s'il y avait un lien de famille ?

– Dans ce cas, Doug n'aurait aucune raison de le cacher ! Il aurait pu me dire : « C'est mon grand-père ou mon vieil oncle qui a fondé l'île. » Non, il dissimule quelque chose. Et puis le concept même d'île des milliardaires, avec des manoirs aux noms d'animaux mythologiques, l'Hydre, Pégase, Centaure ou la Licorne comme certaines constellations ! Tout ça ressemble plus au délire d'un vieil exalté des étoiles qu'à un docteur internationalement connu comme pouvait l'être le père de Doug et Regie.

– Il s'est passé un drame qui pourrait être à l'origine de tout ça ? hasarda Tobias.

– Aucune idée. Néanmoins je compte bien le découvrir.

– Ils vont être encore plus vigilants parce qu'ils vont découvrir qu'on est venus avec la cage et le whisky dans le couloir.

Matt secoua la tête.

– On va nettoyer le sol, dit-il, et pour la cage puisqu'elle est vide, ils se diront que le piège était mal réglé, qu'il s'est déclenché tout seul ou à cause d'un rat. Cela dit, ne nous leurrons pas, ils vont vite réaliser qu'on les a démasqués, ils seront alors dangereux.

– À partir de la nuit prochaine, on se relaye et on espionne tout ce qui se passe dans le Kraken, exposa Ambre. D'après la conversation qu'ils avaient, tu disais que Doug et ses copains semblaient pressés par le temps. S'ils préparent quoi que ce soit, c'est pour bientôt.

Matt ajouta gravement :

– Et avec ce que j'ai vu dans le manoir hanté, je sens que ça ne va pas nous plaire. Il faut faire vite.

27.

Tirage au sort

La semaine qui suivit fut chargée pour l'Alliance des Trois. La garde nocturne du pont tomba sur Tobias, Ambre fut de corvée de coupe de bois et trop épuisée le soir pour tenir la surveillance qu'ils s'étaient fixée, et Matt, que Doug jugea en bonne santé, fut envoyé vers diverses tâches toutes plus éreintantes les unes que les autres. À défaut d'avoir un œil sur Doug, Matt trouva une heure chaque jour pour s'entraîner à maîtriser sa force, en tentant de soulever des pierres de moins en moins lourdes, sans plus de succès que la première fois.

Matt avait appris comment fonctionnait la répartition des travaux. Chaque Pan de l'île était représenté par un petit rectangle de bois sur lequel était gravé son nom. On les triait selon les âges – puisque certaines affectations ne pouvaient échoir aux trop jeunes – et afin que les tâches les plus pénibles ne puissent tomber toujours sur les mêmes on disposait les rectangles selon des paquets bien préparés. Dans une marmite on mélangeait les noms sélectionnés pour chaque tâche et on tirait au sort les « gagnants ». Étrangement, Ambre, Tobias et Matt furent sélectionnés parmi une vingtaine d'autres pour une longue semaine de labeur. Sur l'estrade, Doug regardait la cérémonie, accompagné de Arthur, le garçon qui regardait Matt de travers depuis le début, de Claudia, une jolie brune qui piochait les noms au hasard, et enfin de Regie qui restait en retrait, assis sur une chaise.

Le huitième jour, Matt, envoyé pêcher cette fois, reçut la visite de ses amis en milieu d'après-midi. Ils étaient à l'extrémité sud de l'île, sur un des petits pontons en bois entouré par un mur de saules qui plongeaient ses centaines de lianes dans l'eau. Plume était couchée sur un tapis d'herbe, elle releva la tête à leur approche puis, rassurée par ces visages amicaux, replongea dans sa torpeur canine. Matt, assis, avait les pieds suspendus au-dessus de l'eau.

– Tu ne devrais pas laisser pendre tes jambes comme ça, avertit Tobias en arrivant.

– C'est vrai, confirma Ambre. Tu n'as donc pas vu ce qui rôdait dans l'eau ?

– Elle est trop boueuse, on n'y voit rien ! pesta Matt. C'est déjà un miracle qu'il y ait encore des poissons !

– C'est encore plus dingue qu'on accepte de les manger !

– Vous croyez vraiment que c'est dangereux ? Parce que j'avais songé à prendre cette vieille barque là, pour faire un tour.

Ambre le toisa comme s'il était fou. La barque en question était une embarcation tout abîmée, avec une rame cassée.

– Oublie ça tout de suite ! ordonna-t-elle sans rire. On ne

sait pas exactement ce qui flotte sous la surface de cette eau noire, mais c'est gros et agressif. Personne ne t'a donc prévenu avant de t'envoyer ici ?

– Non, fit Matt, penaud, en ramenant ses jambes sous lui, la canne à pêche coincée sous les fesses.

– Il faut être très prudent, la pêche fait partie des activités à risque. Ne t'approche jamais de l'eau, c'est ce qu'il faut retenir. Ces créatures, là-dedans, il est bon de ne pas les côtoyer de trop près ! Le jeune Bill se vante d'y mettre les pieds et ça finira par lui coûter cher !

– Ça mord au moins ? demanda Tobias qui avait de l'herbe dans les cheveux et du vert sur la joue.

– Pas mal. Tu reviens de la coupe ?

– Oui, je devais nettoyer les abords du manoir.

– Dites, vous ne trouvez pas bizarre que le jour où on se lance dans la surveillance de Doug on est expédiés aussitôt à l'autre bout du Kraken pour faire des trucs crevants ?

Ambre et Tobias approuvèrent.

– On en parlait sur le chemin, fit Ambre. Ils savent, c'est sûr.

– Ou bien ils se méfient de toi et comme on nous voit souvent traîner tous les trois, exposa Tobias, ils ont préféré s'assurer qu'on ne serait pas un danger pour eux !

– J'ai repensé à la cérémonie des tâches dans la grande salle, déclara Matt. En fait seuls Claudia et Doug peuvent lire les noms sur les morceaux de bois. Personne ne monte vérifier.

– C'est vrai ! clama Tobias. On pourrait, c'est une des règles, mais personne ne le fait jamais parce que tout a toujours été équitable jusqu'à présent. Tout le monde assure sa part du travail au hasard, régulièrement.

Matt hocha la tête, pensif.

– C'est ce que je pensais… Je suis sûr que cette Claudia est la fille qui était présente cette nuit-là.

Ambre enchaîna :

– Arthur a été nommé assistant par Doug dès le début, il est toujours présent sur l'estrade aussi, ça pourrait être le troisième !

– Non, rétorqua Matt. J'y ai pensé et Arthur est beaucoup plus petit que Doug et Claudia, or les trois silhouettes étaient de la même taille.

– Ce n'est pas Regie non plus alors, fit remarquer Tobias.

– De plus, Arthur ne regarde pas les noms qui sont tirés, il est juste assis sur l'estrade, c'est tout.

– Il n'intervient que quand on vote, il compte les mains levées, expliqua Tobias.

Quelque chose frôla la surface de l'eau, laissant un remous profond sur plusieurs mètres. Instinctivement, les trois adolescents reculèrent.

– Tiens, tu vois ce qu'on te disait ! avertit Ambre.

– Je suis sûr que Claudia et Doug n'ont pas tiré nos noms, fit Matt sans relever. Ils les ont donnés en trichant pour s'assurer que nous ne pourrions pas les surveiller. Je ne sais pas comment, mais ils sont au courant !

– On pourrait remettre en doute leur légitimité à présider tout le temps, proposa Tobias. Faire une sorte de coup d'État. En affirmant aux Pans que ces deux-là sont menteurs et manipulateurs.

– Pas de ça ! contra Ambre. Il ne faut pas semer la confusion, c'est exactement ce que Doug et les siens cherchent pour libérer le minotaure. C'est bien ce qu'ils avaient dit, n'est-ce pas Matt ?

– Oui, ils veulent attendre le bon moment. J'ai réfléchi à leur plan et je ne vois que ça. Attendre que nous devenions trop confiants, que notre rage de survivre se calme pour refaire de nous des adolescents et des enfants dociles. Alors ils lâcheront le minotaure sur l'île, je présume qu'ils s'enfuiront aussi vite en lançant le pont de tôle dans le fleuve pour que nous soyons coincés ici, et le monstre nous massacrera tous.

– Pourquoi font-ils ça ? questionna Tobias. Je ne comprends pas leur motivation.

– Moi non plus, avoua Matt.

Ambre intervint :

– En tout cas on en a identifié deux : Doug et Claudia. Il en manque un.

— Tu la connais cette Claudia ? s'informa Matt.

— Pas très bien, elle est de la Licorne, et je fréquente assez peu les filles de ce manoir à part Tiffany.

— C'est celle qui était malade ? se rappela Tobias.

— Oui, enfin, je crois que c'est l'altération qui se manifeste chez elle. Elle a des maux de tête et la vue qui se trouble régulièrement pendant plusieurs minutes.

— Quel type d'altération d'après toi ? demanda Matt.

— Je n'en sais encore rien. Elle passe le plus clair de son temps aux cueillettes sur l'île, donc je ne vois pas bien le rapport, mais je vais la questionner.

Matt insista :

— Elle pourrait nous en dire davantage sur cette Claudia.

— Je me renseignerai.

— En attendant, reprit Matt, dès la prochaine cérémonie des tâches on va faire en sorte de ne pas être automatiquement expédiés au plus fatigant.

Ambre fronça les sourcils :

— Tu comptes t'y prendre de quelle manière ?

Matt eut un petit sourire narquois :

— Vous allez voir.

Pendant deux jours encore ils durent accomplir les différentes tâches qui leur étaient confiées. Le soir de cette deuxième journée épuisante, une réunion eut lieu dans la grande salle, sous l'éclairage des trois lustres dont les lampes avaient été remplacées par des bougies.

Doug commença, le visage grave :

– Certains d'entre vous le savent peut-être déjà, de la fumée a été aperçue au loin, à l'est. C'est à bonne distance, et ça ne semble pas se déplacer, on ne peut la remarquer que depuis les tours les plus élevées de l'île, cependant il faut se rendre à l'évidence : des êtres capables d'allumer des feux vivent à une dizaine de kilomètres de nous.

– Ça ne peut pas être un incendie de forêt ? s'enquit une fille avec des lunettes.

– Non, le panache de fumée est toujours mince et s'éteint régulièrement avant d'être rallumé.

– Les Gloutons alors ! lança un autre.

– On ne sait jamais, pourtant, bien qu'ils aient fait des progrès, ça m'étonnerait beaucoup.

– On va lancer une mission d'espionnage ? demanda un jeune Pan.

– Ce n'est pas prévu. À moins que ça ne finisse par se rapprocher. On verra.

Les murmures se transformèrent en clameur. Doug leva les mains :

– S'il vous plaît ! Calmez-vous. Silence ! Merci. Nous allons suivre de près l'évolution de tout ça, rassurez-vous. En attendant, procédons au tirage au sort des prochaines tâches. Claudia et Arthur, si vous voulez bien monter sur l'estrade.

Doug alla chercher les sacs en toile contenant les noms de tous les Pans de l'île. Quand il se retourna il fut surpris de constater que Arthur était présent mais pas Claudia.

— Claudia ? appela-t-il.

Tout le monde s'observa mais personne ne vit la jeune fille. Matt leva la main timidement.

— Je... je crois qu'elle est malade, je l'ai vue entrer précipitamment aux toilettes en venant.

Doug ne cacha pas son embarras.

— Dans ce cas... nous allons reporter le tirage au sort à plus tard.

— N'est-ce pas urgent ? contra Matt. Pas mal de choses sont à faire il me semble, on ne peut pas se permettre de reporter chaque fois que l'un d'entre vous sera malade.

Plusieurs Pans approuvèrent vivement.

— C'est que..., balbutia Doug qui était pris de court. On a toujours fait comme ça, et ce fonctionnement plaît à tout le monde.

— Il s'agit juste de tirer au sort, ça ne perturbera personne si ce soir, exceptionnellement, c'est une autre personne qui le fait, n'est-ce pas ?

Matt venait de se tourner vers l'assemblée et tous hochèrent la tête.

– Honneur aux filles, ajouta-t-il. Pourquoi ne pas commencer dans l'ordre alphabétique de nos prénoms ?

Cette fois Matt se leva pour que tout le monde puisse l'entendre. Doug contenait à grand-peine la rage qui lui colorait les oreilles.

– Qui est la première ? demanda Matt. Y a-t-il une Alicia ou une Ann ? (Comme s'il se souvenait brusquement d'elle, Matt pivota vers son amie :) Ambre ! Je crois que ça doit être toi.

Tout aussi embarrassée qu'admirative du talent de comédie de Matt, elle monta sur l'estrade de pierre pour venir à côté de Doug.

Pris au piège, celui-ci n'eut d'autre solution que de procéder au tirage au sort. Comme ils faisaient partie des Pans ayant enchaîné une longue semaine de corvées, les noms de Ambre, Matt et Tobias furent mis de côté avec une dizaine d'autres pour tomber dans le vase des petites tâches. Aucun des trois ne fut pioché.

Doug remercia Ambre d'un sourire grinçant et elle allait rejoindre sa place lorsqu'un craquement sinistre retentit, et la lumière se mit à vaciller. Matt leva la tête vers le plafond et vit le lustre au-dessus de l'estrade tanguer. La corde qui le maintenait était en train de se rompre. Elle craqua à nouveau et cette fois Matt comprit qu'il n'avait plus le temps de réfléchir.

Ambre et Doug allaient se faire broyer sous leurs yeux.

28.

La troisième faction

Matt bondit de son banc, survola les marches tandis qu'un dernier claquement lâchait l'énorme lustre sur Ambre et les autres Pans qui présidaient la réunion. Matt sut qu'il ne pourrait jamais protéger Ambre ; même en la poussant violemment, elle n'irait pas assez loin pour éviter la masse qui leur tombait dessus.

Alors, dans un geste désespéré, il leva la tête, contracta tous les muscles de son corps et hurla de toutes ses forces en brandissant les paumes vers les cieux.

L'armature métallique l'écrasa d'un seul coup. Il fut traversé par une décharge monumentale qui l'électrisa du cerveau jusqu'aux orteils. Les poignets extrêmement douloureux, les mains traversées de fourmillements, il ouvrit les yeux pour constater que le lustre tenait en équilibre.

Entre ses doigts.

Ambre et Doug étaient agenouillés, la tête enfouie sous leurs bras, attendant encore le choc. Des dizaines de gouttelettes de cire coulaient un peu partout. La sueur se mit à inonder le front de Matt et une douleur terrible cloua ses muscles, comme si on lui enfonçait un millier d'aiguilles. Du sang se mit à couler de ses paumes meurtries.

Ambre releva la tête en même temps que Doug car une pluie brûlante s'abattait sur eux, et ils constatèrent qu'ils étaient saufs. Ils roulèrent à couvert et Matt, au prix d'un effort surhumain, put relâcher le lustre qui se fracassa sur le côté.

Aussitôt, dans le silence angoissé de la grande salle, une bouffée de chaleur monta à la tête de Matt, la sueur l'inonda, sa vision se troubla et le vertige fit tournoyer la pièce, jusqu'à ce qu'il perde l'équilibre et s'effondre sur le tapis gibbeux de cire.

Lorsqu'il rouvrit les yeux, Ambre et Tobias étaient penchés au-dessus de lui, l'air inquiet.

– Qu'est... ce qui c'est... passé ? murmura-t-il.

– Tout va bien, fit Ambre de sa voix douce.

Elle lui passa un linge tiède et humide sur le front.

Soudain, Matt reprit contact avec son corps et la douleur lui arracha une grimace. Tous ses muscles tiraient si fort qu'il crut qu'ils allaient se déchirer.

– Oh ! Ce que ça fait mal !

– Calme-toi, il faut que tu te reposes. Ne bouge pas.

Survolté par ce qui s'était passé, Tobias ne put se contenir plus longtemps :

– Tu as réussi à retenir tout le lustre ! Tu l'as tenu dans tes mains et tu l'as balancé en sauvant Ambre et Doug !

– J'ai… j'ai fait ça, moi ?

Ambre hocha la tête, en plissant les lèvres, elle ne partageait pas l'exaltation de Tobias.

– Oui, tu as fait ça, dit-elle, devant tout le monde.

– Et qu'est-ce que vous leur avez dit ?

– Rien pour l'instant, mais on va se réunir bientôt. On n'y coupera plus, il faut parler de l'altération. Prévenir tous les Pans. J'aurais aimé attendre encore un peu, sauf que là… c'est fichu !

– Je t'ai… je t'ai sauvé la vie ? demanda Matt malgré la douleur.

Ambre s'arrêta de lui éponger le front.

– Oui, je crois que oui, finit-elle par avouer.

Ces mots suffirent à Matt pour supporter la douleur. Il était heureux d'avoir réussi à la garder en vie.

– Bravo pour le tirage au sort, le félicita-t-elle. Dis-moi, tu as un lien avec l'absence de Claudia ?

Matt parvint à lâcher un sourire par-dessus la souffrance.

– Je l'ai suivie avant la réunion… j'avais prévu de lui tendre un piège pour l'enfermer dans un placard… mais quand… quand je l'ai vue entrer aux toilettes pendant que tout le monde se rendait à la grande salle, je l'ai bloquée là-bas.

– Tu sais que c'est une déclaration de guerre que tu viens de lancer à Doug et sa bande ?

– Au moins ils savent que nous ne sommes pas dupes pour

les tirages au sort truqués, ils ne s'amuseront plus à recommencer.

Après dix secondes de silence, Tobias lança :

– Il faut peut-être lui dire pour le lustre ?

Ambre soupira en levant les yeux au ciel :

– Je t'avais dit d'attendre ! Vas-y, maintenant que tu as commencé !

Tobias ne se fit pas prier :

– La corde qui a cédé, elle a été coupée. C'était du sabotage, pas un accident !

– Quoi ? s'écria Matt en voulant se redresser.

Ses muscles le mirent au supplice et il ne put retenir un gémissement.

– Et voilà ! gronda Ambre. Tu dois te reposer.

Matt secoua la tête :

– Je ne comprends pas, ça n'a aucun sens. Doug était en dessous, c'était du suicide, et il ne pouvait prévoir à l'avance que Ambre allait remplacer Claudia, à moins que… Un troisième camp ?

– Après Doug et les siens, puis notre Alliance, on peut dire que quelqu'un d'autre complote ! résuma Tobias. Ça devient pire que le monde des adultes dans lequel on vivait !

– Le plus troublant dans cette histoire, c'est que le coupable voulait se débarrasser de Doug, rappela Ambre. Celui qui a fait ça est prêt à l'assassiner ! Ça va beaucoup trop loin !

La douleur lança une nouvelle vague de piques étourdissantes. Matt cligna des paupières.

– Il faut tirer ça au clair…, dit-il en sentant son esprit le quitter.

Cette fois il ne put en encaisser davantage, et sombra dans l'inconscience.

29.

Le grand déballage

Matt dormit presque trente heures d'affilée, au point que tous craignirent qu'il ne soit retourné dans son coma.

Il rouvrit les yeux à cause de la soif et de la faim. Il n'avait plus du tout mal aux muscles, mais des courbatures terribles le contraignaient à se déplacer avec précaution.

Tous les Pans de l'île attendaient des explications sur ce qui s'était produit ce soir-là ; Ambre avait assuré qu'elles allaient suivre dès le rétablissement de Matt. Ce dernier se sustenta largement avant de se laver et de claudiquer jusqu'à un balcon du troisième étage d'où il put s'isoler pour contempler la forêt de l'île.

Aujourd'hui encore il ne parvenait pas à se souvenir de ce qu'il avait fait. Il avait agi d'instinct, sans prendre le temps de réfléchir. Et c'était ça qui le perturbait. Cette capacité à se mettre en action en une seconde à peine. Ça ne lui ressemblait pas. Il avait toujours su se préserver dans son ancienne vie, ne pas avoir de problèmes avec les brutes de l'école, ne pas se mêler des règlements de comptes. Matt n'avait rien d'un héros. Habituellement il prenait toujours son temps avant d'agir. Dès que des ennuis se profilaient, son cœur battait la chamade et ses mains étaient moites, ses jambes cotonneuses. Et voilà qu'il sauvait Ambre par deux fois en moins d'un mois. Que lui arrivait-il ? Se pouvait-il que l'altération agisse aussi sur le cerveau ?

Non, je ne me sens pas différent ! C'est juste que s'il faut faire quelque chose, je le fais, sans hésiter. L'adrénaline, ce sentiment de peur et d'excitation qui paralyse ou ralentit la plupart des gens dans les situations extrêmes n'a plus prise sur moi. Suis-je un autre Matt pour autant ? Non... je ne crois pas. J'ai... simplement fait ce qu'il fallait.

Était-ce ça « avoir l'étoffe d'un héros » ? Cette faculté à analyser et agir dans les pires moments, sans perdre de temps ni se bloquer, pour prendre la meilleure décision ? Finalement, Matt s'apaisa en acceptant de se dire qu'il n'avait fait qu'obéir à ce qu'il sentait être bien. Une nouvelle peur en émergea : serait-il à la hauteur si un nouveau danger se présentait ? Son instinct lui dicterait-il la marche à suivre ? Saurait-il l'entendre et l'écouter ? Matt n'était plus sûr de rien et il avala sa salive.

Tout ça devenait très différent de ses jeux de rôles où il s'amusait à être un héros. Dans la réalité, la bravoure ne se prévoyait pas, elle ne se calculait pas, on était brave ou non, au moment d'agir.

– Je vais devoir expliquer à tout le monde ce que j'ai, pensa-t-il tout haut. Ce que je deviens : un garçon avec une force anormale que je ne maîtrise pas à volonté mais qui survient dans les crises.

Il soupira longuement.

– Ils vont me prendre pour un monstre, ajouta-t-il avant de se rappeler qu'ils étaient tous concernés.

Car si Ambre avait vu juste, l'altération touchait de plus en plus de Pans. En parler ne serait pas si mauvais que ça, à bien y réfléchir. On pourrait identifier les altérations plus rapidement.

Et les traîtres ? Sont-ils conscients de ce pouvoir ? Contrôlent-ils le leur ? Si c'est le cas, alors une guerre bien plus destructrice que ce que nous imaginions est sur le point de débuter.

Il fallait prendre ses responsabilités. Héros ou pas, Matt devait s'adresser aux autres et s'expliquer. Il se sentait moralement fatigué, la violence de son agression par le Cynik de l'épicerie et par le sang des Gloutons se mélangeait aux craintes de complots, aux risques de meurtre, et à l'altération naissante.

Matt ignorait s'il serait ou non à la hauteur de ce qui les attendait, mais il était sûr à cet instant que son devoir était de parler. De rassurer. Et de souder leur clan menacé.

La réunion fut organisée le soir même. La grande salle n'était plus éclairée que par deux lustres et l'estrade illuminée par des dizaines de bougies posées un peu partout.

Matt regarda chaque Pan s'asseoir en le dévisageant. On murmurait en le scrutant, l'adolescent eut le sentiment d'être un singe dans un zoo.

Une fois le silence établi, il marcha jusqu'au centre de cette scène en pierre, d'une démarche lente, rouillée par les incroyables courbatures qui raidissaient son corps. Il fixa l'assemblée, Pan après Pan.

– Mes amis, commença-t-il, comme vous l'avez tous vu, il s'est passé quelque chose avec mon corps depuis la Tempête. Je suis capable de développer une force anormale dans certaines circonstances. Ambre, que vous connaissez tous, pense qu'il s'agit d'une modification « naturelle », et qu'elle nous concerne tous.

Il tendit la main dans sa direction pour l'inviter à poursuivre. Ambre se leva et vint le rejoindre pour prendre la parole :

– C'est essentiellement grâce aux déductions de Doug que j'en suis venue à ce constat : la Terre a déclenché une impulsion d'autodéfense, dont les signes avant-coureurs étaient la multiplication des ouragans, des tremblements de terre, des éruptions volcaniques, et même les perturbations des températures et des saisons. Nous n'avons pas su l'écouter, et ce phénomène a atteint son point culminant le soir du 26 décembre, lorsque la Tempête a ravagé le monde.

Tous buvaient ses paroles, les yeux exorbités, la bouche ouverte ou les sourcils froncés. Ambre sillonnait lentement l'estrade tout en déroulant son exposé :

– Bien entendu, sous quelque forme que ce soit, l'impulsion était une sorte de signal bouleversant certains codes génétiques, notamment dans les plantes et leur vitesse de croissance, accélérant la photosynthèse pour…

Un murmure collectif s'éleva et Ambre fit signe qu'elle comprenait le problème :

– La photosynthèse, c'est la capacité d'une plante à se nourrir de la lumière du soleil et du gaz carbonique pour produire ce dont elle a besoin pour vivre et s'épanouir. Rassurez-vous, je ne suis pas plus savante que vous, mais j'étais bonne élève, plaisanta-t-elle, et depuis toute cette histoire, je lis beaucoup de livres scientifiques ! Bref, la Terre a réagi à notre présence envahissante et surtout polluante en demandant à ses plantes d'être plus dynamiques, et pour s'assurer que le problème n'allait plus se reproduire, elle a déchaîné ses foudres sur l'humanité. La majorité des adultes a disparu cette nuit-là. Quelques-uns sont parvenus à en réchapper avec la jalousie et la haine qu'on leur connaît à notre égard : les Cyniks. D'autres ont été génétiquement modifiés si brutalement qu'on peut supposer que leur cerveau n'a pas pu tenir le coup, ils sont devenus des bêtes sauvages : les Gloutons. Et enfin, nous, les Pans. Pourquoi la Terre nous a-t-elle massivement épargnés ? Je pense que c'est parce qu'elle croit en nous. Nous sommes ses enfants, certes, des arrière-arrière-arrière – et je pourrais remonter longtemps comme ça –

petits-enfants, mais l'humanité est le fruit de ses entrailles.
Elle veut encore y croire.

La fascination de l'auditoire était telle qu'on pouvait entendre le vent siffler dans les longs couloirs du manoir. Ambre
prit le temps d'observer ces visages inquiets et curieux à la
fois. Puis elle poursuivit :

– Au final, la Terre n'a fait que reproduire à son échelle ce
qui se passe dans tous les organismes auxquels elle a donné
naissance : stimuler une réaction de défense. Elle a envoyé ses
anticorps et d'une certaine manière ceux-ci nous ont contami-
nés au passage. Nos corps ont répondu comme toutes les formes de vie terrestre. Vous l'aurez remarqué, il n'y a plus
grand-chose, là-dehors, qui ressemble ou qui se comporte
comme nous en avions l'habitude. Il en va de même avec
nous. Cette impulsion a modifié une partie de notre patrimoine
génétique, cette formule de départ que nos parents et nos ancêtres nous transmettent et qui fait que nous sommes ce que nous
sommes : blonds ou bruns, grands ou petits, chétifs ou bien-
portants, nous avons tous une base génétique prédéfinie qui ne
bouge pas, c'est l'inné. Notre expérience, la vie que nous choi-
sissions de mener, suffit ensuite à nous rendre musclés ou
gros, plus ou moins sensibles à certaines maladies ou non,
cultivés ou ignorants, etc. Cette expérience, c'est l'acquis. La
base génétique semble désormais moins stable et plus à même
d'être influencée par nos actes, l'acquis semble perturber et

modifier l'inné. En effet, il semblerait que nous soyons en train de développer des capacités spéciales en fonction de ce que nous faisons au quotidien. J'ai appelé ça l'altération.

Bon nombre de Pans répétèrent le mot.

— La mienne est une force accrue, continua Matt. Mon corps a lutté pendant cinq mois pour tenir, stimulant mes muscles pour qu'ils puissent me porter les rares fois où je me levais, ou pour que je me rétablisse le plus vite possible. Du coup, mon altération est venue de là, une nécessité à plus de force. Je ne la contrôle pas vraiment, mais je crois que ça peut venir.

— Je pense que chacun de nous peut nourrir cette altération de son quotidien, expliqua Ambre. Je l'ai déjà remarqué chez certains d'entre vous, une influence sur l'électricité contenue dans la nature, ou bien une facilité à jouer avec les étincelles, le feu. Et ainsi de suite.

Ambre lut davantage de peur que de fascination sur les traits de ses camarades, elle s'empressa de préciser :

— Dites-vous bien que ça n'a rien de négatif. La nature nous permet d'exploiter pleinement certaines zones de notre cerveau qui dormaient jusqu'à présent, et, en altérant subtilement notre génétique, nous parvenons à plus d'harmonie avec la nature et ses composants principaux : eau, feu, terre et air. Ainsi qu'avec le potentiel de nos corps. Ça signifie que certains d'entre nous auront un contact privilégié avec l'un de ces éléments, selon sa propre nature, d'autres se concentreront plus sur leur corps et l'une de ses aptitudes en particulier. C'est au cas par cas, mais ça n'a rien de… mauvais. Nous évoluons, c'est tout !

Aussitôt des dizaines de chuchotements emplirent la grande salle et bientôt ce furent des conversations enflammées. Ambre et Matt tentèrent de rétablir le calme, sans succès. Doug se leva et fit retentir une cloche plusieurs fois et le silence revint peu à peu.

– Il est nécessaire de suivre l'évolution de nos altérations à toutes et à tous, préconisa Ambre. J'aimerais vous soumettre une proposition : que nous votions pour élire un responsable qui sera chargé de recueillir nos témoignages pour tenter de cerner l'altération de chacun.

– C'est toi qu'il faut élire ! fit un Pan au fond de la salle.

– Oui ! Toi ! s'écria un autre.

Et tous approuvèrent en frappant leurs verres sur la table. Pour la forme, Doug demanda qui voulait se présenter et Matt s'aperçut que Claudia hésitait. Doug la fixa et fit un très léger signe de tête pour l'en dissuader. On demanda qui voulait d'Ambre comme « consultante de l'altération ». Presque toutes les mains se levèrent et Arthur n'eut pas besoin de les compter tant le vote était majoritaire. Ambre ne semblait pas très satisfaite de cette nouvelle charge et, lorsque la réunion fut terminée et qu'elle put s'extraire du magma de questions qui l'assaillirent, elle retrouva ses deux amis et pointa son doigt vers la porte refermée.

– Voilà exactement ce que je voulais éviter ! Maintenant je ne vais plus pouvoir faire un pas sans qu'on me saute dessus pour me demander si c'est normal de bâiller sans arrêt ou d'avoir des cloques sur les pieds ! Je voulais de la discrétion, mener mon enquête à mon rythme.

Matt et Tobias ne surent que répondre, ce dernier haussa les épaules :

– Tu vas avoir une sacrée importance maintenant, au moins on pourra contrer Doug dans les décisions qu'il prendra.

– Peut-être, mais j'aurai des difficultés à me rendre disponible pour notre alliance et la mission qu'on s'est fixée.

– Courage, je pense qu'ils vont tous te tomber dessus les premiers jours mais ça va vite se calmer, exposa Matt.

Ambre se prit le visage entre les mains et inspira profondément.

– Je l'espère. En attendant, vous allez devoir vous passer de moi. Et maintenant que je vais pouvoir légitimement contredire Doug lors des réunions, il va nous détester encore plus. S'il doit agir, je crains qu'il décide de ne plus attendre. Soyez vigilants. Et n'oubliez pas qu'il y a deux ennemis sur l'île. Dont l'un au moins est prêt à tuer sans hésitation.

30.

Cache-cache mortel

Le Kraken disposait en son centre d'un vaste patio circulaire qui servait de salon d'hiver. Chaque étage ouvrait
un balcon rond sur cette cour intérieure qui faisait ressembler l'endroit à une immense pièce montée creuse. Son
sommet était couronné par une coupole de verre laissant filtrer le soleil ou les étoiles jusqu'aux fauteuils et sofas en
fer forgé en contrebas.

Matt avait remarqué que si Doug voulait sortir de sa
chambre pour rejoindre le fumoir ou toute autre partie
située dans les deux tiers avant du manoir, il était obligé de
passer par le patio. Aussi avait-il suggéré que Tobias et lui
montent leur garde ici. Ils pouvaient ainsi se reposer, voire
dormir à tour de rôle, sans pour autant déserter leur poste.
Ils s'étaient installés tout en haut, sur une corniche servant
à soutenir une statue d'amazone au-dessus du vide, et puisque la plate-forme était assez large pour les accueillir, Matt
avait disposé plusieurs épaisseurs de couvertures sur lesquelles ils étaient allongés. Au début, Tobias n'était vraiment pas à l'aise, il n'osait pas fermer l'œil, car sans aucun
garde-fou, s'il venait à rouler pendant son sommeil il chu-

terait de vingt bons mètres avant de s'écraser sur le dallage. Puis, la fatigue et l'habitude aidant, il finit par s'assoupir dès la deuxième nuit tandis que Matt guettait.

La troisième nuit, aux alentours de minuit, une fine pluie se mit à tambouriner sur la verrière, juste au-dessus de leurs têtes. Matt ne ressentait plus que de légers tiraillements aux muscles et ses blessures aux mains cicatrisaient. Tobias contemplait le buste nu de l'amazone, cette fière guerrière tenant un arc devant elle.

– Pourquoi il lui manque un sein ? demanda-t-il tout bas.

– Je crois que la légende dit qu'elles se le coupaient pour pouvoir mieux tirer à l'arc.

Tobias fit la grimace en se touchant les pectoraux.

– Je suis content de ne pas être une amazone, confia-t-il.

– Tu t'entraînes toujours ?

– À l'arc ? Oui, souvent même. Faut dire que je ne suis pas très bon. Je touche souvent la cible mais je n'arrive pas à mettre la flèche au centre, j'enchaîne les tirs trop vite, ça a toujours été mon problème, la précipitation.

– Tu es un hyperactif, faut toujours que ça aille vite, ou que tu fasses quelque chose. À mon avis, si tu parviens à te calmer, tu tireras mieux.

Après un silence, Tobias désigna l'amazone.

– Elle est jolie quand même, tu ne trouves pas ?

Matt hésita.

– Mouais.

– Dis, t'as... t'as déjà touché les seins d'une fille ?

Matt pouffa.

– Non, non.

– T'as pas envie ? Moi je suis curieux, lâcha-t-il sans détourner le regard de la poitrine amputée.

– Sûr que j'aimerais bien. Mais... faut trouver la bonne fille, pas n'importe qui.

Tobias prit le temps de jauger cette réflexion avant de répondre :

– Pas faux, ça doit pas être pareil quand on trouve la fille vraiment très jolie et quand on s'en fiche.

– C'est plus qu'une question d'être jolie ou non, c'est... de l'attirance.

– T'es déjà tombé amoureux ?

Matt regarda ses mains.

– Non. Pas encore.

– Et Ambre, tu la trouves comment ?

Matt sentit son ventre se creuser.

– Ambre ? C'est une sacrément jolie fille. Pourquoi ?

Qu'est-ce que Tobias pensait ? s'alarma Matt. *Ça se voit que je l'aime bien ?* Si Tobias avait pu le remarquer alors tout le monde, y compris Ambre, le savait aussi !

– Jolie comment ? insista Tobias. Jolie comme ça, ou jolie attirante ?

Matt avala sa salive. Il n'osait pas avouer ce qu'il pensait vraiment.

– Parce que moi je la trouve vraiment canon ! enchaîna Tobias. En même temps, la Lucy elle est pas mal non plus avec ses grands yeux bleus ! Tu vois qui c'est ?

Matt, rassuré que Tobias n'insiste pas davantage sur Ambre, se reprit :

– Oui, c'est vrai qu'elle est belle.

– Je me demande si je pourrais lui plaire.

– Bien sûr que tu pourrais ! Pourquoi pas ?

– Bah, tu sais bien… Je suis… noir, et elle est blanche !

– Oh, ça. On est des êtres humains, non ? C'est quoi la différence ? Ah, oui, ta peau est de la couleur de la terre, la sienne de celle du sable. C'est avec du sable et de la terre qu'on fait les continents, qu'on fait la Terre, non ? Alors vous êtes faits pour vous mélanger. Il ne peut en naître que de bonnes choses.

– Si seulement tout le monde pouvait penser comme toi !

Matt allait répondre lorsqu'il aperçut du mouvement plus bas.

Une lueur ambrée apparut au premier étage. Matt donna une pichenette sur le bras de son copain :

– Regarde ! Ce sont eux !

Deux silhouettes encapuchonnées longèrent le patio, lanterne à la main, pour s'enfoncer dans un couloir.

– Faut pas les perdre, on fonce ! s'enthousiasma Matt.

Ils bondirent sur leurs pieds, sautèrent sur le balcon et dévalèrent les marches jusqu'au premier étage où ils se firent plus discrets. À cette vitesse, ils ne tardèrent pas à rattraper les deux comparses au visage dissimulé.

– On dirait qu'ils vont vers le passage secret, murmura Matt.

– Regarde, cette fois il y a un grand et un petit, ça pourrait être Doug et Arthur.

– Ou Regie.

– Qu'est-ce qu'on va faire ? Tu comptes t'opposer à eux ?

– Non, sauf s'ils s'en prennent directement aux Pans de l'île dès cette nuit. Mais si ça tourne mal, essaie de plaquer le petit au sol, je m'occupe de l'autre.

Ils ne tardèrent pas à traverser le fumoir et ses senteurs épicées et, comme prévu, le mystérieux duo entra dans le couloir au passage secret. Matt et Tobias s'arrêtèrent au coude avant les marches, pour ne pas être vus. Plusieurs voix leur parvinrent :

– Personne ne vous a vus ? demanda Doug.

– Non, tout le monde dort, répliqua un garçon.

– J'ai pris toutes les armes qu'il y avait dans la Licorne fit une fille.

– Et moi j'ai ramassé les dernières que je n'avais pu

prendre l'autre jour au Centaure, fit une quatrième personne, un autre garçon.

– Très bien, les félicita Doug. On n'a plus qu'à descendre toutes celles qui sont ici sur les armures et l'île sera débarrassée de toutes les armes en acier.

– Tu les caches où ? fit la fille.

Aussitôt Matt songea à son épée et fut pris d'une colère sourde qu'il parvint à taire en se répétant qu'il l'avait cachée dans le fond de son armoire. Si elle s'y trouvait encore, il se promit de la dissimuler encore mieux.

– Dans une petite salle du manoir hanté, répondit Doug, personne ne pourra y accéder. Vous avez fait du bon boulot, c'est le meilleur moyen de s'assurer que tout se passera comme prévu quand on *lui* ouvrira les portes…

Tobias se colla à Matt pour lui murmurer à l'oreille :

– Ils sont en train de soigner leur plan, ils nous laissent sans défense, c'est pour bientôt !

Matt hocha la tête :

– Il va falloir agir, on ne peut plus attendre, répondit-il de la même manière. Je vais tenter de voir leurs visages, il faut qu'on sache qui fait partie des traîtres.

Il se pencha tout doucement à l'angle du mur, pour que le haut de son crâne dépasse, puis ses yeux.

En bas des marches, Doug discutait avec quatre autres silhouettes. Il put reconnaître le petit à ses côtés : son frère

Regie. Les autres étaient soit de dos, soit trop dans la pénombre pour être visibles.

La fille prit la parole :

– On a peut-être un souci, dit-elle. Ça fait deux nuits consécutives qu'une nuée de chauves-souris vole au-dessus de l'île. Elles sont très nombreuses, peut-être cent ou plus, elles tournoient pendant plusieurs heures avant de s'éloigner. J'avoue que ça ne m'inspire rien de rassurant.

Elle bougea suffisamment pour qu'une mèche de cheveux bouclés sorte de sous son capuchon. Elle était blonde. Hors Claudia était brune. *Une autre fille !* D'après les voix qu'il entendait, Matt était certain que tous les autres étaient des garçons. Ça portait le nombre des conspirateurs à au moins six ! Un véritable gang.

– Des chauves-souris ? répéta Doug. Je n'étais pas au courant. J'espère qu'elles n'ont pas muté comme d'autres espèces animales, je n'ai pas envie d'avoir des ennuis avec des bestioles volantes.

Derrière Matt, Tobias étouffa un éternuement. Malgré tous ses efforts, un sifflement fusa dans le couloir.

Doug et les siens sursautèrent :

– Qu'est-ce que c'est ? dit-il. Allez voir, Regie tu restes avec moi on va planquer toutes les armes, vite !

Matt fit volte-face, Tobias lui offrit une grimace confuse en guise d'excuse et en trois enjambées ils se retrouvèrent dans le fumoir où Matt se glissa sous un canapé tandis que Tobias ouvrait un placard servant à abriter les queues de billard ; il eut tout juste le temps de refermer la porte au moment où trois paires de chaussures entraient à toute vitesse.

– Quelqu'un est planqué ici, c'est sûr ! fit un des traîtres.

– Tu crois ? C'était pas le vent plutôt ?

– Non, on aurait dit... un éternuement !

Les trois se séparèrent pour inspecter la pièce, derrière le bar, dans chaque recoin, sous les épais rideaux. Matt pouvait suivre leurs gestes grâce à leurs jambes qu'il distinguait. Ils n'allaient pas tarder à le découvrir, lui ou Tobias. Que feraient-ils alors ?

Ils protégeront leur secret ! Ils nous tueront ou nous garderont prisonniers quelque part jusqu'à accomplir leur sinistre stratagème, voilà ce qu'ils feront !

Il devait agir. Prendre les devants. Mais pouvait-il battre trois personnes au corps à corps ? Matt doutait de parvenir à canaliser sa force, il n'y arrivait pas lorsqu'il s'entraînait, pourquoi en serait-il autrement pour se battre ? Il semblait qu'elle ne se manifestait que lorsqu'il était dans le feu de l'action, presque en état second. *Tant pis, je dois tenter ma chance, si j'ai l'effet de surprise avec moi, j'ai peut-être une chance de les mettre KO.* Matt avait les jambes vides, sans énergie, la peur le rendait hésitant. Jamais il n'y arriverait !

Le garçon un peu autoritaire s'immobilisa juste devant le canapé où Matt se terrait. *Maintenant ! Je dois y aller maintenant !* Pourtant il n'osait bouger, incapable de rassembler le courage nécessaire.

– Quelqu'un était forcément là ! s'énerva le garçon qui menait le petit groupe. À tous les coups c'est ce Pan dont Doug se méfie, ce Matt.

– Tu veux qu'on aille voir sa chambre ? Si on court on peut y être en même temps que lui ! S'il n'est pas dans son lit on sera fixés. Et s'il y est tout essoufflé, pareil !

– Bonne idée, on fonce !

Les trois disparurent en une seconde. Matt sortit de sous le canapé et alla libérer Tobias de son placard.

– Ils vont savoir ! paniqua Matt. Ils courent vers ma chambre ! Quand ils la trouveront vide ils sauront que c'était moi qui étais là, que je sais tout de leur plan. Ils ne me laisseront jamais en vie !

– Alors on va dans la mienne, s'ils sont si malins que ça ils ne tarderont pas à venir la vérifier aussi. Tout le monde sait qu'on traîne tout le temps ensemble !

Moins de cinq minutes plus tard, Tobias et Matt faisaient semblant de dormir, le premier dans son lit, le second sur le sofa. La porte s'entrouvrit peu de temps après, les deux amis entrèrent en apnée pour ne pas paraître essoufflés, et une voix murmura :

– Tu vois, ils sont là ! Je te l'avais dit. C'était le vent en bas !

La porte se referma et Matt soupira.

C'était passé tout près.

31.
Visiteurs nocturnes

Pendant ces mêmes trois jours, Ambre fut assaillie de questions. Tous les Pans ou presque vinrent la voir pour lui demander s'il était normal d'avoir un peu mal aux jambes, à la tête, d'avoir des cauchemars, d'être déprimé ou de se sentir seul. Elle eut bientôt le sentiment d'être une épaule consolatrice pour accueillir les confidences plus qu'une pionnière de l'altération.

Malgré tout, elle trouva motif à satisfaction auprès de cinq personnes qui manifestaient les signes évidents de l'altération. Elle confirma ce qu'elle pensait depuis longtemps du grand Sergio : il avait une faculté à produire des étincelles et elle l'encouragea à s'entraîner, suspectant un potentiel bien plus important encore. Gwen avait un rapport à l'électricité qui ne laissait planer aucun doute non plus, et elle en parla pendant trois heures, cherchant à se rassurer. Ambre parvint à la renvoyer dans sa chambre en lui certifiant que ça n'avait rien de dangereux pour sa santé puisque c'était une conséquence naturelle de la Tempête, une évolution liée à l'impulsion lancée par la Terre.

Bill, un jeune Pan du Centaure, parvenait à produire de

minuscules tourbillons dans son verre d'eau, ce que Ambre considéra comme extrêmement prometteur. Avec du temps et de l'entraînement, peut-être parviendrait-il à influencer des surfaces bien plus importantes. Enfin, Amanda et Marek démontraient une aptitude hors norme à « sentir » les plantes, les champignons ou les fruits à distance. Sur le coup, Ambre fut sceptique, mais ils lui firent une démonstration : il suffisait qu'ils cherchent à repérer une odeur particulière et en humant l'air, avec de la patience, ils finissaient par débusquer ce qu'ils cherchaient. Bien sûr, ça ne marchait pas à tous les coups et ça prenait un temps fou, mais le résultat était tout de même parlant. Lorsqu'ils avouèrent être volontaires depuis le début pour participer aux cueillettes sur l'île et parfois en dehors, Ambre sut que son hypothèse se confirmait. L'altération se manifestait en fonction d'une nécessité. Plus on faisait quelque chose et plus on développait la faculté en adéquation.

Le matin du quatrième jour, elle se leva avec difficulté, fatiguée par tous ces témoignages. Elle fit ses ablutions matinales avec de l'eau froide – le quotidien des Pans – et après avoir avalé un morceau de pain et une pomme elle prit le chemin de son « bureau de consultations » comme elle disait. Il s'agissait en fait d'une rotonde en pierre sans toit, à une centaine de mètres de l'Hydre au milieu d'une épaisse végétation. Elle trouvait l'endroit paisible, agréable avec le soleil qui baignait la région depuis plusieurs jours, et suffisamment isolé pour que tous osent venir la voir, même les plus gênés.

Durant tout le trajet elle ne put se défaire du sentiment d'être suivie. Elle se retourna plusieurs fois sans apercevoir qui que ce soit, et pourtant cette désagréable impression qu'on l'épiait ne la quittait pas.

La petite rotonde baignait dans l'écrin du soleil, la pierre encore froide de sa nuit se réchauffait doucement. Les branches, les fougères et les buissons bruissaient dans le vent léger. Ambre prenait des notes pendant ses discussions et elle profita du calme pour les relire. Des bruits de pas ne tardèrent pas à l'extraire de sa concentration. Matt et Tobias vinrent s'asseoir sur l'un des bancs, accompagnés par Plume, le chien le plus grand que Ambre ait jamais vu.

– Doug mène toute une bande, fit Matt en guise de bonjour. C'est une équipe, au moins six personnes. Et ils viennent de débarrasser l'île de toutes les armes. On ne pourra plus se défendre.

– Ton épée aussi ? demanda Ambre.

– Non, heureusement. Elle était cachée, je crois qu'ils l'ont oubliée.

Ambre se laissa tomber en arrière pour reposer sa tête contre une des colonnes de la rotonde. Elle scruta le ciel, pensive.

– Que fait-on ? fit-elle.

– Si on fonce sans subtilité je crains le carnage. On pourrait alerter tout le monde, mais sans savoir qui sont les traîtres ça va vite revenir aux oreilles de Doug et il mettra son plan à exécution. On se fera massacrer.

– Tu proposes de démasquer ses complices ?

– C'est ce qu'on s'est dit ce matin avec Toby.

Tobias acquiesça largement.

– On va trouver un moyen de les identifier tous, affirma-t-il. Alors on pourra s'organiser dans leur dos. Parler à tous les autres Pans en prenant soin d'éviter les traîtres.

– Comment comptez-vous faire ?

Matt répondit :

– Avec de la patience, on les suivra la nuit jusqu'à ce que nous parvenions à voir le visage de chacun.

Ambre ne semblait pas convaincue :

– C'est dangereux et ça va prendre un temps fou !

– C'est la seule solution !

– Je sais, s'énerva la jeune fille, mais je n'aime pas que vous preniez tous ces risques. Et on n'a pas beaucoup de temps devant nous avant qu'ils ne libèrent le minotaure.

– A-t-on le choix ? Allez, viens, j'ai entendu trois coups de trompette ce matin.

– Je n'avais pas entendu. Une réunion le matin ? C'est rarement bon signe.

Ils arrivèrent parmi les derniers, la plupart des bancs étaient occupés et Doug était déjà en train de parler :

– Avant d'aborder le sujet de cette assemblée, je voulais

319

régler quelques détails d'intendance : les armes pour commencer. Il serait préférable de les garder toutes dans un même endroit fermé à clé, on se souvient tous de notre ancienne société et de ce que la circulation des armes a engendré comme violence. Je pense donc qu'il ne faut plus en conserver une seule sans surveillance. Voilà, je laisse cette idée germer dans vos esprits, nous en reparlerons bientôt. Sinon, le problème de la volière. Entre les poules, les pigeons et toutes les espèces dont nous disposons, Colin a beaucoup de travail et il ne serait pas contre un bon coup de main. Qui se porte volontaire comme préposé à la volière avec Colin ?

Matt se pencha vers Ambre et Tobias :

– Doug ne perd pas le nord ! Il sait qu'il doit y avoir encore des armes cachées par des Pans dans notre genre, et il va s'arranger pour toutes les collecter ! Je vais te dire, s'il remet le sujet sur le tapis à la prochaine réunion, je ne me priverai pas de lui rentrer dedans. Personne ne confisque ma lame !

Pendant ce temps, Colin déplia sa grande carcasse surmontée d'une longue tignasse châtain et précisa devant tous :

– C'est pour s'occuper des poules et de leurs œufs surtout, les oiseaux c'est mon territoire.

Tiffany, de la Licorne, se proposa, suivie par Paco, le plus jeune Pan, d'origine mexicaine, à peine neuf ans.

– Parfait, déclara Doug, vous verrez avec Colin pour vous répartir les tâches.

— Vous touchez pas aux oiseaux ! jugea bon d'insister Colin en grattant sa joue pleine de boutons. Vous, ce sera les poules.

Satisfait de s'être débarrassé des tracasseries, Doug aborda ce qui les rassemblait :

— On s'est un peu fait surprendre par notre consommation et les réserves commencent à baisser. De plus, nous allons bientôt manquer d'allumettes et de briquets, même si on les utilise le moins possible, ça part vite. Il nous faudra également des pansements et tout ce qu'on pourra trouver pour les soins. Côté vêtements, si vous manquez de quelque chose, c'est le moment de nous confier votre liste avec la taille ou la pointure. Le convoi partira demain matin pour la ville, donc je les veux ce soir. Comme d'habitude, s'il y a des volontaires, qu'ils lèvent la main, sinon nous procéderons au tirage au sort.

Travis, dont la chevelure rousse ne cessait de pousser, leva la main. Suivit Arthur, et son air acariâtre. Sergio, le plus costaud des Pans de l'île, s'ajouta à la liste. Gwen se proposa ensuite.

Au grand étonnement de ses deux amis, Matt leva le bras.

— J'ai envie de sortir, de voir ça, leur murmura-t-il.

Aussitôt Ambre fit de même, entraînant Tobias à contrecœur.

Doug hocha la tête :

— Parfait ! Je me joindrai au groupe, ça fait longtemps que je

321

n'ai pas participé au ravitaillement. Nous partons demain matin à l'aube.

Juste avant que tout le monde sorte, Matt posa une question non dénuée de malice :

– Doit-on emporter des armes ? Ce serait plus prudent, non ?

– À quoi bon ? Nous ne savons pas nous en servir, répliqua Doug.

– En cas d'attaque ! Il serait préférable d'avoir un objet pour se défendre !

Doug prit une seconde de pause pour bien choisir sa réponse :

– J'en choisirai deux ou trois avec Arthur, mais inutile de nous charger, nous aurons bien assez de poids au retour.

– Vous allez passer à côté de la fumée dans la forêt ? s'enquit Caroline, une jolie blonde de l'Hydre que Matt avait rarement eu l'occasion de croiser.

– Non, on gardera nos distances. Vous l'avez peut-être remarqué, cette fumée continue. Je crains qu'une communauté de Gloutons se soit installée là.

– Va-t-on envisager une expédition pour aller voir ce que c'est exactement ? demanda une fille d'habitude très timide répondant au nom de Svetlana.

– Rien n'a été décidé, mais je ne crois pas. On n'a aucun intérêt à prendre ce genre de risque, il suffit de se tenir éloigné de l'endroit qui n'est pas trop proche. Ce sera tout pour ce soir.

Les verres retentirent sans vigueur sur les tables et, tandis que l'assemblée sortait dans le brouhaha, Ambre se pencha vers Matt :

– Pourquoi tu le cherches ?

– Le provoquer, qu'il commette une erreur.

– Tu devrais éviter, ça risque de le mettre vraiment en colère contre toi.

– En tout cas ça a marché, triompha Matt avec un rictus.

– Comment ça ? fit Tobias.

– Il a trahi l'identité d'un de ses complices. Puisque aucune arme n'est accessible, il n'ira pas en « choisir deux ou trois » comme il dit, avec quelqu'un qui ne fait pas partie de sa bande. S'il emmène Arthur dans la cachette c'est que ce dernier est au courant. C'est aussi simple que ça.

Tobias approuva.

– On ajoute Arthur à la liste. Bien joué.

Le soir, l'Alliance des Trois décida qu'il était préférable de dormir pour être en forme le lendemain, d'autant que Doug et Arthur venant, il était peu probable que les traîtres agissent dans la nuit.

En se couchant, Matt avait laissé une fenêtre de sa chambre

ouverte, il faisait chaud dans la pièce. Il s'endormait peu à peu quand une série de clapotements vifs l'interpella. Semblables à… des draps que l'on fait claquer dans l'air. Sauf qu'il y en avait tellement que Matt imagina un instant tous les Pans du manoir à leur fenêtre en train de s'agiter… Il s'éveilla tout à fait et chassa cette image saugrenue pour s'approcher de la fenêtre ouverte.

Le bruit était impressionnant, un grouillement puissant. Matt sortit la tête à l'extérieur.

Aussitôt, quelque chose vint lui frôler les cheveux. Venu du dessus. Il pivota pour contempler le ciel, à l'aplomb du Kraken.

Un nuage noir bourdonnait, dissimulant les étoiles.

Des formes noires s'en détachèrent pour plonger vers le visage de Matt.

Les chauves-souris ! comprit-il en reculant précipitamment et en repoussant le battant de verre devant lui.

Trois triangles obscurs fusèrent avant de s'immobiliser devant la vitre puis de remonter à pleine vitesse pour se fondre dans la masse.

Qu'est-ce qu'elles font ? Matt se rapprocha doucement de la fenêtre. *J'ai jamais vu autant de ces bestioles en même temps !* Soudain un groupe se détacha en file indienne pour piquer vers la forêt de l'île, rapidement suivi par un autre puis un troisième et ainsi de suite jusqu'à ce que tout le nuage fonde pour raser la cime des arbres. De là où il se tenait, Matt eut l'impression de contempler une nappe d'huile qui glissait sur une mer statique. La nuée reprit de l'altitude pour survoler le manoir du Capricorne au nord-ouest, tournoya un moment, avant de fondre en direction du Centaure où elle demeura plusieurs minutes.

À cette distance, Matt ne distingua plus rien. Il repensa aux jumelles qu'il avait utilisées avec Tobias pour fuir New York. Tobias avait laissé leurs affaires dans son armoire. Il fouilla son sac à dos et s'empara des jumelles pour observer l'étrange ballet aérien.

Par moments, Matt pouvait voir les taches noires descendre pour faire du sur-place devant les fenêtres. *À quoi s'amusent-elles ?* Elles ne lui avaient pas semblé amicales en voulant lui agripper les cheveux. *On dirait qu'elles cherchent un moyen d'entrer dans le Centaure... Si elles réussissent, ce sera le chaos à l'intérieur !* Matt imagina la colonie se précipitant dans les chambres, lacérant les cuirs chevelus, les bras, les jambes, poussant les Pans les plus fragiles dans les escaliers... Un cauchemar.

Matt hésitait à sonner l'alerte. Mais comment prévenir les occupants du Centaure de ne surtout pas ouvrir une fenêtre ou une porte ? Impossible.

C'est alors que le nuage reprit de l'altitude pour s'éloigner de l'île en direction du nord.

Matt poussa un soupir de soulagement, qui ne dura pas longtemps. La fille qui parlait à Doug la nuit précédente avait vu ces chauves-souris deux soirs de suite. Matt se sentit mal à l'aise. Ces animaux n'agissaient pas normalement, un problème couvait. D'abord elles semblaient beaucoup trop nombreuses. Ensuite il les avait clairement vues passer d'un manoir à l'autre. Cherchaient-elles quelque chose ou quelqu'un ?

Soudain, il songea à Plume. La chienne était là dehors, vulnérable. *Elle vit dans cette forêt depuis six mois, elle ne craint rien.* Les chauves-souris étaient présentes depuis plusieurs jours, Plume n'était probablement pas une cible intéressante pour elles, à moins qu'elle ne se soit cachée. Il fallait lui faire confiance.

Matt se souvint de la tentative d'assassinat dans la grande salle. La troisième faction. L'inquiétante présence du Raupéroden dans ses rêves et enfin cette histoire de chauves-souris, tout ça faisait beaucoup. Il parvenait déjà difficilement à gérer la traîtrise de Doug et des siens, il n'avait pas besoin de tous ces ennuis en plus.

Pourtant, quand il se recoucha, en fixant le plafond, le cœur serré par l'angoisse, Matt ne tarda pas à sentir qu'il vacillait, et que le sommeil se faisait plus fort encore que ses peurs. Les nuits de garde l'avaient épuisé.

Matt s'endormit, une torpeur hantée par des murmures dans

les ténèbres, par la présence écrasante d'un grand voile noir traversé de mains et de jambes et couronné par une longue tête de mort qui sourdait comme une empreinte dans du ciment frais.

Une forme qui le traquait. Reniflant sa trace dans les forêts du nord.

Un être au nom mystérieux. À l'aura terrifiante.

Le Raupéroden.

32.

Expédition

L'aube teintait l'est d'une frange de lumière crue.

À l'opposé, la forêt qui bordait l'île Carmichael du côté du pont était encore une vaste étendue obscure, impénétrable.

Matt était enveloppé dans son pull et son manteau favoris. Il avait longuement hésité à prendre son épée, que Doug se rende compte qu'il n'avait pas saisi *toutes* les armes de l'île, pour finalement se dire qu'elle était devenue son extension là-dehors, la gardienne de son intégrité. Un ange protecteur au double visage : rassurant dans le brillant de sa lame au fourreau, cauchemardesque lorsque celle-ci se teintait de rouge et de souffrance. Matt ne pouvait le nier : manier son épée était euphorisant maintenant qu'elle ne pesait plus une tonne au bout de ses bras, sa poignée massive coincée dans ses paumes le renvoyait à un sentiment de puissance, et, en même temps, le tranchant de son acier lui faisait peur. Car il avait beau se répéter que c'était l'arme qui était dangereuse, il ne pouvait oublier que chaque fois, c'était lui, Matt, qui l'avait tenue. L'épée n'avait aucune personnalité, aucune âme propre, elle n'était que le prolongement agressif et létal de sa propre volonté. Lui qui s'était rêvé héros intrépide et impitoyable envers ses ennemis réalisait que jamais son imaginaire ne l'avait préparé à cette violence. Souvent il se remémorait le bruit horrible qu'avait provoqué la lame en s'enfonçant dans le corps du Glouton.

En ce petit matin, l'île dormait encore. Les huit compagnons de route étaient rassemblés devant le pont, et Plume était harnachée d'une sangle reliée à une carriole de la taille d'une table de billard, montée sur quatre grandes roues tout-terrain. Il sembla à Matt que la chienne avait encore grandi, elle devait bien peser dans les quatre-vingt-dix kilos à présent ! Était-ce une impression ou continuait-elle de se développer ? Jusqu'où pouvait-elle aller ainsi ? Tobias portait son arc sur l'épaule. Doug et sa bande n'avaient pu saisir les arcs, trop de Pans s'entraînaient régulièrement dans l'espoir d'aller à la chasse pour manger de la viande, cela ne serait pas passé inaperçu et il n'aurait jamais pu l'expliquer sans éveiller les soupçons. Côté défense de l'expédition, Doug avait confié une hache à Sergio, une masse d'arme à Arthur et Travis et un long couteau à Gwen.

On donna à chacun un gros sac à dos vide, pour porter les victuailles au retour, et la vigie du pont – Calvin, le garçon noir que Matt aimait bien – les salua tandis qu'ils mettaient la passerelle de tôle en place pour traverser.

Ambre se rapprocha de Matt.

– Bien dormi ?

– Ça peut aller.

Sans qu'il sache vraiment pourquoi, Matt n'avait pas envie de parler des chauves-souris – il se dit qu'il ne souhaitait pas inquiéter ses amis inutilement.

– Moi je me suis entraînée jusque tard hier soir, confia Ambre. Je n'arrive toujours pas à faire bouger ne serait-ce qu'un crayon à papier ! Ça m'exaspère !

– Il faut être patiente.

– Je sais, je sais, mais je voudrais tellement y parvenir !

– Tu sais combien de temps on va mettre pour atteindre la ville ?

– Environ quatre heures si on ne traîne pas, plus les pauses. Ensuite on s'accorde une heure pour souffler et manger, trois heures pour faire le plein et, le temps de rentrer, on devrait être là avant le crépuscule.

– Pourquoi ne sort-on jamais la nuit ? On aurait plus de chance d'éviter les Gloutons, non ? Ils ne voient toujours pas dans le noir à ce que je suppose ?

– Non, je ne crois pas. Si on ne sort pas la nuit c'est que c'est plus dangereux. De nombreux prédateurs ne chassent qu'une fois le soleil couché. La faune a beaucoup changé depuis la Tempête. L'impulsion n'a pas rendu que les Gloutons fous, bon nombre d'espèces animales sont redevenues agressives. Tous les chiens, par exemple, à l'exception de Plume, forment des bandes et sont impitoyables. Des Pans se

sont fait dévorer à ce qu'on raconte. Ils ont retrouvé leurs ins-
tincts puissance dix ! Pire que des loups, car ces chiens-là
n'ont pas du tout peur de nous.

Tobias vint se joindre à la conversation :

– Un Long Marcheur a rapporté une fois qu'il existe des toiles d'araignées de la dimension d'un terrain de football, voire
plus ! Dedans vivraient des milliers de ces bestioles horribles,
et on dit qu'elles se jettent sur n'importe quelle proie, même
humaine, pour lui infliger des milliers de morsures qui
auraient le même effet que sur une mouche. Elles t'injectent
tellement de venin que l'intérieur de ton corps devient liquide
avant qu'elles n'aspirent toutes en même temps pour te vider
pendant que tu es encore vivant !

– Beurk ! grimaça Ambre. J'aime à croire que c'est juste
une légende, rien de réel !

– Tobias t'a parlé de l'étrange créature qu'on a croisée un
soir avant d'arriver sur l'île ? s'enquit Matt.

Ambre fit signe qu'elle n'était pas au courant.

– Oh, oui ! s'exclama Tobias avant d'enchaîner à toute
vitesse : C'était flippant ! Un Rôdeur nocturne.

– Vous avez affronté un Rôdeur nocturne ! répéta Ambre,
estomaquée.

– On aurait dit un monstre, un vrai, comme dans les films
d'horreur ; ce machin se tenait dans les branches, grand
comme un homme, il nous reniflait et s'apprêtait à nous sauter

dessus – et je crois qu'il nous aurait massacrés sans peine ! –
lorsque la petite Plume a débarqué et nous a sauvé la mise !

– Petite, petite, faut le dire vite ! railla Ambre.

Tandis que la procession s'enfonçait dans la forêt, Matt
observa Plume qui tractait sa remorque d'une démarche chaloupée.

– Je me demande pourquoi elle est comme ça, dit-il. Je veux
dire : pas sauvage et intelligente.

– Tu sais, dit Ambre, je pense que beaucoup de questions
risquent de rester sans réponse, je crains qu'il faille l'accepter.

– Sûrement. C'est comme tous ces scarabées qu'on a vus
sur l'autoroute avec Tobias. Il t'a raconté ? Des millions de...

– Des Scararmées, l'interrompit Ambre. C'est le nom que
les Pans leur ont donné. Tu sais, la plupart d'entre nous les ont
vus. Les vestiges de nos autoroutes en étaient infestés. Il paraît
qu'ils sont toujours là. Autrefois ils allaient tous vers le sud,
désormais ils circulent selon une immense boucle qui descend
et remonte dans tout le pays. Quand ils vont au sud ils produi-
sent une lumière rouge avec leur ventre, quand ils vont au
nord elle est bleue. Ils semblaient un peu désorganisés au
début mais maintenant c'est toujours comme ça.

– Sait-on ce qu'ils font ?

– Non, les Longs Marcheurs aimeraient étudier cette migra-
tion, on est à peu près certains qu'elle n'est pas due au hasard,

mais ça n'a pas été fait. Il faut du temps. Les Pans sont seulement en train de s'organiser.

– C'est vrai, ça fait seulement six mois... dire que j'en ai passé cinq à dormir !

Ils marchaient. Et au fur et à mesure que le soleil se levait dans leur dos, ses rayons déliant la nature, celle-ci retrouvait tout son panache, l'éclat de son vert émeraude.

Après plus d'une heure et demie, Doug, qui ouvrait la marche en compagnie du grand Sergio, décréta qu'il fallait faire une pause. On se désaltéra, Matt prenant soin de verser un peu d'eau dans une gamelle à Plume qui eut bientôt les babines dégoulinantes. Quelques carrés de chocolat chacun et on repartit d'un bon rythme.

Matt fut surpris par la cacophonie qui résonnait dans la forêt. Des dizaines d'espèces d'oiseaux s'interpellaient dans un babil bruyant, sans aucune gêne vis-à-vis de ces humains qui passaient par là. Des roucoulements comme Matt n'en avait jamais entendus, des pépiements en rafales, aux sonorités musicales, et d'interminables stridulations montantes et descendantes. Les oiseaux qu'il parvenait à apercevoir étaient souvent classiques : piverts, corbeaux ou mésanges ; et parfois étranges comme cette espèce d'une blancheur argentée, à ailes jaunes, brillantes comme de l'or, et à la tête surmontée d'un panache bleu clair. Lorsqu'il s'envola, il dévoila le dessous de ses ailes d'un rouge éclatant.

Personne ne parlait, ou rarement, à l'exception de Gwen et Ambre qui discutaient à voix basse. Les autres préféraient se concentrer sur la cadence, tout en prêtant attention à leur environnement. Matt accéléra pour arriver au niveau de Travis.

– On voit des serpents, ici ? demanda-t-il.

Le rouquin répondit avec un accent prononcé, il devait venir des campagnes du Middle-East, devina Matt.

– Les serpents, je sais pas, mais les scorpents ça c'est le pire !

– Les scorpents ? C'est quoi ?

– Comme une grosse vipère sauf que sa peau est constituée d'un assemblage de carapaces assez rigides, comme la queue d'un scorpion, avec le même dard que les scorpions à l'extrémité. Mais comme elle fait en général un mètre de long, je te laisse imaginer la taille du dard !

– Dangereux en cas de piqûre ?

– T'en fais pas, si un scorpent te pique, le temps que tu le réalises tu seras déjà mort, plaisanta Travis.

Matt ne le trouva pas drôle et il passa le reste de la randonnée à se taire. Ils firent une autre halte plus tard et les premiers signes d'urbanisme, ou plutôt de ce qu'il en restait, se manifestèrent peu après midi, par un véritable mur de lianes. Ce qui avait été autrefois la façade d'un immeuble de six étages n'était plus qu'une paroi couverte de feuilles et de racines. Impossible d'y distinguer un centimètre de béton, une porte ou même une fenêtre. Il en allait de même avec tout ce qui restait de la civilisation : une ruine recouverte par la végétation telle une seconde peau. Des tiges vertes tendues d'un toit à l'autre comme s'il s'agissait de fil d'araignée, rampaient sur les câbles électriques, engloutissant ce qui avait été des feux tricolores suspendus, un complexe maillage s'était tissé afin de napper la ville tout entière d'un filet de camouflage naturel. La lumière y filtrait difficilement, si bien qu'une pénombre fraîche stagnait dans les avenues pleines de fougères et de ronces.

– Ouah ! laissa échapper Matt. Jamais je n'aurais cru voir ça de ma vie ! Tout a complètement disparu sous la nature ! On se croirait dans une jungle !

– Une jungle avec des perceptives géométriques, corrigea Ambre toujours très scientifique.

Au détour d'un carrefour, le groupe se trouva soudainement face à une cascade de lianes. Doug les écarta et ils passèrent de l'autre côté, sous le toit d'une station-service. Matt remarqua aussitôt les pompes noircies et atrophiées. Il eut l'impression qu'elles avaient fondu. Le sol était tapissé d'une épaisse mousse brune et verte.

– On va s'arrêter ici pour manger et ensuite on se séparera par groupes de deux, indiqua Doug.

Ils avalèrent des sandwiches en allongeant leurs jambes lourdes et très vite la curiosité des environs les remit sur pied. Tobias regarda ses deux comparses un instant et leur annonça :

– Je vous laisse tous les deux, je vais me mettre avec Travis, c'est un gars solide !

Matt acquiesça mollement, un peu gêné. Il aperçut Doug qui proposait à Arthur de venir avec lui. *Comme par hasard !* songea-t-il. *Si vous voulez faire un sale coup, au moins vous êtes peinards, entre traîtres !*

Gwen s'approcha pour se mettre avec Ambre mais elle s'arrêta en la voyant en compagnie de Matt. Elle eut un sourire espiègle et se résigna à faire équipe avec le grand et costaud Sergio.

Doug rappela à tous les consignes de sécurité :

– Personne ne s'éloigne, si vous estimez que vous ne pourrez pas retrouver le chemin de la station-service, vous vous arrêtez et vous soufflez là-dedans, on viendra vous chercher.

Il distribua alors un sifflet à chaque paire de ravitailleurs.

– Servez-vous-en seulement si vous êtes certains d'être perdus. Parce que ça risque de ne pas attirer que nous ! Soyez vigilants, soyez discrets, ne criez pas, contentez-vous de remplir vos sacs de nourriture. Vérifiez bien les dates de consommation, les boîtes de conserve c'est bon, mais tous les produits facilement périssables on ne prend pas. Allumettes et briquets sont les bienvenus. J'ai distribué la liste des vêtements à Gwen, c'est elle et Sergio qui s'en chargent. Je sais où se trouve la pharmacie alors je m'en occupe. On se retrouve ici dans deux heures pour ensuite passer par le supermarché et remplir ensemble la carriole de Plume.

Tous approuvèrent et ils s'élancèrent dans des directions différentes. Matt désigna Plume à Ambre :

– Elle reste ici toute seule ?

– Oui, c'est plus sûr. Ne t'en fais pas, c'est une chienne particulière, rappelle-toi. Il ne lui arrivera rien.

Matt eut du mal à abandonner son compagnon à pattes mais, sur l'insistance d'Ambre, il quitta le rideau protecteur de la station.

Les rues qu'ils empruntèrent n'avaient de ville que le souvenir, tant on ne reconnaissait plus rien. Matt et Ambre marchaient chacun d'un côté pour scruter l'intérieur de ce qui avait été des magasins. Les vitrines étaient recouvertes de feuilles et les enseignes ne servaient plus que de tuteurs horizontaux voire de nids. Un oiseau s'approcha tout près d'eux et Matt le remarqua car il ne semblait pas effrayé, plutôt curieux même. Après cinquante mètres, Matt s'étonna qu'il soit encore là, à voler au-dessus d'eux et à se poser régulièrement pour pouvoir les examiner. Ambre, depuis le trottoir opposé, ne pouvait le remarquer et Matt décida de ne pas la distraire avec ça, bien qu'il trouvât ce comportement pour le moins étrange. Après quelques bonds supplémentaires, l'oiseau décida qu'il en avait assez vu et s'envola pour disparaître dans un trou entre les lianes du filet naturel qui surplombait leurs têtes.

Matt repéra alors ce qui avait été une épicerie et il appela Ambre d'un petit sifflement. Ils durent forcer la porte pour arracher la mousse qui s'était amassée derrière. L'intérieur était encore plus obscur que les rues recouvertes de leur perruque végétale. Une odeur pénétrante d'humidité flottait dans la boutique. Ils attendirent que leurs yeux s'habituent à la pénombre et sillonnèrent les rayons encore pleins de marchandises.

– Parfait, décréta Ambre, on prend des boîtes de conserve, des pâtes, et même des biscuits qui sont largement mangeables.

Ils remplirent les deux sacs à dos au maximum, des sacs de randonnée, solides et volumineux, prêts à accueillir vingt kilos de matériel. Ambre chargea le sein de beaucoup de boîtes en carton pour pouvoir le porter et Matt prit ce qui était lourd.

Il commençait à appréhender le temps comme les autres Pans ; avec la rareté des montres mécaniques, la plupart n'avaient plus l'heure et ils s'étaient habitués à la *deviner* en fonction du moment de la journée. Plus sensibles, ils parvenaient à sentir le temps écoulé. Matt soupesa son sac et dit :

– Il est sacrément lourd et on est bien en avance sur le planning. Je propose qu'on le laisse là pour explorer un peu les environs, on viendra reprendre notre équipement avant de rejoindre tout le monde, ça te dit ?

– Oui, mais tu es sûr que tu pourras porter tout ça ?

– On va essayer.

Il devait peser pas loin de son poids maximum. Au prix d'un violent effort Matt parvint à le hisser et à enfiler les bretelles.

– Tu vas tenir tout le trajet du retour ? s'inquiéta Ambre.

– Faudra bien.

Il relâcha le paquet et ils s'empressèrent de retourner à l'air frais.

– Vous ne prenez pas d'outils ou d'équipement comme des casseroles ? voulut savoir Matt en marchant.

– On a déjà ce qu'il faut dans les manoirs. Comme plus personne ne vit dans les environs, les villes restent pour nous d'inépuisables entrepôts, on n'est pas pressés.

– Bientôt, des dizaines d'aliments auront disparu, on ne pourra plus les trouver. Dans quelques mois les dates de péremption seront largement dépassées.

– C'est pour ça qu'on essaye de se mettre à l'agriculture. On apprend, on se prépare pour l'avenir, lorsqu'il faudra produire nous-mêmes ce dont nous aurons besoin.

– Et d'où vous apprenez ?

– Dans le Livre des Espoirs.

Matt fronça les sourcils.

– Jamais entendu parler, qu'est-ce que c'est ?

– C'est Doug qui l'a. Un livre dans lequel on explique comment cultiver telles céréales, comment faire du sucre, comment récolter l'eau de pluie et la filtrer pour la rendre potable, autant de choses vitales pour notre survie à moyen terme.

– Ça va devenir un livre sacré ce truc ! plaisanta Matt.

Ambre le fixa sans sourire.

– C'est déjà le cas, Matt. Sans cet ouvrage, nous serions condamnés à mourir à petit feu. C'est pour ça que nous l'appelons le Livre des Espoirs.

– Sachant que c'est Doug qui l'a, il faut être méfiant des conseils qu'il peut donner !

– Jusqu'à présent il nous a toujours aidés. J'imagine que ça doit faire partie de son plan : se rendre omniprésent, indispensable. Pour mieux nous détruire ensuite.

– Quand j'y pense, je ne comprends pas ce qui le motive. Pourquoi vouloir notre perte ? Il est le personnage central de l'île, il est parvenu à s'imposer naturellement et personne ne remet son autorité en question ! Que peut-il vouloir de plus ?

– Je ne sais pas.

Ils débouchèrent sur une vaste place, où le toit de lianes qui recouvrait les rues depuis le sommet des immeubles était nettement plus clairsemé ; le soleil perçait par de gros trous et ses rayons dessinaient des mares d'or sur la mousse. Une fontaine décorait le centre de l'esplanade, et à la grande surprise des deux adolescents l'eau y coulait encore. De longues marches conduisaient à l'entrée de ce qui avait dû être un palais de justice : un énorme bâtiment encadré de colonnes et surplombé d'un fronton triangulaire.

Ambre et Matt s'assirent sur la margelle mousseuse de la fontaine et burent de son eau claire. Ambre s'aspergea le visage et contempla la perspective imposante que leur offraient la place et le long boulevard par lequel ils étaient arrivés.

– Six mois déjà et je ne parviens toujours pas à m'habituer à ce paysage. Ces villes vides, rendues à une nature agressive. Personne nulle part. À peine une poignée d'enfants répandus ici et là, dans des villages devenus forteresses pour se protéger.

Matt la couvait du regard. Les gouttes d'eau se confondaient avec les taches de rousseur sur sa peau rose. Un fin duvet blond recouvrait ses traits, comme sur une feuille de menthe, une feuille à l'odeur capiteuse, songea Matt en repensant à son parfum. Elle était vraiment belle. Il eut soudain l'irrépressible envie de la serrer dans ses bras. Au milieu de cette solitude, face aux incertitudes de leur avenir, Ambre incarnait la chaleur de l'espoir, de la vie. Une envie de partage que Matt voulait goûter pleinement.

Une voix le sortit de son désir :

« … ce voyage. »

Matt se redressa : l'intonation était ferme, grave, les mots froissés par des cordes vocales usées. Ce n'était pas un Pan qui parlait mais un homme. Un adulte à la voix éraillée.

Des cliquetis métalliques et des pas lourds, étouffés par le tapis végétal, se rapprochaient.

Des Cyniks.

33.

Bonne et mauvaise nouvelles

Ambre et Matt s'accroupirent aussitôt derrière la fontaine tandis que trois Cyniks entraient sur la place par une ruelle étroite. Matt releva la tête pour les apercevoir. Ils étaient à dix mètres à peine.

Tous trois portaient un assemblage de protection en cuir rigide noir et en ébène, ainsi qu'un casque similaire. *Ils se sont fabriqués des armures !* s'étonna Matt. Il remarqua l'épée, la masse d'arme et la hache qu'ils arboraient au ceinturon.

– Qu'est-ce que le gamin dit, alors ? demanda le plus petit du groupe. Allez, raconte !

– Il ne dit pas, il écrit ! chipota celui qui avait une voix éraillée.

Ce dernier déroula une petite bande de papier et l'approcha de son visage pour lire.

– « *Pas prêt, n'attaquez pas de suite. Se passe des choses étranges sur l'île, les Pans ont des pouvoirs. Je dois neutraliser petit groupe de meneurs, trois en particulier, pour garantir votre succès. Vous recontacte bientôt, patience.* »

– Il se fout de nous ou quoi ? On ne va pas faire poireauter cent bonshommes dans cette jungle pendant encore un mois !

343

– Ce gosse sait ce qu'il fait, donnons-lui encore un peu de temps. Les gamins ont des… des *pouvoirs* qu'il écrit !

– Jack, c'est des âneries ! Tu sais très bien ce qu'on doit faire de tous ces gamins. On va en capturer le plus possible et on les traînera avec nous au sud. Ils n'ont aucun pouvoir !

– N'empêche. Je suis officier et je dis : on attend le prochain message pour attaquer. On va demander à sir Sawyer ce qu'il en pense, mais je suis sûr qu'il sera d'accord avec moi. Ça peut prendre trois jours ou une semaine, on va attendre ce qu'il faut pour les cueillir sans efforts, grâce à ce mouflet ! J'ai pas envie de reproduire ce qui s'est passé à côté de Reston ! On avait sous-estimé les défenses de ces petits morveux je te rappelle, ils nous l'ont bien fait payer et au lieu de les faire prisonniers il a fallu tous les tuer pour emporter leurs corps !

Matt guetta Ambre qui semblait aussi abasourdie que lui. Il se remit à genoux tout près d'elle :

– C'est pour ça que Doug est venu ! chuchota-t-il. Il voulait leur donner le message ! On s'en va ! Vite !

Penché en avant, il s'éloigna en silence, suivi par Ambre. Ils prirent une rue parallèle, retrouvèrent l'épicerie pour se charger de leurs sacs, et parvenaient presque à la station-service lorsque Ambre, essoufflée, prit la parole :

– On ne peut pas sonner l'alarme. Pas tant que tous les complices de Doug ne sont pas démasqués. Notre plan tient toujours. Il faut d'abord les identifier. Ensuite on alertera les Pans et on pourra arrêter les traîtres pendant la nuit. Si on répète maintenant ce qu'on vient d'entendre, Doug ou l'un des siens préviendra les Cyniks qui lanceront l'attaque.

– Tu as raison. J'espère seulement que les trois gars qu'on a vus ne vont pas tomber sur nous pendant qu'on termine de remplir la carriole de Plume !

– On va dire qu'on a vu des Gloutons traîner dans le secteur, tout le monde sera aux aguets et on se hâtera de filer.

Les Pans se retrouvèrent comme prévu sous le toit de la station-service, les sacs à dos lourdement chargés. Ambre et Matt éprouvèrent des difficultés à regarder Doug dans les yeux, ils n'avaient qu'une envie : crier à tous qu'il s'apprêtait à les trahir et à les livrer aux Cyniks. Tobias affichait un sourire fier que Matt ne lui connaissait qu'en de rares occasions, généralement des coups douteux. Il voulut aller le voir mais préféra expliquer qu'ils avaient aperçu un groupe de Gloutons tout près et qu'il ne fallait pas tarder. À l'évocation des mutants tout le monde frissonna. On se hâta d'aller devant le supermarché et de charger la carriole avant de repartir.

Sur le chemin du retour, Tobias se rapprocha de ses deux amis et leur annonça :

– J'ai une bonne nouvelle !

– Et nous on en a une très mauvaise.

Matt entreprit de relater tout bas ce qu'ils avaient vu et entendu et Tobias devint tout pâle.

– Une attaque ? répéta-t-il, incrédule. On est fichus ! Ils vont nous emporter vers le sud, et on ne nous reverra jamais plus !

– Calme-toi ! Rien de tout ça ne va se produire, on va trouver une solution. Alors c'est quoi ta bonne nouvelle ?

Tobias avait perdu son sourire, il lança, toujours sous l'effet de la peur :

– Travis et moi on s'est séparés pour aller plus vite tout à l'heure. En cherchant un endroit intéressant pour faire mon plein j'ai vu Doug au loin, avec Arthur. Je les ai suivis, ils faisaient leurs courses normalement jusqu'à ce que Doug devienne méfiant et s'assure que personne ne les espionnait. J'ai bien failli me faire repérer mais j'ai eu le temps de me mettre à couvert. Quand je suis ressorti ils avaient disparu dans un grand magasin de vêtements.

– Tu es allé voir à l'intérieur ? s'enquit Matt, impatient.

– Bien sûr ! Je n'allais pas les lâcher alors qu'ils préparaient un sale coup ! Je les ai retrouvés dans les étages. Tu sais ce qu'ils ont pris ?

– Non.

– Des manteaux à capuche. Identiques à ceux qu'ils portent la nuit quand ils se retrouvent.

Ambre intervint :

– Maintenant on n'a plus aucun doute, Arthur aussi est un des comploteurs.

346

— Mieux que ça ! triompha Tobias en baissant la voix pour ne pas attirer l'attention du reste du convoi. J'ai récupéré trois manteaux après eux !

— On va pouvoir se mélanger à leur groupe ! comprit Matt.

— Oh ! ça, je ne suis pas certaine que ce soit une bonne idée, tempéra Ambre. Ils vont immédiatement s'en rendre compte !

— Possible mais je prendrai le risque tout de même. Tu as entendu ce qu'ils disaient : les Cyniks sont aux portes de l'île. C'est une question de jours avant qu'ils ne nous attaquent.

Tobias approuva et dit :

— Avec la fatigue du voyage, Doug et les siens ne se réuniront pas cette nuit mais dès la suivante on va reprendre la surveillance !

Ambre leva l'index :

— Les gars, je vous rappelle que dans son message Doug explique qu'il doit d'abord neutraliser un groupe de meneurs, trois en particulier. Je suis sûre que c'est de nous qu'il parle.

— À partir de maintenant on ne se déplace plus seul sur l'île, proposa Matt. S'ils cherchent à nous attaquer ils le feront soit la nuit, soit lorsque nous serons isolés. Tobias et moi on ne va plus les lâcher d'une semelle pour tenter de tous les identifier. Pendant ce temps, Ambre, tu dois absolument répertorier l'altération de chaque Pan et noter qui la maîtrise plus ou moins. Le moment voulu, on pourra avoir besoin d'eux. Entoure-toi de tous les volontaires pour ne jamais rester seule.

Devant eux, Plume tractait son impressionnant chargement recouvert d'une bâche ficelée.

La faune continuait de piailler dans une forêt si dense qu'elle en devenait sombre. Quelque part, non loin de là, une centaine de Cyniks en armure et lourdement armés attendaient le signal pour lancer l'assaut.

– Tout ça va se jouer à pas grand-chose, murmura Matt. Il ne faut pas commettre d'erreurs.

34.

Bonne et mauvaise nouvelles (suite)

L'expédition rentra sur l'île avec le coucher du soleil. Pour ne pas se faire surprendre par la nuit, Doug avait fait accélérer la marche sur les quatre derniers kilomètres, si bien qu'à peine arrivés ils s'effondrèrent, épuisés. D'autres Pans, sous l'impulsion de la jolie Lucy, s'emparèrent des sacs et vidèrent la carriole de Plume qu'on libéra de son attelage. La chienne s'ébroua longuement puis vint renifler Matt, allongé dans l'herbe pour se détendre. Elle le lécha affectueusement et s'éloigna dans la forêt, comme à son habitude.

Calvin tendit la main pour aider Matt à se relever et lui annonça :

– Un Long Marcheur a atteint l'île cet après-midi ! On vous attendait pour qu'il colporte les nouvelles du monde. Venez, on se réunit dans la grande salle en ce moment.

Les huit membres de la randonnée furent installés sur des bancs au premier rang. Le Long Marcheur était un garçon de seize ou dix-sept ans avec de longs cheveux châtains, un nez tordu et des doigts fins couverts de petites plaies. Il avait une longue balafre très récente sur le haut du front et répondait au nom de Franklin.

— C'est décidément une occupation à risque, souffla Matt vers ses deux camarades qui ne bronchèrent pas.

Tobias était épuisé et Ambre fascinée.

Le Long Marcheur demanda le silence en levant les mains et, lorsqu'il l'eut obtenu il déclara :

— Voici donc les chroniques du monde nouveau, mes amis, il y a autant d'inquiétude que de réjouissance dans ce que je vous amène, sachez-le. Pour commencer, les premiers champs cultivés ont donné quelques légumes ! L'agriculture ne prend pas partout mais c'est la preuve que c'est possible ! J'y reviendrai en détail tout à l'heure cependant je voudrais aborder *la* nouvelle : cinq sites panesques se sont regroupés ces dernières semaines, loin à l'ouest, pour fonder notre première cité. On totaliserait plus de cinq cents personnes ! Et d'autres arrivent ! C'est le plus grand de tous nos sites recensés, et il s'appelle désormais : Eden.

— Qui a choisi le nom ? demanda Tiffany.

— Le conseil du village. Ils se sont organisés pour désigner un représentant de chaque site originel afin d'avoir un conseil qui fasse office d'autorité. Tout ça est neuf, il faut en étudier les avantages et les inconvénients, mais il est possible que d'autres villages de grande taille se créent ainsi au gré des sites qui se rassembleront. Vous êtes bien protégés sur cette île, ce n'est pas le cas de tous. À ce sujet... (Il marqua une pause pour boire.) J'ai une mauvaise nouvelle. Un site très au nord a été détruit. Il ne s'agit pas de Gloutons, d'après les rares rescapés, mais d'une tempête d'éclairs, et puis une forme noire a surgi dans leur camp. Elle a attaqué les Pans qui se mettaient sur son chemin, jusqu'à fouiller chaque recoin. Les survivants pensent qu'elle cherchait quelque chose.

Matt se redressa sur son banc. Cette description le mettait mal à l'aise.

– Une forme noire ? Sait-on ce que c'était ? interrogea Patrick, un Pan du Centaure.

– Non. L'attaque a été foudroyante, cinq minutes à peine. Lorsque la forme noire a disparu, elle avait tué la plupart des Pans. Le Long Marcheur qui a vu les corps ne s'en est pas remis. Il paraît qu'ils avaient les cheveux blancs, la peau ridée et étaient tous morts en hurlant, figés dans ce dernier cri. Des enfants au visage de vieillards terrorisés.

Cette fois, Matt sentit revenir son vertige, son souffle s'accéléra. Il savait ce qu'était cette forme noire. Ça ne pouvait être que lui, le Raupéroden. *Non, non, non ! C'est un rêve, il n'existe pas vraiment, c'est impossible !*

– Matt ? Ça va ? s'inquiéta Ambre en se penchant vers lui. Tu trembles !

Il déglutit longuement pour retrouver son rythme cardiaque, avant de hocher la tête.

– L'épuisement, c'est tout, mentit-il.

Franklin, le Long Marcheur, poursuivait :

– On n'en sait pas plus sur cette forme noire. Le site qui est le plus au nord affirme avoir aperçu des éclairs dans la forêt, trois jours avant mon passage chez eux, mais rien d'autre.

– C'est le site le plus proche du nôtre ? interrogea Colin le doyen de l'île et son acné ravageuse.

– Oui, à environ trois jours de cheval. Et puis nous continuons d'en apprendre plus sur le sud. Deux Longs Marcheurs sont revenus et ont vu des armées de Cyniks, des groupes de cent hommes chaque fois, avec d'immenses chariots tirés par des ours, des chariots recouverts par une cage en bois de plus de dix mètres de hauteur ! Ces cages sont pleines de Pans.

Une clameur à la fois indignée et effrayée jaillit dans la salle. Le Long Marcheur imposa le silence en levant à nouveau les bras pour continuer :

– Tout aussi troublant, les Long Marcheurs affirment tous les deux que le ciel au sud-est est... rouge ! Tous les jours, du matin au soir, du soir au matin, ça ne change pas, un rouge flamboyant, vif et inquiétant. Les chariots partent dans cette direction, il semblerait que les Cyniks vivent quelque part sous ce ciel infernal.

Une heure plus tard, lorsque le Long Marcheur eut terminé, Matt accompagna ses amis à la cuisine pour manger, ils étaient affamés. Lui ne toucha guère à son assiette. Cette histoire d'ombre au nord et d'attaque lui nouait l'estomac. Il ne parvenait pas à se détacher de son intuition. Le Raupéroden existait vraiment et il se rapprochait, tuant toute opposition sur son passage. *Mais pourquoi me cherche-t-il, moi ? Peut-être qu'il existe mais que dans la réalité il ne me cherche pas... Il me veut dans mes rêves, uniquement dans mes cauchemars.* Matt se raccrochait à tout et n'importe quel espoir sans tout à fait y croire.

Ambre le fit sortir de ses pensées après avoir englouti une assiette de pâtes :

– Les Cyniks se déplacent en groupes de cent hommes, ça ne vous dit rien ? Je suis sûre que ceux qui sont dans la forêt au-dessus de notre île ont également l'un de ces énormes chariots. J'échangerais mon altération pour découvrir ce que les Cyniks font avec nous ! Pourquoi enlèvent-ils tous les Pans pour les emporter au sud ?

– Moi, j'aime autant ne pas savoir, protesta Tobias, ça voudra dire que je suis encore ici en bonne santé plutôt que dans leurs saletés de cages !

– Et toi, Matt, qu'en penses-tu ? demanda Ambre.

L'intéressé haussa les épaules :

– Je ne sais pas. J'en pense rien. On a d'autres préoccupations, je crois. En parlant d'altération, tu as eu vent de résultats positifs ?

Ambre secoua la tête, l'air soudain contrariée.

– Non, rien de nouveau, tous les Pans concernés continuent de travailler, avec plus ou moins de réussite, rien de nouveau en tout cas. De mon côté, je m'entraîne tout le temps et je ne la contrôle pas du tout ! Parfois je sens que je suis à deux doigts d'obtenir un résultat et puis non ! Il ne se produit rien. C'est rageant !

– Et cette histoire de troisième faction, qu'est-ce qu'on en fait ? grogna Tobias.

– C'est pas notre priorité, déclara Matt.

– C'est un ou des assassins tout de même ! répliqua Ambre. Dois-je rappeler que cette faction a tenté de nous faire tomber un énorme lustre sur le crâne ?

Matt se leva.

– On a absolument rien pour enquêter sur cette mystérieuse faction. Je vais me coucher, avec Tobias on va dormir dans la même chambre désormais, pour plus de sécurité. Tu peux en faire autant avec une des filles de l'Hydre en qui tu as confiance ?

– Sans problème, Gwen sera ravie. Depuis que je lui parle de son altération avec l'électricité elle n'aime pas dormir seule.

– Parfait, conclut Matt. Une nuit de repos et demain on passe à l'action. Il faut démasquer tous les complices de Doug, le temps presse.

Et songeant à cette forme noire qui sillonnait les bois, plus qu'un sentiment d'urgence, une angoisse sourde s'empara de Matt.

35.

Confusion

Cette nuit-là, Matt se réveilla à plusieurs reprises, transpirant, le cœur affolé, la bouche sèche. Il n'avait aucun souvenir de son cauchemar mais peu de doutes sur son origine. Le Raupéroden le hantait.

Le lendemain il s'arrangea avec Tobias pour avoir un œil sur Doug, bien qu'ils ne purent réellement le surveiller sans attirer son attention. Pendant ce temps, Ambre faisait défiler tous les Pans volontaires à la rotonde pour parler avec eux de l'altération.

Le soir, ils partagèrent un coin de table pour dîner, Ambre leur confia qu'elle avait répertorié huit cas où l'altération se manifestait sans équivoque. Les uns et les autres lui faisaient de plus en plus confiance, ils venaient vers elle comme vers un médecin, et propageaient autour d'eux cette bonne nouvelle. À ce rythme-là, elle pourrait inventorier toutes les altérations de l'île en deux semaines.

– J'ai vu le petit Mitch tout à l'heure, je crois qu'il développe une capacité d'analyse hors du commun, déclara-t-elle. Il passe son temps à dessiner ce qu'il voit, et il a une mémoire visuelle comme je n'en ai jamais vu. Il existe bien un lien

entre l'altération qu'on développe et ce qu'on fait au quotidien. Notre cerveau se contente d'améliorer la partie la plus
sollicitée, il réagit à la manière d'un muscle !

– Rien concernant des pouvoirs qui nous serviraient en cas
d'attaque ? demanda Matt.

– Non, pas vraiment. Il va me falloir encore du temps. Et ne
dis pas « pouvoir », rien de magique là-dedans.

– Excuse-moi, j'ai parlé sans réfléchir. Rien d'autre ?

– Non, enfin si : j'ai rencontré une fille du Capricorne, Svetlana, il se pourrait qu'elle puisse manipuler de faibles courants
d'air. Et le grand Colin est aussi venu, il est inquiet de l'altération, je pense qu'il se rend compte qu'il change lui-même,
pourtant il n'a pas voulu m'en dire plus.

– Colin c'est bien le plus âgé de l'île ? s'assura Matt. Un
grand châtain avec des boutons sur les joues ?

– Oui, c'est lui, il s'occupe de la volière. Il est un peu godiche
parfois mais il finira par me parler, lorsque son altération
deviendra évidente. Je vous tiendrai au courant. Ah, j'allais
oublier : j'ai parlé avec Tiffany, de la Licorne, elle m'en a dit un
peu plus sur cette Claudia qu'elle connaît. Il paraît qu'elle est
sympa et néanmoins mystérieuse, elle ne cause pas tellement et
surtout il lui arrive de sortir de sa chambre la nuit. Les parquets
grincent pas mal donc ça s'entend. Mais Tiffany ne sait pas où
elle va, elle suspecte Claudia de voir un garçon, j'ai rien dit bien
sûr. En tout cas il est évident que Claudia est du complot.

Gwen vint se joindre à eux pour le dessert, elle avait de longs cheveux blonds et Tobias frissonna en les imaginant tendus tout droits vers le plafond lorsqu'elle dormait. Puis les deux filles partirent ensemble pour l'Hydre et les deux garçons montèrent dans la chambre de Tobias. Là ils bavardèrent pendant une bonne heure et demie, le temps que les lumières du manoir s'éteignent. Ils parlèrent de leurs parents qui leur manquaient, des copains, se demandant s'ils avaient survécu à la Tempête, où ils pouvaient bien être désormais. Et c'est le cœur lourd de mélancolie qu'ils finirent par enfiler les manteaux à capuche que Tobias avait rapportés, pour se fondre dans les ombres des couloirs.

Leur plan était somme toute très simple : sillonner le Kraken pendant la nuit en espérant apercevoir Doug ou ses complices pour les approcher au plus près et les identifier. Cette stratégie n'était pas très fine, dangereuse, et reposait sur une part énorme de chance, mais ils n'avaient pu trouver mieux. L'opération la plus délicate consisterait à les approcher sans se faire repérer et, s'ils se faisaient prendre, à pouvoir fuir en profitant de leur déguisement pour semer la confusion et dissimuler leur propre visage.

Ils marchèrent dans les couloirs froids pendant plus d'une heure, traversant les halls, les salles au parquet craquant, sous les regards inquisiteurs des tableaux, des têtes d'animaux empaillés ou des armures qu'ils espéraient vides. Tobias tenait une lampe à huile dans la main bien qu'il la gardât éteinte, se repérant à la clarté de la lune qui filtrait par les hautes fenêtres.

– Tu crois qu'ils vont sortir cette nuit ? demanda Tobias, à bout de patience.

– Comment veux-tu que je le sache ?

– J'en ai marre de tourner en rond.

– On ne tourne pas en rond, le Kraken est tellement grand qu'il faudrait marcher jusqu'à l'aube avant d'en faire le tour complet !

– Justement, ils sont peut-être dans les étages supérieurs et nous on reste en bas depuis le début !

– S'ils doivent agir cette nuit, ils passeront par là, c'est le chemin vers le fumoir et le passage secret.

Tobias n'était pas convaincu. Ils errèrent encore pendant une heure avant que le petit hyperactif ne vienne s'affaler dans un fauteuil du salon.

– Pause, déclara-t-il.

Matt vint s'asseoir en face de lui.

– Il doit être plus de minuit, annonça-t-il. S'ils ne sortent pas bientôt, je pense qu'on pourra retourner se coucher pour cette nuit.

Un nuage noir passa devant la lune et la luminosité dans la pièce chuta d'un seul coup.

– C'est flippant, gloussa Tobias, on se croirait dans un vieux film d'horreur quand ça fait ça !

Matt contempla le ciel obscur à l'extérieur.

Le nuage devant la lune grouillait et palpitait, incapable de rester en place.

Il vint se coller à la vitre.

– C'est pas un nuage, souffla-t-il. Ce… ce sont des chauves-souris ! Je les ai déjà vues l'autre soir !

– Elles sont des centaines ! avertit Tobias la voix brisée par l'inquiétude. Qu'est-ce qu'elles font ?

La nuée se mit à tournoyer, puis fondit vers le manoir du Capricorne avant de changer de cap au dernier moment et de survoler le Centaure où elles décrivirent de larges cercles.

– Elles cherchent une ouverture, révéla Matt. Elles ont fait la même chose l'autre nuit. Je crois qu'elles veulent entrer dans nos manoirs.

– Pour quoi faire ?

– Je ne sais pas, mais elles n'ont pas l'air très amicales, si tu veux mon avis. Ce fameux soir, trois de ces bestioles ont essayé de me foncer dessus.

– Faudrait prévenir les autres Pans, qu'ils ferment toutes les ouvertures possibles au crépuscule.

Matt ouvrit la bouche pour répondre lorsqu'une voix claqua dans la pièce juste derrière eux :

– Ah, vous êtes là ! Allez, on se dépêche !

Matt reconnut aussitôt ces intonations. Il se tourna et vit

Doug qui leur fit signe de le suivre d'un mouvement de la main :

– Venez, on a beaucoup à faire, ordonna-t-il. Regie et Claudia nous attendent.

Sur quoi il disparut dans le corridor.

– Il n'a pas vu nos visages, murmura Matt.

– Alors on file, viens, on peut encore lui échapper en passant par l'escalier de la tour ouest.

Matt rattrapa son ami par le poignet.

– C'est notre seule chance, déclara-t-il. On peut les approcher de très près.

– Et se faire tuer dès qu'ils s'apercevront qu'on n'est pas ceux qu'ils croient !

– Si on ne fait rien, Doug enverra le signal aux Cyniks et ils détruiront cette île. Veux-tu finir dans une cage en partance pour le Sud et son ciel rouge ? C'est maintenant qu'il faut agir !

Tobias soupira.

– Je déteste quand tu es lucide, railla-t-il.

– Garde bien ta tête dans le fond de ta capuche, qu'on ne puisse pas te reconnaître.

Et ils s'empressèrent de suivre Doug.

En arrivant dans le couloir des armures, Matt et Tobias virent deux silhouettes qui attendaient : Claudia et Regie. À peine en bas des marches, Doug actionna l'ouverture du passage.

– Arthur, allume ta lampe, commanda-t-il.

Matt comprit qu'il s'adressait à Tobias et lui envoya un coup de coude discret. Tobias bafouilla et émit un grognement qui signifiait « oui » avant de s'exécuter en prenant soin de dissimuler la couleur de ses mains. Lorsque la flamme prit en assurance dans son bocal de verre, Tobias tint sa lampe sur le côté afin de ne pas chasser les ombres qui recouvraient son visage. Regie, qui portait une autre source de lumière, ouvrit la marche tandis que Matt et Tobias la fermaient.

Ils remontèrent tout le souterrain, prenant soin d'enjamber le fil qui déclenchait le piège de la cage et ils accédèrent au manoir du Minotaure. Ils grimpèrent au premier étage, passant de salle en salle comme s'il n'y avait aucun risque et Tobias se pencha vers son ami :

– Tu as vu ? Ils n'ont pas l'air de craindre le monstre.

– La première fois que je les ai surpris, Doug expliquait qu'il connaissait son cycle, il le nourrit, et il ne semblait pas en avoir peur, je me souviens : il a dit qu'il dormait à cette heure.

Doug désigna une porte et lança :

– Arthur et Patrick, occupez-vous de trouver des sangles dans la remise, il devrait y en avoir, nous on va mettre la main sur des seringues propres.

Tobias fixa Matt :

– Des seringues ? répéta-t-il.

– Matt ne se laissera pas faire, continua Doug avant d'entrer dans la pièce d'à côté. Il nous faut des sangles solides.

La porte se referma sur le trio et Matt poussa Tobias dans la remise en question.

– Je ne sais pas ce qu'ils ont prévu mais il a raison sur un point : je ne vais pas me laisser faire !

Une forte odeur de poussière leur chatouillait le nez. Ils s'intéressèrent au décor et Matt faillit hurler en découvrant qu'un visage au regard mort le fixait dans les yeux à cinquante centimètres. Il recula et découvrit qu'il s'agissait d'un mannequin comme ceux qu'on pouvait voir dans les vitrines de magasins. Derrière, des dizaines de bibelots étaient amassés sur des étagères, des cartons rangés le long d'un mur et un bric-à-brac incroyable s'entassaient dans le fond. Selles de chevaux, jeux de casino en plastique, une vieille guitare et même une tenue de scaphandrier qui datait au moins du début du xxe siècle. Matt remarqua qu'il lui manquait les chaussures.

– Tu sais qui est ce Patrick ? C'est pas un grand blond assez discret ?

Tobias hocha la tête :

– C'est lui. Il vit au Centaure, il doit avoir dans les quatorze ans, il ne cause pas beaucoup, par contre c'est un de nos meilleurs pêcheurs !

– En tout cas, ça en fait un de plus sur la liste.

– Qu'est-ce qu'on va faire ? On ne peut pas rester ici plus longtemps, ils vont se rendre compte !

Et comme pour le confirmer, des voix résonnèrent dans le couloir :

– Doug ? C'est nous ! Arthur et Patrick. Vous êtes là ?

Matt se crispa.

– On est piégés, dit-il.

Tobias répliqua :

– Dis pas ça ! Ça ne te ressemble pas de partir vaincu.

Matt inspira profondément en fixant le plafond pour réfléchir.

– Je sais, soupira-t-il. C'est juste que… je suis fatigué de tout ça ! À croire que ce n'est pas assez dur depuis que le monde a changé, il faut aussi qu'on se trahisse entre nous !

Tobias vint coller son oreille à la porte et murmura :

– Ils sont juste là ! Dans le couloir.

Soudain, Tobias se redressa d'un bond. Le plancher craqua de l'autre côté de la porte.

La poignée bougea, et commença à descendre.

Matt retrouva toute sa lucidité et le sang-froid qui le caractérisait dans les situations tendues : il se pencha et tourna le loquet du verrou en faisant le moins de bruit possible.

On tenta d'ouvrir la porte mais elle ne bougea pas.

– Ils ne sont pas là, fit une voix dans le couloir.

Tobias recolla son oreille au montant et finit par dire :

– Ils ont filé. C'est maintenant ou jamais.

Les deux compagnons sortirent, lampe à la main.

– Où vas-tu ? s'étonna Tobias, la sortie est par là !

– Je sais, mais si on s'enfuit on n'en saura jamais davantage sur ce qui se trame ici ! Le temps presse, Toby, il faut le découvrir cette nuit ! Et je ne vais pas rentrer sagement dans mon lit pour attendre les sangles et la seringue !

Tobias fit une grimace désespérée, il baissa les épaules et Matt l'entraîna sur les traces de Doug.

36.
Manipulation

Matt et Tobias se guidèrent grâce aux voix qu'ils entendaient. Doug et les siens étaient dans une vaste cuisine, Arthur et Patrick les avaient rejoints et Claudia parlait :

– Qui que ce soit, ils sont venus jusqu'ici avec nous, il faut agir tout de suite !

– Regie, aboya Doug, tu fonces rejoindre Sergio !

– Le… le minotaure ? fit le benjamin de la famille.

– Oui. Qu'il bloque l'accès à l'observatoire, je ne veux pas qu'ils montent ! Arthur va vous accompagner. Claudia, tu vas dans la remise du bas, cherche une très grosse clé avec laquelle tu iras fermer la porte de l'observatoire. Pendant ce temps je vais verrouiller le passage secret pour qu'ils ne puissent plus sortir.

Matt tira Tobias en arrière :

– Ils vont organiser une chasse à l'homme dans tout le manoir…

– Ils vont surtout libérer le minotaure ! chuchota Tobias à toute vitesse. Cette fois on disparaît tant que c'est encore possible !

– Non, on reste ! On vient de découvrir que Sergio faisait

366

partie du groupe ! On est sur la bonne voie et je veux savoir ce qu'ils cachent là-haut, dans l'observatoire, qui semble si important.

Matt lui fit signe de le suivre tandis qu'une porte claquait plus loin. *Regie et Arthur*, devina Matt. Il n'y avait plus une seconde à perdre. Matt se mit à trottiner, suivi par Tobias. Il ignorait comment rejoindre l'observatoire dans ce fouillis de couloirs, de salles obscures et d'escaliers mais ne doutait pas qu'avec un peu d'acharnement il trouverait un accès. Ils passèrent plusieurs fois devant des fenêtres et Matt dut dire à Tobias de baisser sa lampe, ils allaient se faire repérer. Ils montèrent dans trois tours sans qu'aucune ne soit la bonne. Matt présumait qu'ils n'étaient plus très loin lorsque soudain le sol se mit à trembler, des pas lourds et lents ébranlaient les murs. Il comprit aussitôt qu'il s'agissait d'une démarche, celle du monstre.

– Il vient vers nous ! gémit Tobias en regardant autour de lui. Il vient vers nous !

– Il a dû voir la lueur de notre lampe, viens !

Matt s'élança dans une grande salle au carrelage noir et blanc, ils se faufilèrent entre les tables et les chaises de réception pour pousser une porte qui donnait sur un nouveau couloir.

– Est-ce que tu sais où on va ? questionna Tobias, la voix tremblante.

Matt ne répondit pas. Le monstre n'était pas loin, il pouvait

sentir le sol vibrer sous ses semelles chaque fois que le minotaure posait un sabot par terre. Matt hésita entre la droite et la
gauche. Le dédale l'avait déboussolé.

Les pas résonnèrent juste derrière eux, Tobias se tourna et
interpella son ami. À l'entrée de la grande salle, un nuage de
poussière se souleva et il apparut : haut de plus de deux
mètres, un corps d'homme dominé par une tête de taureau,
avec des cornes immenses, le minotaure les contemplait
depuis sa pénombre.

Matt poussa sur ses cuisses et se mit à courir, courir pour
fuir, courir pour survivre. Il dépassa une série de portes fermées, bifurqua sans se soucier de son orientation au carrefour suivant et commença à réaliser qu'ils étaient piégés,
quand il aperçut Claudia face à lui, à l'autre bout du couloir
dans lequel ils venaient de s'engager. Elle les vit en même
temps et tous s'immobilisèrent. Ses cheveux bruns, bouclés,
lui tombaient de part et d'autre du visage. Elle les toisa d'un
regard sombre. Ses prunelles se déportèrent vers une porte à
mi-chemin et la jeune fille agita nerveusement une grosse clé
qu'elle tenait dans la main. Matt suivit son regard et en
déduisit que c'était l'entrée de l'observatoire qu'elle était
supposée fermer.

Quoi qu'il puisse y avoir au sommet, Doug voulait à tout
prix le tenir secret. Matt et Claudia se dévisagèrent. Et soudain
Claudia fonça vers la porte. Matt fit de même, il se précipita

en forçant sur les muscles de ses jambes, ses bras se mirent à fouetter l'air.

Sans bien savoir s'il courait plus vite que Claudia ou si c'était là un autre effet de son altération musculaire, Matt sut très vite qu'il arriverait avant elle.

La porte se rapprochait. Cependant, Tobias ne pouvait courir aussi vite que lui, ils ne pourraient pas atteindre la porte ensemble avant Claudia. Et Matt refusa d'abandonner son ami.

Alors il opéra un très subtil changement dans sa course et au dernier moment, juste avant d'atteindre le renfoncement convoité, Matt se projeta sur Claudia qu'il plaqua violemment contre le mur. La jeune fille, sonnée par l'impact, cligna les yeux avant de comprendre ce qui venait de se produire. Le souffle de Matt repoussa les mèches brunes qui dissimulaient le visage à la peau bronzée.

Matt lui tenait les poignets contre la pierre froide.

– Qu'est-ce... qu'est-ce que vous... cachez, là-haut ? dit-il tout essoufflé.

Claudia voulut le repousser mais il la tenait fermement. Tobias arriva derrière eux et ouvrit la porte.

– Viens ! dit-il.

Matt l'ignora pour se concentrer sur la jeune fille. Il était si près d'elle qu'il pouvait sentir le parfum de sa peau, sucré et fleuri en même temps. Une étrange sensation de chaleur se diffusa dans son ventre et il tenta aussitôt de l'écarter de son esprit.

— Dis-moi, insista-t-il. Pourquoi voulez-vous nous interdire l'observatoire ?

Le martèlement des pas du minotaure se rapprochait, comme s'il hésitait sur la direction à suivre.

— Par ici ! hurla Claudia. Ils sont ici !

Matt ne sut que faire, il ne se sentait pas capable de la frapper pour la faire taire. Était-ce parce que c'était une fille ou tout simplement parce qu'il n'avait pas assez de violence en lui pour frapper quelqu'un froidement ?

— Pourquoi vous nous faites ça, hein ? demanda-t-il sans cacher la colère qui bouillonnait en lui.

Le monstre se rapprochait.

— Viens, vite ! supplia Tobias.

Le minotaure entra dans le couloir, la démarche plus lente, le pas difficile. Matt put voir ses épaules se soulever en cadence, il semblait exténué. Un souffle rauque jaillissait de ses naseaux, et s'il était hésitant, ses cornes longues et pointues demeuraient aussi menaçantes.

C'est alors que Matt remarqua un détail dans son apparence. Il portait un pantalon de toile épais, et à la place des sabots, il traînait deux lourdes chaussures de plomb. *Celles du scaphandre de la remise !* Son pantalon tenait avec des bretelles, et seuls ses bras nus étaient apparents, le reste était dissimulé sous une veste en cuir tanné, usée par les années et dont on avait coupé les manches. Le minotaure soufflait mais ne grognait pas. Maintenant qu'il se rapprochait, Matt vit qu'il ne changeait pas d'expression : la gueule figée dans la même et unique attitude neutre.

Il s'agissait d'un trophée.

Une tête empaillée dont on avait vidé la bourre pour s'en faire un masque.

Le minotaure n'était qu'un leurre. Sa poitrine était gonflée. *Les jambes d'un jeune Pan juché sur les épaules d'un plus costaud. Regie et Sergio, à coup sûr !* On les avait manipulés depuis le début.

Doug et ses comploteurs avaient fait en sorte d'éloigner tout le monde de ce manoir. *Pour vous livrer à votre sinistre besogne, pas vrai ? Pour préparer l'attaque des Cyniks ! Mais alors, que cachez-vous là-haut ? Quel genre d'arme avez-vous mise au point ?*

Des bruits de pas se rapprochèrent, Doug et Patrick apparurent.

Même si le minotaure n'existait pas, ils étaient trop nombreux pour eux. Matt arracha la clé des mains de Claudia, la repoussa et se précipita derrière Tobias pour verrouiller la porte dans la foulée.

– Voilà qui devrait les tenir à distance un petit moment, soupira-t-il.

– Et nous ? Comment on va faire pour sortir maintenant ?

Matt leva la tête et découvrit qu'ils étaient au pied d'un large escalier à vis.

– Nous, répéta-t-il distraitement, on va monter tout en haut.

À mi-parcours, Tobias imposa une pause tant ses muscles des mollets et des cuisses brûlaient. La tour était haute, il n'y avait plus aucun doute : ils étaient dans l'observatoire. En bas la porte se mit à vibrer. Ils essayaient de l'enfoncer. Matt estima que ça leur prendrait un peu de temps, elle avait paru bien solide. Les derniers mètres furent vraiment difficiles, même pour lui qui ressentait assez peu l'effort depuis le départ. Ils atteignirent le sommet hors d'haleine, les jambes tremblantes.

Mais le spectacle leur fit retrouver tous leurs esprits.

Une impressionnante coupole sur rails coiffait la tour, ouverte d'un quart sur les étoiles pour qu'un télescope de la taille d'un camion de pompiers puisse les ausculter.

Les murs disparaissaient sous les tranches multicolores de centaines de livres, et un bureau couvert de cahiers trônait au milieu. Une lampe à huile brûlait timidement, suspendue à une molette du télescope.

– La vache ! laissa échapper Tobias.

Ils s'avancèrent dans l'imposante pièce pour distinguer des tableaux qu'une fine écriture à la craie avait décorés.

Matt perçut un frottement derrière lui et se retourna. Ça ne pouvait pas être les autres, pas si vite.

Son regard mit une seconde avant de comprendre et de se lever.

Le visage n'était pas à la hauteur qu'il attendait.

Et pour cause : un adulte d'un mètre quatre-vingt-dix leur barrait le chemin de l'escalier.

Un Cynik qui entrouvrit les lèvres pour dévoiler ses petites dents jaunes en guise de sourire.

TROISIÈME PARTIE
Les Cyniks

37.
Le Grand Secret

Matt eut le réflexe de repousser Tobias derrière lui et de se préparer au combat. Il n'avait jamais su se battre, à l'école il avait toujours tout fait pour éviter les conflits et les rares fois où il avait dû se servir de ses poings, il s'était fait casser la figure. Mais tout était différent désormais. Et Matt se savait plus enclin à tenir tête à ce Cynik que Tobias.

Il leva les mains devant lui, se mit en une position de garde, qu'il calquait sur ses souvenirs de films et s'assura d'être bien stable sur ses deux jambes.

– Je vous préviens, dit-il d'une voix qu'il aurait voulu plus virile et plus menaçante, si vous faites un pas, je vous enfonce le nez dans la tête.

Le Cynik perdit un peu de son sourire que Matt jugeait provocateur et mit ses mains sur ses hanches.

– Allons donc, s'indigna-t-il, en voilà des manières ! Est-ce que c'est Doug qui vous envoie ?

– On sait tout de ce que vous et Doug tramez pour livrer l'île à vos amis.

Le Cynik fronça le visage dans une attitude presque outrée :

– De quoi parlez-vous ? Quels amis ? Je suis Michael Carmichael, et vous êtes sur *mon* île, jeune homme, alors je vous saurais gré de témoigner un peu plus de respect à votre hôte si le vieillard que je suis n'en incite aucun ! Où donc sont passées les politesses ?

Moment de flottement. Matt et Tobias s'observèrent avant que le premier n'ose demander :

– Vous êtes là depuis le début ?

– Oui, je n'ai jamais quitté mon manoir.

– Mais… pourquoi… pourquoi n'êtes-vous pas…

– Agressif comme les autres adultes ? Figurez-vous qu'il m'est arrivé un drôle d'accident le soir de la Tempête. Mais si vous commenciez par me dire ce que vous faites ici ?

Matt jeta un bref coup d'œil vers l'escalier.

– Doug et ses camarades vous protègent, c'est ça ? devina-t-il.

– Oui. Compte tenu des agressions et des enlèvements commis par tous les Cyniks, comme vous les appelez, beaucoup d'enfants ont juré de massacrer tout ce qui ressemblerait de près ou de loin à un adulte. Doug et Regie ont pris peur, ils ont estimé préférable de me tenir caché ici, en attendant le bon moment pour me présenter à tous.

– Vous vous terrez depuis six mois ! s'exclama Tobias.

– Oui. Oh, on ne peut pas dire que ça change de ma vie d'avant, je peux dormir une partie de la journée et observer le ciel en soirée. Doug et ses amis me montent à manger tous les jours, à tour de rôle. C'est mieux que la maison de retraite !

Il tendit la main pour les inviter à passer dans un coin de l'observatoire où deux canapés se faisaient face, près d'une cheminée. Matt s'excusa et se dirigea vers l'escalier :

– Je vais aller ouvrir à Doug et aux autres, je crois qu'on a besoin de parler.

Confortablement assis dans les canapés, toute la bande de Doug – Sergio et Regie avaient retiré leur déguisement – encadrait Tobias et Matt. En voyant la monumentale tête cornue à leurs pieds, Matt se rappela les emplacements vides sur les murs de la salle des trophées, les clous abandonnés. Regie confirma que la tête venait de là. Les chaussures du scaphandre suffisaient à provoquer une démarche lourde et impressionnante.

Michael Carmichael, qui se déplaçait très lentement, déposa six tasses de thé fumant sur la table basse :

– Il faudra vous les partager, je n'ai pas assez de tasses, dit-il de sa voix de baryton.

Puis il alla s'asseoir avec un soupir d'épuisement dans un fauteuil roulant.

– Pourquoi vous avoir gardé ici pendant si longtemps ? demanda Matt qui ne parvenait pas à imaginer qu'on puisse rester enfermé ainsi des mois durant.

– Si tu avais entendu les propos que tenaient certains Pans à leur arrivée ici, déclara Doug. La plupart ont vu leurs copains se faire attaquer, massacrer par des Gloutons ou des Cyniks. Leur colère était contagieuse, elle est seulement en train de retomber.

Tobias haussa les épaules :

– Mais puisqu'il est... inoffensif.

Carmichael gloussa en entendant ce mot. Doug enchaîna :

– J'ai abordé le sujet plusieurs fois, et on me dit toujours la même chose : on ne peut plus faire confiance aux adultes, ils sont tous fourbes, dangereux. Dès le début j'ai compris que ça prendrait du temps avant qu'on puisse apaiser le souvenir des massacres. Et puis... Oncle Carmi aime bien sa nouvelle vie !

L'intéressé approuva vivement de la tête et précisa :

– Personne pour m'ennuyer, tout mon temps pour me consacrer à ma passion et des centaines de nouveaux défis à relever !

Matt hocha la tête. Le prodigieux savoir de Doug inspirait soudainement moins d'admiration : il provenait de son oncle ! Quand on lui posait une question, il n'avait qu'à la transmettre au vieil homme qui, sage et savant, lui donnait la réponse le soir même.

– C'est vous qui avez développé cette théorie de l'impulsion, n'est-ce pas ? interrogea Matt. Quand Ambre va l'apprendre, elle sera tout excitée !

– Ambre, c'est cette jeune fille dont tu m'as parlé, Doug ? Je suis impatient de la rencontrer, j'avoue être particulièrement admiratif de son hypothèse sur l'altération !

– Et le Livre des Espoirs, il existe vraiment ?

Carmichael émit un petit rire sec avant de pivoter avec son siège roulant jusqu'à son bureau. Il attrapa un petit livre à couverture blanche.

– Le voilà le fameux Livre des Espoirs !

Matt le prit et lut : *Guide de survie – comment s'adapter en tout milieu et développer son microcosme de survie –* par Jonas Sion.

– Un banal guide de survie ? railla Matt.

– Eh oui, fit Carmichael non sans ironie. Truffé de bons conseils pour lancer une agriculture, recueillir de l'eau ou pour chasser.

– Je m'étais attendu à quelque chose de plus…

– Imposant ?

– Oui, je m'étais imaginé une sorte de… Bible, un livre sacré, ou le témoignage d'un sage !

– Non, rien de tout cela. Cette société repart de zéro, mon petit, le divin aura peut-être sa place, mais plus tard. L'heure est au pragmatisme avant tout. À la survie.

Tobias, lui, en était resté au mystère du minotaure et à toute cette mascarade.

– Alors le manoir n'a jamais été hanté ? dit-il, presque déçu.

– Non, c'était Sergio et Regie sur ses épaules qui jouaient le rôle du minotaure, confirma Doug. Arthur courait derrière avec un énorme soufflet de cheminée pour faire croire à un souffle colossal.

– Et la fumée verte qu'on apercevait parfois ?

– Une simple réaction chimique en mettant deux produits en contact.

– Mais vous sembliez prêts à nous faire disparaître !

Doug ricana.

– Tu nous as pris pour des assassins ou quoi ? s'écria-t-il sans réelle indignation. On fait tout pour préserver notre secret, pour que l'oncle Carmichael ne soit pas en danger. C'est pour ça qu'on a confisqué presque toutes les armes de l'île. On compte bientôt dévoiler son existence. Il faut que tous les Pans soient conquis, pour éviter la discorde. Mais jamais on n'aurait tué qui que ce soit ! Claudia et Patrick se sont doutés de quelque chose, on a été obligés de leur expliquer.

– Combien êtes-vous au final ? demanda Matt.

– Sept. Nous six plus Laurie, une fille de la Licorne. Au départ il n'y avait que Regie et moi, on a commencé à dessiner des symboles effrayants un peu partout sur les portes extérieures du manoir, puis les autres se sont joints à nous au gré de nos besoins ou de leur perspicacité à découvrir qu'on cachait quelque chose. Un peu comme vous, d'ailleurs, on a eu de la chance de vous apercevoir la fois où vous êtes entrés dans le manoir du minotaure. On a pu faire diversion et vous faire fuir. De temps en temps, l'un d'entre nous vous surveillait mais pas tout le temps, on se serait fait démasquer.

– Et cette énorme porte renforcée ? C'est vous aussi ? s'étonna Tobias.

– Juste les dessins mystérieux, pour le reste c'était déjà là avant ! Mon oncle s'est fait construire un bunker !

– On n'est jamais trop prudent, fit le vieil homme.

Matt tourna la tête vers lui :

– Si vous, vous êtes toujours comme avant, alors on peut supposer que d'autres adultes ne sont pas devenus agressifs !

Carmichael eut l'air triste, il secoua doucement le menton.

– Figure-toi que j'ai eu beaucoup de chance. Le soir de la Tempête, j'étais ici même, à observer le ciel et les éclairs terribles qui sillonnaient la région. C'est alors qu'ils se sont rapprochés de l'île, on aurait dit des mains squelettiques énormes, elles palpaient la terre à la recherche de proies, et tout ce qu'elles touchaient, elles le vaporisaient instantanément. Au moment où elles se sont approchées de cette tour, le ciel a grondé et une lumière aveuglante a inondé cette pièce. J'ai senti une violente décharge et... plus rien.

Matt contempla le fauteuil roulant dans lequel Carmichael était assis, ses doigts noueux couverts de veines vertes, sa peau parcheminée. Le vieux monsieur continuait :

– Figurez-vous qu'un véritable éclair, pas ceux de cette sinistre Tempête, s'était abattu sur le télescope et sur moi-même ! Au moment où j'aurais dû être saisi par ces bras électriques, j'ai été terrassé par la foudre. Je pense que cette collision m'a épargné. Mais vous conviendrez que c'est un fait rarissime et qu'on ne peut légitimement espérer qu'il se soit reproduit ailleurs. Je suis donc le dernier adulte *normal* – « amical » pourrait-on dire – de ce pays et probablement de cette planète.

– Il faut la conjonction de la vraie foudre et d'un de ces éclairs malfaisants pour que l'effet s'annule ? répéta Tobias. Ça se trouve, on pourrait redonner à tous les Cyniks leur état normal si on parvenait à recréer ces conditions !

– N'y songe pas davantage, ce serait peine perdue, beaucoup d'énergie pour aucun espoir, trancha aussitôt Carmichael. D'abord parce qu'il est impossible d'appeler, si je puis dire, la foudre, ensuite parce qu'on ne sait pas si cette Tempête se manifestera encore, ce qui semble exclu si ma théorie est juste puisqu'elle n'était là que pour transformer le monde, balayer les terres et les mers afin de délivrer l'impulsion de transformation. Et enfin, je crois que le cerveau des adultes touchés a été bien trop traumatisé, pour ne pas dire définitivement modifié par cette impulsion, pour qu'on puisse espérer une réparation naturelle.

– Vous pensez vraiment qu'il n'y aura plus de Tempête ? dit Matt.

– C'est mon avis. Savez-vous ce qu'est la symbiose ? C'est quand deux organismes s'associent pour vivre et perdurer ensemble. C'est ce que l'humanité et la Terre ont fait pendant longtemps. Jusqu'à ce que nous décidions de la piller, de la polluer, de ne plus la respecter. La Terre est un organisme qui a donc été obligé de réagir, elle a envoyé ses anticorps : la Tempête, pour obliger l'humanité qui était devenue un parasite, à se transformer. La plupart d'entre nous ont été détruits, ils n'ont pas survécu à l'impulsion. D'autres ont muté, ils sont le pourcentage d'erreur, de rejet, de l'impulsion, et enfin ceux qui ont encaissé. Ceux-là ont été si bouleversés par cette agression naturelle qu'ils en sont devenus des êtres agressifs à leur tour, dans un état belliqueux d'autodéfense.

– C'est la théorie que Ambre a mise au point, rappela Matt.

– Exactement ! Parce qu'elle est observatrice, et qu'elle a vite compris que ce qui se passait à l'échelle planétaire, c'était finalement ce qui se produit dans nos corps au quotidien. Vous, les enfants, êtes l'espoir que cette Terre veut encore avoir en nous.

– Alors le monde ne changera plus, ce sera comme ça pour toujours ? constata Tobias d'une voix vacillante d'émotion.

– Il sera ce que vous en ferez. Vous avez la responsabilité de définir l'avenir de notre espèce !

– Vous allez pouvoir nous aider, répliqua Matt. Vos connaissances, vos…

Carmichael le coupa :

– Je suis très faible depuis que l'éclair m'est tombé dessus. Je ne tiens pas debout plus d'une demi-heure, et je sens mon corps qui se fatigue de plus en plus. L'avenir s'écrira sans moi, les enfants.

Doug avala sa salive bruyamment et passa son bras sur les épaules de son petit frère.

Matt décida qu'il était préférable pour tout le monde de changer de sujet, alors il revint à ce qui les préoccupait directement :

– Pourquoi vouliez-vous me faire une piqûre ?

– Pour étudier ton sang, expliqua Claudia. Tu as manifesté devant tout le monde ton altération. Monsieur Carmichael souhaitait étudier tes globules ou je ne sais quoi.

– C'est vrai, confirma le vieux monsieur. Ne leur en veux pas, c'était mon idée de te faire cette prise de sang pendant ton sommeil. J'aimerais pouvoir vous aider à cerner cette altération. Je ne dispose pas de beaucoup de matériel pour cela, privé d'électricité, il est inutilisable, mais on ne sait jamais.

– Vous auriez dû me demander, j'aurais accepté la prise de sang !

– Tu aurais demandé pourquoi, ça aurait éveillé encore plus tes soupçons ! répliqua Doug. Ne sois pas fâché contre nous.

– C'est vrai. Je n'en veux à personne, le rassura Matt.

D'ailleurs, je te présente mes excuses pour tout à l'heure, Claudia. J'espère que je ne t'ai pas fait mal.

L'adolescente lui répondit d'un signe de tête. Tous le guettaient avec un mélange d'amusement et de curiosité. Il était ce Pan dont on avait vu la démonstration de force dans la grande salle, un Pan futé, capable de déjouer leurs plans.

Brusquement, Matt réalisa qu'il avait fait fausse route dans ses soupçons. Doug et ses complices n'étaient en rien mêlés à l'attaque qui se préparait. Ils n'avaient aucun lien avec les Cyniks dans la forêt. Il se leva d'un bond :

– Je vous offrirai un échantillon de mon sang si vous le voulez mais avant ça, je dois vous dire quelque chose. Un secret qui menace nos vies à tous.

38.

Missive anonyme

Le vieux Carmichael, Doug et tous ses complices furent anéantis d'apprendre l'existence d'un traître sur l'île. Ils avaient déjà des doutes après l'épisode du lustre et de la corde coupée, mais ils s'étaient raccrochés à des hypothèses farfelues plutôt que d'envisager le pire. Encore plus troublante, l'imminence d'une attaque des Cyniks les fit paniquer et il fallut que l'oncle Carmichael tempère les ardeurs de chacun pour que Matt puisse terminer son exposé.

Il fut décrété que tout allait rester en l'état pendant plusieurs jours. Il était impossible de crier à la trahison tant qu'on ne savait pas de qui il s'agissait, il ne fallait pas qu'il puisse prévenir les Cyniks qu'il était démasqué. Et pour sa sécurité, Michael Carmichael resterait caché encore un moment. Tous acceptèrent que Ambre seulement soit mise au courant dès le lendemain et c'est Matt qui lui fit les révélations à son réveil. Il l'avait trouvée dans la salle commune de l'Hydre en train de prendre son petit déjeuner en compagnie de Gwen. Celle-ci avait fini par s'éloigner et Matt avait pu tout raconter à Ambre.

La jeune fille voulut le rencontrer de suite et Matt expliqua qu'il était plus prudent de lui rendre visite à la nuit tombée lorsque tout le monde serait couché.

Dans l'après-midi, un second Long Marcheur, chose rare, arriva sur l'île et Matt reconnut immédiatement Ben. Il en eut un pincement au cœur ; Ambre l'aimait beaucoup. Ben revenait tout juste du sud-ouest et il n'avait pas beaucoup de nouvelles, sinon la création à Éden d'un Quartier Général des Longs Marcheurs. Un petit site dans la forêt avait été attaqué par des Gloutons mais ils avaient été en mesure de repousser l'assaut. Matt songea alors aux Cyniks et se dit qu'il en serait autrement avec eux, une centaine, bien armés, et probablement sensibilisés aux stratégies militaires. Quel village panesque pouvait bien leur résister ?

En fin de journée, Ambre accourut et entraîna Matt dans un recoin du Kraken.

– J'ai eu une idée ! lança-t-elle en trépignant d'impatience. Ben est un garçon sûr, j'ai confiance en lui. Il a l'habitude des déplacements périlleux et sait être discret. On pourrait lui demander d'être notre éclaireur ! Il s'approchera de la fumée qu'il y a souvent dans la forêt et repérera le camp des Cyniks avant de nous faire un bilan de la situation.

– Oui, c'est pas une mauvaise idée. Mais c'est sacrément risqué.

– Benn est un Long Marcheur, il n'a pas peur du danger, il sert la communauté des Pans. Je commence à le cerner.

– Oui, j'ai cru remarquer que vous étiez très proches.

Ambre allait enchaîner lorsqu'elle s'arrêta, laissant mourir sa phrase dans sa gorge. Elle considéra Matt avec amusement :

– Serais-tu… jaloux ?

Matt fit une grimace de dégoût :

– Jaloux ? Pourquoi veux-tu que je le sois ?

Devinant qu'elle avait froissé son orgueil, elle s'empressa de corriger :

– Non, pardon, j'ai cru, c'est tout. En fait, Ben et moi nous connaissons car je l'ai harcelé de questions la dernière fois qu'il est venu ! Tu sais, je t'avais confié mon désir de devenir à mon tour un Long Marcheur quand j'aurai l'âge autorisé. C'est pour bientôt, dans quatre mois ! Et Ben m'a donné pas mal de conseils. Il a plus de dix-sept ans, lui, et ça fait plusieurs mois qu'il fait ça. Alors que penses-tu de mon idée ?

– Il faut voir s'il est d'accord…

– Il le sera, j'en suis sûre !

Le soir, en l'absence d'Ambre au Kraken, Matt répéta son plan à Doug qui le trouva excellent. Tobias les rejoignit à la table où ils dînaient ; il avait tiré à l'arc toute la matinée avant sa corvée de cuisine de l'après-midi, aussi était-il épuisé.

– J'ai l'impression que mes doigts vont se décrocher de mes mains, se plaignit-il.

Quand ils se levèrent pour retourner à leur chambre, Calvin

et son sourire indécrochable accourut pour tendre une petite enveloppe à Matt.

– Tiens, c'était devant la porte.

Matt la prit et découvrit son nom écrit dessus à l'encre noire. Il la décacheta et lut :

Je t'observe en ce moment même. Si tu montres cette lettre à quelqu'un, tu ne reverras plus jamais Ambre. Elle est dans un endroit que moi seul connais. Si je ne vais pas la libérer avant demain matin, elle y mourra.

Maintenant, tu vas m'obéir : viens au cimetière de l'île à minuit. Viens seul. Si je vois que tu es accompagné, Ambre est morte.

Je sais que tu l'aimes bien, ça se voit, vous êtes toujours fourrés ensemble, tout le monde le sait. Alors ne me prends pas à la rigolade. Sinon je la tue.

Tu es prévenu.

Matt devint tout pâle et déglutit bruyamment.

– Ça va ? lui demanda Tobias.

– Oui… Oui, oui, c'est un mot d'Ambre, elle avance dans ses recherches, c'est tout.

Il regarda autour de lui : ils étaient au pied du grand escalier, une douzaine de Pans de différents manoirs discutaient, assis à leur table. À l'écart, Ben et Franklin, les deux Longs Marcheurs, discutaient avec enthousiasme. L'auteur de cette lettre était-il parmi eux ou dissimulé ailleurs, sur la mezzanine ? Derrière une colonne ? Matt ne pouvait prendre ces menaces à la légère, il préféra plier la missive et la ranger dans sa poche pour que Tobias ne la lui prenne pas des mains.

– Tu n'as pas l'air dans ton assiette, insista Tobias. Tu veux t'allonger ?

Au prétexte de se sentir mal, Matt alla s'enfermer dans les toilettes. Il s'assit sur la cuvette fermée et relut la lettre, le cœur battant la chamade. Quelque chose dans l'écriture, surtout dans le dernier paragraphe, lui laissait penser qu'il s'agissait d'un Pan assez jeune. « *Je sais que tu l'aimes bien, ça se voit, vous êtes toujours fourrés ensemble, tout le monde le sait. Alors ne me prends pas à la rigolade.* »

C'était une remarque et une formulation puériles.

– Dans quoi est-ce qu'on s'est fourrés, Ambre ? murmura-t-il.

Matt se remémora les abords du cimetière. Cet endroit glauque et angoissant. Y aller seul à minuit relevait de la folie. Pourtant il en allait de la vie de son amie. Et si tout cela n'était qu'une plaisanterie ? *Personne n'en ferait d'aussi morbide ! Non, c'est vrai... Ambre n'a pas dîné avec nous ce soir, je suis certain qu'il lui est arrivé quelque chose !*

– Si je t'attrape, dit-il en fixant l'écriture grossière, je te ferai passer l'envie de t'en prendre aux gens que j'aime.

Il n'avait pas le choix.

Il fallait se résoudre à l'évidence : il était piégé. Tout

comme Ambre. Et leurs vies dépendaient du bon vouloir d'un jeune Pan dangereux

Matt devait lui obéir.

À minuit dans le cimetière. Tout seul.

39.

Pierres tombales et lune noire

Matt attendit que Tobias ronfle légèrement pour se lever. Il enfila son jean, son tee-shirt, et hésita avant de mettre son gilet en Kevlar qu'il masqua sous un pull. Il se couvrit de son manteau mi-long et sauta dans ses chaussures de marche avant de sortir son épée dont il se harnacha. *Il n'est pas précisé dans la lettre de venir sans arme, non ?* Il s'empara d'une lampe à huile qu'il alluma une fois à l'extérieur. Les buissons s'agitèrent et une grande forme sombre en jaillit. Matt recula précipitamment avant de reconnaître Plume.

— Tu m'as fichu la trouille !

Il la caressa et la chienne ouvrit la gueule pour haleter de bonheur.

— J'aurais vraiment aimé que tu sois avec moi sur ce coup-là mais je ne peux pas t'emmener. C'est trop dangereux, je ne sais pas ce qui m'attend, et ce cimetière n'est pas un lieu pour toi, crois-moi.

Plume referma la gueule, redressa ses oreilles et le fixa.

— N'insiste pas, c'est non. Allez, file, retourne dans ta cachette, il ne faut pas sortir la nuit, allez !

La chienne baissa la tête et fit demi-tour d'une démarche lente et contrainte.

Matt s'enfonça dans le sentier qui courait derrière le Kraken et longeait le manoir soi-disant hanté. Qui pouvait bien lui donner rendez-vous dans le cimetière en pleine nuit ? Un inconscient, assurément.

Depuis sa rencontre avec Michael Carmichael il avait repensé à cet endroit lugubre, aux toiles d'araignées énormes, à cette ambiance de mort qui régnait tout autour. Cette partie de l'île n'avait rien d'un coup monté pour éloigner les Pans, il existait *vraiment* un problème là-bas – une sorte de maléfice ou de malédiction, s'était-il dit. Se pouvait-il que l'impulsion de la Tempête ait aussi modifié les terres abritant les morts ?

De part et d'autre du sentier, la forêt était opaque, noire. Un vent timide faisait bruisser les feuilles les plus hautes tandis qu'une humidité froide montait du fleuve.

Matt n'avait aucun plan, aucune ruse en tête. Tout ce qu'il voulait c'était sauver Ambre. Il était prêt à se battre pour cela.

Après plusieurs minutes de marche il reconnut la forme caractéristique des plantes sur sa droite. Les troncs étaient difformes, noircis, la mousse sur le sol desséchée, et même les ronces avaient des épines de la couleur de l'ébène. Matt s'immobilisa et leva la lampe devant lui. Aussi loin que son regard perçait, la forêt semblait morte. Il inspira un grand coup pour se donner du courage et s'enfonça dans cette végétation infernale, écartant les branches basses qui craquaient comme des os qu'on brise. Le long rideau de soie blanche émergea et Matt prit soin de le contourner. Les cadavres d'oiseaux et de rongeurs qui y pendaient, momifiés, étaient encore plus inquiétants à la seule lueur de sa lampe. Il repensa à l'histoire de Tobias sur des araignées capables de liquéfier l'intérieur d'un homme pour lui aspirer les entrailles pendant qu'il était encore vivant et il se mit à frissonner. Après avoir ouvert un bouquet de ronces à coups d'épée, Matt pénétra dans le cimetière.

Cinq gros mausolées le dominaient, et une dizaine de croix avec plaques les encadraient. Matt remarqua la lune au-dessus de lui, elle avait une teinte rousse, il se demanda si ce n'était pas ce qu'on appelait, en astrologie, la lune noire. Dans les films fantastiques, les loups-garous se transformaient systématiquement à la lune noire.

C'est bien le moment de penser à ça ! se moqua-t-il sans joie.

Il déambula parmi les stèles en s'interrogeant sur ce qu'on attendait de lui. Il ne devait plus être loin de minuit. Une nappe de brume laiteuse commençait à glisser du côté du fleuve. Elle sortait doucement des fourrés, comme un animal à l'affût, avant de se répandre entre les pierres tombales. Matt continuait de faire les cent pas lorsqu'il perçut un grouillement à ses pieds.

Des dizaines d'asticots noirs se tortillaient en voulant entrer dans la terre ; Matt ne put retenir un cri de surprise lorsqu'une patte de lézard de la taille d'une main d'enfant surgit d'un trou à l'angle d'une tombe pour saisir un ver et l'emporter dans ses profondes ténèbres.

– Mais où est-ce que je suis ? murmura-t-il en s'éloignant du reptile.

Pour le coup, il commença à regretter de n'avoir pas pris Plume avec lui.

Soudain, une brindille craqua et Matt fit volte-face.

Un trait noir fusa sous ses yeux, si rapide qu'il ne put réagir avant de comprendre que c'était une flèche. Elle vint le frapper en plein cœur, lui coupant le souffle.

Matt trébucha et parvint à se rétablir contre une grosse croix en pierre grise. Il eut du mal à retrouver sa respiration mais lorsqu'elle revint, il fut surpris de ne ressentir qu'une douleur sourde, celle de l'impact. Un gros bleu fleurirait sur sa poitrine, pourtant la flèche était plantée dans son torse. Ou plus précisément dans ses vêtements et dans la doublure du gilet en Kevlar. La pointe n'avait pu transpercer le métal de protection.

Matt leva la tête et sonda la forêt d'où était partie la flèche.

Un second trait siffla et il ne put l'éviter non plus. Cette fois il le toucha à hauteur du nombril, l'armure arrêta encore le projectile mais ça ne durerait pas, tôt ou tard on le viserait au visage. Matt sauta par-dessus une tombe et courut vers son agresseur qu'il ne parvenait pas à distinguer.

Quelqu'un bougea dans les fourrés et se mit à courir aussitôt.

Il s'enfuit ! Ce lâche s'enfuit ! s'énerva Matt qui surgit hors du cimetière. Il repoussa les buissons qui gênaient sa vue et chercha à repérer le fugitif. Il ne put le voir mais il l'entendit qui traversait un bosquet de plantes sèches et craquantes. Matt s'élança avec la rage de celui qui sait que la vie de son amie est entre ses mains. Il zigzagua entre les arbres et aperçut une silhouette. Dans la confusion il lui était impossible d'en discerner davantage, le fuyard passa sous la toile d'araignée gigantesque en heurtant les cocons d'animaux morts qui se décrochèrent. Au moment où Matt pensait se faufiler au même endroit, une forme noire déplia ses pattes et courut sur la toile. Matt dérapa et parvint, d'un roulé-boulé, à ne pas se prendre dans les fibres collantes. Il n'avait pas eu le temps de bien la regarder mais il était catégorique : l'araignée qui vivait là était plus grosse qu'un chat !

Il perdit du temps à faire le tour et lorsqu'il se rapprocha du sentier, son adversaire était déjà loin. Découragé et aveuglé par la colère, Matt ne fit pas attention où il posait les pieds, sa cheville s'enfonça dans une racine qui l'envoya au tapis.

Un flash étourdissant l'électrisa. Il demeura une longue minute ainsi étalé avant de rassembler ses idées et de parvenir à se relever.

Inutile de se hâter, il avait manqué toute chance de rattraper le ravisseur d'Ambre. Matt eut envie de pleurer. Il ne voulait pas perdre son amie, il lui était intolérable qu'elle meure, encore plus à cause de lui. Il souhaitait la voir, la serrer dans ses bras et sentir le parfum de sa peau. Non, ça ne pouvait pas s'arrêter ainsi. Le ravisseur n'avait rien dit, rien demandé, il s'était contenté d'attirer Matt jusqu'ici pour pouvoir l'éliminer tranquillement. *C'était ça son plan, me tuer !* Matt n'avait plus grand doute, son assaillant était l'informateur des Cyniks. *Éliminer un groupe de meneurs : Ambre, Tobias et moi !* S'il avait raison, alors il était peu probable que Ambre soit encore en vie. Pourquoi s'en embarrasser si l'objectif était de tous les faire disparaître ? *Tobias ! J'ai laissé Tobias seul dans la chambre !*

Matt se remit à sprinter lorsque la logique l'apaisa : *c'est le travail d'une seule personne. Il n'y a qu'un seul traître. Les Cyniks parlaient d'un gamin, pas de plusieurs. Il ne pouvait pas être ici et en même temps au Kraken pour s'occuper de Tobias.*

Néanmoins, Matt s'empressa de remonter le sentier en frottant sa mâchoire endolorie.

Il était à la hauteur du manoir de l'Hydre lorsqu'il les entendit se rapprocher.

Une multitude de froissements et de couinements. Matt se tourna mais ne vit rien derrière lui. Alors il leva la tête.

Plus de cent chauves-souris dansaient dans le ciel en une longue procession qui se rapprochait de lui.

Elles tournoyaient en opérant de courts piqués pour raser le sol.

Matt eut le désagréable sentiment qu'elles le cherchaient et il accéléra.

Le nuage claqua dans les airs et prit de la vitesse à son tour. L'adolescent se mit à enchaîner les foulées jusqu'à filer aussi vite qu'il le pouvait.

Les premières chauves-souris passèrent juste devant lui, plongeant pour tenter de le ralentir. Les suivantes glissèrent à une poignée de centimètres de ses cheveux et Matt devina leur présence aux courants d'air qui le frôlaient. Il était beaucoup trop loin du Kraken et l'entrée de l'Hydre était à l'opposé d'où il se tenait, impossible de se mettre à l'abri. Matt ralentit d'un coup et sortit son épée qu'il brandit devant lui.

Les chauves-souris formèrent un tourbillon bruyant au-dessus de sa silhouette et tournèrent de plus en plus vite. Puis l'une d'elles se laissa emporter par sa vitesse et se précipita sur son visage.

Matt eut à peine le temps de lever sa lame pour se protéger, le petit mammifère fut sectionné en deux.

Trois autres bêtes plongèrent. Matt opéra de larges moulinets avec son arme dont le poids ne lui posait plus de pro-blème – signe évident que son altération était efficace – et le sang gicla, envoyant des fragments d'ailes et de têtes convul-sées autour de lui.

Peu à peu, le tourbillon émit une vibration grave et terri-fiante, et des dizaines de chauves-souris foncèrent sur Matt.

Le garçon frappa l'air de toutes ses forces, la lame décou-pait tout ce qu'elle rencontrait, pourtant il fut très vite débordé. Des dizaines et des dizaines de créatures ailées se jetaient sur lui pour le lacérer de leurs griffes. Elles tom-baient les unes après les autres, décapitées, amputées d'une aile ou d'une patte, et cependant elles semblaient de plus en plus nombreuses. Matt hurla, il hurla avec ses tripes, pour vivre, pour Ambre, pour Tobias. Il hurla et tous les muscles de son corps se mirent à rouler pour rendre coup pour coup. Ses mouvements devinrent fluides, rapides. La lame sifflait sans discontinuer tellement elle allait vite, même lorsqu'elle découpait la chair. Malgré tout, Matt était incapable de faire face, elles le noyaient, le submergeaient, il fut rapidement criblé de blessures. Le sang pleuvait sur lui. Et soudain tout s'arrêta.

En une seconde, plus une seule chauve-souris sur lui. Elles disparaissaient déjà en direction des nuages.

Matt tituba et lâcha son épée.

Il était entaillé aux mains et au visage, des dizaines de

sillons sanglants mais peu profonds. Et pourtant il était complètement recouvert de sang chaud. Celui de ses assaillants.

Il vit des silhouettes accourir depuis l'Hydre. Lucy, puis Gwen… et Ambre.

Il cligna des paupières en voyant son amie se précipiter vers lui et, lorsqu'il fut certain que c'était bien elle, ses jambes se dérobèrent, son esprit vacilla et il s'effondra sur la terre battue du sentier.

40.
Déductions

Le lendemain matin, Matt se réveilla dans la chambre d'Ambre. Il avait le visage en feu, l'impression d'avoir des hameçons plantés dans les joues, le front et le menton.

Ambre posa un linge tiède sur ses blessures et s'assura qu'on lui apporte à manger et à boire.

Lorsque Matt lui raconta l'aventure, elle fut partagée entre colère, inquiétude et gêne. Elle n'avait pas été enlevée du tout, bien au contraire puisqu'elle avait passé la soirée en compagnie de quatre Pans qui souhaitaient partager leurs impressions sur l'altération. La réunion s'était organisée au dernier moment, et les participants avaient rapidement transmis l'information autour d'eux. Une bonne partie de l'île pouvait, de fait, être au courant, même si Matt n'en avait pas entendu parler.

– Celui qui t'a tendu ce piège le savait, résuma Ambre, il a joué sur la confusion, en te disant de n'en parler à personne il espérait que tu t'isoles et que tu ne vérifies pas où j'étais réellement. C'était le meilleur stratagème pour t'attirer à lui en ne prenant aucun risque.

– On a voulu me tuer ! Deux flèches, la première en plein

cœur ! Si je n'avais pas eu mon gilet pare-balles, je serais mort ! Un dingue est parmi nous !

– Un dingue organisé. Son plan étant de nous tuer tous les trois, l'un après l'autre, j'imagine.

– Si on ne se dépêche pas, il va nous avoir !

Ambre approuva et se leva pour examiner le paysage par la fenêtre.

– J'ai discuté avec Ben ce matin, avant ton réveil, il est d'accord pour sortir en éclaireur dans la forêt, il va tenter de localiser le camp des Cyniks. D'après lui ce ne sera pas difficile s'ils sont une centaine.

– Qu'il commence par la fumée qu'on aperçoit au loin. Et le vieux Carmichael, tu ne l'as pas encore rencontré, du coup ?

– Non... Ce soir j'espère ! Je ne sais pas si c'est parce que nous y sommes plus attentifs mais il semblerait que l'altération se manifeste davantage et de plus en plus puissamment. Si le traître y prête attention, il va réaliser qu'il ne faut plus attendre. Plus les jours passeront, plus les Pans de cette île seront forts et aptes à contrôler leur altération. Si tu veux mon avis, il ne va pas tarder à lancer le signal aux Cyniks.

– Pour ça il faut qu'il puisse quitter l'île, sais-tu quand ont lieu les prochaines cueillettes ?

– Très bientôt, j'en ai peur.

– Il faut se débrouiller pour que seuls les gens de confiance puissent sortir, personne d'autre !

– Ça va rendre le traître encore plus méfiant, il trouvera un moyen ou un autre de s'enfuir !

Matt soupira, Ambre n'avait pas tort. Ils étaient dans une situation critique. Il fallait confondre ce manipulateur au plus vite. Par quoi commencer ? *Ses méthodes*, se dit Matt. *Comment fait-il pour communiquer avec les Cyniks ? Les trois soldats qu'on a surpris lisaient un message qu'il venait de leur laisser... Il était sorti de l'île...*

D'un mouvement brusque Matt se redressa et frappa dans ses mains.

– Quel idiot je fais ! s'écria-t-il. C'est tellement évident que je n'y ai pas songé ! Le traître faisait obligatoirement partie de notre expédition pour délivrer le message aux trois Cyniks qu'on a surpris ! Qui était présent ? Nous, l'Alliance des Trois, Doug, Arthur et Sergio. Ceux-là, je pense qu'on peut les écarter des suspects, s'il s'agissait de quelqu'un de la bande de Doug, il aurait déjà semé la zizanie en démasquant le vieil homme, c'est un secret qui lui aurait été bien trop utile pour nous mettre dans l'embarras. Qui reste-t-il ?

– Travis et Gwen, fit Ambre. Gwen ne ferait jamais ça, c'est une amie, elle est incapable de la moindre méchanceté.

– En es-tu sûre ? Tu parierais ta vie sur elle ?

Ambre réfléchit puis lâcha :

– Absolument.

Matt acquiesça face à sa détermination. Il restait Travis, le rouquin de la bande. Un peu rustre, pas toujours finaud, mais volontaire, il rendait service très souvent, aimait s'impliquer dans la vie de la communauté et n'avait pas peur de mouiller sa chemise pour la survie ou le confort collectif. Travis était fils d'agriculteurs, se souvint Matt, un garçon à qui on a inculqué des valeurs essentielles : le travail, l'entraide et le respect. Tout ça ne cadrait pas vraiment avec l'image qu'il se faisait d'un traître et apprenti assassin de surcroît. Était-ce une couverture ? Si tel était le cas, alors il fallait lui reconnaître une habileté hors du commun.

– Ça me paraît impensable que ça puisse être Travis, confia-t-il.

– Rappelle-toi, c'est le premier à s'être porté volontaire pour venir. Il était avec Tobias pendant l'expédition, et Toby nous a dit qu'ils se sont séparés, ça pourrait correspondre.

Matt se massa le cuir chevelu, il avait sacrément mal au crâne.

– Je ne sais pas, je n'arrive pas à le croire, dit-il.

Ambre fit un bond, un grand sourire aux lèvres, et vint s'asseoir sur le lit à côté de lui. Matt s'en sentit soudainement mieux.

– Tu veux une bonne nouvelle ? lui dit-elle.

– Vas-y.

– Je crois que j'arrive presque à faire bouger un crayon.

C'est pas encore tout à fait évident, cela dit je me rapproche, je le sens !

— Génial ! Et avec les autres Pans, tu as des résultats ? Sergio semblait prometteur, non ?

— En effet, il fait apparaître des étincelles dès qu'il se concentre, pour l'instant il n'y arrive pas sans frotter deux objets ensemble mais je pense qu'il pourra prochainement les faire surgir sans rien d'autre que sa concentration. Bill, le garçon qui joue avec de petits courants d'eau est très doué. Et à mon avis Gwen n'est pas loin de pouvoir déclencher des décharges, faibles certes, mais à volonté, en tout cas elle le fait en dormant. Et toi, tu perçois des changements dans ton corps ?

Matt n'osa pas lui dire que les bouleversements les plus surprenants provenaient d'elle, lorsqu'elle s'approchait de lui.

— Rien d'évident et pourtant... mon épée pesait une tonne il y a encore quelques mois, maintenant je la soulève et la manie aisément. Je me rends compte aussi que je fatigue moins vite que d'autres dans l'effort musculaire, pour grimper des marches ou pour courir, par exemple. Tout ça est à peine perceptible, ce sont juste des constatations plus que des changements évidents.

— Si seulement on pouvait gagner du temps avant que les Cyniks ne nous attaquent. Je suis convaincue qu'on pourrait les repousser, avec cette île comme défense naturelle et nos altérations à tous, pour peu qu'on puisse les contrôler, alors on serait imprenables !

– Je sais, je sais…, murmura Matt. Sauf qu'on ne va pas avoir ce temps. Il faut trouver autre chose.

En début d'après-midi, quand Ambre se fut acquittée de ses « consultations », l'Alliance des Trois se retrouva dans la bibliothèque scientifique au dernier étage du Kraken. Ambre se promenait sur le balcon, inspectant distraitement les tranches des livres. En contrebas, Tobias et Matt étaient assis dans les fauteuils et discutaient.

– Moi non plus je ne peux pas croire que ce soit Travis ! protesta Tobias.

– Il faudrait le surveiller, suggéra Matt.

– Et si ce n'est pas lui ?

– C'est le seul qui était dans l'expédition dont on n'est pas sûr. Pour les autres ça semble impossible.

Tobias n'eut pas l'air convaincu. Du haut de son perchoir Ambre déclara sans même lever les yeux de l'ouvrage qu'elle venait d'ouvrir :

– Et si le traître n'était pas dans l'expédition ?

– Comment aurait-il fait pour laisser un message aux Cyniks ? contra Matt.

– C'est ça la question qu'on doit se poser ! Comment communiquent-ils ? (Elle rangea le livre et marcha jusqu'à l'escabeau pour rejoindre ses compagnons.) Il pourrait avoir dissimulé une note dans l'attelage de Plume par exemple ! Si les Cyniks sont au courant, il leur suffit de nous épier, d'attendre qu'on laisse la chienne seule et ils vont récupérer le mot !

Matt secoua la tête :

– Je n'imagine pas une seconde Plume se laissant approcher par des Cyniks.

– Qu'est-ce qu'on en sait ? Peut-être qu'elle ne se sent pas en danger en leur présence.

– Plume est d'une intelligence remarquable.

Ambre haussa les épaules et ajouta :

– C'est vrai, en tout cas c'est un exemple, il faut qu'on réfléchisse à la méthode qu'il a pu employer pour se servir de nous, de notre expédition, pour apporter un message en ville. Trouvons la méthode, elle nous conduira à l'individu.

– Tu parles vraiment comme une adulte ! s'esclaffa Tobias.

Ambre lui jeta un regard noir.

– J'ai pensé à comparer l'écriture de tous les Pans de l'île avec celle du mot que j'ai reçu hier, mais ça va nous prendre une éternité ! maugréa Matt.

– Et s'il n'est pas trop bête il aura modifié son écriture ! contra Ambre. On n'est pas des experts !

Matt se leva et fit un signe en direction de Tobias :

– Nous deux on va s'occuper d'identifier le traître. Ambre, pendant ce temps, il faut que tu rassembles les Pans les plus habiles pour que vous travailliez ensemble à maîtriser l'altération, entraidez-vous pour contrôler vos capacités. Il faut que vous soyez opérationnels le plus vite possible. Si on doit se faire envahir, j'aimerais autant qu'on ait une chance de résister.

Dans l'après-midi, Tobias et Matt allèrent pêcher sur les quais sud. Ce dernier n'arrêtait pas d'envisager leur problème sous tous ses aspects. Du plus loin qu'il put remonter il lui sembla qu'il fallait d'abord découvrir comment le traître avait rencontré les Cyniks la toute première fois. Était-ce avant d'arriver sur l'île, au détour d'un chemin ? Ou bien plus tard, lors d'une expédition ou d'une sortie pour les cueillettes ? Matt était convaincu que ça datait de longtemps, car il avait fallu prendre contact puis l'entretenir jusqu'à ce que les Cyniks s'organisent et envoient ici un bataillon de cent hommes. Leur repère était loin au sud-est, à plusieurs semaines, à peut-être plus d'un mois de marche… Il avait fait part de ses déductions à Tobias, et le garçon lui avait expliqué que presque tous les Pans étaient déjà sortis au moins une fois pour une raison ou pour une autre. Ils ne pouvaient pas dresser une liste sur ce critère-là.

De temps à autre ils tiraient du fleuve noir un poisson dodu qu'ils mettaient dans un sceau. Chacun était plongé dans ses pensées. Finalement, Tobias désigna le visage de son ami :

– Ça ne te fait pas trop mal ?

– Un peu. Ça brûle, le pire c'est quand je souris.

– C'est tout de même bizarre ces chauves-souris qui t'attaquent, tu ne trouves pas ?

Matt frissonna.

– En effet.

– Tu crois qu'elles sont là toutes les nuits ? Qu'on ne pourra
plus jamais sortir après le crépuscule ?

Matt fit la moue. Il hésita puis serra sa canne à pêche avant
de dire lentement :

– Tu sais, je fais des rêves étranges depuis que je suis ici. Je
rêve d'un… d'une créature mystérieuse qui me traque. Elle
s'entoure d'ombres, et ressemble presque à la mort, mais ça
n'est pas exactement ça, d'une certaine manière c'est pire. Je
la sens maléfique, en colère, on dirait qu'elle produit de la
peur, qu'elle la transmet. Et elle, ou plutôt il, a un nom : le
Raupéroden.

– Le Raupéroden ? répéta Tobias. Tu parles d'un nom !

– Le truc c'est que je sens qu'il me pourchasse, et, comment
t'expliquer ça… je sais que ce n'est pas seulement un rêve,
que ça arrive vraiment. Tu te rappelles les échassiers à New
York ?

– Tu parles ! Comment je pourrais les oublier ?

– Ils agissaient pour le compte de quelqu'un ou quelque
chose et j'ai l'intuition que c'est pour lui. Un être informe,
comme une très grande ombre.

– Attends une seconde ! s'exclama Tobias. Le… le site au

nord, celui qui a été attaqué l'autre jour par une « forme noire », ça pourrait être ce Raupéroden !

– C'est exactement ce que je me suis dit. Et ces chauves-souris, je les ai bien observées la première fois que je les ai vues, j'ai cru qu'elles voulaient pénétrer dans un des manoirs pour nous sauter dessus, mais avec le recul je me demande si elles ne cherchaient pas quelqu'un. Depuis hier soir et leur attaque, j'ai le pressentiment que c'était moi. Ce sont des créatures de la nuit, inquiétantes comme peut l'être le Raupéroden. Il avait perdu ma trace lors de notre fuite, et voilà qu'il vient de me retrouver !

– Tu crois qu'elles sont ses – comment on dit déjà ? – émissaires ?

– On dirait bien. Sinon pourquoi ont-elles déguerpi au moment où des filles de l'Hydre sont arrivées ? Elles auraient dû se jeter sur ces nouvelles victimes potentielles ! Tout ça me fait dire qu'il se rapproche d'ici, et qu'en plus des Cyniks, nous avons le Raupéroden sur le dos.

Tobias fixa son ami, la bouche entrouverte comme s'il n'osait dire ce qu'il pensait vraiment.

– Tu veux dire…, murmura-t-il, que *tu* as le Raupéroden sur le dos…

Matt l'observa, avant d'acquiescer doucement, soudain abattu.

– De toute façon je suis avec toi, quoi qu'il arrive. Je ne te

laisse pas tomber, et s'il faut planter une flèche entre les deux
yeux de ce… machin, tu sais que tu peux compter sur moi et
mon adresse !

Tobias parvint à décrocher un sourire à son camarade.

– C'est vrai qu'avec toi et ton arc, je ne crains plus rien.
C'est toi qui m'auras abattu en voulant dégommer le monstre !

Leur rire, déjà timide, se coupa net lorsque le dos d'un poisson creva la surface et glissa pendant cinq bonnes secondes,
témoignant de son incroyable longueur.

– T'as vu ça ? s'affola Tobias. Il mesurait combien ? Au
moins cinq ou six mètres de long ! Incroyable !

Instinctivement, il recula du bord du ponton.

– La nature a changé, constata Matt avec plus d'amertume
que d'angoisse. Cette… *impulsion* a bouleversé la végétation
et les animaux pour leur redonner une nouvelle chance de survivre à l'humanité. Maintenant, là-dehors, on n'est plus du
tout au sommet de la chaîne alimentaire. C'est comme si la
Terre s'était rendu compte que nous allions trop loin, que dès
le départ elle nous avait offert un potentiel trop étoffé, au point
de faire de simples singes des hommes bien trop ambitieux et
que, soudain, elle venait de corriger cette erreur.

– T'entends comme tu parles ? Il y a encore six mois,
jamais on n'aurait dit des trucs pareils, c'est comme si on était
plus intelligents.

– Plus matures, tu veux dire ?

– Oui, c'est ça. On est obligés de se débrouiller, de s'organiser, de survivre, et on s'est adaptés, on a évolué, même dans
notre langage je trouve.

Matt approuva et sonda leur sceau.

– Il est assez plein, allez viens, on rentre au Kraken.

– Et si on parlait de tout ça à Carmichael ? proposa Tobias
en se levant. C'est un vieux monsieur, un sage, il saura quoi
nous conseiller, pour démasquer le traître et à propos de ce...
Raupéroden.

– Il n'en sait pas plus que toi et moi à ce sujet, laisse-le donc
là où il est. De toute façon avec les adultes, quand il s'agit de
résoudre des problèmes, on a vu où ça nous a conduits ! lança
Matt en désignant le paysage sauvage qui les entourait.

En fin d'après-midi, ils croisèrent Mitch, le dessinateur, qui
revenait du pont où il avait fait un croquis des berges. Ils
échangèrent quelques banalités et Mitch, qui n'avait pas appris
l'agression de Matt par les chauves-souris, s'inquiéta :

– Hier soir ? Dites donc, j'aurais pu me faire attaquer moi
aussi, je suis resté dehors jusqu'à minuit !

– Ah bon, fit Matt, où ça ?

– À la rotonde, avec Rodney du Pégase ainsi que Lindsey et
Caroline de l'Hydre.

Matt préféra ne pas lui demander ce qu'ils faisaient là-bas

tous les quatre à une heure pareille pour se concentrer sur ce qui l'intéressait :

– Et les trois autres ? Ils sont rentrés sans souci ?

– Oui, je les ai vus ce matin, tout le monde va bien, aucune attaque de chauves-souris.

Un peu plus tard, une fois seuls, Matt résuma ses conclusions à Tobias :

– Plus aucun doute, c'est après moi qu'elles en avaient ces fichues bestioles !

– Alors tu ne sors plus dès que le soleil se couche.

Ils dînèrent ensemble et montèrent dans la chambre de Tobias pour feuilleter quelques bandes dessinées que Doug leur avait confiées. À un moment, Tobias observa la nuit, le nez rivé aux carreaux.

– Je les vois, annonça-t-il sombrement. Des dizaines et des dizaines de chauves-souris, elles tournent dans le ciel.

– Au-dessus de la forêt ?

– Oui, non, attends… elles sont au nord, vers le Centaure.

Tobias remarqua également la fenêtre allumée de la chambre d'Ambre.

– Ambre ne dort pas, constata-t-il.

– Avec cette histoire d'altération et d'ultimatum, ça ne m'étonne pas d'elle. Et si tu veux tout savoir, moi non plus je ne pourrai pas fermer l'œil tant que je ne trouverai pas un moyen de débusquer le salaud qui nous trahit.

Tobias tourna la tête vers Matt, surpris de l'entendre parler ainsi. Puis il revint à sa bande dessinée et poursuivit sa lecture.

Plus tard dans la nuit, à minuit passé, il retourna devant la fenêtre et remarqua que la lumière était éteinte chez Ambre.

– Finalement, elle s'est endormie on dirait.

Mais il ne prêta pas attention au ciel étoilé dans lequel ne volait plus aucune bête aux alentours de l'île.

Les chauves-souris avaient disparu.

41.

Croyance réflexive

Ambre dut attendre que toutes les lampes soient éteintes pour sortir de sa chambre, puis de l'Hydre – heureusement, il ne restait plus aucun signe de ces chauves-souris belliqueuses – pour rejoindre le passage secret qui conduisait au manoir du minotaure. Elle déambula un quart d'heure dans les couloirs avant de trouver le bon escalier, celui qui grimpait à l'observatoire, et une fois au sommet, elle toqua timidement à la porte.

Une voix enrouée par la fatigue – ou par un trop long silence, Ambre ne sut le dire – répondit :

– Oui ? Entrez !

– Pardonnez-moi de venir si tard…

Dès qu'il l'aperçut, le vieux Carmichael se mit à sourire.

– Tu dois être Ambre, n'est-ce pas ? Je me demandais combien de temps tu attendrais avant de me rendre visite.

– Je ne vous dérange pas ? s'enquit-elle en constatant qu'il était emmitouflé dans une robe de chambre.

– Non, je somnolais. Tu sais, à mon âge, on ne dort jamais totalement. Je dis à Doug et Regie que j'aime être seul le soir pour qu'ils rentrent, sans quoi ils passeraient la nuit à me veiller ! Ces deux-là sont adorables.

Ambre lui renvoya un sourire poli et leva les yeux vers l'incroyable plafond et son télescope immense.

– Vous examinez encore les étoiles ?

– Plus que jamais, je m'assure qu'elles n'ont pas bougé. Enfin, pas elles directement mais…

– Pour être certain que la Terre n'a pas changé de position ou d'axe pendant la Tempête ?

Carmichael eut un rire sec.

– Oui, tu es vive. C'est ce que tes formidables hypothèses sur l'altération laissaient présager.

– J'avoue que… j'aimerais bien parler de tout ça avec vous.

– Viens t'asseoir, prends un biscuit si tu veux, je les ai faits moi-même, dit-il fièrement. Tiens, voilà un peu de thé, la Thermos a dû le garder tiède.

Ambre s'installa dans un sofa et le vieux monsieur se servit un verre de bourbon.

– Croyez-vous qu'une autre sorte de Tempête puisse remettre les choses telles qu'elles étaient auparavant ? questionna Ambre sans préambule.

– En toute franchise : non. Comme je l'ai dit à tes deux amis : ça n'arrivera pas, parce que la Terre a réagi à notre présence devenue parasitaire, ce qui est fait est fait et, pour tout te dire, cela a dû lui demander un effort prodigieux qu'elle n'est pas prête de réitérer.

– Quel genre d'effort ?

– Comme tu le sais, la Terre est probablement l'unique responsable de ce qui s'est produit et de ses conséquences, elle
agit comme un être vivant, qu'elle est d'ailleurs. Bien entendu,
je ne lui prête aucune conscience, aucune forme d'intelligence
propre, pas au sens où nous l'entendons ; cela dit, elle a des
mécanismes de défense, et ceux-ci se sont mis en branle
lorsqu'elle s'est sentie menacée. Tout cela a été progressif,
j'imagine, nous aurions dû lire ses réactions : la multiplication
des tremblements de terre, des tsunamis, des éruptions volcaniques, et ainsi de suite. Pourtant, personne n'a réellement
accepté ces manifestations comme une forme de langage.
Alors, puisqu'on ne l'écoutait pas, elle n'a eu d'autre solution
que de frapper à son tour, pour ne pas mourir étouffée. Ses
défenses immunitaires se sont activées, il y a eu une sorte
d'impulsion, comme un code, qui a altéré une partie de la
génétique des végétaux et des animaux, hommes compris.

– Cette impulsion, vous croyez que c'était la Tempête ?

– Non, pas exactement. Plus j'y réfléchis et plus je pense
que la Tempête avait un double rôle. D'abord, de porter cette
impulsion ; de la cacher ? Peut-être. Ensuite la Tempête ressemblait à une sorte de camion de nettoyage qui venait passer
son coup de balai après la grande fête, pour laisser la place
propre. Je pense que l'impulsion a eu lieu *pendant*, sans même
que nous nous en rendions compte. Sous quelle forme ? Je
l'ignore et il m'est avis que cela dépasse nos connaissances
scientifiques. Cette planète recèle tant de mystères malgré nos

savoirs technologiques, que je ne serais pas surpris que l'impulsion soit une forme d'onde ou de magnétisme capable de transporter un message altérant la génétique tout en étant sélectif...

– J'ai peur de ne plus vous suivre, je suis désolée.

– Non, c'est moi qui le suis, j'oublie parfois que mes interlocuteurs sont des adolescents. Aussi doués soient-ils, s'empressa-t-il d'ajouter en voyant Ambre se vexer. Tout ça pour dire que nous avons été ignorants de ce qui se passait là sous nos yeux, sous nos pieds, tandis que la Terre nous lançait un tas d'avertissements.

– Peut-être que les baleines comprenaient ce langage terrestre, ça expliquerait qu'elles venaient s'échouer de plus en plus nombreuses sur les côtes ! Ou les dauphins, j'ai lu dans un magazine que leur cerveau était plus gros que le nôtre ! Ou alors... nous n'avons pas *voulu* entendre la Terre.

– Possible. Quoi qu'il en soit, le mal est fait. À nous désormais de vivre avec et de tout faire pour ne pas reproduire les erreurs du passé. Non, en fait, je devrais dire : à *vous* de le faire.

– Vous croyez qu'on est capables de s'en sortir ?

Carmichael la considéra un moment avant de répondre, pour s'assurer qu'elle pouvait encaisser une vérité faite d'incertitudes et non de promesses :

– La vie en société est difficile, vivre en harmonie encore

plus, vous êtes des… enfants, et le modèle unique que vous avez eu était cruel et destructeur.

– Mais la Terre nous a épargnés.

– Parce qu'elle veut encore y croire, et pour ne pas lui prêter une conscience réflexive : elle n'élimine pas tous les parasites, car ils peuvent vivre en symbiose, en harmonie, mais elle les rappelle à l'ordre.

– C'est quoi une conscience réflexive ?

– C'est avoir conscience de ses propres pensées, comme si on se regardait soi-même de haut et qu'on s'écoutait penser. C'est une forme d'intelligence. Je dis bien « une forme ». C'est ce qui nous différencie de la Terre je suppose. Elle, elle n'a pas cette conscience réflexive, mais elle vit comme une plante couverte de bourgeons, de diverses mutations au gré des évolutions. Ils sont le fruit de ses entrailles, une part d'elle-même, nés pour évoluer à leur tour, mais si ces bourgeons, au lieu de donner de belles fleurs colorées, deviennent des plantes carnivores qui commencent à la ronger, alors elle réagit pour les calmer, elle tente de les modifier, car ils sont sur elle, dépendants d'elle. Mais s'ils se montrent trop envahissants et destructeurs, il y a fort à parier que notre plante trouvera une parade pour se débarrasser d'eux, même s'ils sont ses enfants. Néanmoins, j'imagine qu'elle fera tout, avant cela, pour préserver les bourgeons naissants et leur redonner une chance.

– Sans être *consciente* de tout ce qu'elle fait ?

Carmichael inspira en haussant les sourcils.

– Sans cette conscience réflexive certes, mais… elle agit et réagit à son environnement parce qu'elle est « programmée » comme ça, c'est le mystère de la vie et de la survie : chaque cellule d'un organisme, que ce soit une plante ou un animal, *doit* vivre. L'être qui rassemble ces milliards de cellules ne fait que répéter ce besoin, il *doit* vivre et fait tout pour, c'est son *instinct de survie*, une sorte de commandement suprême, à la base même de tout ce que nous sommes.

– D'où vient cette volonté de vivre, cette… dynamique ? C'est ça, Dieu ?

Carmichael pouffa légèrement.

– Peut-être, oui. Dieu n'est peut-être qu'un concept, pour définir l'énergie de la vie. Et si Dieu n'était qu'une étincelle, celle qui est au cœur de la vie, si Dieu était à l'image de la Terre : un être sans conscience réflexive, juste une énergie : cette électricité vitale à l'existence, le principe même de la vie ?

– Les religions disent que c'est un être vivant, à l'image de l'Homme.

Carmichael continua de rire doucement :

– Ce serait plutôt l'inverse : l'homme serait à l'image de Dieu mais je vois ce que tu veux dire. Je ne sais que te répondre. Toute philosophie, toute doctrine, se doit d'évoluer en même temps que l'homme évolue, que sa société change. Et si, pour s'adapter à la civilisation, la religion avait été obligée de transformer peu à peu ses principes ? Bien sûr, aujourd'hui on te parlera du Paradis et de l'enfer, mais tout ça ce sont des mots, du décor planté par les hommes eux-mêmes. La question qu'il faut se poser, à mon sens, serait surtout celle de l'essence de Dieu. Qu'est-il ? Les religions disent qu'il est partout, en toute chose. Moi je réponds : cette énergie à la base même de la vie, elle pourrait être une représentation de Dieu.

— Alors vous croyez en Dieu.

Carmichael but une gorgée de bourbon et fit une grimace.

— Dois-je te répondre ? Je ne voudrais pas t'influencer. Eh bien, non, je n'y crois pas. Pour moi Dieu est un concept qui sert à rassurer les hommes. À moins d'être autorisé à définir mon propre Dieu, et d'affirmer que Dieu ne serait rien d'autre qu'un mot creux dans lequel mettre toutes nos questions sans réponse, nos prétentions et notre envie d'humilité, finalement Dieu serait la représentation de notre ignorance. Alors là, oui, j'y croirais, mais cela reviendrait à ne croire qu'en notre igno-rance.

Ambre étouffa un bâillement et Carmichael en fut amusé.

— C'est pas très optimiste, remarqua la jeune fille.

— Je crois en la Vie, ça c'est optimiste ! Uniquement en elle, et en une intelligence encore bien trop basique chez l'homme pour qu'il puisse pleinement saisir ce qu'elle est. Mais ça n'engage que moi, ma chère Ambre, et il ne faudrait surtout pas que mon discours puisse t'influencer. Si tu veux croire en Dieu, crois ! C'est au moins un luxe que nous devons nous permettre : le choix de nos croyances. Et je pense qu'il existe autant de religions afin de pleinement répondre à toutes les formes de personnalités. Crois en ce qui te plaira, mais n'en fais jamais trop, garde en toi ce principe de conscience réflexive et applique-le à ta croyance : une croyance réflexive, que tu sois toujours consciente d'être croyante, et d'avoir le recul sur ta propre religion, même s'il s'agit de ne pas croire en Dieu par exemple.

– Et la… L'altération ? Comment peut-on faire apparaître des étincelles rien qu'avec la pensée ? C'est incroyable ça ! Je n'ai aucune explication ! Je m'efforce de dire aux autres que ce n'est pas de la magie ou un rapport avec Dieu mais parfois j'en viens à douter !

– Non, pas de la magie, car l'altération est bien réelle. Comment fonctionne-t-elle ? Je n'en sais encore rien. Mais je peux supposer que vos corps et vos cerveaux ont été rendus plus malléables par l'impulsion et que désormais vous parvenez à interagir avec l'infiniment petit.

– Petit… comme les microbes ?

– Plus encore ! s'amusa Carmichael. Tu sais que toute chose est faite avec de minuscules particules, les électrons et bien d'autres choses encore ! Partout, même dans l'air, tout est fait de ces particules si petites qu'elles sont invisibles. Sans entrer dans des détails scientifiques complexes, disons que vous parvenez à agir sur ces électrons grâce à votre cerveau. Pour créer des étincelles par exemple : un garçon qui aura développé son esprit dans ce but, agira sur les électrons, grâce à son cerveau il engendrera un « frottement » d'électrons qui finira par produire les étincelles.

– Mais on ne sait pas comment on fait, on sait juste qu'il faut se concentrer !

– Quand tu respires, l'air que tu fais entrer dans tes poumons vient alimenter tout ton corps, tous tes organes, jusqu'au bout de tes pieds et pourtant tu ne sais pas comment tu fais pour ça, c'est naturel, comme un réflexe. Eh bien il en va de même avec l'altération !

– Elle est bien naturelle alors, je veux dire que c'est pas une mutation horrible ?

– Au contraire, c'est l'évolution ! Lorsque nos lointains ancêtres singes en ont eu marre de vivre dans la savane et de passer leur temps à se redresser pour voir au-dessus des hautes herbes, alors ils se sont mis à marcher sur deux pattes de plus en plus souvent. Leur corps s'est adapté à cette nouvelle position, leur squelette s'est transformé et ainsi de suite. C'est ce qui se passe aujourd'hui avec vos cerveaux, sauf que tout ça se fait en quelques mois au lieu de quelques millénaires ! À une autre différence près : l'évolution de l'espèce humaine a été jusqu'à présent conditionnée par notre milieu, notre survie, d'une certaine manière c'est nous qui l'avons choisie. Cette fois c'est l'inverse ! L'impulsion est une sorte de contact direct avec l'essence même de la Terre, mère de toute évolution.

– C'est une mère qui a laissé ses enfants grandir sans jamais interférer mais qui aujourd'hui se permet de leur mettre une claque parce qu'ils sont allés beaucoup trop loin, non ?

– Je n'aurais pas trouvé meilleure analogie ! Une mère d'une incroyable tolérance, mais que nous n'avons plus du tout respectée, et que nous avons même insultée.

– Alors cette altération, on a rien à en craindre ?

– Craindre l'altération ? Je ne pense pas. Il faut au contraire vous en servir ! La travailler jusqu'à la maîtriser parfaitement. Elle conditionnera votre avenir.

Ils discutèrent encore pendant plus d'une heure et le vieux monsieur décida qu'il était temps d'aller se coucher. Il remercia Ambre de sa visite et l'invita à revenir bientôt. De son côté, Ambre préféra ne pas aborder l'histoire de la trahison, et l'attaque imminente des Cyniks ; elle lisait en Carmichael une fatigue pour ces affaires bassement humaines, un désintérêt pour les conflits, et elle estima que de toute façon il ne pourrait rien y changer sauf s'inquiéter pour ses petits neveux.

Elle referma le passage secret derrière elle et sortit dans la fraîcheur de la nuit. En dehors des insectes nocturnes et d'une chouette lointaine, il n'y avait pas le moindre bruit. Une nuit reposante.

Ambre n'avait pas fait cinquante mètres qu'un bruissement puissant survint derrière elle. Elle se retourna et vit des dizaines et des dizaines de petits triangles noirs qui s'envolaient depuis le toit du Kraken et qui prenaient de l'altitude en tournoyant.

Puis ils fondirent sur elle.

42.

Un plan

Toute l'île dormait. Même la lune avait disparu, laissant un ciel noir derrière elle.

– Psssst ! Psssst ! Matt… Matt, réveille-toi.

Matt ouvrit les yeux doucement, l'esprit englué par le sommeil.

Le visage d'Ambre se découpa peu à peu dans la pénombre, Matt la reconnut d'abord grâce à la chevelure, ensuite par l'odeur douce qui émanait de la jeune fille, penchée au-dessus de lui, à quelques centimètres seulement.

Matt se sentait totalement engourdi, comme s'il n'avait dormi qu'une heure à peine.

– Quelle… quelle heure est-il ? demanda-t-il.

– Il doit être une heure du matin.

– Qu'est-ce que tu fais là ?

– J'ai été attaquée par les chauves-souris, elles m'ont prise pour cible.

Pour le coup, Matt recouvra tous ses esprits. Dans le lit au milieu de la pièce, Tobias grogna et sortit son fragment de champignon lumineux de sa table de chevet. La lueur blanche se propagea dans la chambre.

– Ambre ? C'est toi ?

Elle acquiesça.

– Il faut que vous m'hébergiez pour la nuit, je ne peux pas rentrer à l'Hydre, les chauves-souris rôdent.

– Je... Je croyais qu'elles ne s'en prenaient qu'à Matt ?

– Je peux te garantir que non, répondit Ambre en levant son avant-bras gauche, fraîchement bandé. Je suis passée par l'infirmerie pour me panser, j'ai quelques entailles, peu profondes mais douloureuses. Je suis allée voir le vieux Carmichael cette nuit, j'ai attendu que tout le monde dorme pour monter, et quand je suis ressortie la voie m'a semblé libre. Croyez-le ou non, les chauves-souris attendaient sur le toit du Kraken, elles patientaient là, tranquillement. À peine dehors, elles m'ont foncé dessus, heureusement je les ai entendues venir, il était trop tard pour atteindre l'Hydre mais j'ai eu le temps de courir ici avant qu'elles ne me mettent en pièces.

– Tu peux dormir dans le canapé-lit, à ma place, si tu veux, proposa Matt en faisant mine de se lever. Je vais dormir par terre.

– Ne sois pas idiot, il y a de la place pour deux là-dedans. Rendormez-vous, il faut se reposer, demain nous parlerons, et j'ai bien peur que nous ayons une rude journée.

Sur quoi Ambre demanda à Tobias de ranger son champignon lumineux pour se mettre plus à l'aise, en chemise. Elle entra sous les draps avec Matt qui s'allongea à l'opposé, à l'extrémité du matelas, assez mal à l'aise à l'idée qu'il puisse effleurer son corps pendant son sommeil. Cette fois, il était totalement réveillé.

Matt ne parvint à fermer les yeux qu'une heure avant l'aube. Et il se leva avant ses compagnons, réveillé par ses déductions nocturnes et le sentiment d'avoir fait des cauchemars, sans parvenir à s'en souvenir. Il lui semblait néanmoins que le Raupéroden avait rôdé, une fois encore, dans le sillage de ses songes.

Il descendit rassembler de quoi faire un petit déjeuner copieux et monta le plateau dans la chambre pour sortir ses camarades du sommeil. Il avait hâte de partager avec eux ses idées. Pourtant il préféra ne rien dire tout de suite, leur laisser le temps d'émerger. À vrai dire, il réalisa vite qu'il était effrayé de leur dévoiler son plan. Et s'il s'était trompé ? Alors il risquait de les envoyer sur une fausse piste qui leur coûterait la vie.

Allongés dans leurs lits, les membres de l'Alliance des Trois mangèrent en bavardant :

– Ambre, je dois te faire une confidence, avoua Matt.

Il lui raconta toute l'histoire du Raupéroden et de ses cauchemars récurrents.

– Tu crois vraiment qu'il existe ? insista la jeune fille.

– Mon instinct me dit que ce n'est pas seulement dans ma tête. Je suis convaincu que c'est lui qui a attaqué le site panesque tout au nord. Et il descend vers nous. Tôt ou tard, il nous trouvera, il attaquera ici.

– Que comptes-tu faire ?

Matt se frotta nerveusement la joue. Ses cernes étaient marqués.

– Je m'interroge. Dois-je rester et mettre tout le monde en danger ?

– Tu ne voudrais pas fuir tout de même ? s'indigna Tobias. Et nous alors ? Tu nous abandonnerais ?

– Peut-être que c'est le seul moyen de ne pas attirer le Raupéroden sur vous, justement.

Ambre fit taire tout le monde car elle sentait le ton monter :

– Pour le moment notre priorité est le traître.

Matt hocha la tête.

– J'y ai beaucoup pensé cette nuit, rapporta-t-il sans oser avouer qu'en réalité c'était la présence d'Ambre dans son lit qui l'avait tenu éveillé si longuement. Je crois que j'ai un plan.

Ses deux acolytes se figèrent, tartine et fruit en suspens, et furent encore plus stupéfaits de constater qu'il avait un petit sourire de triomphe au coin des lèvres.

– Un plan pour le démasquer ? insista Tobias.

– Oui, mais je vous préviens c'est risqué. Ce sera quitte ou double. Si j'ai vu juste cette nuit, on peut lui tomber dessus.

En revanche, si j'ai fait fausse route ou qu'on s'organise mal, alors il nous massacre d'un seul coup.

– Arrête, tu te fiches de nous là ? s'indigna faussement Tobias. Tu n'as pas découvert qui était le traître au cours de la nuit tout de même ?

– Je peux me tromper mais… j'ai ma petite idée.

– Que doit-on faire ? demanda Ambre.

– Déjà, empêcher Ben d'aller explorer la forêt pour nous, ce ne sera plus nécessaire. Il faut également retenir Franklin, l'autre Long Marcheur, on aura besoin de tout le monde. (Matt prit un temps pour fixer ses amis, l'air grave, puis il prit son inspiration et lança :) Quant à nous, on va passer tout l'après-midi sur les quais sud, rien que nous trois.

43.
Quatre flèches pour les meneurs

Avant la fin de la matinée, la nouvelle s'était propagée dans toute l'île : Ambre, Tobias et Matt avaient peut-être une idée pour accélérer le contrôle de l'altération, mais ils devaient finaliser leur plan avant de le communiquer. Pour cela, ils passeraient l'après-midi aux quais, avec le désir de n'être dérangés sous aucun prétexte. Personne ne devait s'approcher. Si le résultat était à la hauteur de leurs espérances, le soir même tous les Pans en seraient informés lors d'une grande réunion spécialement programmée pour l'occasion.

L'endroit était idéal pour s'assurer de n'être espionné par personne puisque les pontons s'enfonçaient d'au moins dix mètres dans le fleuve, et qu'un cercle d'herbe, de saules et de fougères éparses séparait les quais de la forêt. Si on souhaitait les épier, il fallait se cacher derrière les arbres, à plus de vingt mètres d'eux.

L'inconvénient majeur de cet endroit isolé était sa largeur. Le croissant de végétation s'étalait sur plus de cinquante mètres, et s'il était impossible de les écouter ou de bien les voir sans s'approcher, il était en revanche facile de rester dans la lisière et leur tirer dessus par exemple, à condition d'être adroit.

L'Alliance des Trois avait donc privilégié le secret plutôt que la sécurité.

Assis tout au bout d'un quai, Matt avait les jambes pendantes au-dessus de l'eau. Ambre était à ses côtés, et Tobias – accroupi – se tenait dans leur dos. Ils discutaient avec passion, Tobias n'arrêtait pas de bouger, comme d'habitude et Ambre se penchait vers Matt pour lui faire part de ses impressions. Ce dernier était le seul à rester calme. Il écoutait sans rien dire, plongé dans ses pensées. Il avait interdit à Plume de les accompagner, et la chienne était repartie la queue entre les jambes, vexée de n'être pas conviée.

Ils étaient là depuis presque deux heures, leur conversation s'était calmée, avait perdu du rythme, lorsqu'un individu se glissa derrière un tronc. Il ne pouvait plus s'approcher davantage sans devenir visible, cependant il était dans l'axe, à vingt mètres des trois adolescents.

Alors il prit son arc, planta cinq flèches dans la terre à ses pieds et en encocha une sixième avant de bander la corde et de prendre son temps pour viser.

Il fallait le faire. Tuer ces trois Pans avant qu'ils ne rendent l'île imprenable. Le traître n'était pas fier de lui, mais il le faisait pour son bien. Les Pans n'avaient aucune chance de survie face aux Cyniks. Il valait mieux choisir le camp des vainqueurs tant qu'il en était encore temps, et lui avait fait son choix.

C'était le hasard – il préférait dire : la chance – qui l'avait mis sur le chemin d'un groupe de quatre Cyniks alors qu'il ramassait du bois dans la forêt. Il était arrivé sur l'île deux mois avant et ne se sentait pas à sa place au milieu de tous ces adolescents capricieux. Ce matin-là, il était de corvée à l'extérieur de l'île, et les quatre Cyniks l'avaient surpris au détour d'une cuvette. Sur le coup, ils avaient failli l'attaquer mais il les avait suppliés de le laisser leur parler. Il était prêt à venir avec eux, il ne voulait plus être avec des adolescents et des enfants, il voulait intégrer les adultes, retrouver la sécurité qu'ils dégageaient. Après une longue hésitation, les Cyniks avaient parlé entre eux, et le traître avait bien senti qu'on débattait de son sort : l'écouter ou le tuer. Puis ils lui offrirent un marché : il n'allait pas venir avec eux, pas tout de suite, mais il allait leur servir d'espion. Car ils n'étaient pas là pour enlever des Pans mais en éclaireurs, pour repérer des « nids » en prévision d'assauts futurs. S'il les servait bien, alors une fois l'île conquise, il pourrait les rejoindre.

Le traître n'en avait pas demandé plus. Ils avaient trouvé un moyen original de communiquer et les éclaireurs lui avaient expliqué qu'ils resteraient dans la région pendant que d'autres Cyniks iraient chercher une petite armée. Tout cela allait prendre beaucoup de temps, plusieurs mois pour descendre au sud-est et remonter, mais pendant cette période, sa mission serait de les tenir informés de ce qui se passait sur l'île et de préparer le terrain pour qu'ils puissent attaquer, une fois l'armée rassemblée. Il était convenu qu'ils attendraient son tour de garde au pont pour lancer l'assaut, de manière à ce qu'il leur ouvre l'accès à l'île pendant le sommeil des Pans.

Et juste au moment où l'armée était arrivée, voilà que les ennuis étaient apparus.

Ambre, Tobias et Matt avaient constitué une menace imprévue. Depuis qu'ils étaient ensemble, ils étaient parvenus à mettre un nom sur l'altération et pire : à habituer les Pans à s'en servir. Ils étaient dangereux pour le succès de l'invasion. Face à des Cyniks puissants et lourdement armés, les Pans n'avaient aucune chance. Mais s'ils contrôlaient leur altération alors c'était différent. Au début, le traître s'était dit qu'il était préférable d'attendre un peu, pour voir exactement ce qu'il en était, ne pas lancer l'armée des Cyniks dans un piège. Mais depuis deux jours, il avait pris conscience qu'il ne fallait plus attendre, le temps jouait en faveur des Pans, cette altération ne pouvait constituer une menace réelle en l'état. Cependant il fallait éliminer les trois meneurs, pour s'assurer qu'ils ne trouveraient pas un moyen de gêner les Cyniks pendant l'attaque. Ambre parce qu'elle était au cœur de ce travail sur l'altération, Matt parce qu'il la maîtrisait plutôt bien comme il l'avait démontré lors de l'attentat manqué, et Tobias simplement parce qu'il était tout le temps fourré avec eux, il devait en savoir beaucoup trop.

Le traître repensa à l'attentat manqué avec le lustre. Son plan semblait pourtant au point. Il aurait pu se débarrasser de Doug une bonne fois pour toutes. Doug n'était pas une priorité dans ses cibles mais à l'époque il était le Pan le plus dangereux, car le seul capable de rassembler tout le monde et de se faire écouter. L'éliminer aurait semé une confusion pratique pour simplifier l'invasion. Depuis que Matt avait démontré devant tout le monde sa capacité, son altération, le traître avait réalisé combien il était important de s'occuper de lui avant tout, et de ses deux acolytes.

Et voilà que l'occasion parfaite se présentait. Le trio voulait aller trop vite, il s'était installé ici pour que personne ne les entende, hélas pour eux, c'était un endroit pratique pour le traître. Et il ne comptait pas leur offrir les quelques heures dont ils avaient besoin pour mettre leur plan à exécution. L'altération resterait un mystère, les Cyniks pourraient surgir avant que les Pans la maîtrisent.

S'il parvenait à les tuer maintenant, alors il enverrait son message à l'armée.

Et ils triompheraient, sans aucun doute.

Il ajusta son tir, bloqua sa respiration – il avait toujours été doué au tir à l'arc depuis les colonies de vacances de son enfance – et ses doigts lâchèrent la corde.

La première flèche vint se planter dans le dos de Matt.

En plein après-midi, il ne portait pas son gilet en Kevlar et la flèche pénétra si profondément qu'elle put transpercer son cœur, et Matt tomba en avant.

La deuxième flèche siffla pour se ficher dans la poitrine d'Ambre qui n'eut pas le temps de réagir sauf de porter la main à son sein gauche, et elle chuta à son tour, terrassée par le coup parfaitement ajusté.

La troisième flèche rasa Tobias qui, affolé, criait de toutes ses forces sur le bout du ponton. La quatrième le fit taire à jamais.

Il fut projeté en arrière et bascula également du haut du ponton.

En moins de vingt secondes, les trois corps avaient disparu.

L'Alliance des Trois n'était plus.

44.

La conquête facile

Le merle vint se poser sur un piquet servant à suspendre les marmites au-dessus du feu. Pour l'heure, il n'y avait qu'un gros tas de cendres et la fonte était froide.

En face, un homme s'affairait à hisser un drapeau rouge et noir au sommet de son mât. Lorsqu'il eut terminé sa besogne, il se tourna et vit l'oiseau. Ses yeux bruns se mirent à briller et il songea aussitôt au petit rôti qu'il pourrait s'offrir à condition de pouvoir se saisir de ce merle téméraire.

Le Cynik s'approcha sous le regard intrigué du volatile jusqu'à remarquer le petit anneau qui lui encerclait la patte.

Il lâcha une grimace de déception.

– Ah ! Un messager ! Je me disais aussi, c'est trop facile…

L'homme tendit la main pour prendre la bête et défit la bague qui dissimulait un rouleau de papier qu'il s'empressa d'apporter à son chef. Les tentes étaient faites de cuir tendu sur des piquets, et l'odeur à l'intérieur était très forte, d'autant que des fourrures d'ours, de chiens et même de chat servaient de moquette, de coussins ou d'oreillers. Le Cynik salua son supérieur et lui tendit le message :

– Ça vient tout juste d'arriver, sir Sawyer.

Un colosse chauve se leva et vint prendre le mot. Il avait des tatouages sur les bras et même sur la nuque qui remontaient sur l'arrière de son crâne et s'enroulaient autour de ses oreilles.

Il lut à voix haute :

« *Les trois meneurs sont morts. Je serai de garde dans deux nuits, ce sera le moment d'attaquer. Le pont sera en place, attendez minuit, que tout le monde dorme pour entrer. Victoire !* »

– Dois-je sonner le rassemblement, sir ? demanda l'homme qui avait apporté le message.

Le grand chauve inspira profondément et fit tourner sa tête d'une épaule à l'autre, sa nuque émit une série de craquements lugubres.

– Oui. Ce soir nous affûtons les armes, car demain nous levons le camp. Dans deux jours à cette même heure, nous serons en route pour rentrer chez nous. (Un odieux rictus lui souleva le coin droit des lèvres lorsqu'il ajouta :) Nos chariots pleins de Pans.

Le lendemain soir, sir Sawyer conduisait son armée à travers la forêt, chevauchant un grand cheval à la robe noire. Une centaine d'hommes marchaient derrière lui tandis que deux énormes cages de bambous sur roues fermaient la colonne, tractées chacune par quatre ours bruns. Ces étranges chariots étaient si grands – près de dix mètres de haut – que deux soldats étaient arrimés sur la façade avant et taillaient les branches à coups de machette afin d'assurer un passage aux cages.

Des lanternes étaient suspendues à des lances que tenaient certains guerriers, et d'autres pendaient depuis les chariots, la graisse animale brûlait en délivrant un halo jaunâtre sur la cohorte.

Tous les hommes portaient des armures d'ébène, grossièrement sculptées dans le bois, si bien qu'aucune ne ressemblait à une autre. Haches, épées, masses d'arme, tout l'arsenal moyenâgeux y passait. Il était évident qu'ils avaient entièrement assigné leur provision de minerai à la fabrication d'armes, le reste devant se contenter d'un artisanat improvisé avec les moyens du bord.

À l'approche de l'île, sir Sawyer descendit de son cheval pour contempler le fleuve et la cime des manoirs dont toutes les fenêtres étaient éteintes.

Le pont en pierre enjambait le bras d'eau ténébreuse dans laquelle se réfléchissait la lune. Leur espion avait fait glisser les troncs et posé la plaque de tôle pour leur ouvrir le passage.

– L'île est à nous, dit-il à son second qui marchait à ses côtés. Laissez les soldats à la traîne avec les chariots, tous les autres avec moi, nous allons conquérir ces petits châteaux, les uns après les autres. Si la résistance est trop forte, on sort les armes, mais n'oubliez pas de bien redonner la consigne à tous : on tente de faire le moins de dégâts possible ! La Reine veut pouvoir examiner la peau de tous les Pans, même s'ils sont morts !

Sir Sawyer posa le pied sur la plaque de tôle qui grinça sous son poids et bientôt ils furent une soixantaine à fouler la pierre du pont, passant au-dessus des arches et se rapprochant de leur objectif.

Ils étaient presque arrivés de l'autre côté lorsque sir Sawyer leva le bras pour immobiliser son cortège. Il renifla plusieurs fois en regardant autour de lui.

– Vous ne sentez pas ? demanda-t-il à son second qui se mit à renifler à son tour.

– Oui, comme… comme une odeur de… de dissolvant.

– De l'essence, imbécile. Ça sent l'essence. Je ne sais pas ce qu'ils fabriquent sur cette île mais je n'aime pas ça.

Il hésita un instant pour se tourner vers ses hommes et d'un geste il leur ordonna de sortir leurs armes du fourreau.

– Quelque chose ne va pas, gronda-t-il. Je le sens. Tenez-vous prêts.

45.

Flash-back

Les fougères qui tapissaient la lisière de la forêt consti-
tuaient une cachette formidable pour Matt et la soixantaine de
Pans qui veillaient sur le pont de leur île. Même les deux
Longs Marcheurs étaient présents. Ils ne faisaient pas un bruit,
guettant la rive opposée avec anxiété. Il avait fallu enfermer
Plume à triple tour pour l'empêcher de les suivre. Matt craignait pour sa sécurité et la chienne avait hurlé à la mort, à la
trahison, pendant toute la soirée. Heureusement, de là où ils
étaient, on ne pouvait plus l'entendre.

Lorsque les petits points lumineux apparurent à travers la
frondaison des arbres, un murmure surfa sur la longue colonne
de Pans avant qu'ils ne retournent au silence. Ils virent
s'approcher une procession de soldats effrayants, la plupart
avaient le visage dissimulé par un casque, dont certains étaient
hérissés de pointes ou de cornes. Un second murmure collectif
gronda lorsque surgirent les hautes lanternes des chariots aux
cages géantes. Tout le monde se tut dès que le cavalier descendit de son cheval pour guider ses hommes sur le pont. Il ne
fallait pas être repéré.

Matt était fier de lui ; jusqu'à présent, tout son plan avait fonctionné à merveille. Cette nuit de déductions s'était avérée payante. Et au milieu des buissons, des hautes herbes et des feuilles qui lui chatouillaient le visage, Matt repensa à cette poignée d'heures si capitales ; l'espace de quelques secondes, il se replongea dans ses doutes nocturnes, presque deux nuits plus tôt…

… L'agression d'Ambre le perturbait. Il s'était convaincu que les chauves-souris étaient liées au Raupéroden. Or, plus il y pensait, plus il était persuadé que le Raupéroden le cherchait lui, et personne d'autre. Alors que faisaient ces chauves-souris ici ? Pourquoi ne s'en prenaient-elles qu'à lui ou à Ambre ? Même si Tobias en serait victime tôt ou tard, ça semblait plus que probable…

Était-ce un hasard si les trois meneurs que le traître voulait faire disparaître étaient justement attaqués par ces mammifères bien particuliers ?

Non, Matt ne croyait pas au hasard. Une connexion existait entre les deux. Le traître était derrière tout cela.

Pourtant personne ne peut contrôler *des chauves-souris !*

Et c'est alors que Matt comprit.

L'altération.

Le traître avait développé son altération, il était capable de communiquer avec les chauves-souris. Matt repensa à ce que Ambre leur avait expliqué : chacun nourrissait sa propre altération de son expérience. Plus on sollicitait une partie de notre cerveau ou de notre corps et plus l'altération se construisait dessus.

Le traître pouvait communiquer avec les chauves-souris parce qu'il était en contact avec elles tout le temps, jour après jour, depuis plusieurs mois. *Mais personne ne passe son temps avec des chauves-souris ? Elles vivent la nuit ou dans des cavernes... Personne ne passe ses journées avec des bestioles pareilles !*

Aussitôt, Matt se souvint de son professeur de mathématiques. Il leur disait tout le temps : « *Quand un problème vous semble insoluble, alors prenez de la hauteur. Ne regardez plus ce qui est petit, regardez l'ensemble, passez du micro au macro. Car si vous n'avez pas trouvé la solution de l'intérieur vous la trouverez de l'extérieur !* » Alors il cessa de penser micro : les chauves-souris, et tenta de penser macro : *À quoi ressemblent-elles ? Sont-elles apparentées à une espèce ?*

Les volatiles ! Le traître était au contact de volatiles toute la journée. Et il ne pouvait s'agir que d'une seule personne : Colin.

Colin s'occupait de la volière de l'île. Depuis son arrivée ici il était au milieu des oiseaux, il devait leur parler, heure après heure, jour après jour. C'était un solitaire qui restait la plupart de son temps enfermé avec ses compagnons volants. Son altération était née ainsi. Il avait développé une forme de communication primaire avec les volatiles.

Matt se retint de réveiller ses deux amis qui dormaient, il pouvait sentir la respiration chaude d'Ambre sur sa nuque depuis qu'elle s'était retournée et rapprochée pendant son sommeil.

Que devaient-ils faire maintenant ? Arrêter Colin au petit matin ? Et s'il s'était trompé ? *Je ne me trompe pas, c'est Colin !* Pourtant, il fallait prendre le temps de réfléchir à son analyse, être sûr qu'il n'avait pas oublié quelqu'un, qu'il n'était pas en train d'aller un peu vite… Si Matt commettait une erreur et que Colin était innocent, le vrai traître assisterait à son arrestation et, sentant le danger se rapprocher, enverrait son message aux Cyniks pour qu'ils attaquent. Non, on ne pouvait pas prendre ce risque ! Il fallait s'assurer que Colin était bien le traître, sans aucun doute possible. Et pour ça, Matt ne voyait qu'une seule option : lui tendre un piège. Lui offrir la chance dont il rêvait : se débarrasser des « trois meneurs ». S'il était pris sur le fait, alors ils seraient sûrs, Colin ne pourrait plus nier et on le forcerait à avouer tout ce qu'il savait.

Matt passa les heures suivantes à élaborer un stratagème pour le démasquer.

Pour mettre son plan à exécution, Matt eut besoin de Tobias dans la matinée pour aller chercher le mannequin qui leur avait fait peur, dans la remise du minotaure. Ils l'habillèrent de vêtements portés par Matt et l'installèrent sur le bout du ponton. Le midi, Ambre enfila le gilet en Kevlar et Tobias parvint à superposer deux cottes de mailles prélevées sur les armures du Kraken. Pendant que ses amis donnaient l'illusion d'être trois, Matt fonça au Centaure pour surveiller Colin. Il ne tarda pas à en sortir discrètement, un arc et des flèches à la main et à marcher vers le sud de l'île. Il allait les attaquer comme il l'avait déjà fait avec Matt dans le cimetière : à distance, ce que Matt avait légitimement supposé, compte tenu des lieux. À cette distance il ne pouvait pas se rendre compte que le dos de Matt n'était que celui d'un mannequin et il était improbable qu'il vise la tête, du moins Matt l'espérait-il. Ne fallait-il pas l'arrêter tout de suite ? Non, car il pourrait encore tout nier, prétextant qu'il allait chasser... Matt voulait être absolument certain de sa culpabilité, il fallait le prendre en flagrant délit.

Les flèches fusèrent bien plus vite que Matt ne s'y était attendu, et pour ne pas se faire repérer il avait dû rester en retrait, le mannequin tomba en avant, suivi d'Ambre et de Tobias... qui s'affalèrent sur la vieille barque qu'ils avaient disposée sous le ponton juste avant, en la remplissant de couvertures pour amortir le choc. Avec le ponton pour les masquer, Colin avait cru qu'ils étaient tombés à l'eau. Matt s'était mis à courir dès la première flèche, et Colin, trop concentré, ne l'avait pas entendu venir. Bien que plus âgé et plus fort en apparence, Colin n'essaya même pas de se débattre et très vite ses yeux s'emplirent de larmes.

En le voyant aussi pitoyable Matt se souvint de sa réaction

le jour où Doug avait demandé des volontaires pour l'aider dans la volière avec les poules : Colin avait lourdement insisté pour qu'on ne touche pas aux oiseaux, qu'il soit le seul à s'en occuper.

Comme si la logique avait eu besoin également de certitude, c'est seulement à ce moment qu'elle s'embraya et tout s'emboîta : Colin se servait de ses oiseaux pour communiquer avec les Cyniks. Des messagers volants. Apprivoisés. À force de vivre avec eux, de leur parler, de les écouter, d'essayer de nouer un contact, l'esprit de Colin s'était altéré jusqu'à lui permettre de *sentir* les réactions des oiseaux, et probablement de leur transmettre des idées simples, tel qu'attaquer, peut-être en essayant de leur transmettre un visage par la pensée ou en leur montrant un morceau de vêtement appartenant à leur cible, Matt ignorait si les oiseaux avaient un odorat développé à la manière des chiens.

Et son écriture, celle sur le piège qu'il m'avait tendu ! se rappela Matt. *J'ai cru que c'était un jeune Pan parce que c'était maladroit et puéril, mais c'était parce que Colin n'est pas très vif ! Il s'exprime mal !*

Et les chauves-souris ne volaient pas au hasard ! Elles allaient toujours au-dessus du Centaure, au-dessus de la volière en réalité ! Où Colin devait les attendre pour tenter de communiquer avec elles. Cela avait dû lui prendre du temps... *Et l'oiseau étrange lors de l'expédition,* Matt l'avait remarqué et s'était étonné car il semblait le suivre ! En fait l'oiseau était envoyé par Colin et il cherchait l'humain à qui délivrer son message, un message que Matt avait aperçu dans les mains des Cyniks : un petit rouleau de papier ! Enfin, Ambre leur avait raconté combien Colin semblait nerveux lorsqu'il était venu la questionner sur l'altération… Toutes les pièces du puzzle s'assemblaient.

Colin se mit à sangloter en voyant Ambre et Tobias remonter de la berge et se frotter le torse, ils étaient bons pour de jolis hématomes.

Il avait tout avoué sans difficulté.

Et il termina avec un avertissement :

– Si je n'envoie pas de message bientôt, ils finiront de toute manière par attaquer, ils ne veulent plus attendre.

Le siège de l'île était inévitable.

Matt avait avancé la réunion du soir pour tout expliquer aux Pans. L'imminence d'une bataille dont l'enjeu n'était rien moins que leur liberté, peut-être même leur vie. Trois groupes furent formés. Le premier, sous le commandement d'Ambre, rassemblait les Pans qui parvenaient à se sentir à l'aise avec leur altération, ils allaient s'entraîner sans relâche jusqu'au dernier moment. Le second, mené par Matt, s'équiperait d'armes pour faire un maximum d'exercices en vue d'un affrontement physique. Le troisième, avec Doug, allait préparer le terrain pour repousser l'envahisseur. Tobias, quant à lui, serait avec les archers, refusant d'être leur capitaine parce qu'il s'estimait trop mauvais au tir. On désigna Mitch.

Colin se traîna à terre devant tout le monde, implorant qu'on l'épargne, et jura de tout faire pour se faire pardonner. Certains Pans, essentiellement les plus jeunes, proposèrent qu'on le tue pour lui faire payer, Matt s'y opposa fermement et dès lors, Colin le suivit comme s'il était son esclave, lui offrant son aide pour tout. Colin accepta de rédiger un message dicté par Matt, pour attirer les Cyniks dans deux nuits. C'était court mais au moins ils s'assuraient ainsi de choisir l'heure de la bataille et d'avoir l'énorme avantage de la surprise.

Pendant vingt-quatre heures, tout le monde s'exerça pour se familiariser avec les armes ou pour parvenir à un résultat acceptable avec l'altération. Quelques heures avant l'assaut, tout le monde alla se reposer ; épuisés, ils parvinrent à dormir malgré le stress qui les tétanisait, et à minuit ils étaient tous abrités dans la végétation, le cœur palpitant, tandis que les deux tiers de l'armée ennemie franchissaient leur pont…

… Matt sentit la sueur couler le long de sa colonne vertébrale. Il transpirait de peur et d'anxiété. Il fallait que son plan fonctionne. Sans quoi ils allaient se faire massacrer.

Tout le monde était à son poste et savait ce qu'il avait à faire.

Le cœur de Matt accélérait à mesure que se rapprochait l'instant où il allait devoir agir, en premier. À partir de là, ils ne pourraient plus reculer, si son plan n'était pas parfaitement pensé, ils seraient fichus.

Il continua de scruter le grand Cynik chauve et tatoué, son visage inquiétant, les yeux tellement enfoncés dans leurs orbites qu'ils semblaient noirs malgré les lanternes que ses soldats portaient.

Soudain, le chauve, le commandant, s'immobilisa en levant le bras. Il parla à voix basse, Matt ne put l'entendre, et d'un mouvement tous ses hommes sortirent leurs armes.

Matt avait le souffle court. Il devait se lever, ne plus attendre, même si tous les soldats n'étaient pas encore sur le pont, l'adolescent devinait qu'il allait se passer quelque chose d'imprévu, il ne pouvait prendre ce risque.

Le jeune garçon inspira longuement, ferma les paupières une seconde pour se concentrer, les mains sur la garde de son épée plantée dans la terre devant lui, puis il se redressa et d'un bond sortit de sa cachette pour se retrouver au sommet d'un petit rocher. De là il dominait le pont, face à l'armée.

Le grand chauve l'aperçut et inclina la tête à la manière d'un rapace qui surprend sa proie hors de son terrier.

– VOUS N'ÊTES PAS LES BIENVENUS ICI ! s'écria Matt. FAITES DEMI-TOUR TANT QUE VOUS LE POUVEZ, ET NOUS VOUS ÉPARGNERONS !

À ces mots, presque tous les Cyniks rirent en se moquant de Matt. Certains levèrent leurs épées ou leurs haches avec un sourire cruel. Le petit avertissement n'avait pas marché. Le combat était inévitable. Le sang allait couler. Matt ressentit toute la peine qu'il avait éprouvée en enfonçant sa lame dans le ventre d'un homme puis en tuant un Glouton. Toute cette violence inutile. Ces Cyniks la provoquaient, ils étaient responsables de ce qui allait suivre. Matt leur en voulut d'être aussi entêtés. Il devrait se battre encore et cela le rendit mélancolique. *Ne le sois pas !* s'ordonna-t-il en contemplant tous ces visages belliqueux. *Ce sont eux qui viennent ici pour nous attaquer, ils sont coupables de cette violence, ils la cherchent, et tu vas devoir y répondre pour ne pas être tué. Ils porteront la responsabilité de leurs actes.* Et il repensa à la Terre, à la pollution que les hommes entretenaient et diffusaient tout en sachant qu'elle empoisonnait leur air, leur eau, leur terre. L'adulte agissait parfois avec stupidité. Il était temps de corriger ces erreurs, de montrer qu'une nouvelle génération d'hommes pouvait naître. Et s'il fallait le faire dans le sang, c'était à cause des Cyniks. Matt et tous les Pans de l'île ne l'avaient pas voulu.

Les sarcasmes des soldats donnèrent à Matt le courage de ne pas faiblir, sa peur se transforma rapidement en colère. À chaque rire gras, il se sentait différent, à chaque moquerie il s'endurcissait en brisant l'empathie et la pitié. Bientôt, il ne lui resta au cœur que du mépris pour ces crétins sanguinaires qui ne désiraient que la guerre. Son visage s'assombrit d'un coup. Puisque les Cyniks ne comprenaient que le langage des armes, il allait leur répondre. Ses prunelles brillaient de l'éclat de la rage, une rage froide et troublante, et les Cyniks les plus proches cessèrent de rire. Plus les autres ironisaient, plus Matt se sentait fort. Il les scruta avec la détermination du guerrier qui sait le combat inévitable et qui s'affranchit de ses angoisses.

Bientôt, face à cet adolescent au regard de tueur, souligné par les cicatrices de son combat contre les chauves-souris, plus aucune plaisanterie ne fusa. Matt reprit en criant, d'une voix ferme et pleine d'assurance, déterminé à aller jusqu'au bout :

– NOUS AVONS DES POUVOIRS QUE VOUS N'IMAGINEZ PAS. AVANCEZ D'UN PAS ET VOUS PÉRIREZ TOUS !

Sur ces mots la soixantaine de Pans qui attendaient dans la forêt surgirent pour former une longue ligne de jeunes combattants visibles dans la pénombre de la rive. Ils portaient des épées, des masses, des haches, tout ce qu'ils avaient pu trouver sur l'île, quelques-uns arboraient des morceaux d'armures, d'autres des arcs, pour la plupart fraîchement fabriqués avec les ressources des bois.

Le grand chauve ne se laissa pas impressionner par cette démonstration de force, il serra les mâchoires et brandit une hache à double tranchant dans chaque main. Il fixa Matt et fit un pas vers lui en signe de défi. Matt leva son épée vers le ciel. Maintenant ils allaient savoir si son plan était une folie.

D'un même pas lourd, toute l'armée se mit à avancer vers lui.

46.

Le pouvoir des Pans

Caché dans les roseaux au pied du pont, Sergio vit Matt faire le signal : l'épée tendue vers les étoiles. Alors il se concentra de toutes ses forces, comme il l'avait fait avec Ambre pendant ces vingt-quatre heures d'entraînement intensif. Il y était parvenu sur la fin, dans un état second dû à la fatigue, et maintenant que venaient à lui le stress et l'obligation de réussir, il se mit à douter. Pouvait-il créer des étincelles à distance, sans frotter aucune pierre ?

La distance était courte, à peine un mètre, mais elle lui semblait infinie. Il inspira par le nez et expira par la bouche, les paupières fermées. Il fit le vide dans son esprit, jusqu'à percevoir le souffle rythmé de sa respiration qui irradiait ses poumons. Son altération, Sergio la sentait habituellement au bout de ses doigts. Une chaleur douce et des picotements au moment de produire la décharge d'étincelles.

Le martèlement des pas sur le pont au-dessus de lui le déconcentra. Ils se rapprochaient...

Sergio remobilisa aussitôt sa concentration et fit le vide. Son souffle. Le fourmillement du sang sous sa peau. Ses mains. L'extrémité de ses doigts. Son cœur s'y transporta et se mit à battre au bout de ses phalanges. Sergio devina une chaleur en lui, une nappe d'électricité statique le couvrit, comme pour l'isoler du monde, et elle glissa jusqu'à ses doigts. Des picotements.

Sergio tendit les bras en direction du pont, là où l'essence était renversée, à un mètre à peine de lui. Il plongea dans son propre corps et la seconde suivante une effroyable décharge le renversa sur le côté, le laissant inconscient.

Dans le même temps, l'armée arrivait au bout du pont, le grand chauve avait même accéléré pour foncer sur Matt, lorsqu'une myriade d'étincelles crépita à leurs pieds. Dans un nuage de fumée, des flammes se soulevèrent de part et d'autre de l'ouvrage pour l'embraser. En moins de dix secondes, tout le pont fut gagné par un torrent de feu qui s'était allumé comme par magie.

Les Cyniks hurlèrent de peur – se pouvait-il que ces gamins aient vraiment des pouvoirs ? –, et se jetèrent à l'eau sans attendre une mort atroce. À peine plongés dans l'eau noire du fleuve, ils commencèrent à couler, emportés par le poids de leurs armes vers le fond. Pour remonter à la surface et nager ils durent se débarrasser de tout ce qui était lourd. Ceux qui étaient tombés près des berges tentèrent de s'en approcher et c'est alors que le jeune Bill fendit les rangs pour s'accroupir près de l'eau et se concentrer à son tour. À douze ans, il était l'un des Pans les plus adroits avec son altération, il jouait avec tout le temps, même pendant les repas où il s'amusait à faire tourner l'eau dans les verres de ses camarades. Bill avait passé ses six mois sur l'île à pêcher, ou à construire de minuscules barrages sur les berges, et il avait un contact privilégié avec l'eau.

Très vite, les soldats qui cherchaient à s'approcher furent contraints de redoubler d'efforts face à un courant puissant qui les repoussait. Bill avait les yeux fermés et s'efforçait de rendre la nage impossible de leur côté du fleuve. L'adrénaline de la bataille se transformait en une formidable énergie qui décuplait l'altération. Bill se croyait incapable d'influer sur l'eau vive et voilà qu'il déviait... un fort courant sur plusieurs mètres ! Mais pas pour longtemps, sa tête se mit à tourner et l'instant d'après il s'effondrait dans l'herbe, totalement vidé par son prodigieux effort.

Sur l'autre rive, la quarantaine de Cyniks qui restait demeura sous le choc plusieurs minutes, avant de s'organiser. Une batterie d'archers prit position et prépara ses tirs. Les cordes de leurs arcs vibrèrent et une pluie de flèches dansa dans les airs avant de plonger sur les Pans. Cette fois ce fut au tour de Svetlana de s'illustrer en levant les mains au-dessus d'elle. Un léger courant d'air vint suffisamment fouetter les empennages pour dévier les flèches qui allèrent se perdre dans le fleuve et dans la forêt. Les archers cyniks, déstabilisés par ce phénomène incompréhensible, tentèrent une nouvelle salve qui subit le même sort. Svetlana se mit subitement à tituber, épuisée par l'effort qu'elle venait de fournir. Elle avait balayé les manoirs pendant six mois, préférant cette occupation solitaire à d'autres corvées, et pendant tout ce temps elle avait maudit les courants d'air qui emportaient la poussière qu'elle entassait en petits tas, elle avait rêvé des milliers de fois de pouvoir contrôler le vent dans les couloirs, de souffler sur les parquets rien qu'avec la pensée, jusqu'à ce que son rêve devienne réalité. Mais à l'image de Bill et Sergio qui étaient parvenus à des résultats exceptionnels ce soir grâce à la pression, elle s'était vidée en quelques secondes de toute force.

Ambre et Tobias suivaient la bataille et constataient que l'essentiel des soldats étaient emportés par les courants du fleuve, désarmés et en état de choc. De l'autre côté, les archers, désorientés à leur tour, ne savaient plus quoi faire de leur inutilité.

Maintenant que le premier assaut était repoussé Mitch estima qu'il était temps de répliquer avant qu'ils ne se réorganisent. Il voulait les pousser à fuir. Il ordonna à ses archers de se mettre en position et cria l'ordre de tir.

Tobias visa un Cynik mais sa flèche n'atteignit même pas l'autre rive. *C'est pour ça qu'ils tirent vers le haut ! Pour aller plus loin !* Sa flèche suivante partit vers les étoiles et lorsqu'elle redescendit, vint se planter aux pieds d'un soldat qui prit peur et recula. Des dizaines de traits fusèrent avant de cribler les archers Cyniks dans leurs armures de bois.

Mitch suivait le déroulement de l'action, à la fois sur le

pont où une poignée de téméraires avaient refusé de sauter à l'eau et sur la berge opposée. Son regard semblait si affûté qu'il pouvait tout analyser, sans rien omettre. Sa faculté à tout remarquer dans les moindres détails relevait du miracle. Ou plutôt de l'altération. Le dessinateur consciencieux qu'il était avait entraîné son sens de l'observation à outrance sans même s'en rendre compte, rien qu'en noircissant ses cahiers d'illustrations. Il pouvait suivre plusieurs scènes en même temps et ses ordres répondaient à tout.

C'est lui qui distingua la forme infernale qui surgissait du pont.

Matt surveillait l'assaut du haut de son rocher, attentif aux Cyniks qui émergeaient du fleuve de leur côté. Il aperçut Claudia qui tirait Bill pour le mettre à l'abri.

Le cri de Mitch jaillit par la droite :

– Matt ! Devant toi !

Matt ne perdit pas la précieuse seconde qui lui restait à chercher le danger, il sauta de son perchoir pour s'éloigner et roula à terre avant de se redresser, l'épée dans les mains.

C'est seulement alors qu'il vit le grand chauve qui lui fonçait dessus, entièrement couvert de flammes. L'homme fit tournoyer ses haches en hurlant de douleur et de rage. L'apparition était si terrifiante que Matt eut un moment d'arrêt. Une courte hésitation.

Une de trop.

Les haches sifflèrent pour lui fendre la gorge.

Ambre et Tobias avaient suivi le cri de Mitch. Ils virent l'homme, presque un démon dans son manteau de feu, se jeter sur Matt. Tobias avait une flèche encochée et il n'eut qu'à pivoter pour changer de cible et tirer sur le commandant des Cyniks au moment où il allait décapiter Matt. Sa flèche fendit l'air avec l'ordre d'aller sauver Matt. Si le tir était manqué, leur ami serait coupé en deux.

La flèche ne fut pas assez précise.

Ambre cria de désespoir, la main tendue vers la scène, elle voulut de toutes ses forces que la flèche fasse mouche. Mais Tobias n'était pas parvenu à ajuster son tir. Matt allait mourir.

Alors, au dernier moment, conduite par la volonté de fer de la jeune fille, la flèche dévia de sa trajectoire et vint se planter dans le cou du Cynik. Ambre et Tobias se regardèrent, médusés. Aussitôt Tobias réarma son arc et tira à tout-va, Ambre se concentrant sur chaque tir pour le guider avec son altération. En dix flèches ils formèrent le duo le plus redoutable de l'île.

Matt vit le trait transpercer la gorge de son assaillant. Ce fut le répit nécessaire pour qu'il réagisse : il plongea sur le côté, sentit le souffle d'une hache qui lui rasait le dos, et se redressa, prêt à l'attaque, les bras en arrière du corps. Sa lame se déplia et trancha la nuit. La main gauche du Cynik tomba au sol en même temps que la puissante hache. Le Cynik continuait de vociférer, insensible à une douleur de plus. Il balança un coup énorme en direction de Matt avec son bras vaillant et l'adolescent s'écarta d'un pas. Cette fois la hache passa si près de son nez que Matt crut sentir l'odeur du métal. Les flammes qui consumaient le colosse projetèrent une bouffée brûlante et aveuglèrent Matt.

Le Cynik frappait sans viser, avec la démence de celui qui se meurt dans d'atroces souffrances, et c'est ce qui sauva Matt tandis qu'il clignait les yeux pour distinguer son ennemi : la hache fila dix centimètres plus haut que son crâne, et trancha net une mèche de cheveux.

Matt attrapa son épée à la manière d'un pieu et profita de la garde ouverte de son adversaire pour y plonger la lame de toutes ses forces en hurlant avec le Cynik. Il hurlait parce qu'il fallut appuyer pour percer l'armure de bois, parce qu'il tuait un homme, même si celui-ci était mauvais. Il découpait des chairs pour prendre une vie.

Aussi vite, il tira l'épée et du sang vint lui asperger le visage. Matt redoubla son cri.

Le Cynik titubait au milieu de son tourbillon de flammes et s'effondra enfin dans un râle de soulagement.

Matt recula, hagard.

Un Cynik venait tout juste de sortir de l'eau, il ramassait un rondin pour s'en faire une arme. Matt le vit s'approcher comme dans un rêve : sans émotion, presque au ralenti. L'adolescent redressa sa lame et en deux pas il fut en position de frapper.

Le rondin de bois n'eut pas le temps de s'élever que déjà le sang maculait un peu plus Matt.

La poignée de soldats qui étaient parvenus à gagner l'île s'emparaient de tout ce qu'ils trouvaient pour attaquer les Pans. Matt en vit deux s'en prendre à Gwen, la pauvre tentait de leur envoyer des décharges électriques sans parvenir à maîtriser son altération. Matt se jeta sur eux. Il n'éprouva, à cet instant, aucune compassion comme s'il était soudainement vidé de toute humanité. Ne persistait en lui qu'un soupçon d'amertume, celle des interrogations douloureuses : Pourquoi faisaient-ils ça ? Pourquoi continuaient-ils d'attaquer alors que les Pans ne voulaient que se défendre ?

La lame vibra et frappa. Encore et encore.

47.

Le dernier coup d'un traître

Les deux derniers soldats cyniks encore sur l'île virent Matt s'approcher après qu'il eut mis en pièces cinq des leurs ; ils s'observèrent brièvement puis se jetèrent à l'eau pour repartir d'où ils venaient.

Plus aucun homme n'était sur le pont toujours en feu ; sur la rive opposée, les archers s'étaient dispersés, terrorisés par les étranges pouvoirs qui rendaient ces enfants invincibles. Ceux que l'eau avait happés luttaient contre le courant pour se maintenir à flot. Deux poissons, longs de trois mètres, jouèrent avec la surface avant de plonger derrière les nageurs. Plusieurs Cyniks disparurent aussitôt, tirés par les pieds.

Les Pans contemplaient ce spectacle déchirant avec autant de fascination que de dégoût. Leur pont nourrissait de hautes flammes, les corps d'une dizaine de Cyniks jonchaient la berge.

Ils avaient triomphé. Mais à quel prix.

Au milieu des herbes, Matt se tenait immobile, considérant les cadavres qui l'entouraient. Il était couvert de sang tiède.

Ils l'avaient forcé à leur faire du mal. À les embrocher, les mutiler, pour finalement être obligé de les tuer. Matt ne parvenait pas à l'accepter. Son altération lui avait permis de frapper plus fort que certains adultes, et sa mobilité d'adolescent l'avait mis en position de force chaque fois. Il ne leur avait laissé aucune chance, parce qu'il avait lu dans leurs regards qu'ils ne s'arrêteraient pas. Ils étaient venus pour les enlever ou les massacrer s'ils résistaient. Il n'y avait aucune autre solution.

Matt regardait ces corps sans vie, saisi par la mort dans des positions grotesques, et il leur en voulut de l'avoir contraint à ce carnage. Tout ça était leur faute. Ils l'avaient forcé à les tuer. Pour survivre.

La triste loi du plus fort.

Matt avala péniblement sa salive. Il détestait les Cyniks. Une haine tenace venait de naître. À présent, Matt le savait, il ne serait plus jamais tout à fait le même. Il fixa l'incendie et attendit de se calmer.

Il ne sut pas combien de temps il était resté là mais il reprit contact avec la réalité lorsque Ambre s'agenouilla à ses côtés. Il était assis sur la berge humide, les pieds dans l'eau, sans se souvenir d'avoir bougé. Elle contempla longuement cette image avant de se pencher pour recueillir un peu d'eau dans ses mains et lui nettoyer le visage.

Matt se laissa faire, elle déchira un bout de son chemisier

pour en faire un chiffon et frotta cette peau rougie par l'empreinte de la violence.

Tobias, en retrait, aidait les blessés à se relever pour les porter aux manoirs et les soigner, en compagnie de Svetlana, Bill et Sergio qui revenaient à eux avec un épouvantable mal de tête.

Doug s'approcha de Matt et Ambre. Il posa une main réconfortante sur l'épaule de l'adolescent.

– Tu nous as sauvés avec ton plan, lui dit-il avec beaucoup de douceur dans la voix, comme s'il pouvait lire la détresse de son camarade. Je… Je t'ai vu affronter tous ces Cyniks. Tu as été brillant.

Matt se tourna pour le regarder dans les yeux.

– J'ai tué des hommes, Doug.

– Pour nous sauver. Ils allaient nous mettre en pièces.

– Il n'empêche. C'étaient des êtres humains. Et je leur ai pris la vie.

Doug risqua un bref coup d'œil vers Ambre et ne sut que répondre, sinon en hochant la tête lentement.

Regie se mit à crier au loin :

– Ne le touchez pas ! C'est mon oncle ! C'est mon oncle et il est gentil !

Doug sauta sur ses pieds, il courut vers son petit frère. Ambre et Matt le suivirent et découvrirent, stupéfaits, l'oncle Carmichael qui marchait difficilement sur le sentier, s'aidant d'une canne et transpirant de fatigue.

Doug s'élança pour l'aider au milieu de tous les Pans.

– Qu'est-ce que tu fais là ? s'écria-t-il, paniqué, guettant les réactions des autres.

Mais chacun était trop surpris pour dire ou faire quoi que ce soit.

– J'ai vu le feu depuis ma tour, j'ai aperçu les immenses chariots, je ne pouvais me résoudre à vous abandonner ainsi.

Le vieil homme était exténué par sa longue marche. Doug le fit asseoir sur une pierre. Ambre, Matt, Tobias et quelques autres s'approchèrent.

– Ils ont fui, mon oncle, le rassura Doug. La plupart sont morts dans le fleuve, les autres se sont dispersés dans la forêt, et ils ne sont plus assez nombreux pour revenir. Je pense qu'ils ont eu peur et désormais ils vont nous considérer autrement. Ils vont croire qu'on a des pouvoirs !

Carmichael ne partagea pas la joie de son neveu car il découvrait les corps des soldats, le sang dans l'herbe que la nuit rendait noire malgré le gigantesque incendie.

– Ils ne nous ont pas enlevés, et ils n'ont pas pris l'île ! ajouta Doug sur le même ton victorieux.

Carmichael leva vers lui des yeux pleins de larmes :

– Non, mais ils vous ont pris votre innocence.

Doug se renfrogna :

– Nous l'avions déjà perdue. La Tempête nous l'a prise.

– Détrompe-toi, c'est le contraire, mon petit, c'est le contraire. La Terre vous a offert une autre chance, elle a redonné au monde, aux enfants, leur innocence, et ces guerriers sont venus la souiller.

– Mais le plus important c'est que nous soyons sains et saufs ! conclut Doug.

Une voix que la frustration rendait chevrotante s'éleva dans leur dos :

– Ça c'est pour m'avoir humilié ! cria Colin à l'intention de Matt, les pieds dans le fleuve et un arc bandé à la main.

La flèche partit si vite qu'elle devint invisible mais tous surent qu'elle fonçait droit sur Matt pour lui transpercer le cœur. D'un geste d'une vivacité incroyable, Tobias poussa son ami et la flèche les frôla en passant entre eux.

Matt était tombé à terre et ne put s'empêcher de fixer Tobias. Sa réaction avait été d'une telle célérité que c'en était inhumain. Tobias avait développé une altération de vitesse. Matt n'en fut pas plus surpris que cela finalement. Quoi de plus logique pour un jeune garçon hyperactif, toujours en mouvement ?

Autour de lui il entendit des gémissements, des pleurs.

La flèche avait manqué Matt mais pas le vieux Carmichael. Elle était fichée dans sa poitrine.

Regie hurla :

– Non ! Non !

Doug restait figé. Il contempla, horrifié, le sang qui dessinait une fleur pourpre de plus en plus grosse sur la chemise de son oncle. Puis il fit volte-face vers Colin.

Celui-ci balbutiait d'inintelligibles paroles en découvrant ce qu'il avait fait. Tous les Pans dardaient sur lui un regard méprisant.

Doug se mit à marcher dans sa direction, et ce qui était le plus effrayant c'était l'absence de larme ou de colère sur son visage. Il ne montrait rien. Colin comprit qu'il fallait s'échapper. Doug allait le tuer. Il jeta l'arc et recula dans le fleuve, l'eau noire montait de plus en plus haut autour de lui. Lorsqu'il en eut jusqu'au nombril, il plongea.

Immédiatement, le dos rond et huileux d'un poisson géant apparut dans son sillage. Personne ne vit Colin remonter à la surface.

Doug était prêt à le suivre lorsque la voix sifflante de son oncle l'appela :

– Doug... Doug...

Le garçon serra les poings, il scruta une dernière fois le fleuve et revint en courant au chevet du mourant. Le vieil homme lui saisit la main, et l'unit à celle de Regie dans les siennes.

– Prenez soin l'un de l'autre, les garçons. Et... veillez... sur cette communauté. (Il avait de plus en plus de mal à s'exprimer, à garder les yeux ouverts.) N'oubliez pas... la

doctrine de... la vie... c'est : il n'y a pas de problèmes...
rien que des... solu...tions.

Ses yeux se fermèrent, et les muscles de son visage fatigué se détendirent en un instant.

48.

Le départ

L'oncle Carmichael fut enterré à l'entrée de l'île.

Lorsque tous les Pans apprirent qui il était et tous les conseils qu'il avait donnés dans l'ombre afin d'organiser la vie sur l'île, ils vinrent tous à son enterrement pour offrir à sa dépouille un petit objet qui leur appartenait.

Doug et Regie pleuraient, Claudia et Arthur également, et finalement, émus à la fois par l'homme et par son histoire, les Pans trouvèrent un chagrin filial, qu'ils avaient soigneusement oublié.

Svetlana appela ce moment « la rivière d'adieu » et on trouva cela beau au point d'en faire l'unique cérémonie. Il y eut des larmes pour lui dire qu'on l'aimait, pour lui dire au revoir, et pas de prières. Tout était dit d'une certaine manière, par le langage de l'eau.

L'incendie s'était éteint tout seul et le pont fuma encore toute la matinée. La pierre était fragilisée mais il tenait encore.

L'après-midi, Ben et Franklin, les deux Longs Marcheurs, organisèrent une sortie avec quelques Pans costauds dont Sergio, pour examiner les alentours. Les Cyniks avaient abandonné leurs chariots et ils purent les explorer tout en prenant

garde aux ours qui ne semblaient pas dociles. Une fois les chariots vidés de leur contenu, il fut décidé de les pousser dans le
fleuve après avoir libéré les ours qui s'enfuirent d'une démarche chaloupée.

Matt était resté presque toute la journée au sommet d'une
tour du Minotaure, à contempler le paysage, sans dire un mot.
Plume à ses côtés, comme si la chienne sentait qu'il avait
besoin de soutien.

Ben vint les trouver, un rouleau de papier jaune en main,
semblable à du parchemin.

– Ça n'a pas l'air d'aller fort, on dirait, fit-il en arrivant au
sommet, un peu essoufflé.

– Ça va, répliqua Matt sans grande conviction. Il faut du
temps pour oublier. Je crois que je ne suis pas fait pour la violence.

Il portait encore une multitude de petites coupures au visage
et sur les mains, souvenirs des chauves-souris.

– Personne n'est fait pour ça, rappela Ben. Tu l'as fait pour
sauver ta peau, la nôtre.

Le Long Marcheur parut hésiter, il se tapota l'intérieur de la
paume avec le parchemin.

– Tu voulais me dire quelque chose ? interrogea Matt.

– Plutôt te montrer, mais… je ne sais pas si c'est le bon
moment.

– Tant que ça me change les idées. C'est ce papier ?

Ben acquiesça et le lui tendit :

— Je l'ai trouvé dans un des chariots.

Matt le déroula et reçut un coup de poing dans la poitrine en découvrant son visage fidèlement reproduit à l'encre. Le texte qui l'accompagnait était tout aussi surprenant :

« *Par ordre de la Reine, il est impératif, pour tout soldat qui croisera ce garçon, d'en rapporter toute information à son supérieur sans délai. Cette mission est prioritaire, au même titre que la Quête des peaux. On ignore son nom. Mais il doit être fait prisonnier et amené devant son Altesse Sérénissime dans les plus brefs délais.* »

— Qui est cette Reine ? demanda Matt sèchement.

— Aucune idée. Je suppose qu'avec la nuit nos assaillants ne t'avaient pas reconnu.

Des centaines de pensées se mirent à grouiller dans le crâne de Matt. Le Raupéroden qui le pourchassait et qui se rapprochait, du moins dans ses rêves, les Cyniks kidnappant tous les Pans dans d'immenses chariots, le ciel perpétuellement rouge au sud-est…

— Où habite cette Reine ? Au sud-est ?

Ben haussa les épaules.

— Je l'ignore, probablement, c'est en tout cas de là que viennent les Cyniks.

Matt considéra l'horizon au sud. D'ici il ne pouvait apercevoir ces cieux carmin.

– Tu veux que j'appelle Ambre ? Je sais que vous vous entendez bien tous les deux, tu as besoin de parler, de te confier et...

– Non, le coupa Matt. Pour l'instant j'ai besoin de réfléchir. Seul.

Le soir, une réunion fut organisée pour faire le point de la situation. Doug expliqua qu'il ne la présiderait pas entièrement, il ne s'en sentait pas encore capable et en profita pour saluer Matt et ce qu'il avait fait pour l'île.

– Je voudrais également envisager, reprit-il, la possibilité que Matt soit responsable à mes côtés, je pense que ce serait légitime, il est très perspicace et...

Matt, qui était exceptionnellement assis tout au fond, se leva et monta sur l'estrade.

– Je te remercie, Doug, mais je ne peux pas accepter car je vais quitter l'île.

Toute l'assemblée fut secouée d'une clameur indignée. Matt attendit que ça se calme pour poursuivre :

– Voici ce qui a été trouvé dans un chariot des Cyniks tout à l'heure.

Il brandit l'avis de recherche avec le dessin très fidèle de son visage. Nouvelle clameur, plus surprise cette fois.

– Ils ne sont pas venus pour moi mais ça ne tardera pas si je reste ici plus longtemps.

— Mais tu vas partir où ? répliqua Regie. Ce sera pareil partout, quel que soit le site panesque où tu iras !

— C'est pourquoi je ne vais pas rejoindre un autre site. Je pars au sud, au sud-est pour être plus précis.

La clameur se mua en brouhaha catastrophé. Matt leva la main pour obtenir le silence :

— Je ne vais pas vivre dans la peur, et dans l'attente d'être un jour enlevé pour qu'on me conduise devant cette Reine. Alors je prends les devants.

— Tu vas aller voir une Reine ? s'exclama le jeune Paco.

— Je ne sais pas, j'improviserai une fois là-bas, mais je dois y aller. Au moins entrer dans les terres des Cyniks pour découvrir ce qu'ils nous veulent, ce qu'ils *me* veulent.

Tobias se leva dans l'assistance.

— Tu n'iras nulle part sans moi ! s'écria-t-il.

— Vous êtes fous, les gars ! s'indigna Mitch. C'est dangereux là-dehors, vous n'atteindrez jamais le Sud !

Matt coupa court à tout débat d'un tranchant :

— Ma décision est prise, rien ne me fera changer d'avis.

Lorsqu'il quitta l'estrade il accrocha le regard blessé d'Ambre. Il espéra un instant que c'était parce qu'il la quittait, bien qu'il sût en réalité qu'elle était vexée à mort de ne pas avoir été prévenue avant les autres. Il ne l'avait même pas consultée pour faire son choix.

Matt décida qu'il était inutile d'attendre, il programma son départ pour le lendemain matin et il passa sa soirée à charger des provisions dans des sacoches que Plume porterait. Car il était évident qu'il ne la laissait pas derrière lui.

Ensuite il tenta de dissuader Tobias de l'accompagner et, bien entendu, ce dernier lui rappela l'essentiel :

– Qui je suis ? demanda Tobias.

– Comment ça ?

– Pour toi, qui je suis ?

– Eh bien… mon ami…

– Exactement. Alors tu ne me dis pas de rester et de t'oublier. Je serai là, avec toi, parce que nous sommes amis. Des vrais. Depuis longtemps.

Matt en eut les larmes aux yeux.

Avant de se coucher, il descendit dans la cave pour nettoyer le sang séché de son épée et pour l'aiguiser. Il le fit avec d'autres larmes.

Lorsque le soleil se leva, Matt sortit du Kraken et chargea Plume de ses sacoches en cuir. Il eut un pincement au cœur de constater que toute l'île dormait. Il ne les reverrait peut-être jamais. Il était habillé avec les vêtements qu'il portait à son arrivée : chaussures de marche, jean, pull et manteau mi-long noirs, l'épée dans le dos, et sa besace en bandoulière. Ses cheveux rebiquaient au-dessus de ses oreilles et le vent vint les fouetter comme pour lui souhaiter bon courage.

Il referma la porte derrière lui, Tobias à ses côtés, et ils s'engagèrent en direction du pont.

Dans le dernier virage, tous les Pans de l'île apparurent, de part et d'autre du sentier, et tous, sans un mot, leur firent un signe de la main. Au bout de cette haie d'honneur, Doug, Regie, Ambre et les deux Longs Marcheurs les attendaient.

— Si vous changez d'avis, on sera fiers de vous accueillir à nouveau, prévint Doug.

— On ne changera pas d'avis, tu le sais, rétorqua Matt.

Franklin alla chercher son cheval qui était attaché à un arbre et les rejoignit.

— J'en profite pour partir aussi, dit-il. Je vais au nord, il y a peut-être des sites panesques qu'on n'a pas encore recensés.

— Sois prudent, de grands dangers rôdent au nord, l'avertit Matt.

— Ne t'en fais pas, je commence à avoir l'habitude.

Matt croisa le regard d'Ambre, elle était impassible.

— Donc, tu pars, c'est ta décision ? répéta-t-elle sur un ton qui inquiéta Matt.

— Oui.

— Bon, moi aussi je pars, ça tombe plutôt bien.

— Tu pars ? Mais où vas-tu ?

— Au sud-est, peut-être qu'on peut faire un bout de chemin ensemble ? lança-t-elle en ramassant son sac à ses pieds.

— Mais… tu… enfin…, bafouilla Matt sans trouver les mots.

476

– De toute façon, je ne peux pas te laisser avec Tobias, il ne sait pas tirer à l'arc sans moi !

Tobias pouffa dans son coin et Plume vint lécher la joue d'Ambre pour lui souhaiter la bienvenue dans l'équipe.

Lorsqu'ils furent au bout du pont, Franklin bifurqua vers la route du nord, cependant que les trois amis se tournaient une dernière fois pour saluer leurs compagnons d'aventure. Puis ils se remirent en marche et la forêt les avala.

– Tu sais par où on va passer ? questionna Ambre.

– J'ai pas mal discuté avec Ben hier à ce sujet. Il m'a donné des conseils pour l'orientation.

– L'orientation c'est essentiel mais sais-tu comment rejoindre la trouée de la Forêt Aveugle ? C'est l'unique voie connue pour passer au sud !

– On ne va pas aussi loin. Emprunter la trouée nous obligerait à marcher pendant presque un mois vers l'ouest et autant pour repiquer vers le sud-est. C'est hors de question, beaucoup trop long.

– Tu veux nous faire passer par la Forêt Aveugle ? s'exclama Tobias.

– C'est la seule solution pour ne pas gaspiller deux précieux mois.

– Pourquoi as-tu à ce point peur de perdre du temps ? interrogea Ambre.

– Je ne sais pas, mentit Matt. Je le *sens*, il faut se dépêcher.

477

Ne pas se faire rattraper, voulut-il ajouter. *Le Raupéroden approche, il n'est plus loin, j'en suis sûr.*

— Et que crois-tu qu'on va découvrir au sud ? demanda Tobias.

— Pourquoi les Cyniks enlèvent les Pans. Pourquoi cette Reine veut à tout prix me voir. Que font-ils ? Pourquoi le ciel est rouge là-bas, autant de questions qui me tracassent.

La vérité était qu'il n'en pouvait plus de se sentir traqué, il voulait savoir. Matt avait l'espoir fou, s'il descendait au sud, de vivre de certitudes et non plus d'angoisses.

Et ses deux amis l'accompagnaient dans cette quête improbable.

Suivis de près par un chien presque aussi haut qu'un poney.

C'est ainsi que l'Alliance des Trois quitta l'île Carmichael pour se diriger vers une gigantesque forêt peuplée de créatures étranges et dangereuses.

Trois amis.

49.
La traque

Franklin avait chevauché toute la journée, il était fourbu et affamé. Avant que le crépuscule ne s'empare des ombres de la végétation, il s'arrêta, ôta la selle de son cheval et le brossa méthodiquement, avant de le laisser paître avec un licol d'une longueur suffisante.

Le Long Marcheur trouva une souche d'arbre pour se faire une table et il improvisa un tabouret avec un tronc échoué parmi les feuilles. Le plus important, quand on bivouaquait, était de s'isoler du sol pour ne pas que l'humidité et surtout le froid saisissent le corps.

Avec un peu d'application, il parvint à allumer un feu et ne tarda pas à faire cuire une poignée de pâtes dans son unique casserole.

Une fois rassasié, Franklin se prépara une couche en superposant deux épaisseurs de tapis de sol. La nuit était bien présente, la faune nocturne avait entamé son concerto.

Son cheval, qu'il avait baptisé LaTouf à cause de sa crinière impossible à peigner, se mit à hennir.

– Calme-toi LaTouf, j'arrive ! Qu'est-ce qu'il y a encore ? Tu t'es fait une frayeur avec un serpent ?

Le cheval était très agité, Franklin ne l'avait jamais vu comme ça. Il frappait le sol de ses sabots et tournait en forçant sur son licol.

– Doucement ! Tu vas te faire mal !

Franklin n'osait s'approcher, craignant que LaTouf ne lui marche dessus ou l'envoie se casser un membre sur un des arbres.

Soudain, le nœud du Licol se défit et le cheval fut libre. Franklin tenta de bondir sur la corde mais il ne fut pas assez rapide et LaTouf se précipita au galop entre les troncs.

Franklin lâcha une bordée de jurons. Il pouvait dire adieu à son repos tant espéré, il fallait d'abord remettre la main sur le cheval, sans lui son périple n'avait aucun sens.

Il faisait très sombre, il allait commencer par allumer une bougie.

Franklin repoussa une fougère pour regagner son bivouac et une silhouette noire encapuchonnée surgit devant lui.

L'adolescent sursauta et poussa un cri.

La silhouette était très haute et perchée sur des sortes d'échasses en peau blanche. Elle se mit à descendre à la manière d'un chariot élévateur pour avoir le capuchon à hauteur du visage de Franklin. Deux paupières s'ouvrirent sur des phares qui balayèrent le Long Marcheur.

– Hey ! s'écria-t-il, aveuglé.

L'échassier l'examina de son regard perçant, puis ses yeux s'éteignirent et il recula pour laisser passer Franklin.

– Qu'est-ce que c'est que ce truc ? murmura-t-il.

Un froissement attira son attention, et il découvrit, un peu plus loin, un grand drap de ténèbres qui flottait à un mètre du sol, ondulant sous un vent que lui seul semblait percevoir. Des bras et des mains apparurent comme si elles cherchaient à sortir de la soie. Le drap claqua dans l'air et glissa lentement vers Franklin.

Dans l'angle supérieur, une forme commença à émerger.

Une longue tête faite d'arêtes et de cavités, similaire à un crâne de squelette, avec des trous pour les yeux plus pointus que la normale. Son front semblait trop haut et ses arcades sourcilières proéminentes.

Une voix gutturale s'en échappa, accompagnée de sifflements :

– Où… est… l'enfant ?

Franklin fit un pas en arrière, de plus en plus mal à l'aise.

– De quel enfant vous parlez ? s'entendit-il articuler.

– Matt… l'enfant Matt.

La voix fit frissonner Franklin, elle provenait de très loin, les entrailles de cette chose n'étaient pas vraiment ici, dans ce drap étrange, mais bien plus loin… *Dans un autre monde*, songea Franklin.

– Je… Je ne vois pas de qui vous voulez parler, mentit-il en devinant qu'il y avait là-dessous quelque mystère.

Avant même que Franklin puisse réagir, le Raupéroden fut

sur lui, une douzaine de mains de soie avaient surgi pour le saisir et le soulever. Elles le firent monter pour que sa tête soit face à celle du Raupéroden.

– Où est… Matt ? redemanda la voix caverneuse.

Cette fois, Franklin sut qu'il était en grand danger. Il avait affronté des créatures lors de ses voyages mais jamais aussi terrifiantes que celle-ci.

– Il… il a quitté l'île, avoua Franklin. Il est parti pour… pour l'ouest !

La tête du Raupéroden pivota dans le sens des aiguilles d'une montre puis revint se positionner.

– Je sens… la peur, cracha-t-il. Je sens… le mensonge.

Deux bras se faufilèrent sous les vêtements du Long Marcheur pour lui toucher la peau. Le contact fut froid, celui de la glace.

Celui de la mort ! corrigea Franklin en sentant les sanglots de terreur monter dans sa gorge.

– Parle ou souffre, lui ordonna l'étrange tête de mort.

Face au silence de l'adolescent, le Raupéroden envoya ses deux bras plus loin encore sous les vêtements du garçon pour se poser sur son cœur. Le froid s'insinua dans sa poitrine et Franklin fut terrassé par une douleur atroce, il sentit le rythme de son cœur ralentir malgré l'angoisse, écrasé par une force invisible.

– Ils sont à l'ouest ! hurla Franklin. À l'ouest ! Arrêtez ! Arrêtez ça, c'est atroce !

– Mensonge !

Le froid se propagea plus loin dans son corps, grimpa dans sa gorge, et agrippa son cerveau d'un coup, l'enserrant dans ses griffes monstrueuses. La souffrance devint intolérable, Franklin sentit son cœur faiblir au point d'approcher la mort ; tandis que son esprit était empalé par la poigne glaciale, il eut l'impression qu'on lui enfonçait une dizaine d'aiguilles dans la cervelle. Il ne put en supporter davantage :

– Au sud ! s'écria Franklin, ils sont en route pour le sud ! Pitié, arrêtez ça ! Pitié !

– Au sud…, répéta le Raupéroden.

Il eut un moment d'hésitation, et Franklin crut qu'on allait le libérer. Puis le monstre l'aspira. Avant même qu'il puisse vider ses poumons en criant, Franklin avait disparu dans les draps noirs.

Le Raupéroden flotta quelques secondes au-dessus de l'herbe, il réfléchissait. Puis il dit de sa voix infernale :

– Au sud !

Et une vingtaine d'échassiers sortirent de sous les fougères, pour glisser ensemble, sans un bruit, en direction du sud.

Fin du *Livre I* : L'Alliance des Trois.

À suivre dans :

Livre II : Malronce.

DU MÊME AUTEUR

Aux Éditions Albin Michel

Le cycle de l'homme :
LES ARCANES DU CHAOS
PRÉDATEURS
LA THÉORIE GAÏA

Chez d'autres éditeurs

LE CINQUIÈME RÈGNE, Pocket.
LE SANG DU TEMPS, Michel Lafon.

La trilogie du Mal :
L'ÂME DU MAL, Michel Lafon.
IN TENEBRIS, Michel Lafon.
MALÉFICES, Michel Lafon.

Composition Nord Compo
Impression : CPI Firmin-Didot, octobre 2008
Éditions Albin Michel
22, rue Huyghens, 75014 Paris
www.albin-michel.fr

ISBN : 978-2-226-18863-2
N° d'édition : 25832 – N° d'impression : 92287
Dépôt légal : novembre 2008
Imprimé en France